KNAUR

Von Susanne Fröhlich sind bereits folgende Titel bei Knaur erschienen:
Fröhlich mit Abstand
Abgetaucht

Über die Autorin:
Susanne Fröhlich ist eine der bekanntesten Autorinnen Deutschlands. Die Schriftstellerin, Journalistin und Moderatorin arbeitet unter anderem für den Hessischen Rundfunk. Seit 2005 moderiert sie die MDR-Literatursendung »Fröhlich lesen«. Sowohl ihre Sachbücher wie »Fröhlich fasten« als auch ihre Romane, zuletzt »Ausgemustert« und »Abgetaucht«, wurden alle zu Bestsellern. Susanne Fröhlich lebt in der Nähe von Frankfurt am Main.

Susanne Fröhlich

Aus gemustert

Roman

KNAUR

Besuchen Sie uns im Internet:
www.knaur.de

Eigenlizenz September 2021
Knaur Taschenbuch

Ein Imprint der Verlagsgruppe
Droemer Knaur GmbH & Co. KG, München

Covergestaltung: Isabella Materne
Coverabbildung: shutterstock / studiostoks
Satz: Adobe InDesign im Verlag
Druck und Bindung: CPI books GmbH, Leck
ISBN 978-3-426-52529-6

4 5 3

Für M. aus B.

♥

Ich stehe mit drei vollgepackten Tüten auf dem Parkplatz eines Discounters, als mir eine Taube auf den Kopf kackt. Einfach so. Aus heiterem Himmel.

Eine gute Stunde später bin ich Single. Nach zwanzig Jahren Ehe. Abserviert. Ausgemustert. Und das alles mit einem Rest Taubenkacke im Haar.

Zusammengefasst: ein richtiger Scheißtag.

Ich bin siebenundvierzig, habe irgendwas Ekliges im Haar und keinen Mann mehr.

Es passe nicht mehr. Schon seit Längerem. Er habe sich weiterentwickelt. Ich sei irgendwie stehen geblieben.

Bla bla bla. Während er am Esstisch sitzt und redet, räume ich sein verzuckertes Lieblingsmüsli in den Schrank. Sollte ich es ihm besser direkt in die Hand drücken? Ihm damit den Mund stopfen? Wo soll das alles hinführen? Was will er? Braucht er hier denn überhaupt noch Müsli?

Ich hätte ihm den Text für meinen Abgesang schreiben können. Sonderlich originell war er halt noch nie. Nicht mal jetzt, beim Schlussmachen, strengt er sich an. Wozu auch? Warum hinten raus noch mal was ändern? Ist im Ergebnis sowieso egal. Die Botschaft bleibt ja gleich. Egal, wie hübsch man sie verpackt.

Ich habe nicht mal geweint. Auch nicht geschrien. Jedenfalls nicht sofort. Ich war in einer Art Schockstarre, habe mechanisch weiter Lebensmittel einsortiert und überlegt, wie ich die Taubenkacke aus meinem

Haar kriege. Er und seine Litanei vom »Auseinandergelebthaben« waren eine Form von Hintergrundgeräusch. Ein unangenehmes Rauschen. Worttinnitus. Die Aussage war schnell deutlich und eindeutig: keinerlei Verhandlungsspielraum. Er hat entschieden und verkündet nur das Urteil. Kein »Wir müssen reden«, nur ein: »So ist es halt«. Er teilt mir einen Beschluss mit. Seinen.

Ausgedient. Fertig. Ende.

Er gehe. Lasse mir das Haus. Zunächst mal. Dauerhaft gehe das finanziell natürlich nicht. Wieso eigentlich *natürlich*? Aber: Man werde eine Lösung finden. Bla bla. Erwartet er jetzt noch Dank? Dank dafür, dass ich in unserem Haus bleiben darf? Dank dafür, dass er mich nicht direkt auf die Straße setzt?

Er würde seit Jahren darüber nachdenken. Seit Jahren will er gehen und hat nicht einmal auch nur eine Andeutung gemacht. Was heißt das: seit Jahren? Zwei, vier, zehn Jahre? Was für ein mieses, feiges Arschloch. Wie lange ist er mental schon auf dem Absprung? Was war das dann in den letzten Jahren? Ehetheater? Ausharren wegen mangelnder Alternativen? Spielt das überhaupt eine Rolle? Ist es im Ergebnis nicht eh egal?

»Warum jetzt?«, frage ich trotzdem. »Wie heißt sie?«, schiebe ich hinterher. Männer gehen nicht, ohne eine Anschlussfrau zu haben. Dazu sind sie zu faul. Zu bequem. Klingt nach verdammtem Klischee, stimmt aber meistens. Warum sollte er anders sein? Er zuckt. Ich habe einen Nerv getroffen. Das spiele keine Rolle, behauptet er. Habe nichts damit zu tun. »Name?«, sage ich und starre ihn an. Er wird tatsächlich einen Hauch verlegen. Irgendwo tief in ihm drin scheint noch so etwas wie Schamgefühl zu sein. Oder ist es nur Verlegenheit? Er holt tief Luft, schaut mich nicht an.

»Nina«, antwortet er.

Nina. Wie profan. Ich werde für eine Nina verlassen. Wie nett und harmlos dieser Name bis eben geklungen hat. »Kenne ich sie?«, will ich wissen.

Er schüttelt den Kopf.

»Wie alt ist diese Nina?«, frage ich weiter.

»Das tut doch nichts zur Sache«, sagt er und läuft rot an.

Also ist sie jung. Auf jeden Fall jünger als ich. Nina heißen junge Frauen. Frauen, die um die dreißig sind. Frauen in unserem Bekanntenkreis heißen Petra, Heike, Angelika oder Sabine. Astrid, Claudia oder Christiane. Oder Ulrike. Wie ich. Nicht Nina. Aber am Ende ist es egal. Er geht. Wohin und mit wem ist nebensächlich. Trotzdem merke ich, wie ich in meiner Rundherum-Demütigung wütend werde. Warum höre ich mir das an? Eine Nina. Seit Jahren denkt er darüber nach, mich zu verlassen. Und jetzt ist da Nina, und er traut sich. Ich war besser als nichts, aber Nina ist besser als ich. Wie lange das wohl schon geht?

»Ich muss meine Haare waschen!«, sage ich und drehe mich weg. Ich will mir das nicht mehr antun. Nicht mehr anhören. Wozu auch? Damit die Taubenkacke noch gründlicher eintrocknet? Damit er sich besser fühlt? »Ich habe verstanden«, sage ich und versuche, mich zusammenzureißen, bis ich aus seinem Sichtfeld bin.

»Das ist typisch. Diese Äußerlichkeiten. Das hier ist doch wirklich wichtiger als deine Scheißhaare«, ruft er mir hinterher und »Lass es mich halt erklären!«

Wozu, denke ich? Soll ich noch Absolution erteilen? Verständnis zeigen? Und wieso eigentlich Scheißhaare?

Ich stehe seit dreiundzwanzig Jahren das erste Mal als Single unter der Dusche. Muss ich mir ab jetzt die Schamhaare rasieren? Was wird unsere Tochter sagen? Wer wird es ihr sagen? Wie soll ich so leben?

Ich dusche mehr als eine halbe Stunde. Versuche, alles abzuwaschen. Dieses aufkommende Gefühl von totaler Einsamkeit. Ich schrubbe an meiner Haut. An meinen »Scheißhaaren«. Manisch geradezu. Als könnte ich so alles loswerden. Ungeschehen machen. Ich will das nicht: die Taubenkacke, die Schmach, den Verlust, die Kränkung. Ausgemustert. Aussortiert. Abgelegt. Ich bin im wahrsten Sinne des Wortes angeschissen.

Ich denke an den Satz meiner verstorbenen Oma: Man muss das Gute im Schlechten sehen! Aber hat sie nicht auch gesagt: Alles hat seine Zeit, nur die alten Weiber nicht.

Bin ich alt? Ein altes Weib? Ich gucke an meinem Körper hinunter. Jung sieht anders aus. Definitiv. War es das für mich? Abserviert. Jetzt muss ich doch weinen. Aber ist es aus Kummer oder aus Wut? Ist es Enttäuschung, Traurigkeit oder schlicht Angst? Sorge um meine Existenz?

Wie soll das weitergehen? Wo soll ich hier das Gute sehen? Wie soll ich so leben?

Scheißkerl. Scheißnina. Scheißtag. Scheißtränen. Ich sitze auf dem Boden der Dusche. Das Wasser läuft über mich. Ich weine. Am liebsten würde ich einfach für immer hier sitzen bleiben. Das heiße Wasser über mich laufen lassen. Oder den Tag zurückspulen.

Heute Morgen war noch alles gut. Kein ekstatischer Zustand, aber eben wie immer. Stabil, verlässlich, normal. Wer erwartet mehr nach so langer Zeit? Stabilität ist doch schon viel. Vor allem gibt Stabilität Sicherheit.

Und dann entscheidet ein anderer Mensch über meinen Kopf hinweg, dass mein Leben so nicht mehr stattfindet. Ich werde in ein mir fremdes Universum katapultiert. Rausche ungebremst in die Unsicherheit. Ohne dass mich einer fragt. Ohne dass ich den Stoppknopf drücken kann. Ohne dass ich auch nur ein Mitspracherecht habe. Darf der das mit mir machen? Durch mein Hirn rasen die Fragen.

Trotzdem fühle ich mich leer. Allein. So wird es ab heute immer sein. Jeden Tag, jede Nacht. Ich bin allein. Allein. Allein. Allein.

Als ich in die Küche zurückkomme, ist er weg. Ich werfe noch im Bademantel, mit nassem Haar, sein Müsli, das ich eben in den Schrank geräumt habe, in den Müll. Kindisch. Ich weiß. Aber eben auch nicht mehr meine Zuständigkeit. Beschließe, jedwede Dienstleistung ab sofort einzustellen. Könnte ihm das Müsli natürlich für Nina mitgeben. Souverän und erwachsen. Aber genau darauf habe ich so gar keine Lust. Wozu auch? Was bringt es mir, gefasst zu sein? Soll sie doch Müsli kaufen, seine Unterhosen waschen und sein Fingerknacken aushalten. Sein Schnarchen, seine Besserwisserei, seine Angeberei. Dieses permanente »siehste«. Vielleicht lässt sie sich gern die Welt erklären. Hängt an seinen Lippen. Etwas, was mir zunehmend schwerer gefallen ist. Ist das das große Plus der jungen Frauen?

Wo wohnt diese Nina wohl? Will er da jetzt einziehen? Hat er längst eine Zahnbürste dort stehen? Sitzen die jetzt zusammen und trinken Champagner? Prosten sich zu und stoßen darauf an, dass er endlich alles gesagt hat? Dass die Verhältnisse geklärt sind? Seine.

Meine waren nie ungeklärter. Ich bin siebenundvierzig Jahre alt, und mein Mann hat mich verlassen. Das sind die Fakten, und sie sind verstörend. Ich fühle mich ausgeweidet. So, als hätte man mich lebendig ausgenommen, als hätte man ein Messer in mich gebohrt und es wieder und wieder hin und her bewegt. Ich verblute bei vollem Bewusstsein. Der Schmerz scheint überall zu sein. Ist nicht lokalisierbar. Kopf, Bauch, Herz.

Das Telefon klingelt. Ich sehe die Nummer im Display. Es ist meine Mutter. Schon immer hatte sie ein grandioses Gefühl für Timing. Ich habe keine Lust, mit ihr zu sprechen, nehme aber trotzdem, als wär's ein Reflex, den Hörer ab.

»Du klingst seltsam!«, sagt sie.

»Ich kann jetzt nicht«, antworte ich knapp. Ein Gespräch mit meiner Mutter ist so ziemlich das Letzte, wonach ich mich sehne. Wein. Wein wäre gut. Viel Wein. »Ich melde mich die Tage«, füge ich noch hinzu und öffne den Kühlschrank. Mit Sicherheit ist meine Mutter nun beleidigt. Aber darauf kommt es auch nicht mehr an. Ich habe keine Lust auf ihre Kommentare und ziehe den Stecker vom Festnetz.

Mein Mann ist weg.

Ich nehme den Korkenzieher und öffne die Flasche. War das jetzt der Monolog zum Auszug? Oder nur die Vorwarnung? Kommt er wieder? Bleibt mir Zeit, um das alles ins Lot zu kriegen? Habe ich überhaupt noch so etwas wie eine Chance? Gibt es Verhandlungsspielraum? Es hat sich nicht danach angehört. Das war kein »Du – wir müssen reden«.

Will er mit dieser Nina hier leben? Wird sie auf meinem Sofa sitzen, in meinem Bett liegen, meine Küchenschränke neu sortieren? Sich hier einnisten und jegliche Spuren von mir tilgen?

Wo ist er hin? Ich schütte das erste Glas Wein in mich hinein. Mit Trinken hat das kaum mehr was zu tun. Egal. Es geht um Trost. Ich will mit niemandem sprechen. Keine Ratschläge oder Mitleid, vor allem kein Mitleid. Wozu auch? Mitleid ist ja oft nur eine Form von: Uff, gut, dass das nicht mir passiert ist …

Oder purer Voyeurismus, gepaart mit diesem »Uff-Gefühl«.

Ich gieße nach. Und ich weine. Nicht nur um ihn, sondern vor allem um mich. Ich weine und ich trinke. Ich trinke und weine. Zu mehr habe ich weder Lust noch Kraft.

Soll er doch zu dieser verdammten Nina. Knut. Knut und Nina. Nina und Knut. Fickt euch. Das werden sie mit Sicherheit, schießt mir durch den Kopf. Wahrscheinlich gerade eben. Ob er bei ihr auch so seltsame Geräusche beim Organsmus macht? Dieses Ahahahohoh. Das sich langsam steigert und in eine Art Tiergrunzen mündet. Das ich wahrscheinlich nie mehr hören werde.

Ich wünsche euch nur das Allerschlechteste. Knut

und Nina. Was will diese Nina mit Knut? Einem älteren Gebrauchtmann mit Anhang. Kann die nichts Besseres bekommen? Was denken sich diese Frauen? Denken die überhaupt je an die andere? An das, was sie anrichten? Oder denken sie einfach nur »Wenn ich es nicht bin, ist es eine andere, also was soll's«? Haben sie damit vielleicht sogar recht? Spielt es eine Rolle für mich, ob es eine Nina oder eine Laura ist? Auch wenn es keine Rolle spielt, würde ich sie gerne sehen. Wissen, was an ihr so viel toller ist als an mir.

Was das Timing angeht, war Knut schlau. Kein Kind zu Hause. Niemand außer mir, der vorwurfsvoll gucken kann. Bis Anna, unsere Tochter, wieder da ist, wird die Alte, und das Bittere ist, die Alte bin ich, sich schon abgeregt haben. Da ist das Gröbste erledigt. Ausgestanden.

Anna ist in Kanada. Schön weit weg. Auslandsjahr. Vor Weihnachten ist sie nicht zurück. So hat er ein gutes halbes Jahr Luft. Ich hatte mich auf diese Kinderauszeit gefreut. Gedacht, es könnte uns guttun. Ihm hat es anscheinend gutgetan. Mehr als das. Hat ihn geradezu beflügelt. Er bricht auf zu neuen Ufern. Ich muss tatsächlich lachen. Ein bitteres Lachen. Warum habe ich nicht gemerkt, dass er eine andere Frau hat? War ich nicht immer eine dieser Frauen, die dachte, »so was« merkt man doch? So blöd kann man doch nicht sein. So naiv. Dinge, mit denen man nicht rechnet, die man nicht für möglich hält, bemerkt man vielleicht nicht. Ich habe unsere Beziehung nie infrage gestellt. Wieso auch? Wir hatten doch keinen Streit. Keine Diskussionen. Es lief doch. Klar, mit dem Sex war es nicht mehr so wie zu Beginn. Aber wo ist das schon so? Zeit und Alltag killen den Sex. Sukzessive. Man kennt sich halt. Da ist nicht mehr viel Raum für Aufregung. Wozu auch? Alles zu seiner Zeit. Dann und wann hatten wir durchaus Sex. Ist das ein Grund? Zu wenig Sex? Braucht die Langstrecke eben auch Aufregung und Geheimnis?

Wäre das mein Job gewesen? Für mehr Sex zu sorgen? Sind da nicht beide gefragt? Hat er uns beide gevögelt? Abends mich und in der Mittagspause sie?

Ich trinke den nächsten Schluck direkt aus der Flasche und überlege, wann wir das letzte Mal so richtig gevögelt haben. Ist es drei Wochen her oder doch eher vier? Es war auf jeden Fall ein Sonntagabend. Der Tatort war langweilig. Wieder mal. Wie so oft in letzter Zeit. Da haben wir beschlossen, früh zu Bett zu gehen. Und weil es zu früh zum Schlafen war, hatten wir Sex. Einfach mangels Alternative. Knut liest nicht. Hat er nie gerne gemacht. Schnellen Sex, routinierten Sex, nichts Wildes. Nichts Aufregendes. Vögeln war das nicht. Beischlaf vielleicht. Rein, raus – fertig. Langweiler-Sex. Harmloser Sex. Man kennt sich halt. Weiß, welche Knöpfe man drücken muss. Man spult ein Programm ab. Hofft, dass die Erektion hält. In letzter Zeit gab's da immer mal Probleme bei Knut. Ist halt so, habe ich gedacht. Alterserscheinung eben. Auch die Potenz unterliegt einer gewissen Altersermattung. Materialermüdung. Soll doch diese Nina jetzt gucken, wie sie sein Ding bei Laune hält. Nicht mehr mein Job. Ob ich je wieder Sex haben werde? War's das für mich? Kann ich den Laden da unten dichtmachen? Hat das nicht irgendwer neulich gesagt? Ich glaube, Jane Fonda war es. Aber die ist einundachtzig Jahre alt! Vierunddreißig Jahre älter als ich. Rausche ich nun in die sexuelle Frühpensionierung? Thema erledigt? Würde mir der Sex fehlen? Ist Sex wichtig für mich? Fragen, die ich mir bisher nie gestellt habe. Wieso eigentlich nicht? Wird es Zeit, dass ich mir diese Fragen stelle?

Nicht heute, denke ich, nicht heute. Irgendwann. Das mit dem Sex ist jetzt meine geringste Sorge.

Es ist mein freier Tag. Gut abgepasst von Knut. War das Strategie? Genau geplant? Wahrscheinlich. Wie stellt er sich das mit dem Arbeiten vor? Soll ich morgen im Autohaus am Empfang stehen, als wäre nichts passiert? In seinem beschissenen Autohaus, auf das er so wahnsinnig stolz ist.

Knut ist Geschäftsführer in einem großen Autohaus. Luxussegment. Das ist ihm wichtig. »Ich bin ja nun kein Skodatyp!«, betont er gerne, grinst breit und zeigt seine irre teuren, einen Tick zu weißen Jacketkronen. Seit zehn Jahren arbeite ich auf Vierhundertfünfzig-Euro-Basis mit. Das war es dann wohl auch mit meinem Job, fällt mir ein. Kein Mann. Keine Arbeit. Ob er mir auch das Auto nimmt? Ich nehme den nächsten Schluck.

Sehe mich schon als verarmte Katzenfrau in irgendeinem kleinen zugemüllten Loch hausen. Räudige Katzen und ich. Ungepflegte, zauselige Tiere, ewig maunzend, mit verklebten Augen, zu dünn, und daneben ich, ebenso ungepflegt, mit herausgewachsenem Haaransatz und abgeplatztem Nagellack. Zu dick, teigig, wabbelig und bleich. Aufgedunsen. In einer müffeligen winzigen Bude, die den Namen Wohnung nicht verdient. In der es immer streng nach Katze riecht. Eben noch die Ehefrau eines erfolgreichen Geschäftsmannes, und im nächsten Schritt ist alles weg. Und das nur, weil er es so entschieden hat.

Aschenputtel mal umgekehrt. Der rasante Abstieg der Ulrike S.

Die Flasche ist leer. Was mache ich mit diesem beschissenen Tag? Überlege, ob ich jemanden anrufe. Eine Freundin. Meine Schwester. Meine Tochter. Unsere Tochter. Oder sogar meine Mutter. Einen meiner Brüder? Wäre das nicht normal? Sein Leid teilen. Darüber reden. Anteilnahme suchen. Mitleid erhaschen. Die anderen aufhetzen? Solidarität verlangen? Komischerweise will ich nicht. Ich habe keinerlei Sprechbedarf. Solange ich nicht darüber rede, ist es auch nicht, denke ich. Wie ein Kind, das sich beim Versteckspiel die Augen zuhält und glaubt, dann wird es nicht gesehen. Ich will mich vergraben. Will das alles auslöschen. Die Lebens-Delete-Taste drücken. Meine alternative Löschmethode: Wein. Die Decke über den Kopf ziehen und schlafen. Die ganze Scheiße einfach wegschlafen und wegtrinken.

Genau das mache ich. Ich lege mich frisch geduscht, frisch beduselt und weinschwer ins Bett. Sicherheitshalber öffne ich eine weitere Flasche und nehme noch einen großen Schluck. Ein Teil landet auf der Bettdecke. Egal.

Ich wache auf, und es ist dunkel draußen. Und nach wenigen Sekunden auch in mir. Was für ein klischeeartiger Gedanke. Aber es ist genau so. Oder es fühlt sich so an. Dunkel. Ohne das sprichwörtliche Licht am Horizont.

Schlagartig ist mit dem Wachsein alles wieder da. Im Haus ist es ruhig. In meinem Bett ist kein Knut. Ich bin allein. Verlassen. Ausgemustert. Abgelegt. Mein Kopf schmerzt. Mein Herz auch. Dass ich so was überhaupt denke. Ich bin keine große Romantikerin, obwohl ich das mal war. Aber die Zeit killt Romantik. Macht sie zu einem überflüssigen Accessoire, das sich als nicht alltagstauglich erweist. Deko halt. Teelicht des Lebens. Nichts, was man braucht. Jetzt schon gar nicht.

Alles tut mir weh. Ich bin ein einziger großer Schmerz. Tue mir selbst so unendlich leid. Das habe ich doch nicht verdient. Wie soll es weitergehen? Ich will wieder abtauchen. Will diese Gedanken nicht. Will einfach weiterleben wie bisher. Auf meinem Nachttisch steht die offene Weinflasche. Ich nehme einen Schluck. Und noch einen. Irgendwann schlafe ich wieder ein. Zum Glück.

Als ich aufwache, ist die Nacht rum. Draußen zwitschern die Vögel. Es kommt mir falsch vor. So fröhlich. So unschuldig. So wie immer. Dabei ist nichts wie immer.

Meine erste Nacht als verlassene Ehefrau. Viele werden folgen, denke ich. Das ist jetzt mein Leben. Ich habe einen pelzigen Geschmack im Mund, Zähneputzen wäre gut. Aber wozu und für wen? Es ist 7 Uhr, und in einer Stunde sollte ich im Autohaus stehen. Sollte. Ich kann das nicht. Diese Idioten anstrahlen. Knut wird da sein. Und all die anderen. Wissen die längst Bescheid? Lachen die seit Wochen über mich?

Reden die seit Monaten hinter meinem Rücken? Hat er längst alle informiert?

Schmerz ist das eine, dazu kommt die Demütigung als stiller fieser Begleiter mit einem permanenten kleinen süffisanten Lächeln auf den Lippen. Das habe ich nicht verdient. Ich will das nicht. Ich werde mich krankmelden. Schließlich fühle ich mich auch so. Ich werde einfach im Bett bleiben. Am besten für immer. Ich werde mit meiner Matratze verwachsen. Solange ich hier liege und mit niemandem rede, ist es auch nicht. Ich werde es ignorieren. Nicht aussitzen, sondern ausliegen. Vielleicht merkt Knut ganz schnell, was das für eine beschissene Idee war. Vielleicht geht jetzt in den nächsten Minuten schon unsere Schlafzimmertür auf, und er gesteht mir seinen Irrtum. Sagt, wie leid es ihm tut. Dass er verwirrt war. Dumm. Dass er mich noch liebt und sich anstrengen wird. Dass er hofft, ich verzeihe ihm. Die Schlafzimmertür bleibt zu. Das ist albernes Wunschdenken, weise ich mich selbst zurecht. Ich nehme einen Schluck Wein. Er ist warm. Egal. Es geht nicht um den Geschmack, es geht um die Wirkung. Aufstehen, Kaffee kochen und unter die Dusche springen wäre vernünftiger. Aber wozu vernünftig sein? Ich habe alles Recht der Welt, einfach zu liegen und zu trinken. Wenn nicht jetzt, wann dann? Mehr Grund geht ja kaum. Außerdem, was soll mir Vernunft in dieser Lage bringen? Es interessiert im Zweifel sowieso niemanden, was ich tue. Vernunft wird insgesamt überschätzt. Es heißt ja oft: Man sollte in jeder Situation sein Gesicht wahren. Aber wozu eigentlich? Für wen? Was bringt mir das? Selbstachtung? Wo soll ich die hernehmen?

Ich rufe nicht im Büro an, schicke stattdessen einfach nur eine knappe Nachricht: »Hallo, wegen Magen-Darm kann ich heute und vermutlich auch die nächsten Tage nicht kommen.« Das sollte reichen. Immerhin bin ich – wenigstens offiziell – noch die Frau vom Chef. Ich sehe, dass meine Mutter mir eine WhatsApp geschickt hat. »So nicht. Nicht in diesem Ton. Ich bin deine Mutter, nicht irgendeine Angestellte.« Es ist mir egal. Darum kann und will ich mich jetzt nicht kümmern. Ich schicke ein »Entschuldige«, und danach schalte ich mein Handy aus. Etwas, was ich normalerweise niemals tue. Es könnte ja was mit meiner Tochter sein. Oder mit meiner Mutter. Jetzt ist was mit mir, und ich erlaube mir ausnahmsweise mal, an niemand anderen zu denken. Ich werde mich so lange in meinem Elend suhlen, wie ich will. Nur liegen und mich selbst ausgiebig bemitleiden. Trinken, schlafen, hadern. Weinen. Immer wieder weinen. Um das, was war und nun weg ist. Um meinen Mann weinen. Um meinen Status weinen. Um mein Leben. Einfach weinen. Und trinken. Und weinen. In Dauerschleife. Nicht denken. Wozu auch? Macht es ja nicht besser.

Einen ganzen Tag halte ich durch. Ich saufe. Ich weine. Aber ich kann nicht aufhören zu denken. Trotz all des Weins. Mein Kopf lässt sich nicht abschalten.

Meine Gedanken bleiben. Da oben herrscht das Chaos. Benebelt durch den Alkohol. Egal, wie viel ich trinke, es hört nicht auf. Mein Hirn schreit mich an. Schreit: allein, allein, allein. Verlassen. Sitzen gelassen. Ausgemustert. Abgelegt. Zum Glück schlafe ich zwischendurch immer wieder ein. Ich kann mich nicht erinnern, wann ich zuletzt so viel getrunken habe. Ich bin eine Frau, die nicht gern die Kontrolle verliert. War ich nie. Schon deshalb halte ich mich mit dem Alkohol gewöhnlich zurück. Jetzt ist die Kontrolle sowieso verloren. Das ist wahrscheinlich das, was mir die größte Angst macht. Werde ich je wieder Kontrolle über mein Leben haben? Ich fühle mich ausgeliefert. Ich habe das Gefühl, das Ruder aus der Hand gegeben zu haben. Aber hatte ich je das Ruder in der Hand, oder bin ich einfach nur mitgefahren? Habe mich mittreiben lassen? Stecke ich in einem Strudel, der mich einfach irgendwohin spült?

Es ist, als hätte jemand eine gigantische Kapuze über mein Leben gezogen. Ich bin ohne jede Orientierung. Sollte ich rausgehen und kämpfen? Um Knut? Um mein Leben? Um meine Ordnung? Um meine ruhigen Gewässer? Es gibt Menschen, die Herausforderungen lieben. Ich habe nie wirklich dazugezählt. Ich brauche keine Herausforderung, ich mag es berechenbar. Schon immer. Ich würde nie Bungee-Jumping machen. Risiko ist nicht meins. Wozu auch? Das Leben an sich hat doch genug davon. Diese Menschen, die immer noch einen Kick brauchen, sind mir suspekt. Ich habe es gern gemütlich. »So wie immer« ist für mich nichts Schlechtes. Im Gegenteil. Man kann es langweilig finden. Aber Langeweile hat auch was. Etwas unglaublich Beruhigendes. Jetzt stehe ich ungewollt vor einem Berg von Herausforderungen. Nichts ist mehr, wie es sein sollte. Ich habe mit so etwas einfach nicht gerechnet. Wie kann er mir das antun? Was gibt ihm das Recht?

Nina. Nina. Nina. Möge sich der Boden auftun und diese Tussi verschlingen. Ich kenne sie nicht und wünsche ihr doch nur das Allerschlimmste. Eine grässliche Krankheit, einen Unfall, egal. Irgendetwas, was sie verschwinden lässt. Was bildet sich diese Nina ein? Will sich hier in mein gemachtes Nest setzen. Ohne jede Vorleistung. Eine Scheißabstauberin. Was für eine saublöde Kuh. Ich hasse sie, ohne sie zu kennen. Wenn ich nur einen Hauch von Antrieb hätte, würde ich ihr das Leben zur Hölle machen. Ihr überall auflauern. Ihr personifiziertes schlechtes Gewissen werden. Wie in einem Horrorfilm. An jeder Ecke, in jeder Situation auftauchen. Überall mein Gesicht. Anklagend. Bis sie aufgibt. Verschwindet.

Kurz frage ich mich, ob das souverän wäre? Nein. Mit Sicherheit nicht. Aber wen interessiert in meiner Situation Souveränität? Wenn man alles verliert, muss man dabei nicht souverän bleiben. Hilft doch nichts. Macht es nicht leichter. Außer vielleicht den Außenstehenden. Niemand will ein verzweifeltes Etwas sehen. Das macht verlegen. Die meisten wissen nicht, wie sie damit umgehen sollen. Niemand will sich mit Kummer umgeben. Niemand will mit in den Abgrund gezogen werden.

Nina, du fiese, miese, kleine Schlange. Hoffentlich funktioniert sein Unterleib bei ihr nicht. Da gab es in den letzten Jahren immer mal kleine Ausfälle. Ein Penis, der nicht funktioniert, wie er soll, ist für Männer wahrscheinlich der größtmögliche GAU. Noch vor Haarausfall. Aber wenn es mal nicht lief, er ihn nicht hochbekommen hat, hat er mir immer das Gefühl gegeben, dass es meine Schuld ist. Dass ich mir nicht genug Mühe gebe. Und ich habe das irgendwie auch immer gedacht. Ich törne ihn halt nicht mehr an. Er begehrt mich nicht mehr. Ist es das? Regt sich bei dieser Nina einfach mehr? Verwechselt er das mit Liebe? Erektion = Begierde = Liebe. Liebt er diese Frau? Oder ist es nur der Sex? Wie die wohl aussieht? Bestimmt zart. Mit Riesenbrüsten. Darauf steht Knut.

Ich bin vieles, aber nicht zart. Was gar nichts mit meinem Gewicht zu tun hat. Es ist eine Frage der Statur. Genetische Disposition. Ich bin kompakt, ohne dick zu sein. Da hat Knut immer viel Wert drauf gelegt, auf meine Schlankheit. Weil wir ja auch für etwas stehen. Als Repräsentanten des Autohauses. Als ob irgendein Auto weniger verkauft würde, wenn ich ein paar Pfund mehr wiegen würde. Knut ist im Alter eitler geworden, und diese Eitelkeit schließt mich mit ein. »Du bist die Frau an meiner Seite!«, hat er neulich mal gesagt. Da hat er doch längst gewusst, dass ich das nur noch auf dem Papier bin. Hatte längst seine Nina. Wusste, dass meine Tage gezählt sind.

Seit einigen Monaten tönt er sein Haar. Das, was noch da ist. Heimlich. Der Idiot denkt tatsächlich, ich hätte es nicht gemerkt. Und er rasiert sich die Brust. Das hätte mich misstrauisch machen sollen. Hat es aber nicht. Ich dachte, es ist einfach eine kleine Midlife-Crisis. Habe ihn gefragt, wozu er sich die Brusthaare entfernt. »Das mache man jetzt«, hat er nur geantwortet und sich gleich auch noch die Schamhaare rasiert. »Nacktschnecke«, habe ich gesagt und »wenn die Hecke weg ist, sieht das Haus größer aus«. Dann habe ich gelacht. Er nicht. Er war beleidigt. War das grob von mir? Möglicherweise. Aber ich war einfach so erstaunt. Wusste nicht, was das sollte. War so unglaublich arglos. Fand es tatsächlich irgendwie fast schon lustig. »Ich gehe halt mit der Zeit. Macht heute jeder«, hat er geantwortet. Ich hätte mich fragen sollen, woher er weiß, was jeder macht. Was man so hat und macht, ist für Knut schon immer wichtig gewesen. Spätestens da hätte ich es wissen müssen. Rasierte Schamhaare bei einem fünfzigjährigen Mann, der seit zwanzig Jahren verheiratet ist? Macht man jetzt? Was für ein Scheiß. Macht man, wenn man was Jüngeres am Start hat. Nina. Man vögelt ja auch gerne mal was Jüngeres. Macht man jetzt auch. Und irgendwie kann ich das sogar verstehen. Jung sieht besser aus. Ist weniger vom Verfall gezeichnet. Jung signalisiert Vitalität. Aber: Was versprechen sich die Knuts dieser Erde davon?

Einen Kick? Einen Booster für ihr Leben? Denkt er, diese Vitalität ist ansteckend? Was Virales? Oder glaubt er tatsächlich, dass er durch eine junge Frau selbst jünger wirkt? Ist es so entsetzlich profan? Ja, ich denke, das ist es. Profan. Und entsetzlich. Für mich vor allem. Sind das die typischen Wechseljahrserscheinungen bei einem Mann? Ist das etwas, was sich von selbst wieder erledigt? Muss man es nur aushalten? Abwarten, bis es vorbei ist? Geht es, wie es gekommen ist? Ist es eine Phase?

Es ist 23 Uhr, und ich liege noch immer. Wenigstens das Trinken habe ich vorübergehend eingestellt. Die leere Weinflasche steht wie ein Mahnmal auf meinem Nachttisch. Ein Kaffee würde mir guttun. Aber um 23

Uhr Kaffee zu trinken, macht wenig Sinn. Besser wäre ein Wasser. Aber wozu? Um den Kopf klarzukriegen? Was soll ich mit einem klaren Kopf? Damit der mich dann belästigt. Warum nicht noch ein Fläschchen Wein? Dafür muss ich aufstehen. Egal. Ich gehe Richtung Keller. Das Haus ist dunkel. Niemand weit und breit. Kein Knut. Ich schaue ins Kinderzimmer, das während Annas Abwesenheit auch als Gästezimmer dient. Eigentlich lächerlich, denn wir haben nie Übernachtungsbesuch. Aber wir wären gerüstet, wenn es denn mal so wäre. Vielleicht hat er sich hier hingelegt? Nichts, das Bett ist unberührt. Unberührt. Das ist nun auch mein Schicksal. Aber damit könnte ich vielleicht noch leben. Aber unberührt und ungeliebt? Unbegehrt? Ungewollt? Ich will den Rahmen meines Lebens zurück. Will diese Unsicherheit nicht. Will all diese »un«-Vorsilben nicht. Ich will wissen, wie mein Leben morgen ist. Und übermorgen. Ist das nicht auch Sinn der Ehe? Lautet so nicht die Abmachung? Kann ein Vertrag einseitig gekündigt werden? Schnappe mir eine Flasche Wein und den Öffner und gehe zurück ins Bett. Ich habe das Gefühl, das Bett ist der einzige Ort, an dem ich momentan existieren kann. Die Welt da draußen ist voller Tatsachen. Tatsachen, die ich nicht sehen und nicht hören will. In meinem Bett ist die Welt besser. Kleiner. Überschaubarer. Der Wein ist zu warm, aber es ist mir egal. Genuss ist nicht mein Begehr. Ich öffne die Flasche und nehme einen großen Schluck. Meine zweite Nacht allein im Bett. Seit Jahrzehnten schlafe ich nicht allein. Und wenn es tatsächlich mal so war, wusste ich, dass es eine Ausnahme ist. Jetzt ist es mein neuer Dauerzustand. Die eine Betthälfte ist leer. Ich könnte mal auf der anderen Seite liegen. Ich muss ab sofort nur noch eine Decke und ein Kissen beziehen. Gibt es etwas Trostloseres als ein Bett, das halb bezogen ist? Gibt es etwas Eindeutigeres? Ein halb bezogenes Bett ist ein Statement. Eine Absage an alles. Eine Form der sexuellen Kapitulation. Ein Eingeständnis der Einsamkeit.

Darauf noch einen Schluck. Und noch einen. Überlege, ob ich mein Handy anmache und gucke, ob jemand geschrieben hat. Vielleicht hat sich Knut gemeldet? Vielleicht sorgt er sich. Wenn er sich sorgt, dann liegt ihm was an mir. Das wäre ein Indiz. Ein Zeichen. Aber wenn nicht? Ich lasse es aus. Habe Angst vor dem großen Nichts. Keine Nachricht wäre auch ein Zeichen. Dann wäre jedwede Hoffnung weg. Lieber Ungewissheit als das. Auf diese Entscheidung, die man feige nennen könnte, noch einen Schluck. Die Flasche ist schon wieder halb leer. Mein Magen mag den neuen, heftigen Alkoholkonsum nicht. Egal, er wird sich daran gewöhnen. Ich könnte etwas essen. Aber ich habe keinen Hunger. So gar nicht. Erstaunlich, ich bin sonst eine Frau, die gerne isst. Sogar sehr gerne. Die paar Kalorien kann ich auch trinken. Habe mich ja die letzten Jahre mit dem Alkohol sehr zurückgehalten. Noch zwei kleine Schlucke. Schmeckt mir das? Eher nicht. Als die Flasche leer ist, überlege ich kurz, ob ich mir eine weitere hole. Genau das tue ich. Ich finde im Keller noch eine Tüte Chips. Erstaunlich. Ich kaufe keine Chips. Knut schon gar nicht. Er ist sehr diszipliniert. Jedenfalls was das Essen angeht. Man muss auf seinen Körper achten, hat er mir oft genug gesagt. Er ist im Alter eitler als früher. Wozu sollte ich jetzt noch auf meinen Körper achten? Das Thema hat sich ja nun so was von erledigt. Mein Körper ist aus dem Rennen. Ausgemustert. Wen sollte der jetzt noch interessieren?

Obwohl ich keinerlei Hunger verspüre, schnappe ich mir die Chips und eine weitere Flasche Wein.

Wie gut Chips schmecken können, hatte ich fast vergessen. In Verbindung mit Wein geradezu fantastisch. Ich esse sie im Bett, die Krümel sind mir egal. Irgendwie ist mir im Moment alles egal. Was soll ich mich in meinem Zustand über ein paar Krümel aufregen? Wenn das große Ganze aus den Fugen ist, kann man sich nicht mit Belanglosigkeiten aufhalten. Wozu auch? In diesem Bett bin nur ich, in diesem halb leeren Bett. Werde nur ich sein. Gegenwart und Zukunft.

Ich bin Single.

Bin ich das wirklich? Ist das schon entschieden?

Scheiße. Ich wollte nie mehr Single sein. Ich habe mich mal für die Ehe entschieden, und ich habe diese Entscheidung auch nie groß angezweifelt. Ja, ich war nicht immer begeistert. Aber ist das nicht normal? Die Langstrecke birgt Risiken, bringt es mit sich, dass man mal hadert. Mal eine Durststrecke hat, mal genervt ist. All das ist quasi »all inclusive«. Aber Trennung war nie auch nur eine Option. Ich habe eine Trennung nie in Erwägung gezogen. Ich bin immer eine Frau gewesen, die zu ihren Entscheidungen steht. Ich habe dieses »in guten wie in schlechten Zeiten« ernst genommen. Gar nicht infrage gestellt. Ich bin eine verbindliche Frau. Ich mag Verbindlichkeit. Jetzt bin ich Single. Allein ist die unschöne Übersetzung. Single klingt weitaus besser. Klingt frei. Ungebunden, aber in positivem Sinne. Single klingt nach Spaß, nach Lebensfreude. Aber was soll daran gut sein? In meiner momentanen Lage gar nichts. Ich bin alleine. Und ich weiß nicht, was kommt. Ich drehe mich gedanklich im Kreis. Immer wieder. Versuche zaghaft, der Sache irgendwas Gutes abzugewinnen. Nur – mir fällt nichts ein. Frei und ungebunden? War ich bis vorgestern unfrei? Ist gebunden sein etwas Schlechtes?

»Sag mal, geht's eigentlich noch?«, weckt mich eine Stimme. Eine mir sehr bekannte Stimme. Knut. Er steht vor meinem Bett. Nach »Oh, ich habe mich geirrt – vergiss, was ich je gesagt habe, ich liebe dich noch immer« hört sich das nicht an. Mehr nach: Spinnst du? Was soll das? Du bist eine Zumutung!

Es ist mir peinlich, dass er mich so, in diesem erbärmlichen Zustand, sieht. Ich kann mir vorstellen, wie desaströs ich wirke. Auf meinem Nachttisch der Wein. Und leere Flaschen. Als wäre das hier der Altglascontainer des Viertels. Ich liege völlig zerknautscht in einem Meer aus Chipskrümeln. Abgeschminkt habe ich mich auch nicht. Aber spielt das jetzt eine Rolle? Oder kann er ruhig sehen, dass mich das fertigmacht? Soll er das Leid, das er angerichtet hat, vor Augen haben? Oder ist das armselig, eine demonstrative Bestätigung seiner Entscheidung? Sollte ich nicht versuchen, glamourös und entspannt zu sein, um ihn davon zu überzeugen, dass er aufs falsche Pferd setzt? Ist das nicht in Filmen immer so, dass die verlassene Ehefrau auf einmal zur wunderschönen Versuchung mutiert, sich Haare und Nägel richten lässt, auf einen Schlag zehn Kilo leichter ist und der Ehegatte merkt, was er für einen furchtbaren Fehler gemacht hat?

»Mal ehrlich, das ist doch keine Lösung. Du kannst doch nicht dein Telefon ausschalten und einfach abtauchen. Wie stellst du dir das vor? Ganz ehrlich, das ist irgendwie ja fast asozial, wie du da liegst!«

Asozial. Sagt Knut. Der Mann, der mir gestern, oder war es vorgestern, en passant gesagt hat, dass er mich von heute auf morgen verlässt. Wie kann so jemand dieses Adjektiv überhaupt in den Mund nehmen? Wenn hier einer asozial ist, dann bin nicht ich es.

»Verpiss dich!«, antworte ich. Wenn schon asozial, dann mit allem Drum und Dran. Was fällt dem ein? Ich wusste, dass Knut ein Arschloch sein kann, aber der Ton geht gar nicht. Hat der kein Mitleid? Keinen Anstand? Ist er schon so weit weg? Mental? Hat er mich längst abgeschrieben? Schon vor Jahren ausgemustert? Bin ich nur noch irgendetwas, was im Weg ist? Was man entsorgen muss. So wie eine leere Weinflasche. Möglichst ohne jedweden Widerstand. Unauffällig.

Er sieht fast angeekelt aus, so, als wäre ich in meinem momentanen Zustand die absolute Bekräftigung für seinen Entschluss: »Steh auf und lass dich nicht so gehen. Wir müssen einiges besprechen, und du hast einen Job! Wie stellst du dir das vor? Wir sind erwachsene Menschen, ich bitte dich. Ulrike. Wir sind doch nicht die Ersten, die sich trennen, und sicher auch nicht die Letzten.«

Ich ziehe mir die Decke über den Kopf. Ich will das nicht hören. Es soll aufhören. Ich will nicht erwachsen sein. Ich will mir gar nichts vorstellen. Wozu?

»Wenn du so albern sein willst, gut. Ich erwarte dich morgen im Autohaus. Aber bitte nicht in diesem Zustand. Das ist ja katastrophal. Das sind ja desaströse Zustände. Und morgen Abend reden wir. In aller Ruhe. Heute kannst du dir noch mal eine Auszeit nehmen.«

Wie großmütig. Sollte ich jetzt artig »vielen Dank« sagen? Denkt der, ich wäre seine Angestellte? Was ich de facto ja sogar bin. Was ist das für ein Ton? Ich antworte nicht. Der große Knut hat gesprochen. Albern! Ja, man kann das durchaus albern finden. Oder auch verzweifelt. Das würde es sicher eher treffen. Das ist es, was ich bin. Verzweifelt. Verstört. Nicht desaströs. Was bildet der sich ein? Habe ich überhaupt ein Mitspracherecht? Darf auch ich eine Meinung haben? Fühle mich zu der Demütigung auch noch entmündigt. Muss ich darauf antworten? Erwartet er tatsächlich eine Antwort? Ich bleibe unter der Decke. Ist wirklich albern, aber ich will ihn nicht sehen und will auch nicht, dass er mich sieht. Fühle mich mal wieder wie eine Dreijährige, die denkt, wenn sie sich die Hände vors Gesicht hält, ist sie unsichtbar. Knut knackt mit den Fingern. Ich muss es nicht sehen, ich höre es. Er weiß, dass ich das hasse. »Ich nehme das hier mal mit, und wir sehen uns morgen. Das hat doch so keinen Sinn. Sei doch vernünftig, bitte!«, lenkt er ein. Ich will schreien »Sei du verdammt noch mal vernünftig, du hormongesteuertes Arschloch«, aber ich mache keinen Mucks. Merke, wie in mir die Tränen aufsteigen. Will nicht schon wieder weinen. Will, dass all das nie gesagt wurde. Will keine weiteren Verletzungen. Will geliebt werden. Ist das zu viel verlangt?

Ich höre die Schlafzimmertür ins Schloss fallen und hebe die Decke. Er ist weg. Die leeren Flaschen und die angebrochene auch. Und die zerknüllte Chipstüte. War das nett? Fürsorglich? Liebevoll? Liegt ihm doch noch was an mir? Hätte er es sonst nicht stehen gelassen? *Das* zu denken ist jetzt wirklich albern, denke ich. Hat er recht? Führe ich mich total blöd auf? Sollte ich mich am Riemen reißen und mich dem Leben – meinem neuen Leben – stellen?

Vermutlich sollte ich das. Das ist das, was in solchen Situationen erwartet wird. Aber ich kann nicht. Und ich will nicht. Ich will nicht morgen früh im Autohaus stehen und gute Miene zum bösen Spiel machen. Will nicht so tun, als wäre nichts. Ich will mich nicht morgen Abend vernünftig zusammensetzen und reden. Ich will gar nicht über etwas reden, was ich nicht will. Drüber reden heißt ja auch, etwas als gegeben zu akzeptieren. Sich der Situation stellen. Einer Situation, die man weder will noch heraufbeschworen hat.

Warum hat er nicht einmal gefragt, wie es mir geht? Wie ich mich fühle? Warum hat er mich nicht in den Arm genommen? Geht das alles an ihm einfach spurlos vorbei? Ist er nicht wenigstens ein klitzekleines bisschen traurig? Müsste es ihn nicht sehr bedrücken, mich so zu sehen? Wo ist sein Gewissen?

Ignoriert und verschmäht. Nicht begehrt. Asozial. Lästig. Desaströs. Das bin ich. Wozu sollte so jemand überhaupt noch aufstehen?

Immerhin traue ich mich, mein Handy anzumachen. Elf verpasste Anrufe. Neun neue Nachrichten bei WhatsApp. Die meisten sind von Knut.

»Geh doch mal ans Telefon!«

»Das ist blöd gelaufen.«

»Ulrike! Wir müssen reden.«

»Du kannst dich nicht einfach krankmelden!«

»Ulrike, jetzt geh ran.«

Immerhin hat auch er gemerkt, dass es blöd gelaufen ist. Sofort keimt eine Art von Hoffnung in mir auf. Ist da so was wie Reue rauszuhören? Spurenelemente von Bereuen sogar? Was meint er mit blöd gelaufen? Seine kurze und emotionslose Schlussmach-Arie oder unsere Ehe? Oder sogar seine Entscheidung? Ich weiß, dass ich mich an einen vermeintlichen Strohhalm klammere, aber ich kann nicht anders. Zu schwer zu glauben, dass es das wirklich gewesen sein soll. Nach all den Jahren, nach dem, was wir zusammen erlebt haben, zusammen erreicht haben. Das ist doch nicht nichts. Das kann man doch nicht so einfach mit ein paar lapidaren Sätzen auslöschen.

Sieben der verpassten Anrufe sind ebenfalls von Knut. Einer von Geli, meiner Freundin. Ich kenne sie noch aus der Schule. Sie ist meine älteste Freundin, wohnt aber nicht gerade um die Ecke, sondern knapp dreihundert Kilometer entfernt. Wir sehen uns eher selten, sie hat vier Kinder und wenig Zeit. Aber unsere Verbundenheit hat ein tiefes Fundament. Wir müssen uns nicht oft sehen, um dennoch vertraut miteinander zu sein. Wir sind es. Die Basis ist stabil. Egal, wie selten wir uns treffen. Bald habe ich ja sehr viel mehr Zeit, denke ich, und der Gedanke klingt schön, ist aber bitter und unendlich traurig.

Einer der Anrufe ist von Susanne aus dem Autohaus. Eine Kollegin, die fast Freundinnenstatus hat. Fast, weil Knut es nicht für gut hält, wenn ich mich mit Kollegen anfreunde. »Sie sind, das darfst du nie vergessen, Ulrike, meine Angestellten. Da vermischen sich dann Dinge, und es führt zu nix Gutem. Die denken dann, nur weil sie mit der Frau des Chefs befreundet sind, sie hätten irgendwelche Prioritäten. Das schafft schnell böses Blut untereinander, und das wollen wir ja vermeiden.« Knut sagt gerne *wir*, meint aber meistens *ich*.

Jetzt kann ich mit Susanne befreundet sein, schießt es mir durch den Kopf. Wieso habe ich mir vorschreiben lassen, mit wem ich Freundschaft schließen darf? Aber so war es. Knut hat bestimmt. Ich habe mich gefügt. Ohne es infrage zu stellen. Er dirigierte mein Leben. Imperfekt. Dirigierte. Ich habe in der Vergangenheitsform gedacht. Das erste Mal. Knut ist Geschichte. Vergangenheit. Nein, nein, nein, korrigiere ich mich selbst. Das ist eine Phase. Er hat eine Krise. Er braucht mehr Bestätigung. Normal bei Männern in dem Alter. Die wollen es noch mal wissen. Das ist nichts Besonderes, ganz im Gegenteil, geradezu Standard. Klischee.

Überlege, ob ich Geli zurückrufe. Sie könnte die perfekte Ratgeberin sein. Sie kennt mich, hat aber eine gewisse Distanz. Sie ist klug und beziehungserprobt. Geli und ihr Mann Norbert sind seit Ewigkeiten zusammen. Er ist ihr erster fester Freund gewesen, und sie sind zusammengeblieben. Ich glaube, sie hatte nie Sex mit jemand anderem. Geli und Norbert sind eine Einheit. Dieses extrem Symbiotische war mir oft suspekt, vielleicht zum Teil aus Neid. Waren Knut und ich je eine solche Einheit? Ich glaube nicht. Ein Paar, ja. Nach außen hin vielleicht sogar eine Einheit. Aber drinnen – in uns – eher nicht.

Die übrigen beiden Anrufe sind von meiner Mutter. Sie lässt sich nicht gerne abfertigen. Zurückweisen.

Kann ich verstehen, aber sie anzurufen, schaffe ich jetzt nicht. Ich habe Angst, in Tränen auszubrechen. Angst, dann ihren Kommentar zu der »Sache« zu hören. Ich ahne, was sie sagen wird. »Ulrike, das gibt es halt. Das hält man aus. Das erledigt sich von selbst. Da muss man drüberstehen.«

Schön wäre es. Aber Knut hat keine Affäre, die sich einfach so erledigt. Bei der man wegguckt, sich wegduckt und die, so wie sie aufgetaucht ist, auch wieder verschwindet. Knut hat Nina. Fucking Nina. Knut will, dass Nina mehr ist als eine Affäre. Jedenfalls nehme ich das an. Hätte er sonst was gesagt? So oder so, mich will er nicht mehr. Er will mich nicht. Wieder und wieder sage ich mir das. Er will mich nicht. Ich bin aus dem Rennen. Außerdem: Würde ich es schaffen, mich wegzuducken? Es vorbeiziehen zu lassen? Es auszusitzen? Einfach abwarten, bis sich Nina erledigt hat. Oder auf einmal ersetzt wird durch Laura. Oder Lisa. Oder welche Dreißigjährige auch immer. Will ich das? Könnte ich das? Ich kann teilen, aber ob das meinen Ehemann mit einschließt, bezweifle ich.

Ich schicke meiner Mutter eine Nachricht. »Hektik, melde mich die Tage, Kuss!« Seit einigen Monaten benutzt sie WhatsApp, und seither ergießt sich eine Emoji-Flut über mich. Auch diesmal. Ein schnaubender Smiley. Und ein lila Teufelchen. Ein Blitz. »Für seine Mutter nimmt man sich immer Zeit!«, steht dahinter. Normalerweise hätte ich jetzt schon die Nummer gewählt. Meine Mutter schafft es noch immer, mich einzuschüchtern. Aber momentan gibt es Dinge, die mich noch sehr viel mehr einschüchtern. Dagegen wirkt meine Mutter nachgerade harmlos. Schrecken relativiert sich im Angesicht des größeren Schreckens. Und wie hat mein Vater immer gesagt: »Nie mehrere Kriegsschauplätze eröffnen.« Mein Vater. Was der wohl sagen wird? Im Zweifelsfall zuckt er mit den Achseln.

Mein Vater ist kein Mann, der gerne über Gefühliges (so nennt er alle privateren Themen) redet. Er findet, dass man »so was« mit sich selbst ausmacht. Außerdem mag mein Vater Knut. »Der Mann hat Biss. Willen. Der geht seinen Weg!«, hat er zu mir gesagt, nachdem ich ihm Knut vorgestellt habe. Damals war Knut Autoverkäufer. Kein Beruf, bei dem meine Eltern aus vollem Herzen laut Hurra geschrien hätten. Ein Akademiker wäre was gewesen. Am liebsten Arzt oder Jurist. Oder zumindest Ingenieur. Zur Not auch noch Lehrer. Das hätten sie angemessen gefunden. Immerhin hat auch mein Vater ein Studium absolviert. Er ist Betriebswirt. Ich komme also, wie meine Eltern gerne betonen, aus einem Akademikerhaushalt. Auch wenn meine Mutter nach der Realschule eine Lehre gemacht hat. Sie ist Bürokauffrau. Hat direkt nach Abschluss der Lehre geheiratet und nie in ihrem Beruf gearbeitet. Wozu auch? Da war ja mein Vater. Und dann die Kinder. Erst ich, acht Monate nach der Heirat, und dann meine beiden Brüder und hintenraus noch meine kleine Schwester. Eine Nachzüglerin. Nicht geplant, wie meine Mutter offen zugegeben hat.

Ein Autoverkäufer? Für ihre Älteste, die ja immerhin Abitur gemacht hat. Für so einen Autoverkäufer hätte ja auch ein Realschulabschluss gereicht. Vielleicht sogar Hauptschule. Man orientiert sich nach oben. Nicht nach unten. Meine Eltern, vor allem meine Mutter, waren zunächst enttäuscht von meiner Wahl. »Da wäre doch mehr drin gewesen!«, war ihr Kommentar. »Du bist keine Schönheit, aber du kannst dich herrichten.« Wenn sie mich jetzt und hier sehen würde. Herrichten? Zurichten wäre treffender. Meine Mutter hat nie ein Blatt vor den Mund genommen. Feinfühligkeit ist keine ihrer Kernkompetenzen. Aber sie hat recht. Ich bin keine Schönheit. Apart vielleicht, manchmal sogar hübsch, aber schön – nein. Mich hat dieser Satz meiner Mutter damals sehr verletzt. Obwohl ich ja selbst Augen im Kopf habe. Ich weiß, wie ich aussehe. Ich kenne meine Möglichkeiten, aber eben auch meine Grenzen. Allerdings habe ich damals naiv angenommen, dass die eigenen Eltern einen immer schön finden. Einfach aus lauter Liebe. Und genau das habe ich meiner Mutter auch gesagt. In all meiner Gekränktheit. »Ulrike«, hat sie geantwortet, und ich werde diesen Satz nie vergessen, »Liebe ist auch Wahrheit. Das eine sollte das andere nicht ausschließen.« Liebe ist auch Wahrheit? Der Satz hat mich beschäftigt. Stimmt das wirklich? Liebe sollte wahr sein, wahrhaftig, aber Liebe ist Wahrheit? Braucht Liebe Wahrheit? Oder hat Wahrheit schnell etwas Destruktives? Etwas Verletzendes? Offenheit ja, aber Wahrheit? Waren Knut und ich offen miteinander? War unsere Liebe wahr?

Lange Zeit habe ich mich über die Aussage meiner Mutter gegrämt. Gedacht, sie fände mich hässlich. Kein gutes Gefühl. Vielleicht ist mir deshalb bis heute Bestätigung so irrsinnig wichtig. Ich will gefallen. Egal, wem. Komplimente sind mein Lebenselixier. Ich bin geradezu süchtig danach. Und ich achte auf mich.

Richte mich her, so gut es eben geht. Letztes Jahr habe ich mir die Augen machen lassen. Die Hängelider straffen. Ich sah immer müde aus. Angestrengt. Man darf durchaus angestrengt sein, aber man soll es bloß nicht sehen. Anstrengung soll privat bleiben. Geht andere nichts an. Niemand will mit Anstrengung belästigt werden. So, wie man auf ein »Wie geht's?« tunlichst antwortet: »Gut.« Niemand will etwas anderes hören. Zweitausendfünfhundert Euro hat es gekostet, die Anstrengung aus meinem Gesicht zu tilgen. Aber nicht aus meinem Leben. Anstrengung steckt in einem, das kann man nicht wegoperieren. Das Gefühl bleibt, egal, wie straff die Lider sind.

Seitdem kann ich wieder Lidschatten verwenden. Ohne jede Anstrengung.

Denke darüber nach, ob ich Geli anrufen sollte. Aber irgendwas in mir will nicht über all das reden. Will keine vernünftigen Ratschläge. Keine Kommentare. Ich werde den Tag heute noch im Bett verbringen und mich morgen dem Ganzen stellen. Ich werde ins Büro gehen. Ich werde mit Knut reden. Aber heute, heute gehört noch mir und dem Schmerz. Heute darf ich mich noch suhlen. In meinem Kummer. In meiner Erniedrigung. In all dem nicht selbst gewählten Elend. Gehe kurz in die Küche und trinke eine halbe Flasche Wasser auf ex. Ex. Ich bin eine Ex. Egal, was ich tue, alles erinnert mich an diese beschissene Tatsache. Ist es tatsächlich eine Tatsache? Nein. Nein. Nein. So weit bin ich nicht, dass ich mir diesen Gedanken erlaube. Wie ferngesteuert gehe ich Richtung Keller. Wein. Mehr Wein. Obwohl ich das Gefühl habe, dass ich genug im Körper habe. Aber mein Kopf beginnt klar zu werden, etwas, was es zu vermeiden gilt. Wenigstens heute noch. Ich will nicht klar sein. Ich will die Kapuze über der Seele. Will Schutz, Trost, ohne zu reden. Ich hole mir Wein und gehe zurück ins Bett. Immerhin stelle ich mir den Wecker. Morgen werde ich ins Büro gehen. So ist der Plan.

Um kurz vor sechs, noch bevor der Wecker klingelt, bin ich wach. Mein Kopf dröhnt. Kein Wunder. Die Flasche auf meinem Nachttisch ist fast leer. Ich habe einen fiesen Geschmack im Mund und unglaublichen Durst. Ich glaube, das nennt man Kater. Um 8 Uhr muss ich im Autohaus sein. Habe ich mit mir selbst abgemacht. Ich hätte Lust auf eine Zigarette. Erstaunlich, denn ich rauche seit zwanzig Jahren nicht mehr. Nicht weil ich es nicht mochte, sondern weil ich schon immer so irrsinnig vernünftig war. Nur, wohin hat mich diese Vernunft geführt?

Ich werde mir ein Päckchen kaufen. Nachher auf dem Weg ins Büro. Als Belohnung dafür, dass ich mich dorthin wage. Ich fürchte mich vor dem Moment, in dem ich »unser« Autohaus betrete. Fürchte mich vor den Blicken der Mitarbeiter. Würde sehr viel lieber einfach liegen bleiben. Mein Bett fühlt sich an wie ein Kokon. Eine Schutzhülle. Wenn ich aufstehe, war es das mit dem Schutz.

Tue es trotzdem und bin unglaublich stolz auf meine Willenskraft. Beim Blick in den Badezimmerspiegel erschrecke ich mich. Was zwei Tage anrichten können. Zwei Tage weinen. Zwei Tage trinken. Ein absoluter Verfallsbeschleuniger.

Gebe mein Bestes, dusche ausgiebig, weine ein klitzekleines bisschen und male mich dann richtig an. Ein stark geschminktes Gesicht ist wie eine Maske, und jede Frau weiß, dass man damit besser nicht weint. Ich ziehe ein Kleid an, das Knut immer besonders gemocht hat. Jedenfalls hat er das behauptet. Trotz allem möchte ich gefallen. Möchte, dass er mich sieht und es ihn reut. Dass er guckt und denkt: Ach, so übel ist die ja gar nicht. Kindisch. Als würde ihn ein Kleid umstimmen. Wenn es doch nur so einfach wäre. Das Kleid kneift mich am Bauch. Egal. Shapewear drunter, und ab geht's.

Kurz vor acht fahre ich auf den Hof des Autohauses. Knuts fette Karre steht schon da. Muss seine Nina früh raus? Wo lebt sie? Arbeitet sie? Hat sie Kinder? Ich will alles wissen. Man sollte seine Feindin kennen.

Ich schaue auf das Päckchen Gauloises Rot in meiner Tasche, atme tief ein und aus, ganz so, wie ich es in meinem Yogakurs gelernt habe (alle Frauen in meinem Alter machen Yoga), und öffne die Autotür. Wenn ich das hier geschafft habe, werde ich eine rauchen. Die erste seit zwanzig Jahren. Direkt hier auf dem Parkplatz. Eine Kippe als Belohnung. Höre schon die Aufschreie meiner Familie und von Knut. Rauchen ist etwas für Asoziale, findet Knut. Na, dann passt es ja, genau so hat er mich schließlich gestern bezeichnet, denke ich und hätte Lust, mir direkt eine anzuzünden und sie demonstrativ vor dem Eingang auszutreten.

Ich straffe die Schultern und versuche, nicht wie die betrogene, beschissene, verlassene, hintergangene Ehefrau auszusehen. Ich will selbstbewusst wirken. Schick, gepflegt und aufrecht. Innerlich bin ich alles andere als das, aber mein Spiegelbild in der Autohausscheibe zeigt das Gewünschte. Sollen sie doch denken, was sie wollen. Das hier ist ein verdammtes Spiel, und ich werde es spielen.

Erstaunlicherweise ist alles wie immer. Ich achte auf jeden Gesichtsausdruck. Jenny vom Empfang, unsere kleine Azubine, strahlt mich an. »Guten Morgen, geht es Ihnen wieder besser?«, will sie wissen. Wie immer steckt sie in einem Kleid, das mindestens eine Nummer zu klein ist. Ich habe schon oft überlegt, ob ich ihr mal einen zarten Tipp gebe, habe mich aber dagegen entschieden. Es ist ihr Körper. Ihre Kleidung. Knut glaubt, dass die Kunden es mögen, wenn sie »ihre Auslage« so präsentiert. Ihm scheint es, jedenfalls wenn man seinen Blicken folgt, zu gefallen. Auslage? Was für ein widerlicher Ausdruck. So als wären Frauen und ihre Körper dafür geschaffen, sich zu präsentieren, vor allem, um Männern Freude zu bereiten. Sex-Appeal darf bei Männern gerne etwas offensiver präsentiert werden. Für Subtiles sind die meisten nicht sonderlich empfänglich. »Leckä Mädsche!«, findet Lars aus der Werkstatt, und Jenny kichert jedes Mal, wenn er das sagt. Komplimente sind eben Geschmackssache. Vielleicht ist man da mit neunzehn auch weniger wählerisch. Obwohl: Richtig wählerisch bin ich bei Komplimenten auch schon lange nicht mehr. Ich sollte mich mit Kritik in diesem Bereich nicht zu weit aus dem Fenster lehnen. Lob ist Lob. So viel bekomme ich nicht, dass ich es mir leisten kann, auch noch streng zu sein.

»Ich glaube, es war das Sushi, alles wieder gut. Mir ist noch ein ganz bisschen blümerant, aber das wird schon«, antworte ich der kleinen Jenny, und wieder strahlt sie, als hätte ich ihr gerade gesagt, dass sie den Lottojackpot der Woche gewonnen hätte.

»Das ist schön. Das freut mich. Kaffee?«, antwortet sie.

Ich nicke und gehe ins Büro. Mal stehe ich am Empfang, mal mache ich Büroarbeiten. Schreibe Rechnungen. Ich bin eine Art Mädchen für alles. Ein ziemlich altes Mädchen. Nicht nur im Vergleich zu Jenny.

Am Schreibtisch schnaufe ich durch. Die erste Hürde ist genommen. Niemand hat mich seltsam angestarrt, niemand hat irgendeine blöde Bemerkung gemacht. Aber vielleicht nimmt man sich und seine Kümmernisse auch zu wichtig. Warum sollte das die Belegschaft interessieren? Für die ändert sich ja nichts. Ist das eigene Leben nicht betroffen, sind Menschen erstaunlich gleichmütig. Je näher die Einschläge kommen, desto eher reagieren sie. Ich bin die Frau des Chefs. Nicht ihre Frau. Niemand aus der Familie. Klatschgeeignet, klar, mit Sicherheit. Über irgendetwas wollen Menschen ja reden. Aber emotional unbedeutend. Emotional unbedeutend. Genau das bin ich jetzt. Ich könnte direkt weinen. Gibt es Schlimmeres, als für niemanden mehr *der* Mensch zu sein? Hinabzugleiten in die Masse der Suchenden? Ich fasse in meine Handtasche und berühre das Päckchen Zigaretten. Nicht weinen, Ulrike, sage ich mir. Nicht weinen. Nicht hier und nicht jetzt. Zum Glück schaffe ich es.

Knut erscheint im Büro. Was für ein Timing. Da steht er und sieht so unverändert und so unbeschadet aus. So, als wäre alles wie immer.

»Alles gut, Ulrike?«, fragt er mich, und allein die

Frage ist eine Frechheit. Was bitte soll denn an all dem gut sein? Denkt der, ich wäre ein Labrador, der sich nach einem heftigen Regenguss kurz schüttelt und sich dann wieder wohlfühlt? Glaubt der, ich würde zwanzig Jahre Beziehung einfach so abschütteln? Genau genommen dreiundzwanzig. Verheiratet waren wir zwanzig Jahre. Zusammen sind wir seit dreiundzwanzig Jahren.

»Nein«, antworte ich, »nichts ist gut.« Mehr will ich gar nicht sagen. Das hier ist der falsche Ort. »Das wird schon!«, sagt er und streicht mir über den Kopf. Wie einer Fünfjährigen, die sich das Knie aufgeschlagen hat. Aber es ist nicht mein Knie, es ist mein Leben, das ramponiert ist. Wird es heilen wie ein aufgeschürftes Knie? Wird sich eine Art Schorf über meine Seele legen, und irgendwann in ein paar Monaten oder Jahren erinnert nur eine winzige Narbe daran, dass da mal was vorgefallen ist? Muss man den Schorf nur in Ruhe lassen, bis er von selbst abfällt? Einfach nicht berühren? Löst er sich dann wie von Zauberhand?

»Ulrike, bitte, wir sollten das erwachsen regeln, lass uns heute Abend was essen gehen, nach der Arbeit, zu Giovanni?«, schlägt Knut vor. Clever. In einem öffentlichen Restaurant kann er davon ausgehen, dass ich mich »im Griff« haben werde. Nicht in Tränen ausbreche und schon gar nicht rumschreie. Nur: Mir ist so gar nicht nach »im Griff« haben. Ich will ihn am liebsten schon jetzt und hier anschreien und mich an ihn klammern. Ihn schütteln, bis dieser Quatsch aus seinem Kopf verschwindet. Ihn treten und kratzen. Und küssen. In mir ist eine riesige Ambivalenz.

Stattdessen sage ich betont cool: »Gut, 19 Uhr 30 bei

Giovanni. Reservierst du was?« Warum nur spiele ich diese Farce mit? Sollte ich aufbegehren? Ihm eine Szene machen? Darauf scheißen, wie das hier irgendjemand finden könnte? Aber: Ich bin nun mal, wie ich bin. Ich füge mich schnell. Schon immer. Vielleicht ist das einer meiner Grundfehler. Der Weg des geringsten Widerstands ist quasi für mich gebaut. Bin ich damit gut gefahren? Beziehungsweise gegangen? Eigentlich schon, jedenfalls bisher. Dachte ich zumindest.

»Wir treffen uns dann bei Giovanni, aber lieber schon um 18 Uhr 30. Bis nachher.« Kein »Passt dir das?«, sondern nur ein »Bis nachher«. So ist das bei uns. Uns. Uns gibt es nicht mehr, Ulrike, ermahne ich mich und greife nach den Zigaretten. Mit diesem Gespräch, das ja eigentlich gar keines war, habe ich mir definitiv eine verdient. Kurz überlege ich, was Knut sagen würde. Knut. Es spielt keine Rolle mehr, was er sagt. Oder denkt. Ich spiele ja auch keine Rolle mehr für ihn. Scheiß auf Knut.

Ich nehme meine Tasche und gehe hinter die Hallen. Vor dem Haus soll nicht geraucht werden. Anweisung vom Chef. In unserer kleinen inoffiziellen Raucherecke unter dem Vordach der Montagehalle treffe ich auf Susanne, meine Lieblingskollegin mit fast Freundinnenstatus, unsere Buchhalterin.

»Hallo«, begrüßt sie mich, und als sie das Päckchen in meiner Hand sieht, fragt sie nicht einmal, sondern streckt die Hand aus und gibt mir ihr Feuerzeug. Der erste Zug nach all den Jahren Abstinenz ist der Hammer. Inhalieren verlernt man nicht. Ich huste ein bisschen und merke, wie das Nikotin meinen Körper flutet. »Willst du reden? Oder soll ich dich einfach in Ruhe lassen?«, fragt Susanne. Ich schaue sie an, diese hagere, groß gewachsene Frau mit dem burschikosen Kurzhaarschnitt. Nehme noch einen Zug, huste wieder und beginne zu weinen. Ich will nicht, aber es lässt sich nicht stoppen. Die Tränen laufen mir übers Gesicht. So viel zum theoretischen Make-up-Weinschutz. Susanne drückt ihre Zigarette aus und schlingt ihre Arme um mich. Ohne Kommentar. Sie nimmt mich einfach und umfängt mich mit ihrer Umarmung, und ich glaube, das ist genau das, was ich brauche. Kein Reden. Keine Fragen. Nur Halt. Körperlichkeit. Nähe. Haut. Trotzdem habe ich das Gefühl, ich müsste mich erklären. Erklären, warum ich im Moment so gar nicht dem Bild entspreche, das ich sonst präsentiere. Wo ist all meine Selbstbeherrschung, meine Contenance?

»Er hat mich verlassen«, schluchze ich Susanne, die mich immer noch fest in ihren Armen hält, ins Ohr. »Er hat eine andere, eine Nina.« Und jetzt, wo ich es ausspreche, es jemand anderem sage, wird es von einer Bedrohung zu einer Tatsache.

»Ich weiß«, murmelt Susanne.

Sie weiß es. Was bedeutet das? Wissen es alle? Haben es alle schon lange gewusst? »Woher weißt du das?«, frage ich und löse mich aus der Umarmung. Ich schmeiße den Rest der Zigarette auf den Boden und nehme mir eine neue aus der Packung. »Wie lange weißt du es? Wer weiß es sonst noch?« Der Kummer in mir weicht der Scham. Fast so, als wäre das Verlassenwerden weniger schlimm als das Wissen, dass alle über alles längst informiert sind. Alle bis auf mich.

»Seit gestern wissen wir in groben Zügen Bescheid.

Knut hat es uns gesagt. Nur dass ihr euch getrennt habt und er eine neue Lebensgefährtin hat. Keine Details. Er wolle nicht, dass es Gerede gibt.«

Wir haben uns getrennt? Das hat Knut gesagt? Ich habe mich nicht getrennt. Ich bin getrennt worden. Er hat eine neue Lebensgefährtin? Er fickt eine Nina. Das war es, was ich bis eben dachte. Er fickt rum. Mit einer Jüngeren. Irgendeiner. Aber Lebensgefährtin? Das klingt ernst. Das klingt nach Beziehung. Das macht alles sehr viel schlimmer. Das gibt allem eine Dimension, die ich nicht auf dem Schirm hatte. Er war doch bis vor zwei Tagen noch mit mir zusammen. Wie kann er da eine neue Lebensgefährtin haben? Wie nennt man so was: fließender Übergang?

»Er hat Lebensgefährtin gesagt?«, frage ich Susanne und wische mir im Gesicht rum, um die Spuren der Tränen zu tilgen.

»Ja, das hat er«, betont Susanne und schaut mir ins Gesicht. »Wir haben es hier alle geahnt, ehrlich gesagt. Wir haben diese Neue, diese sogenannte Lebensgefährtin, schon gesehen. Sie war zwei-, dreimal hier, immer montags, wenn du freihast.«

Ich ziehe an meiner Zigarette. Sehe Susanne ins Gesicht und kann mir nicht verkneifen, sie zu fragen, warum sie mir nichts gesagt hat.

»Ich wollte mit dir sprechen. War mir aber nicht sicher. Wollte mich nicht in etwas einmischen. Es kam mir übergriffig vor. Und ich war mir ja auch nicht sicher. Vielleicht war das falsch«, antwortet sie. »Ja, ich denke, das war falsch!«, betont sie noch einmal.

»Falsch ist gar kein Ausdruck«, werde ich wütend, »ich wäre vorbereitet gewesen. Ich hätte mir eine Strategie überlegen können. Das war mehr als falsch. Das war fies. Und unsolidarisch. Ich dachte, wir wären mehr als Kolleginnen«, fauche ich sie an. Im nächsten Moment schäme ich mich. Ich hätte mich sicherlich nicht anders verhalten. Ich halte mich auch gerne raus. Nur nicht in die Schusslinie begeben. Der Überbringer der schlechten Nachrichten ist am Ende immer der Idiot. »Entschuldige«, schiebe ich hinterher, »das war ungerecht.«

»Nein«, sie schüttelt den Kopf. »Ich hätte den Arsch in der Hose haben müssen. Auch wenn es nur eine Vermutung war. Du hast recht. Es tut mir leid.« Sie nimmt mich wieder in den Arm. »Wirklich leid.«

»Wie ist sie? Wie sieht sie aus? Sag mir die Wahrheit«, bitte ich Susanne. Immerhin habe ich jetzt jemanden, der die Bitch schon gesehen hat.

»Ich schätze sie auf Anfang dreißig. Vielleicht auch Mitte. Und um die Wahrheit zu sagen: Sie ist sehr hübsch. Sehr schmal. Gute Figur. Langes Haar. Blond. Wie hübsche Dreißigjährige halt aussehen. Teuer angezogen, jedenfalls soweit ich das beurteilen kann.« Sie seufzt. »Tut mir leid«, sagt sie noch, »alles. Du weißt, ich mag deinen Mann nicht besonders, aber ich muss ihn ja auch nicht mögen. Es ist ja dein Mann. Und du wirkst nicht so, als wärst du froh über die Trennung.«

Mag ich meinen Mann? Verrückterweise würde ich das nicht mal behaupten. Aber ich liebe ihn. Obwohl ich ihn nicht mag. Das klingt nach Widerspruch, ist es aber nicht. Ich sehe ihn nach all den Jahren einfach mit all seinen Macken und liebe ihn dennoch. »Danke für deine Offenheit. Deine verspätete Offenheit, ich gehe jetzt rein und spiele einen Arbeitstag lang die vernünftige, überlegene und coole Ehefrau«, informiere ich Susanne.

»Machst du mit mir Mittag?«, fragt sie.

Ich nicke.

»Ich hole uns Pommes, und wir gehen in den Park, okay?«

Ich nicke wieder. Hauptsache, raus hier. Dann fällt mir eine dieser lächerlichen Facebook-Weisheiten ein, ein Spruch, den ich früher immer belächelt habe. Dieser Prinzessinnenscheiß mit der runtergefallenen Krone. Hinfallen, aufstehen, Krone richten und weitergehen. Mir wäre mehr danach, die verfickte Krone in den Müll zu werfen und unten sitzen zu bleiben. Oder mich auch in den Müll zu werfen. Mit der verdammten Krone. Diese Pseudodurchhalteparolen widern mich geradezu an. Darf man nicht mal im Elend verharren?

Knut sehe ich den ganzen Vormittag nicht mehr. Er sei auf Probefahrt, sagt mir die kleine Jenny. Mit einem Kunden. Einem potenziellen. Knut liebt Probefahrten. Inzwischen ahne ich, wohin er die meisten seiner Probefahrten gemacht hat. Und vor allem mit wem. Anscheinend hat ihn das Probemodell überzeugt, und er hat sich zum Kauf entschlossen. Schade für ihn, dass man gebrauchte Ehefrauen nicht irgendwo in Zahlung geben kann. Hätte er das neue Modell nicht erst mal leasen können? Das alte tut es doch noch. Vielleicht ist die Karosserie nicht mehr ganz so glanzvoll, die Technik nicht so ausgefeilt – aber der Motor läuft einigermaßen rund. Ist eingefahren. Wie gern würde ich vom Schreibtisch aufstehen, in den Ausstellungsraum schlendern und dann einfach alles kaputt schlagen. Oder mit einer Axt zerhacken. Diese glänzenden Superkarren. Aber ich habe mich im Griff. Scherze mit Lars, necke Jenny und arbeite. Ich funktioniere. Wie all die Jahre. Doch ich spüre in mir etwas Destruktives. Dunkles. Will schreien und toben und bin doch so still. Wohin nur mit all dieser verschissenen Wut? Wut auf Knut, aber auch auf mich. Mich, die sich das gefallen lässt. Die hier sitzt und tut, als wäre alles bestens. Nein, es ist keine fabelhafte Selbstbeherrschung, es ist Angst. Pure Angst. Angst, zu all dem auch noch aus der Rolle zu fallen. Angst, Blicke auf mich zu ziehen. Einerseits. Andererseits verlangt irgendwas in mir genau danach.

Susanne hält ihr Versprechen und holt Pommes. Wir setzen uns in den nahe gelegenen Park und reden. Sie habe schon vor einigen Monaten einen Verdacht gehabt. Da wären Hotelrechnungen aufgetaucht. Von einem kleinen, hübschen Boutiquehotel. Rechnungen für ein Doppelzimmer, immer ohne Frühstück. Sie habe Knut gefragt, was das zu bedeuten habe. Er sei rot geworden, habe ein bisschen gestammelt und was von Besprechungszimmer gefaselt. Akquise halt. So kann man es ja nennen, geht mir durch den Kopf. Akquise! Pah. Hat diese verfickte Nina kein Zuhause? Ist sie liiert? Musste sie auch erst mal eine Altlast loswerden? »Ich war mir nicht sicher, aber es kam mir seltsam vor.«

»Ich habe lange überlegt, ob ich eine Bemerkung dir gegenüber mache, mich dann aber dagegen entschieden. Manche Dinge erledigen sich mit der Zeit ja von selbst!«, gesteht Susanne. »Aber dann kam diese Frau hier vorbei. Und jedes Mal ist Knut mir ihr auf Probefahrt. Das war schon auffällig. Und die beiden wirkten so vertraut.«

Ich spare mir weitere Vorwürfe. Wozu auch. Susanne scheint sowieso schon ein reichlich schlechtes Gewissen zu haben.

»Er ist halt auch mein Chef«, entschuldigt sie sich.

Ich nicke. Nutzt doch alles nichts. »Wie lange geht das schon, was denkst du?«, will ich wissen.

»Ein Jahr mit Sicherheit«, sagt sie und fügt ein weiteres »Tut mir leid« an.

Tja, da sollte der Neuwagen inzwischen eingefahren sein. Dieses beschissene Arschloch.

»Was machst du jetzt?«, fragt mich Susanne. Eine gute Frage. Ich weiß nicht, was ich machen soll. Um eine Karenzzeit bitten? Betteln, dass er es sich noch mal überlegt? Ihm erlauben, dass er weitermachen kann, wir aber zusammenbleiben? Direkt die Scheidung einreichen und schon mal ein Dutzend Katzen aus dem Tierheim holen? Einfach verschwinden und durchatmen? Es aussitzen? Darauf hoffen, dass es sich wie durch ein Wunder von selbst erledigt? Keine Ahnung.

»Ich weiß es wirklich nicht. Heute Abend höre ich mir mal an, was er so denkt. Dann sehe ich weiter«, sage ich. Ich habe keinen Plan, dafür war noch kein Platz in meinem verwirrten Kopf. Ich bin mir allerdings sicher, dass er einen hat. Genug Zeit, um zu planen, hatte er ja. Wie konnte das nur passieren? Wieso habe ich nichts gemerkt?

»Bist du abgesichert, ich meine finanziell?«, erkundigt sich Susanne.

Auch das weiß ich nicht. Um Finanzen habe ich mich nie gekümmert. »Ich hoffe es!«, erwidere ich.

»Du solltest rausfinden, was ihr habt und wo das Geld ist. Und wie viel. Einfach nur zur Sicherheit«, rät mir Susanne.

Das hört sich vernünftig an. »Kannst du mir dabei helfen?«

Susanne wird verlegen: »Ich glaube, das wäre nicht korrekt.«

Korrekt? Ein hübsches Wort in diesem Zusammenhang. Was ist hier denn nicht *korrekt?* Wut steigt in mir hoch.

»Geh zu einer Anwältin oder einem Anwalt. Schnell. Und such dir einen richtig scharfen Hund!«, gibt sie mir einen weiteren Tipp.

Eine Anwältin? Ist das nicht ein Schritt zu schnell? Eine übereilte Maßnahme? »Wenn es so weit ist und wir uns scheiden lassen, mache ich das natürlich, aber vielleicht renkt sich ja alles noch ein. Und so ein Anwaltsbesuch ist irgendwie ja auch ein Statement.«

»Mensch, Ulrike«, Susanne schlägt sich demonstrativ mit der Hand gegen die Stirn, »sei nicht naiv.«

Bin ich naiv? Nur weil ich nicht direkt juristischen Beistand suche? »Ich glaube nicht, dass Knut mich betrügen würde!«, sage ich, und kaum, als ich den Satz ausgesprochen habe, merke ich, wie lächerlich das klingt. Hat er doch längst. »Also, ich meine mit Geld und so«, ergänze ich schnell.

Susanne schaut mich nur an. Ernst. »Ulrike, das ist doch eher eine Prophylaxe. So wie man sich gegen Grippe impft. Auch wenn man nicht weiß, ob man sie überhaupt kriegen würde. Du musst es ihm ja nicht sagen. Aber sich zu informieren, kann doch nicht schaden.«

Das hört sich ungeheuer vernünftig an. Aber da ist etwas in mir, dem das widerstrebt. Es käme mir wie ein Misstrauensvotum vor. Ein verfrühtes. »Mal sehen, was heute Abend passiert. Danach entscheide ich.«

»Gut«, sagt sie, »aber warte nicht zu lange. Es haben schon andere Kerle ihr Geld in Sicherheit gebracht.«

So ist Knut nicht, will ich sagen, aber bin ich mir da wirklich sicher? Weiß ich, wie mein Mann ist? Vor zwei Tagen hätte ich das bejaht.

Ich mache früher Feierabend, um noch mal nach Hause zu fahren. »Wir sehen uns nachher bei Giovanni«, verabschiede ich mich von Knut.

»Ich freue mich!«, antwortet er, und das ist entweder sauzynisch, oder es war eine Art Reflex.

Ich überlege lange, was ich anziehen sollte, und denke über das nach, was da auf mich zukommt. Als ich im Kleiderschrank krame, fällt mir auf, dass Knuts Klamotten weg sind. Er scheint die Mittagspause genutzt zu haben. Diese leeren Fächer zu sehen ist schrecklich. Ich muss direkt wieder weinen. Hätte das nicht noch ein wenig Zeit gehabt? Muss er es so deutlich machen? Wo sind seine Sachen jetzt? Wo wohl? Bei dieser fucking Nina. Ich hocke vor dem Kleiderschrank und kann nicht aufhören zu weinen. Wozu jetzt noch was Hübsches aussuchen? Die Entscheidung scheint ja getroffen. Ich bin ausgemustert. Und es wird Zeit, dass ich das kapiere. Mein Körper verlangt nach Wein. So, als würde er nach diesen wenigen Tagen Kummer direkt mit Alkohol verknüpfen. Es geht nicht, Ulrike, ermahne ich mich. Du musst noch fahren. Gut, ein Glas wäre drin. Einfach, um runterzukommen. Um die Welt ein wenig erträglicher zu machen. Ich hole mir ein Glas. Was soll's. Sollen sie mir doch den Führerschein abnehmen. Eigentlich hatte ich geplant, mir eine Liste zu machen. Eine Liste mit all den Punkten, die wir besprechen sollten. Scheiß drauf. Ob mit Liste oder ohne. Eine Liste macht es nicht besser. Es bleibt das, was es ist. Ich bin allein. Knut will mich nicht. Diese Gedanken drehen sich in meinem Kopf wie in einem Karussell, das auf Dauerbetrieb gestellt ist. Ich bin so voll mit Selbstmitleid, dass ich keine Ahnung habe, wohin damit. Wozu jetzt hübsch machen? Für einen Mann, den das nicht interessiert. Vertane Liebesmüh.

Ich ziehe das Kleid aus und überlege, ob ich duschen sollte. Ich sollte. Aber ich mag nicht. Das ist keine nette Abendeinladung meines Mannes, kein aufregendes Date – das hier wird meine emotionale Hinrichtung. Ich ziehe eine Jogginghose an. Eine, die ansonsten seit Jahren nicht das Haus verlassen hat. Dazu ein labberiges T-Shirt. Dann schminke ich mich ab und mache mir einen Pferdeschwanz. Knut mag es nicht, wenn ich einen Pferdeschwanz trage. Meine Ohren seien zu groß. Und wenn schon. Kurz überlege ich, was sie bei Giovanni, unserem Stammitaliener, denken werden. Seit Jahren denke ich darüber nach, was andere denken oder denken könnten. Heute mal nicht, beschließe ich. Ich trinke noch ein Glas Wein, um dieses Kopfkarussell endlich anzuhalten, und starre in den leeren Kleiderschrank. Hinten in der Ecke liegt ein einsamer Schlafanzug von Knut. Braucht er jetzt sicher nicht mehr. Hat er in unseren Anfängen auch nicht getragen. Da war Knut noch gerne nackt. »Ich will dich spüren, ohne Stoff dazwischen, Haut an Haut«, hat er damals gesagt. Irgendwann sind die Schlafanzüge in unser Bett eingezogen. War das ein Signal? Der Anfang vom Ende? Ich stopfe den Pyjama in meine Handtasche und mache mich auf den Weg. Irgendwann wird der Schlafanzug auch in Ninas Bett Einzug halten.

Im Auto höre ich irre laut Musik. Etwas, was ich sonst nicht tue. Wegen der Geräusche um mich rum. Aus Vorsicht. Drauf geschissen. Wen würde es schon kümmern, wenn mir etwas passiert?

Ich bin ein bisschen zu spät, und Knut guckt demonstrativ auf seine Uhr, als ich das Restaurant betrete. Dann auf mich.

»Was soll das, Ulrike?«, ist seine Begrüßung. Mein Outfit scheint ihm nicht zu gefallen.

»Dir auch einen guten Abend!«, antworte ich und muss kichern. Das muss der Wein sein, ansonsten gibt die Lage ja wenig Anlass für Frohsinn. Ich setze mich und winke Giovanni heran.

»Oh, die Signora – komme Sie vom Sport. Sehr aktiv. Schön mit de Haare so!«, zeigt er sich charmant. Immerhin einer, der meinen Pferdeschwanz mag. Allerdings ist Giovanni auch der absolute Paradeitaliener. Egal, wie man aussieht, Giovanni führt sich immer auf, als sei man Germany's Next Topmodel und als stünde er kurz vor der Ekstase.

»Einen Aperol bitte, Giovanni!«, sage ich und setze mich.

»Findest du das nicht irgendwie lächerlich?«, fragt Knut, und ich muss wieder kichern. Ich merke an seinem Gesichtsausdruck, dass ihn das ärgert: »Wie schön, dass du schon wieder lachen kannst. Ging ja schnell. Was willst du essen? Salat mit Pute, wie immer?«

Ich schüttele den Kopf. Putenbrustsalat hatte ich in meinem Leben mehr als genug. Das sind jetzt keine Zeiten für Salat mit Putenbrust. Ich nehme Rinderfilet. Mit Kartoffelgratin und Gemüse. Und als Vorspeise Bruschetta. Wer weiß, ob ich mir das demnächst noch leisten kann.

»Hast du getrunken?«, fragt mich Knut, nachdem ich bestellt habe.

»Ja«, sage ich. Einfach nur Ja. Keine Erklärungen mehr. Keine Rechtfertigungen.

Er schenkt mir ein Glas Mineralwasser ein. »Wir sollten einen klaren Kopf haben. Das hier fällt mir auch alles nicht leicht, das ist auch für mich eine verdammt schwierige Situation! Es ist ja nicht so, dass ich nicht leide!«, leitet Knut das Gespräch ein.

»Mimimi, mimimi, willst du jetzt auch noch Mitleid?«, sage ich, und Knut zuckt.

»Du musst hier nicht in dieser Lautstärke reden, ich höre gut!«, weist er mich zurecht.

»Ich rede so laut, wie ich will!«, sage ich und merke, wie die Frau vom Nebentisch hochguckt. »Du wolltest dich hier treffen, jetzt bin ich da. Also, was willst du?«, frage ich.

Er räuspert sich: »Ulrike wir müssen klären, wie es jetzt weitergeht. Wir wollen doch keinen Ärger.«

»Du willst keinen Ärger Knut. Ich habe ihn schon«, entgegne ich und finde mich in dem Moment richtig schlagfertig. Was ein bisschen Wein schafft. Normalerweise bin ich nicht besonders schlagfertig. Normalerweise ist vorbei. Aber Schlagfertigkeit hat auch immer mit Mut zu tun. Man muss sich was trauen. Das scheint mir mit Wein leichter zu fallen.

»Ich habe dir ja schon gesagt, dass du erst mal im Haus bleiben kannst. Ich bin fair, Ulrike. Bin ja kein Unmensch. Ich dachte an die nächsten drei, vier Monate. Wäre gut, wenn du in der Zeit was finden würdest. Ich kann dir natürlich helfen. Oder sogar bürgen. Deine Eltern sagen, du könntest übergangsweise auch bei ihnen im Souterrain wohnen, wenn du nichts findest. Das wäre sicherlich die perfekte Lösung.«

Schon ist die Schlagfertigkeit vorbei. Drei, vier Monate. Was suchen. Sogar bürgen. Meine Eltern. Perfekte Lösung. Eine Frechheit an der nächsten. »Drei Monate darf ich in unserem Haus bleiben?«, frage ich zurück und lege all die Betonung auf *unserem*. Jetzt haben wir die volle Aufmerksamkeit des Paares am Nebentisch. Die Frau unterbricht sogar ihr Essen, legt das Besteck auf den Teller, um nur ja nichts zu verpassen. Ich merke, dass auch Knuts betonte Gelassenheit schwindet: »Es geht hier nicht um ein, zwei Wochen, Ulrike, sondern um einen ungefähren zeitlichen Rahmen. Außerdem bist du ja solo, also brauchst du ja den ganzen Platz nicht. Leg doch nicht jedes Wort auf die Goldwaage.«

»Leck mich!«, sage ich, und das laut genug, damit die umstehenden Tische auch was davon haben. »Und was war das da eben mit meinen Eltern? Hast du mit meinen Eltern gesprochen? Hast du das tatsächlich gewagt? Versuchst du, meine Eltern auf deine verfickte Seite zu ziehen?« Wie gerne würde ich ihm die warme

Bruschetta in sein Gesicht drücken. Stattdessen stopfe ich sie mir in den Mund.

Er schaut mich an und wirkt konsterniert: »Das war doch nett gemeint. Ich wollte, dass sie Bescheid wissen. Ich bin doch auch Teil dieser Familie. Und ich hab gemerkt, dass du durch den Wind bist, und da dachte ich, ein wenig Unterstützung von deinen Eltern wäre gut. Man kann es dir nie recht machen.«

Das ist so dreist, so unglaublich dreist. Glaubt der, was er da sagt? »Meine Familie ist ab sofort nur noch meine Familie. Wer nicht essen will, kriegt auch keinen Nachtisch!«, bemühe ich ein, zugegebenermaßen, etwas schräges Bild.

»Sei doch nicht so! Mach es mir doch nicht so schwer!«, bittet er und macht sein Welpengesicht.

Wie gerne würde ich ihn verprügeln. Ihm einfach auf die Fresse hauen. Ihn vor das Restaurant zerren und auf ihn einschlagen. Wie geschickt er sich vom Aggressor zum Opfer stilisiert. Ich zische ihn an: »Wage es ja nicht, noch einmal Kontakt mit meinen Eltern aufzunehmen. Und was heißt, du hast es schwer? Erzähl keinen Scheiß. Erspare mir wenigstens das. Was bist du nur für ein erbärmliches Arschloch.«

Jetzt gehört die Restaurantbühne uns. Niemand rund um unseren Tisch spricht mehr.

Knut läuft knallrot an: »Ich verbitte mir diesen vulgären Ton. Was ist bloß in dich gefahren? So kenne ich dich gar nicht. Ich kann verstehen, dass du ungehalten bist, aber das, Ulrike, geht wirklich entschieden zu weit. Das habe ich nun auch nicht verdient. Immerhin spiele ich mit offenen Karten!«

Ich lache. Nicht mein adrettes, liebenswertes kleines

harmloses Ulrike-Lachen, sondern ein lautes. Und gehässiges. Ja, man kann auch gehässig lachen. Mit offenen Karten! »Du, Knut, fickst seit Monaten oder Jahren eine Frau, die nicht deine Ehefrau ist, und hockst hier und redest von offenen Karten. Für wie blöd hältst du mich? Und nach all der Fickerei darf ich gerade mal *ungehalten* sein! Geht's noch?« Ich lache erneut. Mit Adjektiven wie souverän, gelassen, ladylike und erwachsen hat mein Verhalten sicherlich nichts zu tun. Aber, das ist das Verrückte, ich fühle mich gut dabei.

Die Frau am Nebentisch, etwa in meinem Alter, ruft: »Richtig so!«, und ihr Begleiter schüttelt den Kopf und sagt: »Halt dich da raus, Bernadette!« Jetzt ist Bernadette mit Kopfschütteln dran: »Ich bin alt genug, selbst zu entscheiden, was ich tue, Bernd.« Meine Aufmüpfigkeit scheint ansteckend zu sein. Bernd und Bernadette. Lustig. Erinnert einen sofort an »Bernhard und Bianca«, den Disneyfilm. »Danke«, rufe ich ihr zu. So viel war bei Giovanni lange nicht los. Er scheint aufgeschreckt. Kommt an unseren Tisch und fragt, ob alles in Ordnung sei.

»Nein, Giovanni, das wäre jetzt ein wenig geschwindelt. Hier ist so was von nix in Ordnung.« Ich grinse ihn an.

Knut fragt nach der Rechnung. »Wir sollten gehen, Ulrike. Tut mir leid, Giovanni, es sind wahrscheinlich die Hormone.«

»Wer von uns beiden seine Hormone nicht im Griff hat, ist wohl mehr als offensichtlich«, kontere ich. »Was ist mit dene Hauptspeise, Signori?«, wagt Giovanni eine kleine Frage.

»Wir verzichten heute mal, ich zahle das natürlich mit. Aber ich denke, wir sollten schnell gehen, bevor diese Peinlichkeit noch größere Ausmaße annimmt«, antwortet Knut.

»Nein!«, sage ich. »Du verzichtest, von mir aus, ich verzichte nicht. Ich will die Hauptspeise, und dann auch noch Nachtisch. Und wir, Knut, wir gehen nirgends mehr hin. Hast du ja so entschieden, jedenfalls soweit ich mich erinnere. Aber einen Wein kannst du mir bringen, Giovanni. Ein Glas Pinot grigio. Tschüs, Knut.«

Ich trinke meinen Aperol aus, und mein Noch-Ehemann steht auf. »Das war unnötig, Ulrike. Komplett unnötig. Aber es bestätigt einiges. Du hast dich nicht im Griff. Ich wollte freundlich sein, aber ich kann auch anders. Ganz, wie du magst. Deine Entscheidung.« Er zieht sein Jackett an und schiebt den Stuhl an den Tisch. »Und Sie sollten sich um Ihren eigenen Kram kümmern!«, zischt er meine Sympathisantin am Nebentisch an.

»Gehende soll man nicht aufhalten!«, rufe ich ihm hinterher. Als die Restauranttür sich schließt, guckt mich Bernadette an und klatscht. Mindestens drei andere Frauen fallen in den Applaus ein. Bernadette steht auf, kramt in ihrer Tasche und zieht eine Visitenkarte aus dem Portemonnaie. Mit den Worten: »Ich glaube, wir zwei sollten uns mal unterhalten!«, legt sie mir die Karte auf den Tisch. Anwaltskanzlei Behnke steht auf der Karte. Dr. Bernadette Behnke, Familienrecht. Ich proste ihr zu und bedanke mich: »Ich werde mich melden, und entschuldigen Sie die Störung. Ach, und danke für die Solidarität. Hat mir gutgetan.«

Sie grinst: »Gerne. Kam von Herzen. Und ab jetzt keine Kommunikation mehr mit dem baldigen Ex. Erst wenn Sie mit mir oder einem Kollegen gesprochen haben. Der Rat war umsonst.«

Ihr Bernd ist nicht begeistert, man kann es ihm ansehen. »Du musst dich echt überall einmischen, Bernadette!«, raunt er, aber in seiner Stimme ist auch ein Hauch Stolz zu hören.

»Ist eben mein Beruf, die Einmischung!«, lacht sie und prostet mir zu.

Mein Rinderfilet kommt, und es schmeckt mir. Ich entschuldige mich bei Giovanni für den Aufruhr. »Machte nix, Signora. Manchma musses raus. Is Emotion. Kann ich verstehe. Bin ich Italiener. Bei uns immer viel Emotion.« Er schlägt sich mit ein wenig Theatralik auf die Brust.

»Danke, Giovanni, lieb. Bringst du mir noch ein Tiramisu, bitte?«

»Certo, Signora!«

»Sag mal, Ulrike, Ulrike, Kind, was ist denn los mit dir?«, erklingt da eine Stimme. Meine Mutter. Meine Eltern stehen vor mir. Zufall kann das nicht sein. Meine Eltern gehen so gut wie nie auswärts essen. Nur zu ganz besonderen Anlässen. »Das Geld kann man sich doch sparen!«, findet mein Vater, und meine Mutter stimmt ihm dann immer brav zu. Ich glaube allerdings, nur weil sie weiß, dass sie ihn sowieso nicht überzeugen kann. Da sagt sie lieber: Du hast recht, Werner. Was man nicht ändern kann, akzeptiert man besser, lautet ihre Devise.

»Hallo, Mama, hallo, Papa, wollt ihr euch setzen?«, sage ich gerade so freundlich, wie es mir möglich ist.

»Der Knut hat angerufen!«, antwortet meine Mutter und mustert mich von oben bis unten. Niemand kann einen so mustern wie meine Mutter. Selbst wenn man sich nahezu makellos fühlt, an diesen ganz, ganz seltenen Tagen, schaut sie so, dass man immer das Gefühl hat, irgendwas sei nicht in Ordnung. »Kind, Kind, Kind!«, geht die Litanei weiter. »Wie siehst du denn aus? Was ist das denn bloß für eine Geschichte?«

»Das ist keine Geschichte, Mama, das ist mein Leben. Mein verschissenes Leben, das total aus den Fugen geraten ist.«

»Lass uns schnell nach Hause fahren, ich mache dir einen schönen Kakao, und dann sprechen wir«, ignoriert sie meine Bemerkung.

»Ich bin siebenundvierzig, ich will Wein und keinen Kakao, Mama, und sprechen will ich auch nicht«, lautet meine Antwort.

Jetzt ist meine Mutter kurz mal still, und mein Vater übernimmt: »Vernunft, Ulrike, Vernunft ist jetzt angesagt. Das kriegen wir schon geregelt. Jetzt heißt es die Nerven behalten und dann weitersehen.«

Meine Mutter setzt sich auf den Platz, auf dem eben noch Knut gesessen hat: »Gib mir mal den Hausschlüssel, Kind, ich fahre bei euch vorbei und hole deinen Schlafi und das, was du so brauchst, und dann kommst du erst mal zu uns!«

Mein Vater nickt. Beim Wort Schlafi, so nennt meine Mutter Schlafanzüge, fällt mir Knuts Schlafanzug in meiner Handtasche ein. Mist, ich habe vergessen, ihn ihm zu übergeben. Eine große Geste verschenkt. »Wollt ihr einen Wein?«, frage ich mit dem Rest Höflichkeit, der noch in mir steckt.

»Nein, nein, Uli, wir sind ja mit dem Auto da«, übernimmt mein Vater wieder, »wir packen dich jetzt ein und fahren nach Hause.«

»Ich bin nix zum Einpacken, und ich bleibe hier, esse meinen Nachtisch und trinke meinen Wein. Ihr könnt euch dazusetzen oder es lassen. Mehr ist nicht im Angebot.« Ich nehme einen schönen Schluck.

»Ich glaube, Ulrike, du hast genug Wein. Du solltest mit uns kommen. Nein, anders gesagt, du kommst jetzt mit uns«, schlägt meine Mutter einen strengeren Ton an. Kann man natürlich probieren, hat ja siebenundvierzig Jahre lang auch zumeist wunderbar funktioniert, diesmal aber bleibe ich stur.

»Wein oder gehen! Ihr habt die Wahl!«

Meine Mutter zuckt zusammen: »Werner, ich denke, wir gehen. Du bist bockig, Ulrike, aber dazu hattest du ja schon immer einen Hang. Und wenn ich das hier so sehe und höre, dann habe ich direkt ein wenig Verständnis für Knut.«

»Auf Wiedersehen!«, sage ich nur und bin gekränkt über das Knut-Verständnis. Gemein war das. Und unfair. Diesen Nachsatz hätte es nicht gebraucht.

Das hier sind meine Eltern. Sie sollten auf meiner Seite sein. Ohne Zweifel. Nicht weil Blut dicker ist als Wasser, aber doch auch. Ich bin ihre Tochter. Mein Vater scheint unentschlossen. »Christine, meinst du, das ist richtig?«, fragt er meine Mutter.

Sie zieht ihn am Arm und sagt: »Jeder, wie er mag, Werner. Das Kind ist erwachsen, auch wenn man es gerade nicht merkt!«

»Du kannst jederzeit zu uns kommen! Das wird schon wieder!«, murmelt mein Vater und streicht mir leicht über den Kopf. Für meinen Vater das Äußerste an Berührung. Ein leichtes Wangentätscheln oder ein zaghafter Kopfstreichler. Das ist sein komplettes Zärtlichkeitsportfolio. Manchmal habe ich mich gefragt, wie er so vier Kinder zustande bekommen hat, denn auch mit meiner Mutter habe ich ihn noch nie sehr innig gesehen.

»Danke, Papa«, antworte ich und weiß die Geste umso mehr zu schätzen.

»Wirklich, Ulrike, manchmal muss man auf die Zähne beißen und sich am Riemen reißen!«, versaut meine Mutter mit einem Satz den guten Moment.

»Danke, Mama, ich weiß deine Empathie und Fürsorge wirklich zu würdigen, und jetzt muss ich aufs Klo. Mir ist irgendwie schlecht. Auf Wiedersehen.« Ich stehe auf und gehe. Knut weg und meine Eltern verärgert. Meine Bilanz der letzten Tage ist deprimierend. Das muss man erst mal schaffen. Jetzt könnte ich wieder heulen. Will ich aber nicht. Nicht hier, nicht jetzt. Ich bleibe einen Moment im Toilettenbereich. Schütte mir kaltes Wasser ins Gesicht. Dann gehe ich zurück zu meinem Platz. Meine Eltern sind weg. Insgeheim habe ich gehofft, sie hätten sich gesetzt und sich einen Wein bestellt. Hätten gemerkt, dass ich Beistand brauche. Trost. Liebe. Verdammt noch mal, das war doch wirklich offensichtlich! Wie ich dieses Am-Riemen-Reißen inzwischen hasse. Ich will leiden dürfen. In allen Facetten. Hassen. Verachten. Traurig sein. Mich bemitleiden. Wenn nicht jetzt, wann dann?

Giovanni kommt zum Tisch: »Kann isch helfe, irgendwie helfe? Vieles geht vorbei. Muss man nur warte.

Amore kommt und geht. Amore is immer schwierisch. Aber ist schönste Sache von Welt. Amore.« Er umarmt mich. Unbeholfen. Ich stehe auf und lasse mich in diese Umarmung fallen. Giovanni, ein Restaurantbesitzer und jemand, den ich nicht wirklich kenne, spürt, was ich brauche, und meine Eltern nicht. Das ist ernüchternd. Und sehr traurig.

»Giovanni, danke, ich glaube, ich brauche das Tiramisu, und schick die Rechnung bitte ans Autohaus.«

Er lächelt zaghaft. »Mache ich, Signora. Keine Problem. Sie habe bald neue Mann, schöne Frau wie Sie.« Schmeichelhaft, obwohl allein der Fakt, dass es Giovanni gesagt hat, die Sache nicht glaubhafter macht. Ein neuer Mann? Ich will überhaupt keinen neuen Mann. Ich will meinen Mann zurück. Egal, wie bescheuert er sich zurzeit aufführt. Er ist eben momentan nicht wirklich zurechnungsfähig. Aber im Großen und Ganzen ist er ja kein übler Kerl. Und vor allem, ich weiß, was ich habe.

Hatte. Denke ich. Hatte.

Beim Nachtisch kommt Frau Dr. Bernadette Behnke noch mal an den Tisch. Wieder versucht ihr Bernd, das abzuwenden, aber Frau Dr. scheint keine Frau zu sein, die macht, was ihr Mann will. »Jetzt nicht die Nerven verlieren. Strategie ist gefragt. Nicht den Kopf in den sprichwörtlichen Sand stecken. Rufen Sie mich an! Auch wenn es jetzt nicht so aussieht: Alles wird oft doch noch gut.« Alles wird gut. Wie zynisch dieser Satz klingt. Und wie bescheuert. Manchmal wird eben gar nichts gut. Manchmal ist alles scheiße und bleibt auch scheiße.

»Ich geh jetzt mal heim. Und dann melde ich mich die Tage«, verabschiede ich mich.

»Am besten morgen. Und alles Gute«, sagt sie nur.

Ich bin nicht betrunken genug, um mit dem Auto nach Hause zu fahren. Ich laufe. Es sind bestimmt vier Kilometer, aber die frische Luft tut mir gut. Und ich trage ja eh Sportsachen. So kommen sie wenigstens zum Einsatz.

Zu Hause genehmige ich mir noch ein weiteres Glas Wein. Zu viel Klarheit kann ich nicht brauchen. Die Klarheit ist so ernüchternd. Aber wenn das so weitergeht, mutiere ich zur Alkoholikerin. Ich muss hier weg. Aus dem Haus und aus dem Autohaus. Ich muss Zeit haben. Ich brauche einen Ortswechsel. Eine Auszeit im wahrsten Sinn des Wortes. Nur, wohin? Meine Eltern kommen nicht infrage, das hat sich ja eben überdeutlich gezeigt. Meine Geschwister? Nein. Ich will gerne für mich sein. Will nicht ständig beobachtet werden, in all meiner labilen Befindlichkeit begutachtet. Da fällt mir meine Freundin Geli ein. Zu ihr könnte ich sicherlich. Aber auch das klingt nicht nach Ruhe und Besinnung. Zu viele Kinder. Zu viel Rummel. Aber Geli und ihre Familie haben eine Wohnung auf Mallorca. Vielleicht würde sie mir die für eine Weile vermieten. Ich mache einen Plan. Morgen als Erstes Geli anrufen und fragen, ob ich in die Wohnung kann. Nur übergangsweise. Dann krankschreiben lassen. Krankmeldung ans Autohaus und meine neue Bekannte, Dr. B., anrufen. Ich fange direkt an, meinen Koffer zu packen. Allein der Gedanke rauszukommen beflügelt mich. Besonders ausgefeilt sind meine Überlegungen nicht, aber besser als nichts. Sollte Gelis Wohnung nicht verfügbar sein, buche ich mich in irgendein Hotel ein. Zwei Wochen andere Luft, zwei Wochen Zeit zu überlegen, was ich will und wie ich es bekommen könnte. Zwei Wochen, um mich irgendwie zu berappeln. Zwei Wochen Karenzzeit.

Zwei Tage später sitze ich im Flieger Richtung Palma de Mallorca. Nachdem ich Geli alles erzählt hatte, hat sie nur gesagt: »Klar kannst du die Wohnung haben, bleib, solange du willst! Das Auto steht in der Einfahrt. Kannst du natürlich auch benutzen. Und das Stand-up-Paddle, falls du Lust auf Sport hast. Fühl dich wie zu Hause.« Geli glaubt, dass das »alles« sich quasi von selbst erledigt. Dass Knut eine Krise hat, die eigentlich nichts mit mir zu tun hat. Eine ausgewachsene Midlife-Crisis.

Frau Dr. Behnke, die ich brav angerufen habe, klang am Telefon nicht so optimistisch: »Das Wichtigste ist, dass Sie über Ihre Finanzen Bescheid wissen. Sie müssen alles zusammensuchen und fotografieren. Männer können sehr erfinderisch werden, wenn es um ihr Geld geht.«

»Wir haben einen Ehevertrag!«, sage ich. Meine Eltern haben damals darauf gepocht. Als würde mich ein Mann nur heiraten, weil ich irgendwann, wenn meine Eltern sterben, ein Viertel Reihenhaus erbe. Reihenmittelhaus, wohlgemerkt. Ich fand das damals lächerlich. Aber Knut hat eingewilligt.

Frau Dr. B lacht. Ein trockenes Lachen. »Es geht nicht um ihren Anteil an einem Reihenmittelhaus. Der ist ihnen sicher. Es geht um Unterhalt. Und Ihr Haus, das, in dem Sie wohnen. Hat Ihr Mann Aktien? Oder haben Sie Fonds? Geld in der Schweiz? Irgendwo sonst im Ausland? Wo ist Ihr Geld angelegt? Wie sind Ihre Vermögenswerte?«

Ihre Fragen prasseln auf mich ein. Und ich muss gestehen, dass ich das meiste nicht beantworten kann. Ich weiß es schlicht nicht. Es hat mich nie gekümmert. Das war immer Knuts Bereich.

»In diese Falle tappen viele Frauen. Kopieren und fotografieren Sie alles, was Sie finden. Und heben Sie noch mal Bargeld ab, es könnte sein, dass er die Kreditkarten sperrt.« Sie fragt mir Löcher in den Bauch. Gemeinsame Konten, getrennte Konten. Ich habe gar kein eigenes Konto mehr. »Wozu?«, hat Knut gemeint. »Wozu solltest du das brauchen?« Wäre ich klug gewesen, hätte ich gesagt: »Damit du mir einen Ausgleich darauf einzahlst, sodass ich im Alter abgesichert bin. Als Ausgleich dafür, dass ich, wie du es wolltest, mit Anna zu Hause geblieben bin und meine Karriere nicht vorangetrieben habe.« All das habe ich aber nicht gesagt, und wenn ich jetzt an so etwas wie Rente denke, wird mir angst und bange. Wieder taucht das unschöne Bild von mir in der kleinen vermüllten Wohnung vor mir auf. Ich werde eine Katzenfrau werden. Mich bei meinen Eltern und Geschwistern durchschnorren. Irgendwann nicht mal mehr Miete zahlen können und dann in meinem alten Kinderzimmer hocken. Das Highlight des Tages wird es sein, mit meinen Eltern die Tagesschau zu gucken und anschließend eine Runde Scrabble zu spielen. Meine Mutter wird gewinnen, wie immer.

»Im Detail besprechen wir alles, wenn Sie zurück

sind aus Mallorca«, beruhigt mich Frau Dr. B. Sie hat etwas sehr Resolutes, und das motiviert mich. Sie scheint, wie Susanne sagen würde, ein richtig scharfer Hund zu sein. Mehr Staffordshire Bullterrier als Golden Retriever. Ich glaube, bei ihr bin ich in sicheren Händen. Sie macht den Eindruck, dass sie genau weiß, was sie tut. Etwas, was ich von mir momentan nicht behaupten kann.

Die Krankmeldung war auch kein Problem. Ich habe vor dem Arztbesuch »Burn-out« gegoogelt, dann aber spontan beschlossen, einfach die Wahrheit zu sagen. Dass ich rausmuss, nicht weiß, was ich tun soll, dass ich verzweifelt bin, Angst habe, noch mehr zu trinken, und dass ich es nicht schaffe, jeden Tag beim Arbeiten meinen Noch-Ehemann zu sehen. Wie auf Kommando sind dann die Tränen geflossen.

»Ich schreibe Sie mal für zwei Wochen krank, reicht das?«, will die Ärztin nur wissen und reicht mir ohne weitere Bemerkungen ein Taschentuch über den Tisch. Weniger als zehn Minuten später habe ich den gelben Zettel und dazu ein Rezept für ein leichtes Antidepressivum. So gerüstet, fahre ich zum Autohaus und lege Knut die Krankmeldung auf den Schreibtisch. Seinen Schlafanzug lege ich ihm dazu. Zum Glück ist er noch nicht im Büro, und ich erspare mir so jeden Kommentar. Wahrscheinlich ist er auf Probefahrt! Dabei sollte das Modell ja inzwischen mehr als eingefahren sein!

Danach habe ich zweitausend Euro von unserem gemeinsamen Konto abgehoben, und jetzt bin ich einfach mal weg.

Ich verschlafe den halben Flug und unterdrücke den Impuls, mir einen Wein zu bestellen. Ich sollte mein neues Leben mal mit nüchternem Kopf ausprobieren. Auch wenn es wehtut. Sehr weh. Meinen Eltern habe ich eine kurze Info-WhatsApp geschickt. »Ihr Lieben, ich nehme mir eine kleine Auszeit, bin spätestens in zwei Wochen wieder da. Gruß und Kuss.«

Nach gestern Abend fand ich den Text ziemlich freundlich. Mehr ist momentan nicht drin. Sie hätten zumindest eine Gelbe Karte verdient.

Dann schicke ich eine nette Nachricht an meine Tochter, ohne ihr zu erzählen, was passiert ist. Was soll sie mit dieser Information in Kanada? Sich den Kopf zerbrechen? Traurig sein? Will ich ihr die restliche Zeit verderben? Nein. Vor allem muss ich, wenn ich ihr sage, was los ist, möglichst ein wenig stabiler sein. Ich will mich nicht bei meiner Tochter ausheulen. Dafür ist sie einfach noch zu jung. Das ist nicht ihre Aufgabe. Das wäre zu egoistisch. Eine zu große Belastung. Und, und das finde ich verdammt erwachsen von mir: Ich will nicht, dass sie ihren Vater hasst.

Gelis Wohnung ist wunderschön, groß und hell, und wenn man den Kopf auf der Terrasse ein wenig anhebt, kann man das Meer sehen. Sie liegt im Osten der Insel, am Rande von Cala d'Or. Knut und ich waren vor zwei Jahren mal da. Mit Geli und Norbert zusammen. Ohne Kinder. Damals ist mir aufgefallen, wie Norbert und Geli miteinander kommunizieren. So anders als Knut und ich. Ich habe zwischen den beiden nie einen genervten Ton wahrgenommen. Sie gehen liebevoll miteinander um. So, als wäre die Beziehung ein zartes

Pflänzchen, das man nur nicht zu grob anfassen darf. Eine Pflanze, die man regelmäßig düngt und wässert und hegt und pflegt. Ich hingegen fühle mich wie eine dieser Pflanzen, die mit viel Glück mal eine kleine Ladung Wasser abkriegen und so immer ein bisschen lädiert und vertrocknet irgendwo in einem toten Winkel des Balkons vor sich hin überleben. Nicht wegen, sondern trotz der mangelnden Pflege. Eine mickrige Pflanze, die nicht wächst, nicht auffällig blüht, aber auch nicht eingeht. Eine Art zäher Kaktus, dem man Minimalpflege zugesteht. Was ist denn nun normal, habe ich mich in den Tagen mit den beiden immer mal wieder gefragt? Sind wir eben das Modell leben und leben lassen? Gelassen, aber nicht euphorisiert? Wir sind nicht böse zueinander, jedenfalls waren wir das bisher nie, aber liebevoll kann man es beim besten Willen auch nicht nennen. Wir sind eingespielt. Wissen, wie der andere tickt. Das habe ich zumindest bisher gedacht. Geli und Norbert sagen sich oft nette Dinge. Einfach so, ohne konkreten Anlass. »Geturtel« hat es Knut leicht ironisch genannt und die Augen verdreht, und ich habe mich dabei ertappt, heillos neidisch zu sein.

»Wie macht ihr das bloß?«, habe ich Geli damals gefragt. »Wie schafft ihr das nach all den Jahren?«

»Wir haben mal beschlossen, uns all die Nettigkeiten, die uns beim anderen auffallen, direkt auszusprechen, und das tun wir auch sehr konsequent«, lautete ihre Antwort. »Wenn ich es schaffe, zu der Supermarktkassiererin freundlich zu sein, sollte ich das ja auch bei meinem Mann schaffen. Und ehrlich, es fällt mir nicht schwer. Es ist mir geradezu ein Bedürfnis. Er ist nun mal der wichtigste Mensch in meinem Leben.«

Das hätte ich von Knut auch immer gesagt. Obwohl, wenn ich ganz ehrlich bin, unsere Tochter eigentlich auf Position eins liegt. Aber danach kommt Knut. Noch vor meinen Eltern und Geschwistern. Knapp davor, je nach Tagesform.

Die Wohnung von Geli und Norbert ist im obersten Stock eines Mehrfamilienhauses. Dazu gehört eine fantastische Dachterrasse. Einen Wohnblock hat Knut das Haus ein wenig despektierlich bei unserem Besuch genannt. Diese Bemerkung markiert genau den Unterschied zwischen uns. Zeigt deutlich, wie wir auf Dinge schauen. Knut ist generell nicht wohlwollend und hebt sich sein bisschen Charme für den Verkauf der Autos auf. Er kann durchaus ausgesprochen charmant sein. Welcher Verkäufer kann das nicht? Aber nach Feierabend ist bei Knut abrupt Schluss mit der Anstrengung. Das sei doch alles eigentlich gelogen, findet er. Dieses Gesäusel. Eben Mittel zum Zweck. Dass man nett sein könnte, ohne etwas dafür zu erwarten, hält Knut für einen Mythos. Wer das behaupte, lüge schon.

»Ich lüge und schmeichele von morgens bis abends, da werde ich ja in meinen eigenen vier Wänden damit mal aufhören dürfen«, war sein abschließender Kommentar zum Thema. Wir seien verheiratet, man heirate ja nicht, um danach weiter rumschleimen zu müssen. Die Akquise sei mit der Heirat zum Glück beendet. Das habe ich in den letzten Jahren wahrlich gemerkt, und das hätte man ein wenig charmanter ausdrücken können. Aber wenn ich so darüber nachdenke, sonderlich viel Mühe habe ich mir auch nicht immer gegeben. Ich habe es nie so explizit ausgesprochen, aber tief in mir war auch klar, dass die »Akquisephase«, das Kennenlernen, das Sich-Verlieben, eine Ausnahmesituation ist. Dass man diesen Standard nicht halten kann. Schon hormonell ist das nicht machbar. Der Körper wird irgendwann wieder in den Normalzustand versetzt, dieses Dauerhoch der Anfangszeit, dieses Hochtourige vergeht, und damit verschwindet das rosarote Gefühl. Dann übernimmt der Alltag mit all seinen Widrigkeiten. Wir haben das zugelassen. Volle Pulle. Dabei waren wir mal sehr verliebt.

Als ich Knut kennengelernt habe, war ich fasziniert. Was für ein Mann! Nicht groß, gerade mal eins achtundsiebzig, aber bestimmend. Männlich. Klar in dem, was er will. Und er wollte mich. Mich, die eher zurückhaltende, zaghafte Frau. Er hat mein Leben in Schwung gebracht, hatte genau die Portion Neugier, die mir so oft fehlt. Ich neige zur Ängstlichkeit, und Knut traut sich was. Dass er »nur« Autoverkäufer war, hat mich nicht gestört. »Zusammen werden wir groß!«, hat Knut immer gesagt. Genau wie mein Vater habe ich erkannt, dass dieser Mann Willen hat. Potenzial. Wer mich mitreißen kann, schafft das auch bei anderen, da war ich mir sicher. Und der Sex! Der war fantastisch. Was vielleicht auch ein ganz kleines bisschen daran lag, dass ich nicht besonders erfahren war. Ich hatte drei Freunde vorher gehabt. Drei Männer, die bis auf klassisches »rein, raus – ruck, zuck« nicht viel im Angebot hatten. Ich dachte lange, das ist es halt. So ist Sex. Im Vergleich mit denen war der Sex mit Knut himmlisch. Vielleicht weil Knut eben schon jede Menge Frauen und Sex vor mir hatte. Er weiß auch beim Sex, was er will und was er tut. Am Anfang sind wir kaum aus dem Bett rausgekommen. Wir hatten Sex überall und immerzu. Ich war geradezu orgasmussüchtig. Wir waren wie die Kaninchen. Aber die Zeiten sind lange vorbei. Ich weiß gar nicht, wann uns diese irre Begierde abhandengekommen ist. Irgendwann nach der Geburt von Anna. Da waren dann das Kind und die Karriere. Knut hat gearbeitet wie verrückt, und der Rest war Organisation. Logistik. Wer kümmert sich wie ums Kind. Schnell war ich die Vollzeitmutti, und die »Wer kümmert sich«-Frage war damit final geklärt.

»Ich muss mich volle Pulle in die Karriere stürzen, sonst wird das nichts. Und es langt ja für uns, was ich heimbringe!«, war Knuts Argument. Also habe ich aufgehört zu arbeiten und mich mit Elan in meine neue Rolle eingebracht. Mit allem, was dazugehört. Haushalt, musikalische Früherziehung, Muttinachmittage, Dekoorgien. Der Mamakosmos hat mich verschlungen. Und ich habe mich bereitwillig auffressen lassen. Habe Muffins gebacken, Weihnachtssterne gefaltet, und je mehr Mutti ich war, umso weniger Sex hatten wir. Hatten wir mal Zeit, am Wochenende oder abends, dann waren wir müde. Erschöpft vom Leben. Ist das der Preis für Familie? Geht nur entweder ... oder?

»Habt ihr noch Sex?«, habe ich Geli auf Mallorca mal gefragt. Sie hat mich nur erstaunt angesehen. »Was ist denn das für eine Frage!«, hat sie geantwortet. »Logisch haben wir Sex. Mindestens zwei- bis dreimal die Woche. Manchmal auch mehr. Ich kann die Finger nicht von Norbert lassen. Er ist halt so dermaßen attraktiv.« Diese Aussage machte mich verdammt nachdenklich. Nicht nur, weil Norbert wirklich vieles ist, aber attraktiv wäre nicht das erste Adjektiv, was mir in Bezug auf ihn einfallen würde. Es geht also. Kinder haben, Alltag haben, Muffins backen, arbeiten und Sex. Quasi als Zusatz-Bonustrack. Aber vielleicht, weil bei den beiden die Liebe mit im Spiel ist.

Wir waren auch verliebt, Knut und ich, aber lieben wir uns? Als Menschen? Bis vor Kurzem hätte immerhin ich das bejaht. Aber was ist es, was ich an Knut liebe? Tatkräftig ist er noch immer. Aber auch so verdammt selbstgefällig. Sein Ego kann man wahrscheinlich noch vom Mars aus sehen. Er ist ein guter Vater. Und ein guter Autoverkäufer. Marketing kann er. Auch sich selbst kann er anscheinend bestens vermarkten, denke ich und muss schlucken. Schlau ist er durchaus auch, kein Intellektueller, aber das bin ich ja beileibe auch nicht. Wir haben inzwischen sogar ein Premierenabonnement für die Oper, allerdings weniger, weil wir beide so große Fans sind, sondern eher, weil das in »bestimmten Kreisen« dazugehört. So verkehren wir, quasi ungezwungen und zufällig, genau mit den Leuten, die sich »unsere« Autos leisten können. Knut liebt es, mit den Schönen und Reichen bekannt zu sein.

»Es geht um Augenhöhe, Ulrike, das ist der Trick. Sie haben dann das Gefühl, bei einem Freund zu kaufen. Unter ihresgleichen Geschäfte zu machen. Man muss da sein, wo sie auch sind.« Man könnte es clever nennen oder auch anbiedernd. Es macht klein, wenn man so verzweifelt danach strebt, groß zu sein. Obwohl Knut seine Sache gut macht. Er hat sich genau angesehen, was man trägt und wie man auftritt. Was Anpassung angeht, könnten Chamäleons von Knut noch was lernen. Die Upperclass – oder die, die sich dafür halten, haben ausgefeilte Dresscodes. Natürlich trägt auch Knut inzwischen eine Rolex und hat rahmengenähte Schuhe. »Hennes-T-Shirt geht, aber bei Schuhen muss es richtig was Wertiges sein! Hemden nur in Blau oder Weiß«, hat er mir lang und breit erklärt. Er hat die Oberschicht studiert wie eine exotische Tierart und sich Verhaltensweisen abgeguckt. Auch mich sieht er am liebsten in Markenklamotten. »Du bist ein Aushängeschild! Du kannst nicht in deinem Mutti-Schlabber-Turnschuh-Look hier rumlaufen.« Dass ich so nicht im Autohaus stehen kann, verstehe ich sogar. Aber in meiner Freizeit trage ich immer noch am liebsten Jeans und T-Shirt. Es widerstrebt mir, viel Geld für Klamotten auszugeben. Und es langweilt mich. Ich bin nicht stylish.

Letzte Weihnachten hat mir Knut einen Gucci-Gürtel geschenkt. Mit einer sehr auffälligen Logoschnalle. »Das veredelt deinen Jeanslook!« Ich habe mich nicht besonders gefreut. Der Gürtel war teuer, ich weiß das. Aber so ein Gürtel war nie Objekt meiner Begierde. Sollte ein Geschenk nicht hauptsächlich dem Beschenkten Freude machen? Kümmert ihn das, was mir gefällt? Kommt es darauf an? Anna hingegen, unsere Tochter, war in Ekstase. Sie ist anfällig für jede Art von Markenkram. »Kann ich den mal leihen?«, hat sie mich kurz nach Weihnachten gefragt, und seither habe ich den Gürtel nicht mehr gesehen. Ich gehe davon aus, dass er zurzeit in Kanada ein bisschen frische Luft schnappt und Bären und Elche beeindruckt. Ist mir aber auch egal. Er fehlt mir nicht. Das Geschenk zeigt deutlich, wie wenig Knut über mich weiß, oder schlimmer noch, wie wenig es ihn interessiert. Er wird geahnt haben, dass ich nicht vor Freude ausflippe, wenn ich den Gürtel sehe.

»Willst du mit ihm zusammenbleiben? Liebst du ihn?«, hat Geli mich am Telefon gefragt.

»Ja, ich will mit ihm zusammenbleiben!«, antworte ich.

»Und was ist mit der Liebe?«, hakt sie nach.

Diese Frage kann ich nicht mit derselben Entschiedenheit bejahen. »Ja, irgendwie liebe ich ihn. Weil wir so lange ein Paar sind. Weil ich es gewohnt bin, ihn an meiner Seite zu haben und ich mir auch gar nicht vorstellen kann und will, allein zu sein«, sage ich und ahne, dass das nicht überzeugend klingt. Es hört sich lapidar an. Es hat nicht den Hauch von Leidenschaft, von Begierde, nicht mal von Romantik. Es hat so was irrsinnig Pragmatisches.

»Das langt nicht, sei mir nicht böse, aber ehrlich gesagt finde ich das absolut ungenügend. Du liebst ihn irgendwie? Also echt, Ulrike. Liebe ist doch mehr. Innige Verbundenheit. Das Wissen, immer und für immer an der Seite des anderen zu stehen. Ihn zu begehren. Ich habe immer noch Schmetterlinge im Bauch, wenn ich mir Norbert so anschaue. Vielleicht ist das etwas Besonderes, aber das, was du da beschreibst, ist ernüchternd. Es muss ja nicht rund um die Uhr – oder wie meine Kinder sagen 24/7 – rote Rosen regnen, aber wenn du über eure Liebe, oder besser gesagt deine Liebe zu Knut sprichst, könnte auch die Rede von den Vorzügen deiner Waschmaschine sein. Da geht es nicht primär um Knut, sondern darum, dass da irgendwer ist.« Sie seufzt. »Vielleicht ist jetzt der perfekte

Moment, mal zu überlegen, was du willst. Unabhängig von seiner Entscheidung. Du bist doch keine Marionette, die nur reagiert. Ausharrt und abwartet, wie die Gegenseite sich verhält. Lass ihn nicht den alleinigen Strippenzieher sein. Agier doch mal! Und die Angst vor dem Alleinsein ist keine große Hilfe. Angst, das weißt du, Ulrike, ist generell ein schlechter Ratgeber.«

Ich weiß, dass das, was sie sagt, sicher nicht falsch ist. Aber ich habe mich ja nicht schlecht gefühlt in unserer Ehe. Für mich war alles in Ordnung. Für mich war es das, was man nach der Länge der Zeit erwarten kann. Das ist die Realität, und ich wette, dass es in den meisten Langstreckenbeziehungen nicht anders zugeht. Ehe ist Verbindlichkeit, und ich schätze Verbindlichkeit. Möglich, dass ich sie stellenweise mit Liebe verwechsle. Aber Liebe unterliegt Schwankungen, Verbindlichkeit bleibt. Ist das elastische Band, das es möglich macht, auch Schwankungen zu überstehen. Ich glaube, nicht ich, sondern Geli ist die große Ausnahme. Und ich habe mich mit diesem Zustand arrangiert, ich habe nicht mal gehadert, ich fand es okay. Vor allem in Anbetracht der Alternative, dem Alleinsein. Ich bin keine Frau, die gerne allein ist. Soll es ja geben. Frauen oder überhaupt Menschen, die immer betonen, wie wichtig es ihnen ist, Zeit für sich zu haben. Habe ich auch immer behauptet. Aber es ist leicht, das zu äußern, wenn man weiß, dass da jemand ist. Auf Stand-by, sozusagen. Dass »dieses Zeit für sich haben« kein Dauerzustand ist. Sondern ein Moment. Ich muss nicht alles zusammen machen. Aber ich finde es schön, zu wissen, da ist jemand, der zu mir gehört. Derjenige muss nicht jedes Hobby mit mir teilen, nicht neben mir die Yogamatte ausrollen, aber das Wissen, dass man eben nur freiwillig allein ist, macht die Sache sehr viel angenehmer. Erträglicher.

Ich liege auf der Dachterrasse und schaue Richtung Meer. Ich könnte einfach hierbleiben. Auf dieser Liege. Liegen und starren. Wenn ich hier zwei Wochen nur abhänge, hätte ich auch zu Hause bleiben können, denke ich und beschließe einen Deal mit mir selbst. Jeden zweiten Tag darf ich abhängen. Nichts tun und mich meinem Kummer ausgiebig widmen. Ansonsten werde ich die Insel erkunden. Vor die Tür gehen. Aktiv sein. Und mir einen Plan machen. Einen »Für-alle-Fälle-Plan«, der zum Einsatz kommt, sollte Knut an seinem festhalten. Was ich noch immer seltsam finde. Er will mich verlassen. Er hat mich verlassen, korrigiere ich mich. Ich bin gefangen in meiner Ratlosigkeit. Meiner Fassungslosigkeit. Von einem Tag auf den anderen sortiert der mich aus, und jetzt liege ich hier und bin gezwungen, mein ganzes Leben neu zu überdenken. Was für eine Scheiße.

Ich weine eine Runde. Ich weine, ohne Wein zu trinken. Mit klarem Kopf und klarem Verstand. Es ist ein komplett anderes Weinen. Ein reineres, promillefreies, hemmungsloses Heulen. Heute erlaube ich es mir. Es sieht mich keiner, und ich habe das Gefühl, es muss raus. Mehr als zwanzig Jahre Beziehung kann man nicht an einem Tag wegheulen. Das braucht. Noch immer habe ich so gar kein Interesse, mit irgendjemandem zu reden. Mein karger Redebedarf ist nach dem Gespräch mit Frau Dr. B und Geli gedeckt. Was soll auch dabei rauskommen? Das Einzige, was mir guttun würde, die einzige Variante eines Gesprächs, die ich gut fände, wäre kein Gespräch. Ich würde reden, und die Gegenseite würde nur kurz verbal nicken. Oder einfach nur zwischendrin sagen: Du hast recht. Ich will keine Kommentare, keine Ratschläge und vor allem keine Kritik. Ich sollte Hanne anrufen. Hanne ist, neben Geli, so etwas wie meine beste Freundin. Hanne wohnt in der Nähe, und wir haben uns über unsere Kinder kennengelernt. Ihr Sohn Hannes (ja, sie heißen wirklich Hanne und Hannes, und der dazugehörige Vater heißt Hans) war mit Anna im Kindergarten und der Grundschule. Das verbindet. Hanne ist mir direkt beim ersten Elternabend aufgefallen. Sie ist das, was man cool nennt. Lässig und entspannt. Auch im Umgang mit ihrem Sohn. Nach der Grundschule hat sie ihn auf die Realschule geschickt. Etwas, was heute ja schon als supermutig gilt. Geradezu als verrückt.

»Warum soll ich ihn durchs Gymnasium prügeln, viele Wege führen nach Rom«, hat sie damals entschieden, und deshalb sind Hannes und Anna nicht mehr in einer Klasse. Knut fand das Wahnsinn. Sie verbaue ihrem Sohn die Zukunft. Für seine Tochter war die Realschule selbstverständlich keine Option. Obwohl Anna auch nur mit viel Mühe und Nachhilfe die Gymnasialeignung erkämpft hat. Sie ist, wenn man ehrlich ist, kein Kind, dem alles einfach zufliegt. Damals, bei all dem Lernstress, habe ich Hanne um ihre Entspanntheit beneidet und um ihre Entscheidung mit der Realschule.

»Ach, Ulrike!«, hat sie gesagt. »Die Ente kackt hinten. Bleibt doch ein bisschen locker. Auch mit Realschulabschluss kann man glücklich werden. Erfolg ist nicht das Maß aller Dinge. Und es soll auch erfolgreiche Realschüler geben.«

Als ich das Knut erzählt habe, war er empört: »Die haben gut reden mit all ihrem Erbe im Rücken. Da kann ich auch entspannt sein, wenn ich weiß, dass ich nur zum Spaß arbeite, es eigentlich aber gar nicht nötig habe.«

Hanne ist das gewesen, was man eine gute Partie nennt. Eine sehr gute sogar. Zu ihrem achtzehnten Geburtstag bekam sie ein Aktienpaket im Wert von drei Millionen Euro. Ich einen Zuschuss zum Führerschein. Einen kleinen. Mehr war nicht drin. Vielleicht spielt all das tatsächlich eine Rolle, aber Hanne geht ganz normal arbeiten und lebt keineswegs in Saus und Braus. Ihr Leben ist Gucci-Gürtel-frei, und trotzdem könnte etwas dran sein an dem, was Knut sagt. So ein Polster im Rücken sorgt mit Sicherheit für eine gewisse Entspannung. Etwas, was mir definitiv fehlt. Ich bin keine entspannte Frau. Leider. Wie auch?

Vielleicht sucht man bei anderen immer das, was man selbst eher nicht hat. Ein bisschen kann ich Knuts Haltung sogar verstehen. Er, selbst ohne Abitur, weiß, und das betont er auch gerne, wie man sich mühen muss, um doch noch was zu »werden«. Seine Ansage in diesem Fall war deutlich: »Das ist für unsere Anna keine Option.«

Auf meinem Handy sind mehrere Anrufe in Abwesenheit. Hanne, meine Eltern und Knut. Auf Knut und meine Eltern kann ich gut verzichten. Aber Hanne hat meine Ignoranz nicht verdient. Sie ist eine Freundin, die sich kümmert. Sich um andere bemüht. Morgen, morgen ist mein Aktivtag, da werde ich sie anrufen.

Abends nehme ich mir ein Glas Wein, mit der Betonung auf ein, und plane meinen ersten Tag, den ich nicht vorwiegend in der Horizontalen verbringen werde. Ich werde zum Es-Trenc-Strand fahren, ein acht Kilometer langer Strand im Süden der Insel. Zum Baden ist es jetzt im Frühsommer noch zu frisch, aber ich nehme mir vor, einen langen, ausgiebigen Strandspaziergang zu machen. Alles mal gut durchlüften. Gesicht und Seele Sonne und Wind aussetzen. Allein sein üben. Allein. Dieses Wort hämmert auf mich ein. Besetzt all meine Gehirnwindungen. Allein. Ich weine erneut. Es braucht nicht viel, um in mir die Tränen aufsteigen zu lassen. Und dann gehe ich ins Bett. Allein.

Das Meer habe ich schon immer geliebt. Obwohl ich es auch fürchte. Oder besser gesagt, großen Respekt habe. Ich bade im Meer, aber wenn ich den Grund nicht sehen kann, muss ich sofort aus dem Wasser. Ich habe einmal eine Dokumentation auf 3sat gesehen über all die Tiere, die in der Tiefe des Ozeans leben. Da ist ein Horrorfilm ein Klacks dagegen. Allein die Vorstellung, über solchen Kreaturen zu schwimmen! Tief in mir steckt eine Angst, dass mich irgendeine magische unsichtbare Macht oder eines dieser Gruselfischmonster mit seinen ewig langen Saugarmen einfach in die Tiefe ziehen könnte.

Aber trotz allem fasziniert mich das Meer. Ich laufe bei herrlichstem Wetter den Strand entlang und starre aufs tosende Blau. Überlege, wie mein Leben ab jetzt aussehen könnte. Versuche, Bilder in meinem Kopf aufzurufen, die nichts mit der Horror-Katzenfrau-Version zu tun haben. Freundliche Bilder. Bilder einer glücklichen und vor allem zufriedenen Ulrike. Man soll sein Hirn ja angeblich programmieren können. Selbst in der Lage sein, den berüchtigten Schalter umzulegen. Ich habe gewisse Zweifel daran. Zu laut hämmert dieses »Allein«. Flutet immer wieder meine Gedanken. Ist mein Hirnbesetzer. Eine glückliche Ulrike scheint weit entfernt.

Hier am Meer sind viele Menschen alleine unterwegs. Wir sind in unserem Alleinsein nicht allein. Das ist kein Spezialschicksal, nichts Besonderes. Nie gab es mehr Singlehaushalte. Da sitzen Millionen Menschen allein in ihren Wohnungen und sind sehnsüchtig. Alle wünschen sich Nähe und Gesellschaft, und trotzdem haut es nicht hin. Manche haben immerhin einen Hund an ihrer Seite. Vielleicht sollte ich mir auch einen Hund anschaffen? Doch auch vor Hunden habe ich eine gehörige Portion Respekt, um nicht schon wieder das Wort Angst zu bemühen. Es wird Zeit, ein wenig von dieser Scheißangst abzulegen. Ich bin siebenundvierzig Jahre alt und nicht acht. Ich bin eine gestandene Frau. Ich habe schon viel geschafft. Ich muss diese allgegenwärtige Angst loswerden. Ich darf nicht zulassen, dass diese Angst mich dermaßen dominiert. Mir den Rest meines Lebens versaut. Allein sein heißt auch frei sein. Aber frei sein bedeutet doch auch, dieses Freisein frei gewählt zu haben. Sich aktiv für den Zustand entschieden zu haben. Ist man schon frei, nur weil man ungebunden ist? Macht das allein frei? Freiheit sollte eine Entscheidung sein, nichts etwas, was einem aufgezwungen wird. Freiheit ist mit Unabhängigkeit verknüpft. Ich bin vieles, aber nicht unabhängig. Ich werde in die Freiheit geschubst. Unsanft. Über das Bild muss ich lächeln. Geschubst. Brauchte ich mal einen Schubs? War das dringend nötig? Muss sich in meinem Leben was ändern? Ist diese ganze Scheiße auch eine Chance? Das ist Scheiße, Ulrike, denke ich. Psychoscheiße. Alles nach dem Motto: In jedem Ende steckt ein Anfang. Ein Ende ist erst mal ein Ende. Und manchmal ist danach auch nicht mehr viel. Aus, Schluss, vorbei. Dieses Mutmachpsychogelaber zieht mich fast noch mehr runter. Eine Tür schlägt zu, und eine andere geht auf. Papperlapapp. Manchmal ist man gefangen, und keine der verdammten Türen geht je wieder auf. Man ist eingesperrt. All diese Sprüche und Lebensweisheiten machen insgeheim sogar Druck. Weil so alles in meiner Verantwortung liegt. Ich es in der Hand habe. Ich will das nicht in meiner Hand haben. Ich will, dass sich die Dinge wie von Zauberhand lösen. Dass sich diese Scheiße einfach auflöst. Das alles wieder so ist wie vorher. Ich will nicht aktiv werden müssen. Ich habe das nicht verschuldet. Also muss ich auch nichts tun. Schlichte Logik, ich weiß. Vielleicht kommt Knut ja doch noch zur Besinnung. Merkt, dass er sich verrannt hat.

Überlege, wer Knut davon überzeugen könnte. Sollte ich seine Mutter anrufen? Versuchen, sie auf meine Seite zu ziehen? Allein der Gedanke hat fast schon was Witziges. Knuts Mutter hat nichts gegen mich, aber man kann auch nicht behaupten, dass sie mich besonders ins Herz geschlossen hat. Ich bin eine Art menschliche Schweiz für sie. Eine Person, der sie quasi neutral gegenübersteht. Ich glaube, dass sie insgeheim findet, dass ihr Liebling Knut mehr verdient hätte. Eine glamourösere Frau, die mehr darstellt. Knut ist ihr Vorzeigesohn. Ihr Paradeexemplar. Ihr größter Aufzuchterfolg. Gut, er ist Einzelkind, das relativiert alles etwas.

»Ich wusste immer, dass aus meinem Knut was wird! Der war schon als Baby anders«, hat sie mir schon oft gesagt. Ich habe allerdings keine Ahnung, welche Vergleichsgrößen sie herangezogen hat. Dass ich an diesem Erfolg einen Anteil haben könnte, ist ihr nie in den Sinn gekommen. Knut liebt seine Mutter. Er war immer ein Mamakind. Seine Mutter war die, die ihn gepusht hat. Nachdem sie sich erfolglos lange Jahre an ihrem Ehemann abgearbeitet hat. Fritz, der Vater von Knut, war ein Mann, der sich in seinem Mittelmaß ausnehmend wohlgefühlt hat. Ein lieber Mann, frei von jeglichem Ehrgeiz: »Isch bin zufriede, so wie es ist. Mer habe doch alles, was mer zum lebe braucht!«, hat er oft genug beteuert und all das Streben nach mehr einfach an sich abperlen lassen. Da half nichts. Kein Genörgel und keine Drohungen. Fritz war Elektriker. Angestellt. »Isch geh um fünf heim und mach meins. Herrlisch. Un isch mag mei Arbeit. Un meine Kollege. Es is des, was ich will. Wenn dir des net langt, musst de dir en anneren suche.« Irgendwann hat Ursula, Knuts Mutter, kapiert, dass bei ihrem Mann nichts hilft, dass bei ihm all ihre Ambitionen ins Leere laufen, sie genauso gut ihre Schrankwand vollnörgeln könnte, und dann hat sie sich auf ihren Sohn verlegt. »Du hast das Zeug für mehr!«, hat sie ihm jahrelang eingetrichtert. Männer sind im Allgemeinen sehr empfänglich für Lob und schnell bereit, Nettigkeiten, die sie betreffen, auch zu glauben. Knut ist seiner Mutter dankbar. »Ihr Glaube an mich war meine Motivation!«, hat er oft beteuert. Der Erfolg verbindet die beiden.

Leider hat Knuts Vater Fritz den Aufstieg seines Sohnes vom Autoverkäufer zum Geschäftsführer und Teilhaber eines Autohauses nicht mehr erlebt. Er ist an einem Herzinfarkt gestorben. Auf der Couch. Vollkommen unspektakulär. Zack, bum, tot. Er ist gestorben, wie er gelebt hat. Ohne viel Tamtam. Ursula konnte es lange nicht fassen: »Der Mann hat nun gar keinen Stress gehabt. Weder im Beruf noch privat. Und Extremsport hat er nun auch nicht gemacht. Das ist wirklich kaum zu glauben.« Selbst im Sterben war er ihr nicht ambitioniert genug. Inzwischen ist das gut fünfzehn Jahre her, und Ursula hat sich mit der Tatsache abgefunden. Ab und an geht sie mit einem Nachbarn aus. Das jedenfalls denkt Knut. Ich glaube, zwischen Ursula und dem Nachbarn, der auch verwitwet ist, läuft mehr. Heiraten will Ursula nicht noch mal. »Zu viel Dienstleistung. Ambulant gerne, aber stationär auf keinen Fall!«, lautet ihr Credo. »Ich habe genug für andere gekocht, gebügelt und geputzt.« Wolfgang, ihr Nachbar scheint das völlig in Ordnung zu finden. Sie sehen sich regelmäßig, gehen gemeinsam aus und tun sich anscheinend gut.

Ob sie auch Sex haben? Ich vermute, ja, Knut findet allein den Gedanken abartig. »Das würde Mama nicht tun!«, hat er mehrfach gesagt, und: »Das würde sie mir doch sagen!« Wie lächerlich! Als gäbe es da eine Mitteilungspflicht. Ich habe ihn freundlich ausgelacht. »Mama war verheiratet, und Papa ist tot. Das Thema hat sich für sie erledigt«, ist Knuts Überzeugung.

»Frag sie doch einfach«, war mein Vorschlag, den er aber nicht beherzigt hat. Ich vermute, er will es auch nicht wissen.

Ob er es seiner Mutter gesagt hat? Wie sie wohl reagiert hat? Ob sie auf meiner Seite wäre? Ob sie diese Nina eventuell sogar inzwischen kennt? War Knut schon mit ihr bei Ursula zu Kaffee und ihrem legendären Käsekuchen? Hinter meinem Rücken? Allein die Vorstellung kränkt mich ungemein. Sicherlich entspricht Nina sehr viel mehr Ursulas Vorstellungen von einer passenden Frau für ihren Super-Knut. Ganz viel Spaß wünsche ich euch, denke ich bitter. Ihr habt euch alle verdient. Soll sich Nina doch an Ursula abarbeiten! Und Ursula an Nina.

Ursula wird mir nicht fehlen. Immerhin ein Trost. Ich mochte Fritz, Knuts Vater, aber bei Ursula habe und hatte ich immer das Gefühl, nicht zu genügen. Egal, wie sehr ich mich anstrenge. Mich an Menschen abzuarbeiten, die einen nicht schätzen, sollte ich einstellen.

Wieder kommt mir ein Mann mit Hund entgegen. Ein großer Mann, sicher eins neunzig, mit Hut und kurzen beigefarbenen Shorts. Wären wir in einem Sonntagabend-20-Uhr-15-Film von Rosamunde Pilcher im ZDF, würde jetzt der Hund auf mich zurennen und mich anspringen. Würde meine weißen Hosen mit seinen riesigen tapsigen Pfoten total verschmutzen. Dann würde der Mann pflichtschuldigst zu mir kommen, und erst aus der Nähe würde ich sehen, wie irrsinnig gut er aussieht. Und welche tiefe Traurigkeit in seinem Blick liegt. Jetzt würde melancholische Musik spielen.

Er würde sich in aller Form entschuldigen und mich als Ausgleich auf einen *café con leche* einladen. Sein Name wäre José, und er wäre steinreicher Erbe eines großen Weinguts im Landesinneren von Mallorca. Leider hätte er vor zwei Monaten seine Verlobte im Bett mit dem Gutsverwalter erwischt und sich natürlich direkt von beiden getrennt. Jetzt aber – die Musik wird sehr viel freundlicher – verliebt er sich auf den ersten Blick in mich, und auch ich bin wie vom Blitz getroffen. Die Ex-Geliebte würde alles tun, um ihn zurückzugewinnen, aber die neue, frische, unglaubliche Liebe zwischen uns würde siegen. Abspann. Ende.

Leider spielen Rosamunde-Pilcher-Filme nicht auf Mallorca, sondern in den Hochmooren von Schottland oder in Irland, und der Mann, der da gerade an mir vorbeigeht, ist bei näherem Ansehen weder eins neunzig groß noch sieht er irrsinnig gut aus. Auch sein Hund macht keine Anstalten, mich anzuspringen. Er pinkelt in den Sand. Warum sollte mich auch jemand ansprechen? Ich bin ein verheultes, verhuschtes Etwas. Schon im Normalzustand keine Erscheinung. Nicht mal attraktiv für diesen Kerl. Nicht mal attraktiv genug zum Anspringen.

Kurz vor Ende des Strandes lege ich mich in den Sand. Das Meer türmt sich regelrecht vor mir auf. Die Wellen sind ungewöhnlich hoch. Ich bekomme Lust, mich ins Wasser zu stürzen. Hätte ich einen Bikini an, würde ich das jetzt machen. Hätte, würde, könnte. Ich bin die Königin der Konjunktive. Ich hasse mich dafür. Wie viele Möglichkeiten sind mir durch mein ewiges Zaudern schon durch die Lappen gegangen? Einem Impuls folgend ziehe ich mich aus. Alles bis auf die Unterhose. Und dann renne ich los. Ins Meer. Es ist saukalt – höchstens 18 Grad, aber als ehemalige Nordseeurlauberin sind mir diese Temperaturen vertraut. Bei dem aufgewühlten Meer kann man den Grund nicht sehen, und es ist mir erstaunlicherweise egal. Wenn mich irgendwas Fieses mit zu vielen Armen jetzt runterziehen will, dann soll es doch. Ich springe in die Wellen. Tauche unter. Was wird das hier? Was tue ich? Symbolische Reinigung? Kleine Mutprobe? Einfach nur totaler Unsinn? Du wirst dich erkälten, vermeine ich die Stimme meiner Mutter zu hören. Du könntest ertrinken. Wäre das so schlimm?

Als ich hochkomme, sehe ich einen Mann bei meinen Sachen stehen. Der wird mich doch jetzt nicht beklauen? Ich meine, mal ehrlich, so viel mieses Karma kann man ja kaum haben. Das wäre wahrlich das i-Tüpfelchen. In meiner Hosentasche stecken Geld und der Auto- sowie der Hausschlüssel. Bis zu Gelis Apartment sind es fünfundzwanzig Kilometer. Zu Fuß kein Spaß. Und dann müsste ich den Schlüsseldienst rufen. Zum Glück habe ich nicht viel Geld mitgenommen. Gerade mal fünfzig Euro. Aber mein Handy liegt auch zwischen meinen Klamotten. Der Mann steht immer noch da. Für einen Dieb lässt er sich verdammt viel Zeit. Ich wate, so schnell es geht, durch die Wellen Richtung Strand. Der Mann rührt sich nicht. Ein bisschen peinlich ist mir, dass ich nur mit Unterhose bekleidet bin. Aber was soll's. Ich kenne den Kerl ja nicht. Ich nähere mich und halte mir die Hände vor den Busen. Er steht immer noch da. Er grinst. Ist der irgendwie gestört?

»Español?«, fragt er mich und dreht sich höflicherweise ein wenig weg.

Ich schnappe mir ein T-Shirt, ziehe es mir schnell über und antworte: »*No, alemán*.«

»Dachte ich mir fast. Spanier würden niemals um diese Jahreszeit ins Wasser gehen«, erklärt er seine Aussage.

Ich lache.

Er lacht mit: »Ich bin hier nur stehen geblieben, um zu warten, bis Sie rauskommen, war ein bisschen leichtsinnig, alles hier einfach so liegen zu lassen.«

Ich nicke erleichtert. »Danke! Nett von Ihnen.«

»Holger«, stellt er sich vor.

»Ulrike!«, antworte ich und schaue mir den Mann genauer an. Nach Weinguterbe sieht er nicht aus. Eins neunzig ist er definitiv nicht. Mit Müh und Not kommt er vielleicht auf eins achtzig. Knuts Größe. Freundlich geschätzt. Und irrsinnig gut aussehend ist er auch nicht. Nicht mal wirklich gut aussehend. Aber nett wirkt er. Und das, was er getan hat, war auf alle Fälle sehr freundlich. »Darf ich Sie zum Dank auf einen Kaffee einladen?«, frage ich und bin erstaunt über meinen Mut. Ich weiß gar nicht, warum ich das tue. Aus Höflichkeit? Weil es sich so gehört? Weil alles besser ist, als allein zu sein?

Er freut sich offensichtlich. »Schöne Idee, ich nehme die Einladung gerne an.«

Holger lebt seit fünfzehn Jahren auf der Insel. Verdient sich sein Geld als Hausverwalter und Poolmann. Er kann lustige Geschichten über das Leben der Reichen und Schönen, deren Anwesen er pflegt, erzählen. Er ist überhaupt nicht mein Typ, aber es macht Spaß, mit ihm Zeit zu verbringen. Vielleicht weil er so gar nicht mein Typ ist. Er ist eine Art ungefährliches Terrain. Wieso er hier lebt, will ich von ihm wissen. »Ich bin aus Liebe gekommen, und als die Liebe ging, bin ich geblieben«, antwortet er und grinst. »Geld war mir nie wichtig. Mein Leben hier ist entspannt. Es ist warm, und ich bin am Meer. Habe genug zu essen, eine Wohnung und Freunde. Das ist nicht viel, aber mir genügt es. Große Sprünge kann ich natürlich nicht machen.«

Ich bin beeindruckt. Ich weiß nicht, ob ich so bescheiden leben könnte. Und wollte. Bald musst du es, geht mir durch den Kopf, und ich erzähle Holger meine Geschichte. Ohne dass er fragt. Es fällt mir leichter, einem völlig fremden Menschen alles zu erzählen, als meinem nahen Umfeld. Holger ist neutral. Holger hört zu. Unterbricht mich nicht.

Als ich fertig bin, schaut er mich an. »Ist es der Verlust von Knut, deinem Mann, oder der Verlust deines gewohnten Lebens, das dir so viel Angst macht?«, will er wissen.

Ich zögere, bevor ich sage: »Ich kann das nicht voneinander trennen, das eine hat ja mit dem anderen zu tun.«

»Vieles ist einfach auch Gewohnheit, verwechsle das nicht mit Liebe!«, lautet sein Ratschlag.

»Lange Liebe hat auch mit Gewohnheit zu tun, das kann man nicht immer voneinander getrennt sehen«, sage ich.

»Weißt du, du darfst nicht so sauer und bitter sein, vielleicht hat sich dein Mann einfach verliebt, da ist man auch irgendwie machtlos. Du musst kein Verständnis haben, aber es kann halt passieren. Hätte dir ja auch passieren können«, meint Holger ziemlich nüchtern.

So habe ich es noch nicht betrachtet. Hätte ich mich verlieben können? Gehört dazu nicht eine gewisse Liebesbereitschaft? Ist man nicht davor gefeit, wenn man glücklich in seiner Beziehung ist? Ist es nicht ein bisschen wie mit opulentem Nachtisch? Man beherrscht sich, obwohl man manchmal verlockt ist. Schon durch den Blick auf die Dessertkarte. Aber man sagt Nein, weil es besser ist. Weil so ein Nachtisch doch zumeist ein sehr kurzes Vergnügen ist. Ich war in all der Zeit mit Knut nie in jemand anderen verliebt. Es kam auch gar nicht infrage. Ich war ja verheiratet. Also habe ich die Dessertkarte nicht geöffnet.

»Meine Ex, wegen der ich hier auf die Insel gekommen bin, hat sich auch verliebt. In einen Gastronomen. Das ist eben das Risiko. Liebe kann wankelmütig sein. Sie hat was in dem anderen gesehen, was sie bei mir vermisst hat. Damit muss man klarkommen. Oder sich von der Liebe fernhalten. Wer liebt, kann verletzt werden. Stell es dir mal so vor: Du gehst ins Meer und trägst diese Badeschuhe. Du bist sicher, dich kann nichts piken, aber du wirst auch nichts spüren. Nicht deine Füße, nicht den Untergrund. So unterschiedlich wandeln Menschen durchs Leben. Spüren wollen heißt auch Risiken eingehen. Du scheinst mir eine Badeschuhfrau zu sein. Ihr hattet doch eine lange Zeit. Jetzt kommt eine neue Zeit. Und irgendwann auch ein neuer Mann! Liebe ist ein dynamischer Prozess«, sagt Holger.

Momentan ist allein der Gedanke an einen anderen Mann, an eine neue Liebe, etwas, das ich vollkommen abwegig finde. »Ich will keinen neuen Mann, ich will meinen behalten!«, betone ich, und Holger schaut mich leicht amüsiert an: »Ich glaube, das ist nichts, was du entscheidest, was du willst, spielt eine eher untergeordnete Rolle. Und so, wie du es erzählt hast, klingt es, als sei dein Mann sehr entschieden. Das klang nicht nach: Mal sehen. Das klang nach: Auf Wiedersehen.«

Da spricht jemand genau das aus, was ich insgeheim befürchte. Knut will mich loswerden. Nicht nur mal ernsthaft über unsere Ehe und Beziehung nachdenken. Er will mich nicht mehr. Es geht nur noch um Logistik. Um Abwicklung. Ich bin etwas, was möglichst angenehm und schmerzfrei entsorgt werden muss. Umweltschonend eben. Und nachhaltig.

Holger und ich tauschen Telefonnummern aus. »Solltest du länger hier sein oder mal wiederkommen, melde dich doch. Und sag mal Bescheid, wie es so weitergeht bei dir. Und nur so als Tipp, Ulrike: Es gibt Schlimmeres. Du bist jung und gesund. Wie hat dieser Fußballtrainer, Stepanović heißt der, mal gesagt: Lebbe geht weiter.« Damit verabschiedet sich Holger von mir.

Klar geht das Leben weiter, und klar gibt es Schlimmeres. Ich könnte unheilbar krank sein, oder meiner Tochter könnte etwas passieren. Schlimmer geht halt immer. Trotzdem wird es ja wohl erlaubt sein, etwas schlimm zu finden. Ist es wirklich tröstlich, dass nach unten noch Luft ist? Dass alles noch sehr viel grauenvoller sein könnte? Irgendwie haben diese Sprüche was von Binsenweisheiten. Aber trotz allem hat mir das Gespräch mit Holger gutgetan. Und ich habe erstmals nicht geweint, als ich darüber geredet habe. Ein

Schritt in die richtige Richtung, denke ich und muss lächeln.

Abends lade ich mich selbst zum Essen ein. Zwinge mich dazu, die Wohnung zu verlassen. Bei einer Dorade und einem Glas Wein beschließe ich, das alles zu überstehen. So weit zu sagen, ich werde gestärkt aus der Nummer hervorgehen, bin ich nicht, aber ich werde nicht untergehen. Das Leben geht weiter. Auch Binsenweisheiten haben einen wahren Kern. Proste in Gedanken Stepanović zu.

Nach dem Abendessen telefoniere ich mit Hanne. »Endlich, ich habe mir echt Sorgen gemacht!«, begrüßt sie mich.

Der Anruf dauert mehr als zwei Stunden. Sie ist klug und reflektiert. Fazit: Sie findet, ich könne nur abwarten und mir überlegen, was ich will. Wenn ich Knut will, muss ich kämpfen. Ihm zeigen, was er verliert. Ihm sagen, dass ich ihn liebe. Was er mir bedeutet. Ihn zu einer Paartherapie überreden. Das zumindest sei er mir schuldig. Ihr und Hans habe eine Therapie geholfen. Ich kann mir schwer vorstellen, dass Knut eine Paartherapie machen würde. Er hält von Psychologen wenig. »Die haben doch alle selbst einen an der Erbse! Was soll das ewige Gerede denn bringen? Die meisten sind doch gestörter als ihre Patienten«, hat er zu dem Thema schon häufig gesagt. Aber eigentlich kann man nach zwanzig Jahren Ehe durchaus erwarten, dass ein Partner, auch einer, der auf dem Absprung ist, sich bereit erklärt, etwas zu probieren, oder etwa nicht? Aber hilft eine Therapie, wenn einer der beiden längst sicher und klar in seiner Entscheidung ist? Und wie sicher ist Knut? Es klang entschlossen, aber insgeheim hoffe ich ja, dass irgendwo in den eins achtundsiebzig von Knut doch noch Zweifel stecken. Wir müssen reden, das ist klar. Vielleicht helfen mir die zwei Wochen hier tatsächlich, um das hinzukriegen. Ein Gespräch mit Knut. Momentan will ich ihn nur anschreien. Verfluchen und auf ihn einschlagen. Aber mir ist bewusst, dass das nichts bringt. Ganz im Gegenteil. Hysterie und Wut sind nicht anziehend. Manchmal ist es aber auch vollkommen egal, was irgendein Verhalten bringt. Manchmal ist da nur Emotion, und so weit, dass ich die Angelegenheit sachlich und losgelöst sehen kann, bin ich nicht. Noch nicht jedenfalls. Ob das je so sein wird? Ich bin mir nicht sicher.

Der Tag hat mir gefallen. Ich habe mich auf jemand völlig Fremden eingelassen, war im Meer schwimmen trotz Kälte und Furcht, und ich habe allein mit mir selbst in einem Lokal zu Abend gegessen. Etwas, was ich normalerweise niemals tun würde. Für mich sind, oder waren, Menschen, die allein in einem Restaurant essen, immer ein Synonym für Einsamkeit. Fast so, als hätten sie ein Schild umhängen, auf dem steht: Niemand mag mich. Niemand geht mit mir weg. Das Gefühl hatte ich heute Abend auch kurz. Aber es hat sich gelegt. Es ist schöner, in Gesellschaft zu essen, keine Frage. Aber geschmeckt hat es mir auch so. Niemand hat mich seltsam behandelt, und man hat mich auch nicht an den Katzentisch in der Ecke vor dem Klo platziert. Im Gegenteil: Ich hatte den Eindruck, man bemühte sich besonders um mich. Heute Abend war ich eine der Frauen, die ich ansonsten eher mitleidig anschaue. Erkenntnis: Es gibt echt Schlimmeres, und der Fisch war fantastisch.

Am nächsten Morgen wache ich auf, und es ist erst 6 Uhr 30. Heute ist mein »Ich darf rumliegen und mich in meinem Elend suhlen«-Tag. Komischerweise habe ich dazu keine Lust. Mein Kummer fängt an, mich zu langweilen. Eine seltsame Erkenntnis. Wohin soll diese Dauerlarmoyanz auch führen? Ich spüre erstaunlicherweise eine Form von Tatkraft in mir. Beschließe, eine Runde laufen zu gehen. Bevor ich es mir anders überlege, ziehe ich mich an. Ich weiß inzwischen, dass ich so kleine Momente aufkeimender Sportlichkeit sofort nutzen muss. Sie vergehen zumeist genauso schnell, wie sie kommen. Um sieben Uhr morgens schläft außer mir hier anscheinend noch fast jeder. Ich jogge (obwohl man das, was ich da tue, nur mit sehr viel Wohlwollen joggen nennen kann) immerhin eine halbe Stunde und habe dabei das Meer im Blick. Vielleicht wird alles tatsächlich gut. Vielleicht schaffe ich es auch, alleine zurechtzukommen. Vielleicht lache ich in ein paar Monaten über all das.

Als ich zurück in der Wohnung bin, trifft mich die Einsamkeit mit voller Wucht, wie aus dem Nichts, wie eine gigantische Welle, die man nicht kommen sieht, die von hinten heranrauscht, und haut mir mein Elend um die Ohren. So, als hätte sie sich nur kurz versteckt, um jetzt hervorzuspringen und zu rufen: Ha! Hier bin ich wieder. Niemand ist da, der fragt, wie es war. Niemand, der mit mir redet, sich für mich interessiert. Nur ich selbst. Das ist nun dein Leben, Ulrike, sage ich mir. Klar, ich habe eine Tochter, ich habe Freunde, ich habe Familie. Aber Anna ist weg und wird bald sowieso ausziehen und hoffentlich ihr eigenes Leben leben. Ich kann sie schlecht an mich ketten. Nur weil mein Leben versaut ist, muss ich ja nicht auch noch ihres versauen. Ich will keine erbarmungswürdige Altlast sein. Und meine Freunde: Alle haben genug mit ihrem Leben zu tun. Auf einen seelischen Pflegefall hat niemand Lust. Ein Partner ist etwas anderes. Es ist ein Mensch, der einem zur Seite steht. Da sind sie wieder, die Tränen, und mit ihnen schwindet alles, was ich heute Morgen an Tatkraft gespürt habe. Wie überheblich war mein Gedanke, dass ich darüber hinweg bin. Aber wie soll man auch in ein paar Tagen über Jahre hinweg sein? Wie vermessen ist allein die Idee? Ja, ich hatte einen schönen Tag gestern. Man kann auch alleine schöne Tage haben. Mal. Aber immer? Immer alleine?

Ich dusche, lege mich danach nur mit einer dünnen Decke auf die Terrasse, als Geli anruft. Ich versuche, mir meine Depri-Stimmung nicht anmerken zu lassen, probiere, heiter und gelassen zu klingen. Ich will meiner Freundin nicht so viel zumuten. Aber Geli kennt mich zu lange, um darauf reinzufallen. Es dauert keine drei Minuten, und ich weine wieder.

»Ich komme übermorgen! Und dann sehen wir weiter!«, verspricht sie, und obwohl der Gedanke so irrsinnig tröstlich ist, lehne ich zunächst mal ab. Aber Geli ist eine sehr entschiedene Frau: »Papperlapapp, ich habe dich nicht um Erlaubnis gefragt. Ich komme. Ich schicke dir meine Ankunftszeit, und dann kannst du mich vom Flughafen abholen. Ich bleibe drei, vier Tage, und wir reden. So geht das nicht weiter, Ulrike.

Ich werde dein menschliches Antidepressivum sein. Oder zumindest Johanniskraut. Wir lassen es uns gut gehen.«

Ich lehne noch einmal ab. Ich bin der Typ Mensch, der Dinge gern mit sich selbst ausmacht. Ich will niemanden belästigen. Insgeheim aber freue ich mich, vor allem weil Geli um meine Haltung weiß und trotzdem auf ihrem Besuch besteht. Sie hat eine ansteckende Fröhlichkeit, der man sich schwer entziehen kann. Allein die Vorstellung, dass sie in zwei Tagen hier bei mir sein wird, belebt mich.

Ich beschließe, einen weiteren Ausflug zu machen. Diesmal suche ich mir eine kleine Badebucht ganz in meiner Nähe aus. Ich packe mir Gelis Stand-up-Paddle und laufe zum Strand um die Ecke. Alleinsein hat viele Seiten. Fehlende Kommunikation ist die eine. Aber man hat auch niemanden, der einem beim Tragen hilft, auf die Sachen achtet, wenn man ins Wasser will. Niemanden, der ein schönes Foto machen kann. Kein Wunder, dass es immer mehr Selfies gibt. Es gibt ja auch immer mehr Singles. Als Single muss man auf Menschen zugehen. Sollte man auf Menschen zugehen. Ich beherzige das und frage eine Kleinfamilie – Vater, Mutter und etwa dreijähriges Kind – mit Sonnenschirm und vollem Strandequipment, ob ich meine Tasche bei ihnen ablegen darf. »Det is keen Problem! Wir kieken druff«, berlinern sie zurück. Da sag mal einer, die Hauptstädter wären unfreundlich. Die Eltern sind um die dreißig Jahre alt. Sie eine niedliche, zarte, blasse Rothaarige mit einer Menge Sommersprossen. Das fast orangefarbene Haar trägt sie wild und lang. Lockig. Fast ein Naturereignis, diese Haare.

Das Kind kommt nach ihr. Eine Haut wie Mozzarella. So unglaublich weiß. Asiaten würden sie beneiden um dieses reine Superweiß. Auch die Kleine hat dieses karottige Haar. Allerdings in der glatten, spärlichen Variante. In wenigen Jahren wird sie beides garantiert hassen. Er ist ein volltätowierter, bärtiger Typ mit Käppi. Wahrscheinlich hat er schon Haarausfall und trägt deshalb Kappe.

Wie lange werdet ihr es schaffen, frage ich mich. Ein Gedanke, der mir jetzt immer kommt, wenn ich Paare sehe. Genießt es, will ich ihnen sagen, noch habt ihr das Gefühl, es wird immer so sein. Ihr wisst noch nicht, wie zerbrechlich Beziehungen sind. Habt noch dieses Urvertrauen in euch und eure Liebe. In eure Familie. Denkt, ihr seid eine Einheit. Etwas, worauf man bauen kann. Dabei tickt euer Verfallsdatum schon. Irgendwann werdet ihr merken, dass das alles eine Illusion war. Wie wenige Paare es heute noch schaffen, durchzuhalten. Eigentlich traurig. Aber vielleicht werden genau diese drei hier die große Ausnahme sein.

»Is was?«, will der Mann wissen. »Du kiekst so?«

Ich schüttle eilig den Kopf, ringe mir ein Lächeln ab und sage, dass ich die Wahnsinnshaare seiner Frau bestaunt habe.

»Det is nich meene Frau, det is meene kleene Schwester.«

So kann man sich irren. Ob sie je einen Mann hatte? Eine längere Beziehung? Oder hat sie sich direkt entschieden, einfach ein Kind zu bekommen? Ich würde zu gerne wissen, ob es da überhaupt einen Mann gibt. Vielleicht muss er arbeiten oder macht sich nichts aus Sonne, Strand und Meer? Vielleicht hat er sie betrogen? Ist sie Witwe oder war sie auf der Samenbank? Ist das Kind ein Produkt eines One-Night-Stands?

Es geht dich nichts an, Ulrike, sage ich mir selbst und beschließe, es trotz des ziemlich kalten Wassers auf dem Brett zu versuchen. Ich habe das Gefühl, dass jede Form von Bewegung mir guttut. Und genau darum geht es im Moment. Ich tue das, was mir guttut. Wann habe ich das in letzter Zeit getan? Jetzt stehen meine Bedürfnisse mal im Vordergrund. Nicht dass ich mir Sport bisher gezielt verkniffen hätte, aber er aktiviert angeblich Wohlfühl-Hormone, und ich kann jedes verdammte Hormon gut gebrauchen. Werde ich wieder zufrieden sein? Irgendwann? Was braucht der Mensch, um zufrieden oder sogar glücklich zu sein? Bisher dachte ich, dass meine Familie, dieses stabile Konstrukt, mein Anker ist. Ganz klassisch: Familie, Ehe, Haus, Arbeit, Gesundheit und Geld. Natürlich auch Liebe. Aber die habe ich irgendwie für selbstverständlich gehalten. Ist das mein Fehler? Habe ich zu wenig für die Liebe getan? Ist Liebe nicht irgendwann mal eine Tatsache, etwas, was da ist und auch bleibt? Etwas Verlässliches, Beständiges, Berechenbares, oder doch eher ein wankelmütiges Luder, das man immer wieder neu beleben und umgarnen muss? Ist Liebe wie ein Kamin, der zwar irgendwann gut brennt, den man aber immer wieder neu befeuern muss, indem man Holz nachlegt? Ist Verliebtheit das Feuer und die lange glimmende Glut die Liebe? So oder so: Ich muss mir einen neuen Anker suchen. Oder überlegen, wie ich Holz nachlege. Ich will keine verschrobene, unglückliche Katzenfrau werden. Ich muss mein Leben neu austarieren. Und ab jetzt mache ich die Regeln. Zu wissen, man ist für seine eigene Zufriedenheit, für jedes Glück selbst verantwortlich, ist nicht nur eine gute Botschaft. Wenn man dafür selbst verantwortlich ist, ist man das eben auch für sein eigenes Unglück. Die Verantwortlichkeit gilt in beide Richtungen. Ich will zufrieden sein. Zumindest das.

Stand-up-Paddeling, merke ich, ist ähnlich wie verheiratet sein. Es wirkt beim Gucken ganz einfach. Ist man mal auf dem Brett und steht, dann muss man nur ausbalancieren. Nach einer Weile gleitet man über das Wasser. Je länger es klappt, umso eher wird man ein wenig hochmütig und denkt, man hat es raus. Weiß, wie es läuft. Passt dann nicht mehr so auf, und kaum kommt eine kleine Welle, fliegt man im hohen Bogen runter.

Das Wasser ist immer noch ziemlich frisch. Ich habe reichlich Gelegenheit, das zu testen. Nichtsdestotrotz halte ich es eine gute halbe Stunde aus. Brett – Wasser, Wasser – Brett. Stand-up-Paddeling, zumindest in der einfachen Variante, lernt man relativ schnell. Das Gute: Man muss sich konzentrieren. Ich habe tatsächlich fast eine halbe Stunde nicht an Knut und unsere gescheiterte Ehe gedacht. Ein Fortschritt. Ablenkung und Konzentration auf anderes scheinen das Geheimnis zu sein.

Als ich aus dem Wasser komme, liegt ein weiterer Mann bei meinen Berlinern. Seine Hand auf dem Bauch der Lockenprachtfrau. »Och en Bierchen?«, fragen sie mich. Ich bin keine Biertrinkerin, nehme aber nichtsdestotrotz an. Auch wenn die vier mit mir auf den ersten Blick so gar nichts gemeinsam haben. Wir werden sicherlich keine Freunde fürs Leben, aber mehr Offenheit kann mir nicht schaden. Außerdem habe ich ja heute nichts vor. Keine Verabredungen, keine Verpflichtungen. Nur allein sein. Da ist ein Bier doch eine verlockende Alternative. Die Berliner sind lustig. Offen. Und alles ist ganz anders, als ich gedacht habe. Bine und Theo, der Hand-auf-dem-Bauch-Mann, sind ein Paar, und Bines Bruder Leo ist mit im Urlaub, weil er der Patenonkel der kleinen Roxy ist. Roxy! Was für ein Name. Bine und ihr Bruder haben ein Start-up gegründet. Irgendwas mit Ökohaarprodukten. In biologisch abbaubaren Verpackungen. Es läuft gut, und deshalb haben sie sich mal eine Woche Auszeit gegönnt. Wenn Bines Haare das Ergebnis ihrer Produkte sind, dann sollte ich mir die auch kaufen.

Bine und Theo erzählen mir ihre Kennenlerngeschichte. Nach zwei Dates war sie schwanger. »Keene jute Startposition! Die Turbovariante!«, lacht Bine. »Aber wir haben et jewuppt!«

Theo küsst sie und streichelt Roxy über den Kopf. Er strahlt sie an. Nach zwei Dates war sie schwanger, das bedeutet, spätestens beim zweiten Date sind die beiden im Bett gelandet. Kann ich mir für mich schwer vorstellen. Bin ich spießig? Bis Knut und ich Sex hatten, hat es gedauert. Wir haben uns beim sechsten Date geküsst. Aber das ist ja auch schon Jahrzehnte her. Vielleicht würde ich es heute auch anders machen. Ob ich mir diese Frage noch mal stellen muss? Wieder schießt mir der Ausdruck »sexuelle Frühpensionierung« durch den Kopf.

»Wo habt ihr euch kennengelernt?«, frage ich.

»Tinder!«, antwortet Bine. »Kennste?«, grinst sie.

Alle bemerken meine Ratlosigkeit. Klar habe ich

schon mal von Tinder gehört. So alt bin ich nun auch nicht. Tinder ist eine Partnerschafts-App. Freundlich ausgedrückt. Ein Fickportal, hat es Hanne in einem Gespräch mal genannt.

»Jetzt kiekste aber erschrocken, Uli!«, kichert Bine, und dann erklärt sie mir, warum sie bei Tinder war und warum das heute total normal ist. »Draußen triffste keenen mehr. Und praktisch is es ooch. Kannste jemütlich daheem durchblättern. Musste haben, wenn de Single bist!«

Tinder – das Must-have der Singlewelt. Ich kenne Freundinnen, die Onlinedating ausprobiert haben. Von Tinder war allerdings nie die Rede. Die meisten waren bei Parship oder Elitepartner. Tinder gilt irgendwie als anrüchig. »Tinder ist, glaube ich, mehr so für Sex und so«, antworte ich und hoffe, nicht komplett verklemmt zu klingen.

Alle lachen. »Sex und der janze Rest. Bei Tinder jibt's allet. Musste testen. Ist lustig! Du bist doch Single, wa?«

Man scheint es mir schon anzusehen, dieses Alleinsein. Als hätte ich ein Schild umhängen. Oder es auf der Stirn stehen. Ich nicke und merke, wie in mir mal wieder die Tränen aufsteigen. Allein die Erwähnung, dass ich Single bin, katapultiert mich zurück ins Jammertal. Reiß dich am Riemen, Ulrike, ermahne ich mich selbst. »Ich bin frisch Single, oder glaube es zumindest. Mein Mann hat mich verlassen!«, antworte ich und muss heftig schlucken. Aber ich schaffe es, nicht zu weinen.

Bine nimmt mich in den Arm. »Det is scheiße!«, sagt sie nur.

Ich nicke. Ja – kann man definitiv so sagen. Das ist auf den Punkt gebracht. Scheiße trifft es ziemlich genau.

»Biste allene hier?«, will sie dann wissen.

Ich nicke wieder.

»Na denne, nix wie ruff uff Tinder!«, schlägt sie vor.

Ich schüttle den Kopf: »Nee, ich glaube, das ist nix für mich. Und zu früh ist es auch. Und überhaupt, ich bin zu alt dafür. Guck mich doch an. In meiner Verfassung. Wer will mich denn?«

»Spinnste denn total!«, herrscht sie mich an.

Ich bin überrascht darüber, wie viel Vehemenz dieses kleine Persönchen in ihre Stimme legen kann.

Sie schüttelt ihre Locken. »Du bist doch ne Bombe. Also für dein Alter uff jeden Fall. Haste schon wat vor heute Abend?«

Ich verneine. Was sollte ich schon vorhaben, außer einem möglichen weiteren Abendessen mit mir selbst.

»Perfekt«, antwortet sie »kommste in unser Apartment, der Leo kocht, und wir machen dir nen Tinder-Account!«

Ich weiß nicht so recht. Ein Abend mit anderen Menschen könnte schön sein. Nicht wieder allein in meinem Gedankensumpf rumwaten. Aber einen Tinder-Account brauche ich ungefähr so dringend wie ein Loch im Kopf. »Abendessen wäre schön, ich kann auch was mitbringen!«, antworte ich, ignoriere den Tinderkram und bin richtiggehend überrascht über mich selbst. Erst Holger und jetzt die Berliner. Ich habe in den letzten Tagen mehr Menschen kennengelernt als in den ganzen letzten Jahren. Das macht das Alleinsein. Man wird offener. Aus der Not heraus.

Wäre ich nicht allein hier, hätte ich die Berliner niemals angesprochen. Hätte mir jemand noch vor Kurzem gesagt, dass ich zu drei mir fremden Berlinern in ihr Apartment zum Essen gehe, zu Menschen, die ich genau seit einer Stunde kenne, hätte ich mich kaputtgelacht. Vor allem weil sie so anders als ich sind. Aber was habe ich zu verlieren? Vielleicht ein bisschen was von meiner Spießigkeit. Ansonsten eher nichts. Gesellschaft lenkt ab. Andere Sichtweiten und Einstellungen könnten neue Impulse geben. Und ich könnte auch einfach nur einen netten Abend haben. Es muss ja nicht immer ein irrsinniger Erkenntnisgewinn dabei rausspringen. Oder ein Geschäft. Beziehungen, auch freundschaftliche, müssen nicht zwingend einen Nutzen haben. Manchmal langt es ja auch, wenn es einfach nett ist.

Wir tauschen Telefonnummern, und sie versprechen, mir ihren Standort zu schicken, wenn sie zurück in ihrem Apartment sind. Sie sind wirklich liebenswürdige Menschen. Freundlich und aufgeschlossen. Knut würde sie nicht mögen, da bin ich mir sicher. Er hasst Tattoos. Und Ökos. Potenzielle Kunden sind sie mit Sicherheit auch nicht. An Bines Bruder ist wirklich nicht mehr viel freie Haut. Wenn man mit dem zusammen ist, hat man beim Sex auf jeden Fall immer was zu lesen und zu gucken.

Um 19 Uhr, pünktlich auf die Minute, stehe ich vor dem Apartment. »Essen musst du nicht mitbringen, Fläschchen Wein kannste – musste aber ooch nicht!«, hat Bine gesagt. Zum Glück liegt das Apartment der vier ganz in meiner Nähe. Ich habe zwei Flaschen Rosé gekauft und freue mich auf den Abend. Ich habe keinerlei Erwartungen, bin aber sehr froh, nicht alleine in Gelis Wohnung zu hocken. Und irgendwie bin ich auch stolz. Ich war aktiv heute, und das, obwohl heute ein Heultag erlaubt war.

Knuts Vorurteile wären spätestens beim Essen vollends bestätigt worden. Die drei Erwachsenen sind Veganer. Es gibt Linsenbratlinge mit Gemüse und einem Salat. Kann man essen. Wird jetzt nicht direkt zu meinem Lieblingsgericht, aber es schmeckt nicht schlecht. Zum Glück sind sie frei von jeglichem Missionierungsdrang. Sie finden es komisch, dass man heutzutage immer noch Fleisch isst, werten es aber nicht. »Da muss jeder selbst druffkommen!«, meint Bine.

Nach dem Essen ziehen sich die Männer zurück, um eine Runde Schach zu spielen (ich erfahre, dass Leo der Volltätowierte mal Berliner Jugendmeister im Schach war), und Bine und ich sitzen in der Küche.

»Jetzt mal her mit deenem Handy!«, sagt sie nur, »Tinder! Ulrike, jetzt geht's los!«

Ich wehre mich. Erkläre, warum ich das nicht will. Warum das nichts für mich ist. Warum es zu früh ist und überhaupt. Ich rede und rede.

Sie ist ziemlich unbeeindruckt. »Det is Quatsch, Uli! Gönn dir!«, befindet sie.

Wir einigen uns schließlich auf einen Kompromiss. Sie wird mir die App installieren und ein Profil erstellen. Ob ich es freischalte, kann ich dann entscheiden.

»Det is wie ne Droge, een Rausch. Det macht Spaß, wirste sehn!«, wirbt sie, fast so, als bekäme sie Provision vom Anbieter.

Ich kann es mir nicht vorstellen, lenke aber irgendwann ein. Warum nicht? Ich kann die App ja jederzeit wieder löschen. Muss sie gar nicht erst benutzen. Und ehrlich gesagt, bin ich inzwischen sogar ein ganz klein bisschen neugierig. »Aber wenn mich da jemand sieht? Mich erkennt? Wie peinlich ist das denn?«, äußere ich weitere Bedenken.

»Und?«, fragt sie nur zurück. »Und wenn? Wer dich erkennt, ist ja selbst auch bei Tinder. Außerdem ist heute jeder bei Tinder. Det is normal. Fast schon Standard. Sei nicht so spießig.«

Mit dem Adjektiv hat sie mich. Ich denke selbst insgeheim, dass ich spießig bin. Will es aber nicht sein. Jedenfalls nicht mehr. Bisher hatte spießig sein auch was Gutes in meinen Augen. Traditionelles konservatives Leben hat immer einen Hauch von Spießigkeit. Ist eine Art Handgepäck des Ehelebens. Die Zeiten sind vorbei, Ulrike.

Ratzfatz hat Bine die App auf mein Handy heruntergeladen. Jetzt verlangt sie nach Fotos. Wie will ich mich präsentieren, lautet die große Frage. »Du brauchst mehrere Fotos!«, informiert mich Bine. Die Auswahl fällt mir schwer. Ich mag mich nicht auf Fotos. Sehe immer so angespannt aus. Finde mich in »echt« attraktiver. Bine hilft mir beim Aussuchen. Es dauert fast eine Stunde, bis wir drei Bilder hochgeladen haben. Eins im Kleid, ziemlich rausgeputzt, von der Weihnachtsfeier im Geschäft, eins in Jeans und T-Shirt, eher lässig, und ein Foto nur vom Gesicht aus dem letzten Urlaub. Richtig toll finde ich keines davon. Aber es gibt einfach kein Foto, auf dem ich mich richtig toll finde. Was wahrscheinlich damit zu tun hat, dass ich mich generell nicht richtig toll finde. Eigentlich bei genauer Überlegung recht traurig. Selbstliebe scheint nicht meine Kernkompetenz zu sein.

»Jetzt noch Name, Alter, Ort und ein bisschen Text«, informiert mich meine Tinder-Lehrerin, »du kannst deinen Vornamen nehmen oder irgendeinen Nickname oder einfach einen falschen, aber mal ehrlich, das ist irgendwie albern.«

Da ich auf den Fotos klar zu erkennen bin, finde ich einen Fakenamen tatsächlich albern. »Schreib Uli und auch mein echtes Alter, siebenundvierzig. Wenn ich mich jünger mache und dann wirklich mal einen treffe und der denkt, die sieht aber alt aus, wäre mir das peinlich.«

Bine nickt. »Find ick richtig!«, stimmt sie mir zu. »Jünger machen is peinlich. Broochst de nich. Siehst doch eh gut aus. Wer sich am Alter stört, is een Idiot. Ick bin ooch acht Jahre älter als Theo. Und? Alter is wumpe.«

Das würde ich jetzt so nicht unterschreiben. Ich weiß nicht, ob für mich ein jüngerer Mann infrage käme. Ich hätte immer das Gefühl, das erzeugt immensen Druck. Man will ja nicht für die Mutti gehalten werden. Und man wird garantiert irgendwann für eine Jüngere verlassen. Wird man allerdings auch so. Habe ich ja gerade selbst erlebt. Im Zweifelsfall gehen Männer für eine Jüngere.

»Wat is mit Text? Willste was schreiben?«, unterbricht Bine meine Gedanken.

»Irgendwas Originelles, Witziges und Schlaues wäre toll«, sage ich und ahne schon, dass ich das nicht hinbekomme.

»Man schreibt, was man will oder nicht will, was

man ist oder nicht ist, manche hauen auch nur eine Latte an Emojis raus! Oder schreiben irgendeinen Carpediem-Kram. So Sprüche. Allet jeht. Wie du Bock hast.«

»Kann man auch nix schreiben?«, frage ich. Schließlich weiß ich ja gar nicht, was ich will, und so richtig weiß ich auch nicht, wer ich bin. Vor allem im Moment nicht. Ich muss mich neu definieren, und allein der Gedanke, dass jetzt und hier in Schriftform zu tun, überfordert mich. Eigentlich will ich ja überhaupt keinen Kerl. Jedenfalls keinen neuen. Ich will Knut. Das behalten, was mir gehört.

»Kein Text geht ooch«, sagt Bine, »und ist besser als so ein Gelaber. Ach so, Alter müssen wir noch eingeben für die Typen und Entfernung! Wie alt sollen die Bewerber denn sein?«

Ich zögere. »Na ja, so mein Alter«, antworte ich verhalten. »Mitte, Ende vierzig bis Ende fünfzig.«

Bine runzelt die Stirn: »Also du bist siebenundvierzig. Ende fünfzig? Da haste ja bald nen Pflegefall an der Backe hängen! Zehn Jahre hoch, dann auch zehn Jahre runter. So ein Mittdreißiger kann ganz viel Spaß machen!«

Ein Mittdreißiger macht mir schon gedanklich alles andere als Spaß. Warum sollte der was von mir wollen? Der hat doch irgendein Problem mit Gleichaltrigen. Oder einen Mamakomplex. Mit dem stimmt doch was nicht. Einerseits. Andererseits machen sich nur Frauen diese Gedanken. Ich nicke. Anschauen kann man sich ja alles mal. »Sind hundert Kilometer Radius okay?«, will Bine wissen.

Ich denke, sie wird wissen, was sie da tut, und nicke beides ab.

»So, dann hauen wir dat mal raus in die virtuelle Datingzone«, grinst Bine und drückt ein paar Tasten. »Jetzt kann es losgehen!«, informiert sie mich.

Schlagartig bekomme ich leichte Panik. Was habe ich da bloß getan? Bin ich komplett verrückt geworden? Sich bei so einer App anzumelden, hat etwas zutiefst Verzweifeltes. Aber bin ich nicht genau das? Schon, aber ich will nicht so wirken, und ich will vor allem nicht, dass andere es wissen. »Das sind doch nur so Ladenhüter wie ich. Schwer Vermittelbare, die es im richtigen Leben nicht hinbekommen. Ist doch eine Art von Resterampe. Der menschliche Ein-Euro-Shop!«, klage ich und schaue Bine an.

»Komm mal runter. Gönn dir. Nimm dich und Tinder nicht so ernst«, kontert sie. »Das ist ein Spiel, da sind die unterschiedlichsten Leute. Manche wollen die Liebe fürs Leben, manche einfach nur einen schnellen Fick in der Nachbarschaft. Manche Fesselsex, manche Freundschaft plus, manche nur Bekannte. Nicht anders als im Leben. Ick sag dir, du wirst Spaß haben! Es gibt jede Menge zu kieken. Und ick hab meinen Theo immerhin auch da gefunden. Der is een Volltreffer. In jeder Hinsicht!«, betont sie und leckt sich genüsslich über die Lippen.

Zu viel Information, denke ich nur und sage zögerlich: »Na ja, was man nicht probiert, kann auch nicht gelingen.«

»Det sollte dein Mantra werden für allet im Leben«, strahlt Bine. »Probieren und dann urteilen. Nicht andersrum!«

Und dann gibt sie mir einen Schnellkurs im Tindern.

Es hat was von einem Kartenstapel. Auf meinem

Display tauchen Fotos von Männern auf. »Findste gut?«, fragt mich Bine beim ersten Kerl. Ich schüttle vehement den Kopf. Das Grauen. Lang, dürr und ungepflegt. Vor einer Horror-Schrankwand, die selbst ich spießig finde, und das will wirklich was heißen. »Also willste nich, kann ick verstehn, dann wischste das Bild nach links. Weg ins Datingnirwana. Sollen sich andere drum kümmern.« Sie schiebt das Foto mit einer kleinen Bewegung nach links, und weg ist der Typ. »Du kannst nach links, nach rechts oder nach oben wischen. Links heißt nich für mich, könnt ihr behalten, rechts heißt gefällt mir, und wenn du nach oben wischst, gibst du ihm ein Superlike. Det heeßt, er ist ne echte Sahneschnitte, und du findst ihn heiß. So, jetzt mach mal.« Sie drückt mir mein Smartphone in die Hand. Schon grinst mich der nächste Typ an. Leider fehlt ihm oben links ein Zahn. Weg damit. Vorsichtig wische ich nach links. Der dritte in meinem Auswahlstapel hat mehrere Bilder. Bine zeigt mir, wie man sie alle anschauen kann: »Guck mal, der hat och was geschrieben!« Ich lese: Die drei Hs – Herz, Hirn und Humor. Er ist – laut eigenen Angaben – eins achtzig groß, wiegt dreiundachtzig Kilo und ist angeblich gerade mal sechzehn Kilometer von uns entfernt. Er hat dunkles, volles Haar und ein nettes Lächeln. Zu seinen Augen kann man nicht viel sagen, er trägt auf allen Bildern eine Sonnenbrille. Finde ich seltsam. Warum zeigt jemand seine Augen nicht? Na gut, überlege ich, wir sind auf Mallorca, da gehört eine Sonnenbrille wahrscheinlich zur absoluten Grundausstattung. Er heißt Stefan und ist neunundvierzig Jahre alt.

»Den nimmste mal«, animiert mich Bine. »Wie findste den?«, fragt sie, als ich zögere.

»Er sieht ganz nett aus«, sage ich, und ehe ich michs versehe, wischt sie nach rechts. Drückt auf das kleine rote Herzsymbol auf dem Bildschirm. »Bist du bekloppt!«, entfährt es mir. »Ich wollte doch nur mal gucken!«

Sie lacht. »Det is wie im Supermarkt, du hast ihn in deinen Wagen gelegt, musst ihn aber nicht koofen. Kannst ihn an der Kasse noch aussortieren. Det is nur mal zur näheren Ansicht. Keene Verlobung. Bleib locker, Uli.«

Mir langt es. Das ist mir alles zu schnell. Ich bin noch nicht mal ordentlich getrennt und hab schon einen Kerl zur Ansicht in meinem mentalen Einkaufswagen. »Ich glaube, es reicht mir, ich weiß ja jetzt, wie es geht!«, sage ich zu Bine und bedanke mich. »Das war nett von dir, aber es ist mir zu viel.«

Sie versteht mich. »Alles jut, guckste, wenn de irgendwann Bock druff hast. Keen Ding.« Eine halbe Stunde später verabschiede ich mich und verspreche, sie auf dem Laufenden zu halten.

Als ich in Gelis Wohnung im Bett liege, schwirrt mir der Kopf. Ich kann nicht schlafen und genehmige mir noch ein Glas Wein. Und noch eins und noch eins. Während ich trinke, wächst Wut in mir. Wut auf Knut, der mich in diese Lage gebracht hat. Was der wohl gerade treibt? Wahrscheinlich schläft er neben dieser verfickten Nina. Vielleicht sogar in unserem Bett. Unserem Ehebett.

Ich schaue mir seine letzten Nachrichten an. Nachrichten, die ich alle ignoriert habe. Ich habe sie auf dem Display meines Handys gesehen, aber nicht geöffnet. So weiß er nicht, ob ich sie gelesen habe. Jetzt klicke ich auf die Mitteilungen und lese sie noch mal gründlich.

1. Nachricht:

Ulrike, das ist doch keine Lösung, einfach zu verschwinden, wir sind doch erwachsene Menschen. So was kann doch passieren. Ulrike, melde dich bitte.

2. Nachricht:

Ulrike, sei doch nicht so bockig. Wir sollten das vernünftig regeln. Ruf mich an!

3. Nachricht:

Ehrlich, Ulrike, so geht das auch nicht. Ich kann verstehen, dass du verletzt bist, aber du kannst nicht einfach Urlaub nehmen und verschwinden. Wo bist du überhaupt? Und über die 2000 Euro müssen wir reden!

4. Nachricht:

Ulrike, ich mache mir langsam Sorgen! Und werde ärgerlich!

5. Nachricht:

Sag mal, geht's noch, Ulrike? Wie alt bist du eigentlich! Melde dich endlich. Deine Eltern sind auch richtig sauer. Das ist doch kein Weltuntergang!

Die Tonalität verschärft sich von Nachricht zu Nachricht. Und ständig dieses Ulrike. Denkt der, ich weiß nicht mehr, wie ich heiße? Es ist kurz nach Mitternacht, und ich habe genug Wein intus, um mich richtig aufzuregen. Was fällt dem eigentlich ein, mir zu sagen, wie ich mich zu verhalten habe? Als gäbe es da Regeln. Das ist doch kein Weltuntergang? Wer entscheidet das? Er? Klar, für ihn ist es keiner, aber meine kleine Welt geht gerade unter. Mit Pauken und Trompeten. Ich greife mir das Handy und überlege, was ich antworte. Ob ich antworte. Elegant wäre es, alles weiterhin zu ignorieren. Scheiß auf Eleganz. Wer braucht in dieser Situation Eleganz?

Ich drücke den Anruf-Knopf bei WhatsApp. Nach dreimal Klingeln lege ich auf. Habe kurz ein schlechtes Gewissen. Dann drücke ich erneut die Taste. Wieso sollte ich mir Sorgen machen, ob ich ihn wecke? Ob er gestört wird? Er hat mich nicht nur gestört, sondern zutiefst verstört. Wenn hier jemand ein schlechtes Gewissen haben sollte, bin nicht ich das.

»Hallo, Ulrike, bist du das?«, kommt eine verschlafene Stimme. Knuts Stimme. Genau so hört er sich an, wenn er aufwacht. Irgendwie süß. Tief und verpennt.

»Hallo«, sage ich nur. »Hallo, Knut!«

»Sag mal, hast du mal auf die Uhr geguckt?«, blafft er mich direkt an. »Erst tagelang keine Nachricht, kein Lebenszeichen, und jetzt ein Anruf mitten in der Nacht.« Er gähnt hörbar.

»Schuschu, was ist los?«, höre ich da eine Stimme.

»Ist das dieses miese kleine Miststück, das dich Schuschu nennt, diese verfickte Ehebrecherin, die sich einen Dreck darum schert, dass ihr Kerl verheiratet ist? Mit mir. Du Arschloch bist mit mir verheiratet. Wie kannst du so was machen! Nach all den Jahren. Du bist der letzte Vollhorst. Was glaubst du, was diese Nina, diese Schuschutante, von dir will? Du bist alt und klein und ein Angeber und –« Weiter komme ich nicht. Wirklich kreativ waren meine Beschimpfungen nicht, zugegeben.

»Ich werde mir das nicht anhören. Das ist ein Armutszeugnis, du bist ja nicht bei Sinnen! So kenne ich dich gar nicht, Ulrike.«

»Du wirst mich kennenlernen, ganz neu kennenlernen!«, brülle ich in den Hörer. Soll diese Nina ruhig zuhören.

Bevor ich weiter schimpfen und fluchen kann, beendet Knut das Gespräch: »So nicht, Ulrike. Melde dich, wenn du bei Verstand bist!« Er legt auf.

Das lasse ich mir von dem nicht bieten. Ich drücke auf Wahlwiederholung. Ich bin wie ein Duracell-Hase auf Speed. Es klingelt. Dann erscheint »Anruf abgelehnt« auf meinem Display. Er geht nicht dran. Will sich das alles nicht anhören. So schnell gebe ich nicht auf. Wahlwiederholung. Abgelehnt. Immer wieder dasselbe Spiel. Dann springt sein Anrufbeantworter an. Ich schreie und tobe auf Band. Danach sinke ich ermattet in die Kissen. Eine Viertelstunde später schäme ich mich. Das war alles, aber nicht souverän. Das war ein verbaler Amoklauf. Nicht gerade ein Bewerbungsgespräch. Eher im Gegenteil. Er muss sich ja total bestätigt fühlen. Froh sein, mich endlich los zu sein. Ich überlege, ob ich ihm noch eine Nachricht schicke. Schreibe: »Vergiss, was ich gesagt habe. Ich habe es nicht so gemeint. Entschuldigung.« Drücke auf Senden und bereue es sofort. Ich habe es genau so gemeint. Vielleicht war es nicht unbedingt die perfekte Wortwahl, aber vom Inhalt her stehe ich dahinter. Obwohl ich mich an Details nicht genau erinnere. Es ist einfach so aus mir rausgesprudelt. Vielleicht musste es mal raus.

Ich nehme einen letzten Schluck Wein, und dann piept mein Handy. »Sie haben ein Match!«, erscheint auf meinem Bildschirm. Ein Match? Tinder! Hilfe, das hatte ich ja schon komplett vergessen. Was macht man denn jetzt? Erst mal schlafen, denke ich. Tinder ist ja auch morgen noch da. Es piept. Eine Nachricht. Kann ja nur vom Herz-, Hirn- und Humormann Stefan sein. Habe ja sonst niemanden nach rechts gewischt, und Bine hat mir versichert, dass man nur bei einem Match, also wenn beide Beteiligten nach rechts wischen, überhaupt in Kontakt treten kann.

»Hallo schöne Frau, noch wach?«, schreibt der Sonnenbrillenträger. Kann der jetzt sehen, dass ich das gesehen habe? Dass ich seinen Text gelesen habe? Ist das wie bei WhatsApp? Nicht zu antworten wäre irgendwie verdammt unhöflich, also raffe ich mich auf und schreibe zurück: »Ja, noch wach, aber schon im Bett!«

Es dauert keine Minute, und mein Handy piept. Neue Nachricht von Stefan. »Was für eine hübsche Vorstellung!«, antwortet er und garniert das Ganze mit einem Smiley.

Ich überlege. Ist das jetzt schon schlüpfrig, oder interpretiere ich da zu viel rein?

»Hast du was an?«, kommt die nächste Nachricht. Schlüpfrig, definitiv. Und irgendwie seltsam. Ich habe diesen Menschen noch nie im Leben gesehen, und er fragt mich, ob ich im Bett was anhabe? »Würde ich gerne mal live sehen!«, lautet die nächste Nachricht. Smiley.

Wie werde ich den wieder los? Was antwortet man auf so was? Ist das normal? Sind die alle so? Herz, Hirn und Humor. Da kann ich nur lachen. Auch bei genauer Betrachtung kann ich da weder Herz noch Hirn oder Humor rauslesen. Aber die Kerle wissen halt auch, wie man sich gewinnbringend verkauft. Oder bin ich selbst schuld an der Richtung, in die er steuert? Hat allein die Erwähnung, dass ich im Bett bin, dazu geführt? Ich schreibe »Träum weiter!« und schalte mein Handy aus. Live dabei. Der hat Nerven. Herz, Hirn und Humor. Dass ich nicht lache. Ich liege bestimmt noch eine halbe Stunde wach. Gräme mich über meinen Anruf. Verfluche meine Tinder-Anmeldung und fühle mich schlecht. Was habe ich mir dabei gedacht? Habe ich wirklich geglaubt, dass ein bisschen Gechatte mit irgendwelchen Freaks bei Tinder meine Stimmung hebt? Wie leichtgläubig kann man sein?

Und dann dieser Anruf bei Knut. So wird er sicherlich nicht zu mir zurückkommen. Aber besteht diese Möglichkeit überhaupt? Wie muss ich mich verhalten, um ihn zu überzeugen, dass er einen unglaublichen Fehler macht? Habe ich noch eine Chance, spielt mein Verhalten überhaupt eine Rolle, oder hat er sich längst endgültig entschieden? Sollte ich ihn genau das fragen? Mache ich mich ansonsten nur zum totalen Deppen? Muss ich betteln und mich perfekt verhalten?

Will ich das? Bin ich bereit, bis zur Demütigung zu gehen? Wo bleibt mein Stolz? »Wer nicht will, der hat schon!«, hat meine Mutter früher gerne gesagt. Oft in Kombination mit »Willst du gelten, mach dich selten!« Aber bisher hat das Ignorieren zu nicht wirklich viel geführt. Gut, er hat Nachrichten geschickt, aber keine, in denen er gefleht hat, dass ich ihn zurücknehme. Würde ich das denn? Ja. Es wäre schwer, all das zu vergessen, aber ich würde es ernsthaft versuchen. Vielleicht muss ich ihm das klar signalisieren. Ihm sagen: Lass uns alles vergessen und an unserer Beziehung arbeiten. Obwohl ich den Ausdruck schaurig finde. An der Beziehung arbeiten. Das hat etwas sehr Nüchternes und sehr Trostloses. Beziehung sollte leicht sein, entspannt und keine Arbeit. Ich habe genug Frauenzeitschriften in meinem Leben gelesen, um zu wissen, dass meine Haltung hierzu ausgesprochen naiv ist. Aber Liebe und Arbeit passen in meinem Kosmos nicht zusammen. Ich hätte es gerne einfach. Unkompliziert. Das Leben ist doch anstrengend genug. Liebe sollte auch etwas Spielerisches haben. Und bitte Leichtigkeit, gepaart mit Verbindlichkeit. Ist das schon zu viel verlangt? Anscheinend. Ich werde Knut anbieten, neu zu starten. Auch wenn er sich gerade wie ein Idiot verhält. Aber wir hatten gute Zeiten, und wir sind ein eingespieltes Team. Ich bin mir sicher, das sieht er auch so. Vielleicht muss ich einfach nur seine Erinnerung wecken. An all das, was wir hatten. Was wir waren. Was wir wieder sein könnten. Man kann doch zwanzig Jahre nicht einfach abhaken. Überlege, ob ich ihm genau das schreibe.

Morgen, Ulrike, sage ich mir, ganz wie in »Vom

Winde verweht«, morgen ist auch noch ein Tag. Oder war's »Morgen ist ein neuer Tag«? Egal.

Ich wache auf und fühle mich mies. Kopfweh, gepaart mit Scham. Ungute Kombi. Ich habe mich gestern Abend gehen lassen, so viel ist klar. An Details erinnere ich mich nicht mehr. Wahrscheinlich zum Glück. Ich weiß nur noch, dass ich ausgerastet bin und Knut am Telefon angeschrien habe. Ich schalte mein Handy an. Drei neue Nachrichten von Knut. »Ulrike, so wollen wir doch nicht miteinander umgehen. Gut, dass du dich entschuldigt hast. Das war nötig. Wir haben eine gemeinsame Tochter!« Schön, dass er sich immerhin daran erinnert.

Ich ärgere mich über meine Entschuldigung. Hätte ich mir sparen können. Die nächste Nachricht ist etwas weniger freundlich. »Bitte belästige mich nicht mitten in der Nacht. Das ist unnötig und bringt rein gar nichts.«

Was ist denn das für ein unpersönlicher, unverschämter Scheiß? Mein erster Impuls ist es, zurückzuschreiben. Irgendwas in Richtung: Leck mich am Arsch. Die Trennung fördert eine gewisse Vulgarität in mir zutage. Verändert mein Vokabular ziemlich drastisch.

Nachricht Nummer drei ist an Sachlichkeit kaum zu übertreffen: »Wir haben uns getrennt und werden das regeln. Zu aller Zufriedenheit regeln. Natürlich wird es Einschränkungen geben müssen. Beschimpfungen und Unsachlichkeiten führen zu gar nichts. Ich verstehe, dass du gekränkt bist. Aber so wird das nichts.«

Umso besser, wenn es so nichts wird. Genau das ist

ja meine Absicht. Ich werde ihn nicht einfach so aus der Nummer rauslassen. Und was heißt: Wir haben uns getrennt? Leidet er jetzt schon unter Wahrnehmungsstörungen? Du hast dich getrennt und mich vor vollendete Tatsachen gestellt. Herzlichen Dank für dein Verständnis, aber wie ich mit der Situation umgehe und was ich tue, ist meine Sache, will ich direkt antworten, unterdrücke aber den Impuls. Natürlich wird es Einschränkungen geben? Was um alles in der Welt soll das bedeuten? Ist das ein weiterer zarter Hinweis darauf, dass er mir den Geldhahn zudreht? Ich bin froh, Frau Dr. B an meiner Seite zu wissen. Und sehr froh, dass morgen Geli hier auf der Insel landet. Sie muss mich von nächtlichen Aktionen abhalten. Schade, dass es nirgends einen verbindlichen zielführenden Verhaltenskodex für solche Fälle gibt. Ein Leitfaden der Dos and Dont's. Wo man für den Fall der Fälle eben mal nachschlagen kann. Geli wird mir helfen. Wird mich hoffentlich davon abhalten, nächtliche Schreiattacken zu bekommen. Wird mir helfen, eine Strategie aufzubauen. Dieses Auf und Ab zwischen Bitten und Ausrasten erscheint mir nicht wirklich zielführend.

Heute ist ein Aktivtag auf meiner Liste. Aber eigentlich dürfte ich mir nach gestern heute auch einen faulen Liegentag gönnen. War ja gestern unterwegs. Tauschen ist nicht vorgesehen – selbst schuld, dass du gestern nicht rumgelegen hast, rufe ich mich zur Ordnung. Ich mache mir einen Kaffee und überlege, was ich machen könnte. Da piept mal wieder mein Handy. Aber es ist nicht Knut, sondern Stefan, der Herz-, Hirn- und Humormann. Allein diese Präsentation zeigt, dass er immerhin Humor haben muss. Ich bin zu neugierig, um die Nachricht nicht zu öffnen.

»Entschuldige meine Nachrichten gestern, hatte ein paar Weinchen getrunken, bin eigentlich gar nicht so. Können wir noch mal neu anfangen? Liebe Grüße, dein reumütiger Stefan!«

Das ist anständig, denke ich. Oder taktisch klug. Aber man darf auch nicht zu streng sein. »Vergeben und vergessen!«, antworte ich, bevor ich es mir anders überlege. Ich bin froh, dass ich ihn gestern nicht direkt gelöscht habe. Hätte eh nicht gewusst, wie. Außerdem: Jeder hat doch eine zweite Chance verdient. Bei zweite Chance muss ich sofort wieder an Knut denken. Wo bleibt meine zweite Chance? Ich werde sie einfordern, denke ich.

Stefan reagiert sofort auf meine kurze Nachricht. »Da bin ich aber froh. Wo bist du? Meine Entfernungsanzeige zeigt fünf Kilometer. Wollen wir einfach mal einen Kaffee trinken gehen? Ich zahle selbstverständlich! Aber ist doch bescheuert, hier rumzuschreiben, wenn wir uns auch sehen könnten!«

Der ist ja von der schnellen Truppe, wie meine Oma gesagt hätte. Was mache ich jetzt? Einerseits denke ich: Warum nicht? Ein Kaffee ist schließlich nur ein Kaffee. Andererseits kenne ich ihn nicht, und das gestern Abend war peinlich.»Du hast doch gesagt, mir wäre vergeben!«, bleibt Stefan am Ball. »Lass es mich wiedergutmachen!« Hartnäckig ist er immerhin. Ob man Verfehlungen mit einer Tasse Kaffee wiedergutmachen kann, ist die Frage, aber Verfehlung kann man sein leicht schlüpfriges Flirten eigentlich auch gar nicht nennen. War ja keine Todsünde, nur irgendwie bisschen übergriffig, oder wie Geli sagen würde: Dem Grad der Bekanntschaft nicht angemessen. Eigentlich spricht nicht viel dagegen. Es ist ein Kaffee am helllichten Tag, und ich habe nichts vor. Gilt das schon als Date?

»Und – haben wir jetzt ein Date oder nicht?«, fragt Stefan noch mal nach und beantwortet damit umgehend meine Frage.

Ja, dann ist es halt ein Date. Obwohl ich das etwas hochgegriffen finde. Ich gehe einen Kaffee trinken. Mit einem Mann, mit dem ich ein paar klitzekleine Nachrichten ausgetauscht habe. »Okay. Heute Nachmittag?«, schreibe ich zurück und bin überrascht über meinen Mut. Aber langweiliger als mit mir selbst hier auf der Terrasse kann es ja kaum werden und trostloser mit Sicherheit auch nicht. Sollte es grauenvoll sein, habe ich eine schöne Geschichte für Geli morgen.

»15 Uhr in Portocolom in der Blauen Bude? Passt das?« Flott ist er auf alle Fälle. Immerhin schon mal was.

»Abgemacht!«, lautet meine knappe Antwort. Was mache ich da bloß? Was will ich mit diesem Stefan? Leicht panisch rufe ich die kleine rot gelockte Bine von gestern an. »Ich habe schon ein Date!«

»Mega!«, ist ihre Antwort. »Hast du noch weitergetindert?« Ich verneine, und sie ist erstaunt: »Und wo kommt der dann her?«

»Das ist der mit der Sonnenbrille, den du nach rechts gewischt hast – der Herz-, Hirn- und Humormann«, gebe ich Auskunft.

»Ein Wisch und gleich ein Match, läuft bei dir!«, kichert sie. »Geh nicht zu ihm nach Hause, wenn du nicht direkt in die Kiste willst!«, ermahnt sie mich.

»Bine, ich bin siebenundvierzig, ich gehe doch nicht zu einem wildfremden Typen nach Hause!«, antworte ich und muss lachen. Sie hat sich angehört wie meine Erziehungsberechtigte. Ich habe nicht vor, in einem Heizungskeller gefesselt die nächsten Jahre zu verbringen oder als Geschnetzeltes in einer Tiefkühltruhe zu landen.

»Kann man schon machen, also zu jemandem in die Wohnung gehen«, sagt sie lakonisch, »aber das heißt schon was. Da ist dann unausgesprochen klar, was man will.«

»Wir gehen einen Kaffee trinken an den Strand von Portocolom, ganz harmlos! Kein Hausbesuch! Ich will doch nix von dem! Ich will doch keinen Sex mit jemandem, den ich noch nie gesehen habe!«, starte ich eine Rechtfertigungsarie.

»Bleib mal locker«, lacht sie. »Kieck ihn dir an, und dann siehste weiter! Ick ruf dich mal gegen fünfe an, und wenn es doof ist, hol ich dich da raus, hab dich ja auch quasi da hingewischt!«, verspricht sie mir.

»Ich habe ein Auto und ich werde es benutzen, bin ja kein Hasi, das da am Strand ausgesetzt wurde!«, antworte ich, finde ihr Angebot aber total süß und irgendwie auch rührend. Es tut gut, das Gefühl zu haben, dass es jemanden kümmert, was ich mache. Auch wenn ich sie kaum mehr kenne als den Kerl, den ich heute Nachmittag treffe. »Kerl« ist irgendwie ein despektierlicher Ausdruck. Aber damit halte ich ihn mir mental auch ein bisschen auf Abstand. Es ist eigentlich fast ein Blind Date. Das bisschen Geschreibe kann man ja kaum als Kennenlernphase verbuchen. Was weiß ich über diesen Mann? Eins achtzig groß, Herz,

Hirn und Humor. Wer würde das von sich nicht behaupten? Ich habe noch nie einen Mann getroffen, der von sich gesagt hat, er sei komplett humorfrei. Im Gegenteil, Männer halten sich per se für unglaublich witzig. Für schlau hält sich auch jeder, und wahrscheinlich denkt selbst Kim Jong Un, dass er ein Herz hat.

Ich schaue mir noch mal die Bilder von Stefan an. Markantes Kinn, Grübchen, bisschen Dreitagebart und dunkles Haar. Volle Lippen. Also für den ersten Rechts-Wisch eigentlich ein richtiger Schnapp. Versuche, das Bild großzuziehen, merke aber, das es nicht geht. Nachdem ich einen Screenshot gemacht habe, geht es dann doch. Man muss nur erfinderisch sein. Ich hoffe, das macht niemand mit meinen Fotos. Hat etwas sehr Gnadenloses, Gesichter so zu vergrößern. Man sieht wirklich jede Pore. Nie würde man im echten Leben dermaßen nah an ein Gesicht kommen. Außer vielleicht beim Knutschen, aber da ist man ja beschäftigt und ausreichend abgelenkt.

Was ziehe ich bloß an? Wir treffen uns an einer Strandbude, ich hoffe, er erwartet nicht, dass wir uns in Badebekleidung sehen. Ein erstes Date im Bikini ist eine Horrorvorstellung. Direkt jede Delle, jeden Dehnungsstreifen und jede Speckfalte präsentieren. Aber es könnte mir auch sehr gut egal sein, schließlich will ich nichts von diesem Kerl, er ist eine Beschäftigungsmaßnahme, nicht mehr und nicht weniger. Placebo. Ein »Denk nicht an Knut«-Medikament. Was Homöopathisches, etwas, was nur hilft, wenn man fest daran glaubt. Eher Verdrängung. Trotzdem will ich nicht im Bikini auflaufen. Wäre bei 22 Grad auch übertrieben und könnte falsche Signale senden. Sommerkleid und Jeansjacke, entscheide ich. Sieht nett aus, aber nicht übertrieben für eine Strandbar.

Geli ruft an und teilt mir mit, dass sie morgen um 10 Uhr 15 in Palma landet. Ich erzähle ihr von meinem Date, und sie ist überrascht. »Du verschwendest ja keine Zeit!«, lautet ihr Kommentar, und ich meine, eine leichte Kritik rauszuhören. »Ist das nicht ein wenig verfrüht?«, ergänzt sie noch.

Ich erspare mir jede Rechtfertigung. Und habe nicht den Hauch eines schlechten Gewissens. Auch nicht, als ich Knuts WhatsApp lese: »Wann gedenkst du denn mal wieder an deinem Arbeitsplatz aufzutauchen?« Kein lieber Gruß, noch nicht mal ein »Ulrike«. Ich antworte in ähnlichem Stil: »Siehe Krankschreibung!« Dann rufe ich meine Eltern an, die mir sonst noch den kompletten Anrufbeantworter zulabern.

»Ulrike, endlich, wo treibst du dich denn rum. Kind, das kannst du doch mit uns nicht machen. Knut ist außer sich!« Meine Mutter holt kurz Luft, und ich nutze den Moment: »Mama, es geht mir gut, ich bin auf Mallorca, mit Geli, und ich melde mich, wenn ich zurück bin. Dass ihr ständig mit Knut kommuniziert, finde ich, gelinde gesagt, saublöd. *Ich* bin eure Tochter, ihr solltet wissen, auf welcher Seite ihr steht. Und by the way: Er hat mich verlassen! *Er* ist der Böse.«

Ich bin stolz darauf, dass ich mich getraut habe, meiner Mutter die Meinung zu sagen. Habe ich lange nicht getan. Genau betrachtet eigentlich noch nie. Ich bin eine Frau, die lieber den Weg des geringsten Widerstands geht.

Sie ist allerdings weniger beeindruckt: »Alles, Ulrike, das solltest du inzwischen wissen, hat zwei Seiten.

Man wird nicht einfach so verlassen. Das hat Gründe. An denen man selbst auch nicht unschuldig ist. Knut hat uns das ganz einleuchtend erklärt. Eine lange Beziehung ist immer ein zähes Biest, glaube mir, ich weiß, wovon ich rede.«

Knut hat das erklärt. Wie reizend von ihm. Kann dieses Arschloch sich nicht zumindest von meinen Eltern fernhalten? Er hat doch eine eigene Mutter. Soll er die bitte auch nutzen. Ist er mit seiner Nina nicht ausgelastet?

»Habt ihr vielleicht auch schon gemütlich mit ihm und seiner Nina Kaffee getrunken?«, frage ich und kann einen zynischen bitteren Ton nicht unterdrücken.

»Ulrike, nicht in diesem Ton. Natürlich haben wir das nicht getan. Neugierig wäre ich schon, aber er hat mir nur ein Foto gezeigt. Und eines Ulrike: Man sollte seine Gegner kennen. Ich könnte dir nützliche Tipps geben!« Sie sagt nicht: Auf keinen Fall, was denkst du? Sie ist nicht empört.

»Du hast ein Foto gesehen?«, frage ich entgeistert.

»Was ist denn dabei? Ist doch interessant, und Papa und ich waren auch neugierig«, antwortet sie und klingt kein bisschen beschämt.

»Und? Ist sie hübsch? Jung ist sie ja auf jeden Fall.« Ich weiß, ich höre mich garantiert pikiert an. Beleidigt. Und das bin ich auch. Eigentlich könnte man auch sagen, ich bin zutiefst gekränkt. Es sind, verdammt noch mal, meine Eltern. Knut hat selbst eine Mutter. Verrat ist noch gravierender, wenn er aus dem urengsten Umfeld kommt. Und so fühle ich mich: verraten.

»Natürlich ist sie hübsch, was ist das denn für eine

Frage, Ulrike. Man wird doch nicht für eine hässliche Qualle sitzen gelassen!«

Sitzen gelassen. Das Wort fliegt mir um die Ohren. Ich bin die, die keiner will. Verlassen ist schon nicht schön, sitzen gelassen ist noch eine Spur schlimmer.

»Sie ist hübsch, aber nicht uneinholbar!«, fügt meine Mutter noch hinzu. Fast so, als wäre unser Ehedilemma eine kleine Attraktivitäts-Challenge.

»Ach ja«, antworte ich nur.

»Jetzt heißt es Gas geben, Ulrike. Bisschen Sport, neue Frisur und dann mal sehen«, legt sie noch mal nach.

Was für ein ausgewachsener Bullshit. Als würde man für eine Frisur verlassen. Selbst für einen Mann wie Knut wäre das dürftig. »Mama, ich muss los, der Friseur ruft! Und die Fettabsaugung«, beende ich das Gespräch. Wahrscheinlich kapiert sie die Ironie nicht. Aber was soll's.

»Papa lässt grüßen. Es wird schon wieder, lässt er ausrichten!«, ruft sie noch. Es wird schon wieder. Typisch mein Vater.

Ich lege auf. Das hätte ich jetzt nicht gebraucht. Hübsch ist sie, diese Nina. Alles andere wäre überraschend gewesen. Aber hübsch kann vieles sein. Ich hätte nach ihrem Nachnamen fragen sollen. Dumm von mir. Aber was bringt es mir, zu sehen, ob und wie hübsch sie ist? Macht das irgendwas besser oder eher schlechter? Viel entscheidender ist ja die Frage, ob er sich getrennt hat, weil er sich unsterblich verliebt hat, oder ob er sich nur verliebt hat, weil er kein Interesse mehr an mir hat. Was war zuerst? Wenn die Liebe eingeschlagen hat und ich eigentlich nicht die geringste

Rolle spiele, weil er so voller Hormone ist, dann kann ich die Sache vergessen. Wenn Nina, fucking Nina, einfach nur eine Platzhalterin ist, ein Steigbügel zum Entkommen, dann ist noch nicht alles zu spät. Dann ist sie austauschbar. All diese Gedanken sind völlig müßig, und ich weiß das, kann sie aber wieder mal nicht abschalten. Gebe Nina bei Facebook ein und merke, dass ich so nicht weiterkomme. Es gibt Ninas wie Sand am Meer. Das wäre eine Lebensaufgabe, außerdem habe ich ja bis auf ihr ungefähres Alter (jung) und blond kein weiteres Indiz. Ich weiß nicht, was sie arbeitet, wo sie lebt, wie sie aussieht. Nur, dass sie meinen Mann fickt. Das anscheinend erfolgreich.

Das Autohaus hat einen eigenen Account. Sie ist jung, also ist sie bei Instagram. Das ist eine zulässige Verknüpfung, denke ich. Soll ich das tun? Bringt es mich weiter, sie zu sehen? Wird es mich nicht zutiefst frustrieren, wenn sie wahnsinnig gut aussieht? Ich könnte sie anschreiben über Instagram. Ihr erklären, was sie da angestellt hat. Als ob sie das nicht wüsste. So blöd kann man schließlich nicht sein. Ich öffne Instagram und finde tatsächlich zwei Ninas unter den Followern des Autohauses. Eine, eine dunkelhaarige, soweit ich das auf dem winzigen Profilbild sehen kann, hat einen privaten Account. Ich müsste ihr eine Art Freundschaftsanfrage schicken. Wenn sie es ist, die Knut-Nina, dann wird sie das irritieren. Wenn sie es nicht ist, wird sie erstaunt sein. Eigentlich kann sie es ja auch nicht sein. Susanne hat gesagt, sie sei blond. Ich lasse es und nehme mir Nina Nummer zwei vor. Sie ist hellblond und auffallend hübsch, riesige blaue Augen und einen Julia-Roberts-Mund, hat einen öffentlichen

Account, das heißt, jeder kann gucken. Und ich gucke. Blättere mich durch ihre Bilder. Wenn sie das ist, kann ich optisch einpacken. Sie ist es garantiert. Sie ist ein wahr gewordener Männertraum. Bisschen gewöhnlich für meinen Geschmack, aber sagt man das nicht immer, wenn einem sonst kein Kritikpunkt einfällt? Gewöhnlich bedeutet heiß. Sexy. Etwas, was man von mir eher nicht sagen würde. Hübsch, wenn ich mir Mühe gebe. Aber heiß? Sexy? Keine Adjektive, die mit mir in Verbindung gebracht werden. Nett, ja. Sympathisch vielleicht noch, aber das war's dann auch. So realistisch bin ich immerhin. Nina trägt Bikinis, High Heels, und das in Kombi. Es könnte nuttig aussehen, hat auch einen Hauch davon, aber sie schafft es, dass das Ganze irgendwie gut aussieht. Cool und lässig. Dazwischen Bilder von ihr in Jeans und Shirt. Beim Sport. In bauchfreien Tops. Man kann eine Andeutung von Sixpack erkennen. Ich glaube, ich hasse diese Frau gerade noch ein bisschen mehr. Sie strahlt Frische aus. Jugend. Sexyness. Wäre ich ein Mann, würde sie mir gefallen, vor allem, weil sie noch nicht mal blöd aussieht.

Auf einem Bild trägt sie eine große schwarze Brille und sitzt in einer Bibliothek. Sie kann also auch lesen. Ist sie etwa noch Studentin? Hat der denn gar keine Hemmungen? Ist sie am Ende noch unter dreißig? Sie sieht jedenfalls so aus. Ich sollte Instagram schließen. Mir das nicht antun. Das hat ja geradezu etwas Masochistisches. Aber ich kann nicht. Bild für Bild schaue ich mir die Kommentare an. Und die Likes. Das Autohaus, unser Autohaus, hat fast jedes Bild gelikt. Seit etwas über einem Jahr. Das rauszufinden kostet mich zwei Stunden meiner Lebenszeit. Da hätte es Knut ja gleich ans schwarze Brett hängen können! Einmal posed diese Nina vor unserem teuersten Sportwagen. Einem Auto, das locker zweihundertfünfzigtausend Euro kostet. Kommentar des Autohauses: »Heiß und heiß gesellt sich gerne!« Ich möchte mich spontan übergeben. Unterdrücke den Impuls, ein Kotzsmiley darunterzusetzen.

Trotzdem kann ich nicht aufhören zu stalken. Es tut mir weh, aber ich mache weiter. Schaue mir ihre aktuelle Story an. Sie läuft durch den Park und sieht dabei natürlich kein Stück angestrengt aus. Sie zeigt ihre blitzenden Zähne (sie hat sogar schöne Zähne – kein Wunder, in der Generation hatten ja alle Zahnspangen!) und sagt: »Es läuft in jeder Hinsicht!« Wieder und wieder gucke ich mir ihre Story an. Dieses kleine Video. Es läuft. Ja, könnte man so sagen.

Und ich drücke dann auch noch den Follow-Knopf, um nur ja keine Neuigkeiten aus dem Leben von dieser Schlampe zu verpassen. Ich weiß natürlich, dass all das albern ist. Nicht sie ist eine Schlampe, das ist dumm, schließlich ist Knut der Fremdgeher. Zeugt auch nicht von Frauensolidarität. Aber geht das nicht auch ein bisschen weit, dass man noch mit der Frau, die mit dem eigenen Mann fickt, solidarisch sein soll? Trotzdem: Es ist vielleicht nicht die feine Art, sich einen verheirateten Mann zu krallen, aber gebunden ist er, nicht sie. Nichtdestotrotz, ein bisschen Hass wird ja wohl gestattet sein. Ich mache jede Menge Screenshots von ihren Einträgen bei Instagram und erstelle ihr einen eigenen Fotoordner auf meinem Handy. So begegnet sie mir nur, wenn ich es will, und springt mir nicht jedes Mal vor die Linse, wenn ich meine Fotos öffne. Je mehr Bilder ich mir anschaue, umso wütender werde ich. Die könnte sich doch einen anderen angeln. Die muss doch nicht ausgerechnet meinen kleinen Knut nehmen. Die ist doch eine ganz andere Liga. Knut verdient gut, aber reich ist er nicht. Klar, Reichtum ist immer eine Frage der Perspektive. Wenn sie eine arme kleine Studentin ist, könnte sie denken, er sei reich. Auf ihren Bildern wirkt sie allerdings nicht so. Und was die Optik angeht: Knut sieht gut aus, aber es haut einen nicht vom Hocker. Er ist vieles, aber keine Wahnsinnserscheinung. Er ist, mit einem gewissen Wohlwollen betrachtet, in Schulnoten eine Zwei bis Zwei minus, sie locker eine glatte Eins. Und er ist alt. Jedenfalls im Vergleich zu ihr. Was also will sie von Knut? Hat sie einen Vaterkomplex? Oder kann er was, was er bei mir nie gezeigt hat? Hat er ungeahnte Tricks drauf? Sein Sexportfolio erweitert? Knut ist wirklich nicht schlecht im Bett, soweit ich das beurteilen kann. Aber irre kreativ ist er nun auch nicht. Und meine positive Bewertung seiner Bettleistungen hat mit Sicherheit, wie schon erwähnt, mit den vorhandenen Vergleichsgrößen zu tun. Ich könnte mir sehr gut vorstellen, dass diese Nina deutlich mehr Kerle aufzuweisen hat. Obwohl gutes Aussehen und Verschleiß nicht unbedingt zusammengehören. Da kann man sich sehr täuschen. Man hat ja früher schon oft gesagt: Stille Wasser sind tief, und ich war oft genug erstaunt darüber, welche Frauen den meisten Sex hatten.

Knut hat, das muss man ihm lassen, einen hübschen Penis. Soweit man dieses Körperteil als hübsch bezeichnen kann. Wirklich schön ist so ein Penis ja nicht.

Bei genauer Betrachtung ähnelt ein Penis einem großen fleischigen, adrigen Wurm. Oft ist er auch noch krumm und schief. Und farblich auch nicht wirklich ansprechend. Das war nicht charmant, und ich würde es auch niemals zu einem Penisbesitzer sagen. Aber es soll ja Frauen geben, die beim Anblick eines Schwanzes so tun, als hätten sie nie etwas Schöneres gesehen. Das ist natürlich gelogen. Mit freundlicher Absicht selbstverständlich. Kommt aber bei Männern sicherlich ausgesprochen gut an. Sie sind in gewisser Hinsicht sehr leichtgläubig. Es gibt ja auch achtzigjährige Millionäre, die, eins fünfundsechzig groß, ihre Zähne abends ins Glas legen und glauben, dass sich die unglaublich strahlend schöne Fünfunddreißigjährige in ihren fantastischen Charakter verliebt hat. Um so zu ticken, muss man Drogen nehmen. Oder eben ein Mann sein.

Noch drei Stunden bis zum Herz-Hirn-Humor-Mann. Ich bin gespannt. Und überrascht von mir selbst. Eine solche Verabredung passt so gar nicht zu mir. Mein letztes Date hatte ich mit Knut. Vor deutlich mehr als zwanzig Jahren. Ich bin also, was Datinggepflogenheiten angeht, nicht mehr ganz auf dem neuesten Stand. Aber Kaffee trinken kann ich, und ich will ja auch nichts von ihm. Wie könnte ich auch? Ich kenne ihn ja nicht. Habe nicht mal vorab mit ihm telefoniert, etwas, was man dringend tun sollte, wie mir meine Tinderlehrerin Bine gestern noch eindringlich ans Herz gelegt hat. Was wenn er eine schlimme Micky-Maus-Stimme hat? Ich muss ihn ja nicht heiraten, beruhige ich mich selbst. Wie auch: Ich bin verheiratet, und das bedeutet mir etwas. Ich habe Knut in all den

Jahren nie betrogen. Zum einen weil mir Treue wichtig ist. Ich mag eine gewisse Exklusivität. Gut, man könnte auch den Mangel an Gelegenheiten anführen, es gab nicht wirklich viele Angebote. Genau besehen eigentlich so gut wie gar keins. Vielleicht bis auf einen Satz von einem unserer Kfz-Mechatroniker. Der hat mir vor etwa fünf Jahren zugeflüstert, ob er meinen Motor mal hochtourig laufen lassen soll, er sei der Tuning-Fachmann. Dann hat er mir grinsend zugezwinkert. Ob das eine ernsthafte Offerte war, konnte und wollte ich nicht verifizieren. Eine relativ ernüchternde Bilanz für die lange Zeit. Aber ich glaube, dass die meisten Menschen ähnlich ticken wie ich. Verheiratet ist eben verheiratet. Da lässt man die Finger davon. Außer, man heißt Nina. Ich schaue mir ihre »Es läuft«-Story noch einmal an. Bevor ich es erneut tun kann, unterbricht mich ein Pling. Eine WhatsApp-Nachricht. Frederike. Ich bin ein bisschen erstaunt.

Frederike ist eine Muttibekannte. Wir kennen uns durch unsere Kinder. Haben uns in der Grundschule beim ersten Elternabend kennengelernt. Ich nenne sie heimlich Miss Schweigefuchs. Den habe ich nämlich erst durch sie kennengelernt. Der Schweigefuchs ist ein Zeichen, das Lehrer und Erzieher gerne machen. Man legt dafür Mittel- und Ringfinger auf den Daumen und streckt Zeigefinger und kleinen Finger hoch. Mit viel Fantasie sieht das dann aus wie ein Fuchs, der den Mund hält. Es ist ein, wie ich damals gelernt habe, gängiges Symbol, um die Umgebung zum Schweigen aufzufordern. Ein höfliches Fingerzeichen für »Klappe halten«. Frederike ist, wie man heute sagt, eine heavy userin des Schweigefuchses. Sie nützt den Schweigefuchs nicht nur, um ihr Kind zur Ruhe zu ermahnen, sondern auch in Frauenrunden oder sogar bei ihrem Mann. Immer dann, wenn sie erwartet, dass man ihr ungeteilte Aufmerksamkeit schenkt. »Du, ich hab gehört, was los ist. Stimmt das? Was ist denn genau passiert? Bussi Frederike«, lautet ihre Nachricht.

Frederike und ich sind keine Freundinnen. Unsere Kinder haben vor ungefähr zehn Jahren ab und an miteinander gespielt, und wir haben zwei-, dreimal im Jahr einen Kaffee zusammen getrunken oder ein bisschen geschwätzt, wenn wir uns zufällig in unserem Viertel getroffen haben. Unsere letzte Begegnung war vor ungefähr einem halben Jahr, als sie gemeinsam mit ihrem Mann Horst ein Auto bei uns gekauft hat. In Rostrot metallic. Schweigefuchsfarben. Gruselig. So ein Auto bekommt man auf dem Gebrauchtwagenmarkt nie mehr verkauft, aber wir waren verdammt froh, den Wagen los zu sein. Als die beiden den Vertrag unterschrieben hatten, hat mir Knut zugezwinkert und hinter ihrem Rücken das Schweigefuchszeichen gemacht. Und dann, kaum waren die beiden vor der Tür, gesagt, er würde ihnen noch einen Fuchsschwanz für die Antenne drauflegen. Manchmal konnte er echt witzig sein.

Frederikes Nachricht bedeutet, dass es sich rumgesprochen hat, dass Knut mich verlassen hat. Ihre Nachricht wird der Auftakt von vielen sein. Und sie wird garantiert dafür sorgen, dass sich die Nachricht weiterverbreitet. Da hat Miss Schweigefuchs es nicht so mit der Schweigsamkeit. Ich sollte eine Standardantwort verfassen oder die ganzen »wohlgemeinten« Nachfragen einfach ignorieren.

Je mehr ich darüber nachdenke, desto übergriffiger

finde ich ihre Nachricht. Braucht sie ein bisschen Futter, um den neusten Klatsch ausschmücken zu können? Mit Infos aus erster Hand von der armen betrogenen Ehegattin? Umgekehrt hätte ich es niemals gewagt, sie anzuschreiben. Einfach weil es mir nicht zusteht. Weil wir bestenfalls Bekannte sind. Es geht sie einen Dreck an, denke ich wütend und entscheide mich für eine eher ungewöhnliche Antwort. »Estoy en Mallorca. Bin mit Stefano unterwegs, aber psst.« Dahinter setze ich noch drei Emojis. Einen Fuchs, einen Mund und, damit sie auch kapiert, was ich meine, einen Smiley mit Finger vor dem Mund. Das dürfte jedenfalls für ein bisschen Irritation sorgen. Ganz gelogen war ja nichts davon. Ich werde in wenigen Stunden mit Stefano, allerdings ohne o, unterwegs sein, und auf Mallorca bin ich auch. Bin gespannt, wie lange es dauert, bis diese kleine Info bis zu Knut durchsickert. Dann mache ich mein Handy aus, ohne mich um die Mitteilungen von Knut und meinen Eltern zu kümmern. Was soll da an Neuigkeiten schon kommen? Nichts, was mir den Tag verschönt. Bevor ich mich für mein »Date« fertig mache, telefoniere ich mit Hanne, der ich die Frederike-Story brühwarm erzähle, schon damit sie, falls sie eine Version davon hören sollte, gewappnet ist. Sie lacht. »Ihr seid inzwischen Thema, aber das wird die Nachrichtenlage noch mal ganz neu befeuern!«

Sie freue sich, dass Geli kommt, und drücke mir die Daumen für mein Date.

»Ist das nicht ein bisschen unfair, jemanden zu treffen, von dem man schon vorab weiß, dass er nur ein kleiner Ablenkungsmann sein wird?«, frage ich.

»Kümmere dich einfach mal um dich, du weißt ja

noch gar nicht, was dieser Stefan will. Vielleicht ist seine Motivation genau die gleiche. Und wenn du magst, kannst du ihm ja auch die Wahrheit sagen. Musst du aber nicht. Ich halte dich auf dem Laufenden, was das Viertel zu deinen Eskapaden sagt!«

Meine Eskapaden. Schön wär's.

Fünf Stunden später würde ich das mit den Eskapaden schon etwas anders beurteilen, denn fünf Stunden später bin ich das, was man allgemein und umgangssprachlich gut durchgevögelt nennen würde. Ich sitze wieder auf der Terrasse von Geli, inzwischen alleine, und bin über mich selbst mehr als überrascht.

Stefan ohne o war optisch tatsächlich ein Knaller. Inhaltlich weniger. Eher Typ langweilig, selbstverliebt ohne Grenzen, ein Mann, der in dieser Hinsicht Knut wirklich Konkurrenz machen könnte. Aber ein Mann, den man sehr, sehr gerne anschaut. Der einen Mund hat, den man – egal welcher Unsinn rauskommt – einfach nur abküssen will. Vielleicht ein ganz bisschen auch, um zu verhindern, dass er spricht. Ein Mann, der etwas in mir weckt, was ich schon für abgestorben gehalten habe. Wir haben ein bisschen geplaudert, was machst du, was mache ich, wer hat Kinder und warum Tinder. Alles sehr vage. Harmlos. Bis Stefan nach dem Kaffee auf Wein umstieg und irgendwann nach dem zweiten oder dritten Glas sagte: »Ich finde dich echt megasexy. Ich kann an nichts anderes denken, als dich zu ficken. Entschuldige, dass ich das einfach so sage! Aber wir kennen uns halt über Tinder und nicht die katholische Musikschule!« Auf den Vergleich muss man auch erst mal kommen.

Zunächst war ich sprachlos. Entsetzt. Peinlich berührt, aber in mir drin war etwas, was latent geschmeichelt war. Und noch etwas. Eine Stimme, die sagte: Warum nicht, du willst es doch auch! Das kann er bestimmt sehr viel besser, als sich zu unterhalten. Jeder hat ja so seine Talente. Und es wäre eine Sofortmaßnahme gegen meine sexuelle Frühpensionierung! Und Sex soll ja auch wahnsinnig gesund sein. Mit der Antwort habe ich mir Zeit gelassen und ihn einfach nur angeschaut. »Hier am Strand?«, habe ich irgendwann zurückgefragt.

»Bei dir?«, hat er vorgeschlagen und seinen wunderschönen Mund zu einem leichten Grinsen verzogen.

Würde Geli das gutheißen, wenn ich einen Mann, den ich eben mehr zufällig auf Tinder aufgelesen habe, mit in ihre Wohnung nehme? Ich denke, eher nicht, aber was sie nicht weiß, macht sie nicht heiß. Das muss man vielleicht ein wenig pragmatischer sehen. In seiner Wohnung sei außer ihm ein befreundetes Paar, und deshalb wäre meine Wohnung irgendwie besser, hat Stefan noch erklärt.

Wir treiben es in meinem Gästebett, auf der Terrasse und zum Abschluss noch unter der Dusche. Wie macht dieser Mann das bloß? Ein Sex-Marathoni. Das, was ihm an Konversationstalent fehlt, macht er auf beeindruckende Weise durch seine Standfestigkeit wett. Und alles, was ich je über Penisse gedacht habe, muss dringendst revidiert werden. Seiner ist wirklich ein Prachtexemplar. Groß, aber nicht riesig, gerade und vor allem so fähig. Und dieser Mund. Wenn er nicht redet, sondern ihn anderweitig nutzt, ist er einfach nur fantastisch. Dieser Mann beherrscht seinen Körper und kann ihn ausgesprochen geschickt einsetzen. Meine Cellulite, meine Dehnungsstreifen, nichts spielt auch nur im Ansatz eine Rolle. Vielleicht bin ich so entspannt, weil ich ihn gar nicht kenne. Weil es keine Rolle spielt, was er wirklich denkt. Mein Körper scheint ihm zu gefallen und Spaß zu machen. Ein gutes Gefühl. Mehr als das.

Ich habe drei Orgasmen und wirklich nur den Hauch eines schlechten Gewissens. Was Knut kann, kann ich auch. Und was Knut glaubt zu können, kann Stefan ohne o sehr viel besser. Nach dem Sex muss er los. Er habe noch einen Termin, behauptet er. Ich bin nicht enttäuscht, im Gegenteil, ich bin froh, als er weg ist. Wir tauschen nicht mal Telefonnummern. Es ist nicht mehr, als es war, aber genau das war gut. Und richtig für mich. Ich habe mich begehrt gefühlt. Klar, er hat nicht den Eindruck gemacht, als wolle er sich mit mir verloben oder eine längere Beziehung haben, aber dass er mich begehrt hat, war offensichtlich. Es war einfach eine Art Spielenachmittag. Auf dem Erwachsenenspielplatz. Eine Zufallsbegegnung mit Special Effect. Überlege, ob ich mich schämen sollte. Was da in mich gefahren ist? Ob Stefan mich ausgenützt hat? Wenn überhaupt, habe ich ihn benutzt. Und heißt es nicht immer: Das Ergebnis zählt. Stefan war eine Art Push-up für mein Selbstwertgefühl. Dass Knut mich nicht will, heißt nicht, dass mich niemand will. Allein diese Erkenntnis ist alles wert.

Dass ein Mann zu einem »Date« mit Kondomen in der Hosentasche kommt, könnte einen natürlich stutzig machen, aber ich bin froh, dass es so war. Verhütung ist hierbei nicht mein Hauptthema. Eine Siebenundvierzigjährige muss sich vor einer überraschenden

Schwangerschaft nicht unbedingt fürchten. Wäre damit eher schon fast ein Fall fürs Guinnessbuch der Rekorde. Aber wer weiß, wie viele Frauen Stefan so beglückt? Habe keine Lust auf irgendeine fiese Unterleibsinfektion.

Ich fühle mich wie eine satte und glückliche Katze. Zufrieden. Danke, Stefan, könnte man bei Tinder Produktbewertungen schreiben, bekämst du von mir die volle Sternzahl. Trotz Konversationsdefizit. Bleibe den Rest des Tages in der Wohnung und muss jedes Mal grinsen, wenn ich an meinen Nachmittag denke.

Drei Stunden später, als ich mir bei Netflix eine neue Folge »Haus des Geldes« reinziehe, schickt mir Stefan eine Nachricht über Tinder. »Das war geil. Danke!«

Geil ist ein Adjektiv, das ich insgeheim verachte. Aber es trifft es ziemlich genau. Es war ein geiler Nachmittag, und er beschert mir die erste ruhige Nacht seit Langem. Eine Nacht, in der ich durchschlafe und nicht weine. Der Sex hat das Gedankenkarussell in meinem Kopf sediert. Meine Vagina und ich sind verdammt befriedigt.

Geli landet um 10 Uhr 15. Als ich um 8 Uhr aufwache, bin ich überrascht über mich selbst. Das gestern war nicht ich. Aber vielleicht ist es auch einfach eine Seite von mir, die sehr lange brachlag. Ich bereue nicht. Niemand wird davon erfahren. Ich denke, nicht mal Geli. Das war etwas nur für mich. Therapeutisch. Und sehr effektiv. Noch immer fühle ich mich gut.

War das Rache?, überlege ich. Sicher hat der Vergeltungsgedanke eine Rolle gespielt, aber letztlich war es nur Lust. Schlicht und einfach Körper. Begierde. Die Rache war inklusive. Im Alltag wäre ein Mann für Stefan nichts für mich. Ich glaube, der kann einen zu Tode langweilen, und man ist ja auch keine Breitfußbeutelmaus und kann ständig nur vögeln. Breitfußbeutelmäuse haben so lange Sex, bis sie tot umfallen. Das möchte man nun auch nicht. Aber ich bin auch kein Pandabär, die paaren sich gerade mal ein Mal im Jahr.

Es kann eben nicht jeder alles. Stefan hat es geschafft, dass ich mich selbst wieder ein bisschen besser leiden kann, und das ist mehr wert als jede amüsante Unterhaltung. Meistens sind Frauen sowieso die amüsantere Gesellschaft, was allerdings auch an den Männern liegen könnte, die ich so kenne.

Stefan ist definitiv kein Langstreckenmann, noch nicht mal ein Mann, in den ich mich verlieben könnte. Aber das muss er auch gar nicht sein. Das würde alles nur unnötig kompliziert machen. Komplikationen sind das Letzte, was ich jetzt brauche. Selbstvertrauen hingegen erscheint mir elementar, wenn ich die ganze Misere durchstehen will.

Geli ist überrascht, als sie mich am Flughafen sieht. »Ich hatte erwartet, dich in einem desaströseren Zustand anzutreffen!«, begrüßt sie mich. »Aber du siehst geradezu blendend aus!«

Dass sich Sex direkt so auswirkt, ist eine schöne Nebenwirkung. »Heute fühle ich mich auch erheblich besser als die letzten Tage«, sage ich und merke, dass es tatsächlich stimmt. »Das liegt daran, dass du jetzt hier bist!«, behaupte ich. Ich freue mich wirklich, dass Geli extra für mich hierhergereist ist, und davon abgesehen habe ich beschlossen, mein was auch immer mit Stefan für mich zu behalten. Vielleicht auch, weil es nicht unbedingt ein gutes Licht auf mich wirft. Ich will keine Kommentare zu meinem Verhalten, ich kann mir nur zu gut vorstellen, was meine Freundinnen sagen würden. Sätze, in denen Wörter wie verrückt, Verdrängung, triebhaft und Ähnliches vorkommen würden. Es reicht, dass ich ahne, was sie sagen würden, und irgendwie mag ich es auch, dass dieser Nachmittag nur mir gehört.

»Ich habe schon eine Idee, was wir heute Abend machen könnten«, lächelt Geli. »Wir gehen richtig schön Fisch essen, lauschig, an eine dieser neuen Strandbuden!«

Ich muss lächeln. Wahrscheinlich kann ich das Wort Strandbude nie mehr hören, ohne an diesen hübschen Penis zu denken. »Gerne, du bist die, die sich hier auskennt!«, antworte ich.

»Willst du über alles reden, oder soll ich das Thema Knut besser aussparen?«, fragt sie mich.

»Später vielleicht, jetzt mag ich es mir mit dir einfach nur schön machen, und das K-Thema verdirbt mir schnell die Laune«, entgegne ich.

Es ist ein warmer Tag, und wir gammeln ein bisschen in der Sonne auf der Terrasse. Wenn Geli wüsste, was diese Liegen gestern so alles gesehen haben, denke ich und muss schon wieder schmunzeln. Der Nachmittag hat einen Nachwirkeffekt.

»Hattest du Besuch?«, ruft sie mir eine halbe Stunde später aus der Küche zu. Mist, ich habe die zwei Weingläser nicht weggeräumt.

Ich entschließe mich, nicht zu sehr zu lügen: »Ein Bekannter war kurz hier, um mich von Knut abzulenken.«

»Ich wusste gar nicht, dass du hier Bekannte hast«, antwortet sie und klingt erstaunt.

»Ich hatte selbst nicht erwartet, den hier zu sehen«, sage ich kryptisch und fast wahrheitsgemäß und erkundige mich dann, wo die Strandbude liegt, zu der wir heute Abend gehen. Themenwechsel, bevor ich mich um Kopf und Kragen rede.

»Ich merke schon, dass da was im Busch ist, Ulrike!«, ruft meine beste Freundin. Sie kennt mich halt. Aber sie weiß auch, dass es bei mir wenig bringt, zu insistieren. »Wir fahren nach Cala Llombards, die haben ihre Strandbude aufgehübscht. Und haben neue Betreiber, und das Essen soll richtig gut sein. Also für eine Bude. Ist natürlich kein Sternedingsbums.« Sie reserviert uns einen Tisch und unterhält mich mit Geschichten ihrer Kinder. »Weiß Anna schon Bescheid?«, will sie dann wissen.

»Nein«, sage ich und erkläre ihr meine Motivation.

Sie findet die Entscheidung richtig und sehr selbstlos von mir. »Hat Knut ihr was gesagt?«, fragt sie weiter.

»Ich hoffe nicht, und wenn, reiße ich ihm den Arsch auf. Und die Eier ab. Das würde ich ihm nie verzeihen, und ich glaube, das weiß er auch. Aber ich kann es mir nicht vorstellen, dass er das tut. Schon aus Selbstschutz. Wenn, hätte sie sich sicher bei mir gemeldet.«

Anna ist, so ist jedenfalls mein Eindruck, glücklich in Kanada. Genießt nach anfänglichen Bedenken ihre Zeit fernab der Eltern. Ich habe eine kleine Neigung zur Helikoptermutter und musste mich anfangs richtiggehend zusammenreißen, um nicht täglich mehrfach zu fragen, ob sie noch lebt. Inzwischen hat sich unsere Konversation auf ein einigermaßen vernünftiges Maß eingependelt. Zumeist melden wir uns etwa alle zwei Tage. Wenn ich ihre Schilderungen höre, bin ich manchmal nachgerade neidisch. Ich glaube, ein längerer Auslandsaufenthalt in dem Alter hätte mir auch gutgetan. Anna jedenfalls klingt selbstbewusster und erwachsener.

Cala Llombards ist eine kleine Bucht im Südosten. Wir sitzen mit den Füßen im Sand, essen Dorade, und über dem Meer geht die Sonne unter. Wie aus dem Prospekt, denke ich und genieße den Blick.

»Wie geht es jetzt weiter mit euch?«, erkundigt sich Geli.

Ich zucke mit den Schultern: »Keine Ahnung«, antworte ich wahrheitsgemäß.

»Was willst du denn?«, fragt sie nach. »Hast du dir das überlegt?«

Bis gestern hätte ich die Antwort parat gehabt. Der Nachmittag mit Stefan hat meine Sichtweise aber ein kleines Stück verschoben. Noch immer wäre eine Rückeroberung meine oberste Priorität. Einfach weil ich damit meine Komfortzone so überhaupt nicht verlassen muss. Einerseits. Andererseits hat mein Leben vielleicht doch noch mehr im Angebot. Diese Prise Aufregung hat mich belebt. Es wäre jetzt nicht meine Wunschvorstellung, ständig irgendeinen anderen Kerl in irgendeine Wohnung zu verschleppen. Aber gestern habe ich mal wieder gemerkt, dass ich noch lebe. Dass da noch was geht. »Ja, ich will ihn wieder, aber vielleicht nicht um jeden Preis. Ich will mich nicht erniedrigen«, antworte ich meiner Freundin.

»Das solltest du auch keinesfalls«, unterstützt sie mich. »In Beziehungen sollte ein Gleichgewicht herrschen. Klar kann das mal zu der einen oder anderen Seite kippen, aber wenn einer sich generell dem anderen unterordnet, wird es dauerhaft nicht funktionieren. An dem Auf-Augenhöhe-Prinzip ist schon was dran.«

»Papa, Papa, ich will Pommes!«, unterbricht ein schrilles Kinderstimmchen meine Überlegungen. Ich drehe mich um und erstarre. Stefan ohne o steht da. Ein Kind an der Hand und ein anderes an der Hand einer Frau. Einer jungen Frau, allerdings nicht jung genug, um seine Tochter zu sein. Die Kinder, etwa drei und sechs, haben seinen auffallend schönen Mund. Das ist seine Familie. Das muss seine Familie sein. Sie wirken jedenfalls nicht so, als seien sie ihm gerade eben hier zugelaufen. Dieser Gedanke ist mir gestern nicht gekommen. Ich habe allerdings, ehrlich gesagt, auch nicht detailliert danach gefragt. Genauso wenig wie er. Wir haben das Thema nur sehr oberflächlich gestreift. Ich bin mir aber sicher, dass er nichts von seiner Frau gesagt hat. Kinder hat er erwähnt. Aber nur so im Nebensatz.

»Was für eine hübsche Familie!«, kommentiert Geli meinen Blick. Ich nicke nur. Zu mehr bin ich nicht fähig. Das ist ein Zuviel an Information. Wir haben über das Thema Beziehungsstatus nicht gesprochen. Aber auf die Idee wäre ich nicht gekommen. Macht der hier gerade Urlaub und vögelt in der Mittagspause herum, wenn er behauptet, im Fitnessstudio zu sein oder beim Yogakurs? Dagegen ist Knut ja fast ein Heiliger. Das ist sehr abgebrüht und fast schon widerlich. Wie kann der das machen?

»Krieg ich Pommes?«, ruft das Kind und zupft Stefan am Ärmel.

»Helge, nerv mich nicht!«, entgegnet der nur, und es fällt mir nicht schwer, die Botschaft in seinem Blick zu lesen: Bitte sag nichts. Sei nicht sauer. Es ist nicht so, wie es aussieht.

Dummerweise ist es aber genau so, wie es aussieht. Er hat eine Frau und kleine Kinder und trifft sich nachmittags für einen schnellen Fick mit fremden Frauen.

»Sag mal, was starrst du den Mann so an?«, fragt mich Geli neugierig.

Ich wende meinen Blick ab und sage nur: »Er sieht aus wie jemand, mit dem ich mal was hatte!«

»Er sieht unglaublich gut aus, wer war denn das bei dir?«, will Geli wissen.

»Du, ich weiß nur noch den Namen und dass er den schönsten Penis hatte, den ich je gesehen habe«, antworte ich und bleibe damit so nah wie möglich an der Wahrheit.

Helge, das Ich-will-Pommes-Kind, heult inzwischen lautstark. »Wir gehen, Helge, das Geschrei tu ich mir nicht an!«, schimpft Stefan ohne o.

»Roger (Rosché ausgesprochen, ziemlich affig), was blaffst du denn Helge so an, er hat doch nur gefragt, ob er Pommes kriegt«, mischt sich nun die Frau ein. Sie ist eine zierliche Person mit sehr ausladenden Hüften und einem schwarzen Pagenkopf. Niedlich und irgendwie sehr speziell. Keine klassische Beauty, aber durchaus hübsch. Besonders. Leichter Ostslang. Sächsisch oder Thüringerisch.

Stefan ohne o heißt also nicht Stefan, sondern Roger.

Wie man sich freiwillig Stefan nennen kann? Warum macht man das? Warum wohl? Damit man anonym bleibt, natürlich. Mit einem Mal wird mir meine Naivität deutlich. Ich bin wirklich davon ausgegangen, dass man bei Tinder seinen wahren Namen angibt. Sein wahres Alter. Dieses Szenario mit der kleinen Bilderbuchfamilie und dem schreienden Helge ist gerade dabei, mir rückwirkend den herrlichen Nachmittag zu versauen. Ich kann die Frau kaum angucken, ohne mich schlecht zu fühlen. Ich bin auch eine Nina. Okay, immerhin ohne es vorher gewusst zu haben. Aber wer weiß? Ob Knut seinen Beziehungsstatus sofort offengelegt hat, als er seine Nina kennengelernt hat? War Nina schon längst unsterblich verliebt, als sie erfahren hat, dass ihr Knut nicht ganz so frei und ungebunden ist, wie sie gedacht hat?

»Erde an Ulrike, hast du mir gar nicht zugehört?« Geli klopft mir auf den Arm: »Hallo, ich bin auch noch da, so wie du den Typen anschaust, das könnte man fast Blickstalking nennen!«

Stefan oder Roger, oder wie auch immer Mister schöner Penis heißt, guckt wie jemand in einem Film, der nur wenigen Minuten hat, um einen Zünder zu entschärfen. Jemand, der nicht weiß, ob er den roten oder blauen Draht abziehen muss. Jemand, der nicht weiß, ob es in kurzer Zeit einen ziemlichen Knall tut und ihm alles um die Ohren fliegt. Ich lächle noch einmal freundlich in seine Richtung, um ihm zu signalisieren, dass ich ihn nicht hochgehen lasse. Was würde es auch bringen? Nichts. Das war mit Sicherheit nicht das erste Mal, dass er so etwas gemacht hat. Und garantiert auch nicht das letzte Mal. Es ist sein Leben, und es geht mich nichts an. Ich muss hier und jetzt an dieser idyllischen Strandbude keine Familie zerstören. Ich konnte es nicht wissen, versuche ich, mein Gewissen zu beruhigen. Und es spielt eigentlich auch keine Rolle. Ob seine Frau irgendwas ahnt? Einen Verdacht hat?

»Können wir uns jetzt mal hinsetzen. Roger-Bärchen, oder willst du weiter wie angewurzelt da rumstehen?«, übernimmt Rogers Frau das Kommando. Bärchen. Allein der Kosename rechtfertigt fast sein nachmittägliches Tun, denke ich. Einen erwachsenen Mann Bärchen zu nennen, müsste eigentlich ein Straftatbestand sein. Sie setzen sich an einen Tisch, der am anderen Ende des Lokals ist, allerdings trotzdem noch in Blickweite, und ich wende meine Aufmerksamkeit wieder Geli zu.

»Du warst wie paralysiert, Ulrike!«, tadelt sie mich.

»Entschuldige, ich hatte so eine Art Déjà-vu«, versuche ich mich rauszureden.

»Ich kann mich gar nicht erinnern, dass du mir je davon erzählt hast«, hakt Geli nach.

»War nicht wichtig, nur Sex. Was Einmaliges. In jeder Hinsicht!«, antworte ich und muss grinsen. Egal, was jetzt ist, das, was war, war gut.

»Ich dachte, ich weiß alles von dir«, sagt Geli, und es klingt eine Spur enttäuscht.

»Alles, was wichtig ist, weißt du!«, sage ich und lege den Arm um sie. »Niemand weiß mehr von mir als du. Irgendwann erzähle ich dir mal davon, aber es war echt nichts von Bedeutung!«

Jetzt guckt sie wieder sehr viel entspannter: »Alles gut, gibt ja momentan auch Wichtigeres!«

Ich werfe einen kurzen Blick Richtung Roger, Stefan ohne o, Mister Superpenis oder auch nur Bärchen. Dass ein Bärchen-Mann manchmal lieber Mister Superpenis sein möchte, kann ich im Ansatz verstehen. Vielleicht liegt da der Fehler, den Frauen im Umgang mit Männern machen. Wir machen sie im Laufe der Zeit zu Bärchen oder Häschen, und sie wollen nichts mehr, als das »chen« loswerden. Aber sind wir dazu da, Männer-Egos zu bestätigen? Ihnen permanent zu schmeicheln? War es das, was Knut gefehlt hat? Wird man im Laufe einer Beziehung neutralisiert?

Stefan schaut mich über die Tische hinweg an. Sein Blick sagt Entschuldigung, und ich nicke fast unmerklich. Er erhebt sich, schaut mich noch einmal an und geht Richtung Strandtoilette.

Ich kapiere sofort, was er meint, und lasse ihm eine Minute Vorsprung. »Du, ich muss mal!«, sage ich dann zu Geli und gehe auch Richtung Klo. Die Toiletten sind hinter der Strandbude, in etwa fünfzig Metern Entfernung. Stefan ohne o wartet schon auf mich.

»Das ist mir jetzt verdammt scheißpeinlich!«, sagt er und greift mir zur Begrüßung an die Brust.

»Keine Rechtfertigung«, antworte ich, »du bist mir keine Erklärung schuldig. Es ist, wie es ist.« Ich komme mir sehr cool vor. »Aber natürlich bist du ein Arsch!«, füge ich dann noch hinzu. Es platzt einfach aus mir raus. »Du hast eine süße Frau und entzückende Kinder. Kannst du deinen Penis nicht da reinstecken, wo er hingehört?«

Er zuckt zusammen und nimmt reflexartig die Hand von meiner Brust. »Es ist alles nicht so einfach«, fängt er an zu jammern.

»Doch, Stefan, Roger oder Bärchen! Es ist einfach. Du hast eine Frau und vögelst andere. Man kann seinen Trieb auch mal kontrollieren. Heute hast du Glück gehabt, weil ich null Bock auf eine Szene oder einen Skandal habe. Aber wer weiß, wie das bei der Nächsten oder Übernächsten, mit der du Siesta machst, ist. Das ist ein verdammt gefährliches Treiben, und du setzt damit alles aufs Spiel. Ist es das wert?«

Er nickt und sieht aus wie ein Kind, das sich an einem fremden Spielzeug vergriffen hat. »Ich weiß, ich mache das sonst auch nie«, antwortet er.

»Lüg nicht so blöd, das ist unwürdig.«

»Du hast ja recht«, stimmt er mir zu und guckt wie ein Welpe, der hofft, dass man ihm ein schönes Zuhause gibt.

»Denk mal drüber nach«, sage ich noch, »und übrigens, dein Penis ist der Hammer.« Mit diesen Worten verschwinde ich in der Toilette. Gerade rechtzeitig, denn Pommes-Helge rennt auf uns zu. »Das Essen ist da, die Mama sagt, du sollst dich eilen!«, informiert er seinen Vater.

Perfektes Timing.

»Wirklich eine schöne Familie, und sie wirken so harmonisch miteinander!«, befindet Geli, als wir noch einen kleinen Absacker nehmen. Wenn die wüsste. Ob es mit Geli und ihrem Norbert auch so ist? Ist zu viel offensichtliche Harmonie etwas, was einen skeptisch machen sollte? Bei den beiden kann ich mir das nicht vorstellen. Aber wie hat meine Mutter früher oft gesagt: »Man steckt halt nicht drin!«

Stefan ohne o und Familie gehen vor uns. Die Kinder scheinen müde zu sein, und zum Abschied schenkt er mir noch einen langen Blick. Ich meine darin so etwas wie Sehnsucht auszumachen. Geli und ich bleiben noch eine halbe Stunde und reden. Über die Liebe an und für sich, unsere Erwartungen und das, was man dafür tun muss. »Von nichts kommt halt auch nichts!«, fasst Geli unser Gespräch zusammen, und ich merke, dass da ein Problem bei mir verborgen liegen könnte. Ich habe gedacht, es läuft einfach so.

»Ich lade dich ein«, sage ich dann und gehe an die Bar, um zu zahlen.

Der Barkeeper schaut mich irgendwie komisch an. *»Señora, tengo un mensaje para ti«*, sagt er und ich kann seinen Blick nicht deuten. Liegt da Empörung drin, oder ist er eher amüsiert? Er reicht mir ein kleines Stück Papier. »Danke für alles, dein ›Hammerpenis‹, jederzeit gerne wieder«, steht auf dem Zettel und darunter eine Telefonnummer. Hammerpenis! Was ein bisschen guter Sex mit mir macht! Hätte mir vor drei Wochen jemand gesagt, dass ich diesen Ausdruck in mein Vokabular aufnehmen würde, hätte ich schallend gelacht. Er scheint sich gefreut zu haben. Jederzeit gerne wieder! Fühle mich kurzzeitig geschmeichelt. Erkenntnisgewinn hat meine Ansprache vor dem Wort Hammerpenis wohl nicht hinterlassen. Alles andere, was ich vorher erwähnt habe, hat Stefan ohne o offensichtlich ausgeblendet.

Ich zerknülle den Zettel und werfe ihn dem Barkeeper zu. *»Muchas gracias!«*, bemühe ich mein sehr rudimentäres Spanisch, das ansonsten noch aus *hola* und *buenos días* besteht, und fühle mich gut. Ich glaube nicht, dass eine Wiederholung der Nachmittagsvorstellung sinnvoll wäre. Besser, ich behalte es als etwas Einmaliges in Erinnerung. Mit meinem jetzigen Kenntnisstand wäre alles lange nicht mehr so unbeschwert. So kann ich als Ausrede mein Nichtwissen verwenden.

Der Barkeeper lacht. *»Muy razonable, ese chico es un jugador!«* Was auch immer das heißen soll, es hört sich nicht nach einem Empfehlungsschreiben für Stefan an.

Google den Ausdruck später, und die Übersetzung lautet: Sehr vernünftig, der Kerl ist ein Aufreißer.

Nachts überkommt mich die Traurigkeit. Was war das für ein billiges Placebo? Was habe ich mir dabei bloß gedacht? Ich bin doch nicht »so« eine. Wenn Knut das wüsste. Tja, was wäre dann? Wäre ihm das komplett egal? Wäre er vielleicht sogar ganz froh, dass seine Ex beschäftigt ist? Ablenkung hat? Oder würde es ihm insgeheim doch einen Stich versetzen? Ich hoffe es. Das kann doch nicht sein, dass er mich komplett und final abgehakt hat. Da muss doch noch ein Rest Gefühl sein. Irgendetwas Verschüttetes, was nur ein bisschen ausgebuddelt werden muss.

Weil ich nicht weiterschlafen kann, schaue ich mir, passend zu meiner melancholischen Stimmung, noch mal in aller Ruhe Ninas Instagram-Account an. Schon wieder eine neue Story. Stories sind diese kleinen Bilder oder Videos, die nur vierundzwanzig Stunden sichtbar sind. Diesmal hockt sie mit einem Glas Champagner in der Hand (mit natürlich perfekt manikürten Nägeln) in einem Lokal und prostet allen zu. »Auf das Leben«, steht da. »Schöner kann es nicht werden.« Als ich die Story das vierte Mal gucke, merke ich erst, wo sie sitzt. Bei Giovanni. Unserem Italiener. Ich kann mir genau vorstellen, wer das Foto von ihr gemacht hat, und muss mich schwer zusammenreißen, um keinen Kommentar darunterzuschreiben. Er geht mit ihr in unser Lokal. Das ist ein Gefühl, fast so, als hätte er Sex mit ihr in unserem Bett. Können die sich nicht ein eigenes Lieblingslokal suchen? Muss es ausgerechnet Giovanni sein?

Knut war noch nie der fantasievollste Typ, aber das ist mies. Despektierlich. Wenig fantasievoll. Ich kann mir die mitleidigen Blicke schon vorstellen, wenn ich das nächste Mal dort aufkreuze. Blicke, auf die ich sehr gut verzichten kann. Selbst wenn ich weiß, dass alle Bescheid wissen, ich will es nicht auch noch spüren. Sehen. Arschloch. Was für ein sackblödes Arschloch. Immerhin weicht meine Traurigkeit dadurch einem anderen Gefühl. Unbändige Wut macht sich in mir breit. Was denkt der, wer er ist und was er sich erlauben kann? Das hat wenig bis gar keinen Stil.

Ich schicke ihm eine Nachricht: »Geh gefälligst woanders Abendessen mit deiner Tussi«, schreibe ich und drücke, bevor ich einsichtig werden könnte, auf Senden. Sehr stilvoll ist meine Nachricht auch nicht, aber immerhin ist die Botschaft klar und deutlich. Obwohl es schon spät ist, kurz nach Mitternacht, erscheinen neben der Nachricht direkt zwei blaue Häkchen. Er hat sie also schon gesehen.

»Wo ist die Frau geblieben, die ich tatsächlich mal geheiratet habe?«, fragt er per WhatsApp. Was soll das Wort tatsächlich in diesem Satz? Stellt er jetzt schon seine Entscheidung von damals infrage?

Dann bekomme ich eine Nachricht über Instagram. Nina. Oh mein Gott. Was will die denn? »Hey du«, schreibt sie, »hör auf, dir dauernd meine Storys reinzuziehen, das ist vollkommen lame. Ist alles bisschen blöd, aber das bringt doch nix. Lass gut sein. Man muss wissen, wann man verloren hat!«

Ich habe den Drang, auf irgendwas einzuschlagen. Vorzugsweise auf Knut und seine fucking Nina. Die Alte, beziehungsweise Junge, tickt ja nicht mehr ganz richtig. Lame! Ob Knut bei der Konversation mit ihr ein Jugendsprachewörterbuch braucht? Muss ich der antworten? Sollte ich ihr antworten? Sie in die Schranken verweisen, mal auf die aktuellen Besitzverhältnisse aufmerksam machen? Ich mache es nicht. Ich bin zu sauer und vertage es auf morgen. Trotz all des Adrenalins in meinem Körper schlafe ich irgendwann ein.

Die nächsten Tage sind entspannt. Habe mich nach Rücksprache mit Geli entschieden, auf Ninas Attacke nicht zu reagieren. »Manchmal ist keine Antwort die beste Antwort!«, befindet sie, und da mir eh nichts einfällt, was meinen Schlagfertigkeitsanforderungen standhält, halte ich mich an ihren Rat. Als ich Geli Ninas Bilder zeigen will, komme ich nicht mehr auf ihre Seite. Sie hat mich anscheinend blockiert. Obwohl es mich ärgert, habe ich unterschwellig ein Siegergefühl. Souverän ist blockieren nicht. Mit anderen Worten: Sie ist verunsichert. Da sind wir jetzt schon zwei, denke ich.

Geli und ich erkunden die Insel. Oft genug lasse ich mein Handy einfach in der Wohnung. Melde mich zwischendrin nur bei Hanne und bei meiner Tochter – zumeist per Nachricht.

Geli und ich reden und reden. Über Ansprüche und Realität. Das Schöne: Geli ist auf meiner Seite. Dafür braucht man Freundinnen. Man will nicht, dass sie neutral auf eine Situation blicken. Man will Verständnis, jemanden, der sagt: »Du hast recht.« Jemanden, der einen mental dauerumarmt. Ich fühle mich verstanden. Durch geschicktes Fragen bringt mich Geli aber auch dazu, meine eigenen Verhaltensweisen zu durchleuchten. Ohne jeglichen Vorwurf.

»An dir ist eine Therapeutin verloren gegangen!«, stelle ich fest, und sie lacht nur.

»Ich habe vier Kinder und einen Mann, ohne therapeutische Fähigkeiten schafft man das dauerhaft nicht!«

Immer wieder fragt sie mich, warum ich an meiner Beziehung so festhalte: »Ist es der Wettbewerb? Willst du ihn, weil eine andere ihn hat, oder liebst du ihn? Ist es die Angst vor dem Alleinsein oder die Angst, ohne ihn zu sein? Geht es um die Person, den Menschen oder den Status?«

Ich glaube, dass ich ihn liebe, aber meine Hauptangst ist und bleibt das Alleinsein. Die Sorge, nie mehr jemanden zu finden. Furchtbar einsam zu sein. Diese Angst ist auch durch mein Nachmittagsstelldichein (eine charmante Umschreibung für das, was es war) mit Stefan ohne o nicht kleiner geworden. Fast im Gegenteil. Sein Verhalten hat mich erschüttert. Sexuell im Positiven und emotional im Negativen. Wie kann jemand so verdammt abgebrüht sein? Gibt es da draußen überhaupt Männer, die einfach altmodisch treu sind? Die sich an Abmachungen halten? Oder überschätze ich Treue? Spielt es für Stefans Frau eine Rolle, ob er nachmittags eine andere vögelt? Vor allem, solange sie es nicht weiß? Könnte es nicht sein, dass es ihn glücklich macht und er dadurch auch in seiner Beziehung glücklicher ist? Nimmt es seiner Frau etwas weg? Ist das nur mein kleinliches Eifersuchtsgen, das da ein Problem hat? Wäre es für mich weniger problematisch, wenn sie Bescheid wüsste? Die beiden so etwas wie eine offene Beziehung hätten? Gibt es offene Beziehungen, die funktionieren? Wird die Idee mit der Monogamie insgesamt überschätzt? Ist es nicht vielleicht möglich, dem anderen Sex aushäusig zu gönnen, ohne dadurch die Beziehung infrage zu stellen? Muss man über diese Themen untereinander einfach offen sprechen? Überschätze ich Sex, überbewerte ich ihn, weil ich ihn gedanklich immer mit Emotion verknüpfe? Liegt da mein Fehler? Sollte ich Knut vorschlagen, dass er gerne weiter mit Nina rumvögeln kann, solange es unsere Beziehung nicht betrifft?

Ich tue mich allein mit dem Gedanken an eine offene Beziehung schwer. Ich hätte immer Angst, dass sich beim Sex irgendwann auch Gefühl dazuschleicht. Hätte Angst, dass sich mein Partner verliebt. Sex heißt immer auch Nähe, und ob man das auf das rein Körperliche beschränken kann, bezweifle ich.

»Glaubst du, eine offene Beziehung kann funktionieren?«, will ich von Geli wissen.

»Alles ist möglich«, antwortet sie nach einer Weile des Nachdenkens. »Alles, was beide gut finden, ist in Ordnung. Ich könnte es mir nicht vorstellen, aber Norbert eben auch nicht. Insofern kommt es für uns nicht infrage. Ich denke, dass oft einer zustimmt, obwohl er es nicht wirklich will, einfach um dem anderen zu gefallen, um Großzügigkeit und Toleranz auszustrahlen, und dann kann es nicht funktionieren. Da muss einer immer mental auf die Zähne beißen, und das nimmt kein gutes Ende. Aber klar, manchmal überlege ich auch, wie Sex mit jemand anderem wäre. Aber der Preis, den ich für diese Erfahrung zahlen müsste, wäre mir viel zu hoch.«

Ich muss an Stefan ohne o denken. Das war nicht mehr als Sex. Purer Sex. Da waren keine Schmetterlinge im Bauch. Nicht ein einziger winziger kleiner Falter. Das war etwas absolut Körperliches. Wir haben uns gefallen, mehr nicht. Aber wie wäre es, wenn ich Stefan alias Roger alias Bärchen regelmäßig zum Sex treffen würde? Kann man Sex dauerhaft auf Sex beschränken? Kriecht nicht irgendwann Zuneigung zwischen die Laken? Schlüpft unter die Decke? Ich erzähle meiner besten Freundin von Stefan, erwähne allerdings nicht, wo wir den hinreißenden Sex hatten. Ich glaube zu ahnen, dass ihr das nicht gefallen würde, dass ich einen wildfremden Kerl in ihre Wohnung geschleppt habe.

Sie ist ziemlich erstaunt: »Du hattest Sex mit einem Typen, den du auf Tinder aufgerissen hast? Mit dem du dich genau einmal getroffen hast?«

Ich nicke.

»Aha«, sagt sie nur. »Aha.«

Als ich ihr erzähle, dass Stefan der Mann vom Strand war, der reizende Familienvater mit dem Helge-Pommes-Kind, schaut sie mich streng an: »Du bumst in der Mittagspause einen Familienvater?«

Ich werde verlegen. So hört es sich wirklich nicht

gut an. Gar nicht gut. »Ich wusste es doch nicht!«, starte ich meine Rechtfertigungsarie. »Er hat es mir ja vorher nicht gesagt.«

»Hast du ihn danach gefragt?«, kommt der verbale Konter.

Ich muss verneinen: »Ich bin davon ausgegangen, dass er genauso frei ist, wie ich es bin. Ich bin gar nicht auf die Idee gekommen, es könnte nicht so sein.« Ehrlich gesagt hat es mich auch nicht interessiert, ich habe mir darüber schlicht keinen Kopf gemacht.

»Aber gefragt hast du nicht?«, erkundigt sie sich.

Ich schüttle den Kopf. »Nein. Habe ich nicht. Schuldig im Sinne der Anklage.«

Ist das eigentlich mein Problem, wenn er vergeben und gebunden ist? Ist man als Frau auch noch für die moralische Integrität der Gegenseite verantwortlich? Sollte das nicht sein Problem sein? Seine Baustelle? Hat Nina genauso gedacht? Hat sie damit nicht vielleicht sogar recht?

»Es hätte jemand wie mein Norbert sein können!«, überlegt Geli laut und runzelt die Stirn. Sie sieht wütend aus.

»Norbert würde das doch nie tun!«, antworte ich und ärgere mich, dass ich das mit Stefan erzählt habe.

»Stimmt«, sagt Geli dann. »Norbert auf Tinder ist kaum vorstellbar. Das wäre ihm viel zu viel Aufwand. Und ohne mich kann der nicht mal eine App auf dem Handy installieren.« Trotzdem findet sie mein Verhalten reichlich verantwortungslos. »Willst du schuld sein, wenn diese Familie auseinanderbricht?«, fragt sie mich, und ich fühle mich schlecht. Natürlich will ich das nicht.

»Es war nicht mehr als Sex, Geli, Sex. Nichts von irgendeiner Bedeutung. Es war ein reiner Akt. Es ging um Selbstbestätigung. Um Spaß. Nicht mehr. Ich will diesen Stefan, der nicht mal Stefan heißt, gar nicht. Ich wollte einfach nur mal wieder angefasst werden«, probiere ich, ihr alles zu erklären.

»Wenn du angefasst werden willst, geh zur Massage!«, sagt sie und klingt kühl. »Irgendwie ist das billig!«, befindet sie nach einer Weile. Hätte ich mir meine Beichte nur gespart. Sie versteht es nicht. Sieht sich in der Rolle der Ehefrau von Stefan.

Ich versuche erneut, ihr die Lage zu verdeutlichen: »Er hat seine Frau betrogen, ich bin Single. Oder zumindest etwas in der Art. Mein Mann hat mich verlassen. Musst du mir jetzt auch noch Vorwürfe machen?«

Sie zeigt eine gewisse Einsicht: »Es ist halt so schäbig, was der Typ macht. Und es funktioniert ja auch nur, weil er Frauen findet, die mitmachen. Gäbe es Frauen wie dich nicht, die für reine Selbstbestätigung in die Kiste steigen, dann würde ja auch nichts laufen. *It takes two to Tango!*«

Langsam werde ich wütend. Das muss ich mir nun auch nicht anhören. Ich lasse mir hier und jetzt nicht den Schwarzen Peter für alle männlichen Fremdgeher unterschieben. »Er ist erwachsen. Ich habe ihn nicht gegen seinen Willen ins Bett gezerrt und die Klamotten vom Leib gerissen. Das ist doch lächerlich. Indem du die Schuld auf mich schiebst, sprichst du ihn ja von jedweder Verantwortung frei. Das ist wirklich ein sehr konservativer und traditioneller Blick auf das Ganze! Auch Männer haben einen Willen.«

Sie schnaubt. »Du machst es dir leicht, Ulrike!«, motzt sie.

»Du auch, Geli!«, sage ich, und jetzt sind wir beide zutiefst beleidigt.

Manchmal ist es doch gut, einfach die Klappe zu halten. Man muss nicht alles erzählen. Ich hätte es mir denken können. Mir ihre Reaktion ausmalen können. Mein Sex hat für sie Bedrohung im Gepäck. Aber ihr Bild von den willenlosen, leicht verführbaren Opferlämmern nervt mich. Was für ein Quatsch! Männer können sehr wohl Entscheidungen treffen. Sie können, wenn sie denn wollen, ihren Penis einfach in der Hose lassen. Reißverschluss zu, Affe tot. Dass Männer ihre Frauen betrügen, ist nicht schön. Ich weiß das nur zu gut. Fucking Nina. Aber dafür haben sie eben auch die Verantwortung zu übernehmen. Es fühlt sich für Ehefrauen bestimmt besser an, die Schuld bei der »anderen« zu suchen. Auch das weiß ich. Aber es ist lächerlich. Eine Teilschuld vielleicht. Eine minimale Teilschuld.

Geli steht auf: »Lass uns eine Pause machen. Wir werden hier nicht zu einem Konsens kommen. Ich hätte dich anders eingeschätzt. Hätte das nicht von dir gedacht.« Sie geht in ihr Schlafzimmer.

»Es war verdammt mal nur Sex, und er hatte kein Besetztzeichen umhängen!«, schreie ich ihr noch hinterher. Wie praktisch wäre das, überlege ich. Wenn bei Männern wie bei Lebensmitteln ein Verfallsdatum aufgedruckt wäre. Genießbar bis xy. Dazu der Beziehungsstatus. Und welche Allergien sie auslösen können.

Meine Wut weicht schnell einer großen Enttäuschung. Bravo, Ulrike, denke ich. Bravo. Jetzt habe ich es mir auch noch mit meiner besten Freundin verkackt. Bald bleibt mir überhaupt niemand mehr. Mein Mann ist weg, meine Eltern sind sauer und meine beste Freundin wütend. Glückwunsch, das muss man auch erst mal hinkriegen. Emotionaler Kahlschlag. Bald mag mich niemand mehr. Ich hole mir einen Wein und weine. Meine neue Lieblingskombi.

Eine halbe Stunde später kommt Geli zu mir. »Das war blöd. Von mir vor allem. Ich habe da was auf mich bezogen, was mit mir gar nichts zu tun hat. Entschuldige. Ich glaube, du hast recht. Aber meine Sichtweise hat sicherlich mit Selbstschutz zu tun. Es würde ein mögliches Fremdgehen irgendwie erträglicher machen, die Schuld zu verschieben. Aber ja, eigentlich albern. Und doof. Es tut mir irre leid.«

Das hat Größe. So klar und deutlich »es tut mir leid« zu sagen. Ich nehme sie in die Arme und schluchze. »Ach, ich hatte so eine verdammte Angst, dass du jetzt auch noch weg bist. Dass ich niemanden mehr habe. Dass mir das bisschen Sex meine beste Freundin genommen hat!«

Sie schiebt mich von sich weg und schaut mir in die Augen: »Merk dir mal eines, egal, wie sauer ich bin. Egal, wie doof ich deine Ansichten finde. Egal, mit wem du wann und warum und wo (sie zwinkert mir zu) rumvögelst, du bist und bleibst meine beste Freundin. Ist das ein für alle Mal klar?«

Ich nicke, und mir kommen wieder die Tränen. Dieses Mal allerdings aus Erleichterung. »Ja. Und ja. Ich habe verstanden. Und ich bin unglaublich froh.«

»Und jetzt kommen wir mal zu Erfreulicherem, sag,

was der konnte, was andere nicht können«, grinst sie mich an.

»Er hatte offensichtlich Spaß an dem, was er sieht und anfasst. Es war weniger eine besonders ausgefeilte Technik, mehr dieses offensichtliche Begehren«, versuche ich mich an einer Erklärung. »Er war zärtlich, aber auch wild. Zupackend und einfühlsam. Ich kann es gar nicht auf irgendeinen besonderen Kniff schieben, es war quasi seine Gesamtperformance.«

»War er besser als Knut?«, will Geli wissen.

Eine interessante Frage. Auch Knut ist gut im Bett. Besser gesagt, er kann gut im Bett sein und er war mal gut im Bett. Aber das ist lange her. Seit einigen Jahren haben wir Schema-F-Sex. Zu wissen, was der andere mag, ist ein Vor-, aber auch ein Nachteil. Es schmälert jegliche Experimentierlust. Etwas Neues ist immer auch aufregend. Man fühlt sich entdeckermäßig. Knut und ich mussten zu Anfang ein wenig üben. Uns aufeinander einstimmen. Das war bei Stefan nicht so, aber vielleicht gibt es auch Körper, die einfach besonders kompatibel sind.

Geli gesteht mir, dass sie manchmal auch neugierig ist, wie sich Sex mit jemand anderem anfühlen würde. »Mir fehlt ja jegliche Vergleichsgröße, in jeder Hinsicht! Ich hatte tatsächlich nie einen anderen Mann als Norbert«, lacht sie. »Aber das, was wir haben, nur für einen Vergleich aufs Spiel zu setzen, wäre doch doof, oder?«, fragt sie mich.

Ja, das wäre es sicherlich. Aber obwohl mein Männerverschleiß wirklich übersichtlich ist, weiß ich nicht, ob mir das genügen würde. Ich brauche keine Abwechslung, aber immer nur Äpfel zu essen und Wassermelone und Banane nur anzuschauen, finde ich auch seltsam. Man muss ja nicht das gesamte Sortiment testen, aber bevor man sich exklusiv auf eine Sorte verlegt, sollte man doch eine Idee haben, wie andere schmecken. Ich bin froh, vor Knut wenigstens ein bisschen was ausprobiert zu haben.

»Manchmal habe ich direkt Angst, etwas anderes zu testen, weil ich dann merken könnte, dass ich jahrelang nur Schonkost hatte«, seufzt sie. »Wahrscheinlich war das der Hintergrund für meine Wut. Die Sorge, dass Norbert vielleicht die gleichen Gedanken hat und auch gerne mal was ausprobieren würde. Die Angst davor, was dann wäre. Es ist eine gewisse Verlockung, aber eben auch eine riesige Bedrohung. Ich glaube, ich werde mal mit ihm darüber reden.«

Ich bin nicht sicher, ob das eine gute Idee ist. Klar, reden ist immer gut, aber man kann andere auch auf Ideen bringen.

Es ist ein wunderbares Gefühl, keinen Streit mehr zu haben. Trotzdem bin ich auf eine verschrobene Art stolz, ausnahmsweise mal auf meinem Standpunkt beharrt zu haben. Normalerweise lenke ich ein. Ich mag es halt harmonisch. Fürchte Auseinandersetzungen. Finde, sie sind es zumeist nicht wert.

Wir bestellen uns Pizza und schauen in den Nachthimmel.

»Man kann auch alleine sehr glücklich sein!«, meint Geli plötzlich. Singles seien ja nicht per se unglückliche Wesen.

Das mag stimmen, aber für mich hat die Perspektive nichts Verlockendes. Ich will geliebt werden. Gebraucht werden. Im besten Fall auch begehrt werden, aber das wäre die Komponente des Ganzen, auf die ich wahrscheinlich noch am ehesten verzichten könnte. Natürlich haut mir Geli mal wieder den Glücksstandardsatz um die Ohren. Für sein Glück ist man selbst verantwortlich. Niemand anderes kann einen glücklich machen. Das muss man schon ganz alleine tun. Nicht nur, dass ich leise Zweifel an der Aussage habe, ich finde sie auch noch bedrohlich. Ich muss also meine eigene Animateurin sein. Wenn du mit dir selbst glücklich bist, kannst du andere glücklich machen. Zufriedenheit ist anziehend, macht attraktiv.

»Stefan hat meine Unzufriedenheit nicht abgeschreckt«, sage ich, und wir beide müssen lachen.

»Du wirst wieder glücklich sein, mit oder ohne Knut. Mit oder ohne Mann«, verspricht Geli mir, und sie klingt so überzeugend, dass ich für einen kurzen Moment denke, ja. Ja, ich werde glücklich sein.

Am nächsten Tag zeige ich Geli auf ihr Drängen hin Tinder. Ich habe nach ihrer gestrigen Beichte ein bisschen Sorge, dass sie auf dumme Gedanken kommen könnte.

»Ich suche dir mal was aus, ich habe ein Auge für gute Männer!«, sagt sie und bestreitet, selbst irgendein anders geartetes Interesse zu haben. Sie ist – genau wie ich bei der ersten Tinder-Besichtigung – überrascht: »Ich dachte, da wären nur notgeile alte Säcke, aber das ist ja ein ziemlich gemischtes Programm. Von allem was. Wie ein gut sortierter Supermarkt. Restposten, Klassiker und Schnäppchen.« Zwei Drittel aller Männer sind Spanier.

»Ich glaube, ich muss mir das mal zu Hause angucken! Für hier und jetzt ist mein Bedarf erst mal gedeckt!«, beschließe ich und schließe die App.

Geli ist enttäuscht. »Ich wollte dir doch was Nettes aussuchen. Das hat ja echt hohen Unterhaltungsfaktor, dieses Tinder«, befindet sie und grinst.

Als sie abreist, bin ich traurig. Allein hier zu sein war doof, aber allein zurückzubleiben ist noch doofer. Jetzt weiß ich ja, wie schön Gesellschaft sein kann. Ich glaube, genau das ist auch der Unterschied zwischen Langzeitsingles, die es ja nicht anders kennen, und Frauen wie mir, die ungefragt zurück in den Singlekosmos geschleudert werden. Alleinsein hat auch mit Gewohnheit zu tun. Ich werde mich daran gewöhnen müssen, wird mir von Tag zu Tag klarer. Es gibt Momente, in denen ich tatsächlich denke, dass ich das schaffen werde. Und dann wieder Momente, in denen ich denke, nie und nimmer.

Einmal sitze ich im Auto auf dem Weg nach Palma und überlege, was wäre, wenn ich jetzt einfach ungebremst in die Leitplanke rasen würde. Klar gäbe es Leute, die vielleicht traurig wären. Aber Knut hat sich seit Tagen nicht gemeldet, und Anna, tja, Anna wäre sicher zunächst sehr traurig, aber sie hätte ja noch ihren Vater und seine Nina. Fucking Nina würde sicher in die Rolle der liebevollen Stiefmutter schlüpfen. Wer würde mich vermissen? Wirklich schlimm vermissen? Ein kleiner Schlenker, und ich wäre raus aus dem ganzen Schlamassel. Müsste nicht mehr weinen. Nicht mehr nachdenken. Nicht hadern. Mich nicht arrangieren. Aus und vorbei. Alles erledigt.

Und Knut hätte lebenslang ein schlechtes Gewissen. Dann würde er vielleicht endlich merken, was er mir angetan hat. Das wäre die gerechte Strafe für das, was er mit mir gemacht hat.

Aber: Ich bin selbst dafür zu ängstlich, merke ich. Was, wenn ich gar nicht tot bin? Wenn ich danach im Rollstuhl sitze? Oder monatelang zusammengeflickt werden muss? Für immer Schmerzen habe? Jemand anderen verletze oder umbringe? Was, wenn ich mir zusätzlich noch die Vorwürfe von allen anhören muss? Wäre das nicht unsagbar feige, sich einfach so aus der Situation zu mogeln? Ja, das wäre es. Aber manchmal kann Feigheit auch verlockend sein. Mut ist furchtbar anstrengend. Ich will nicht feige sein. Wäre so gerne eine andere, eine neue und bessere Version meiner selbst. Eine Frau, die nicht mal auf solche Ideen kommt, auch wenn sie nur kurz mein Hirn streifen. Eine Frau, die weiß, dass das wirklich eine völlig überzogene Reaktion wäre. Du bist nicht die Erste und nicht die Letzte, die verlassen wird. Es gibt ja wirklich Schlimmeres, sage ich mir wieder und wieder. Definiere ich mich tatsächlich nur darüber, ob ich einen Mann an meiner Seite habe? Bin ich nicht selbst auch was wert? Muss ich Bestandteil eines Paares sein, um ein schönes Leben zu haben? Oder sollte ich mich einfach zusammenreißen und es so sehen, wie es ist? Mich den Tatsachen stellen und nicht unnötig dramatisieren? Ja, ich bin ausgemustert, aber was mit mir passiert, dafür bin ich verdammt noch mal selbst verantwortlich. Ich kann mich weiter ausgiebig bejammern oder anfangen zu überlegen, wie mein Leben schön sein könnte. Vor allem kann ich damit anfangen, zu sehen, dass da durchaus noch Schönes kommen kann. Könnte.

Das Leben ist nicht vorbei, weil Knut geht. So viel Entscheidungsgewalt über mich und meine Zukunft sollte ich ihm nicht einräumen. Er hat mich enttäuscht. Ja. Er hat mich verlassen. Ja. Durch eine andere ersetzt. Ja. Aber es gibt ein Leben ohne ihn. Ja. Ja. Ja.

Ich schwanke gedanklich ständig hin und her. Telefoniere dauernd mit Geli und Hanne und nerve die beiden mit den immer gleichen Überlegungen. Nur wirklich gute Freundinnen können so etwas aushalten. Eigentlich ist dieser Gedankenwirrwarr unzumutbar. Meine Eltern speise ich mit gelegentlichen WhatsApp-Nachrichten ab, Nachrichten, die inhaltlich etwa so gehaltvoll sind wie früher Postkarten. Das Wetter ist schön, ich bin schon braun und esse viel Fisch. Das Wasser ist herrlich, herzliche Grüße aus Mallorca. Jede durchschnittliche Achtjährige wäre kreativer. Egal. Ihre Rückfragen nach meinem aktuellen Beziehungsstatus und danach, wie es jetzt weitergeht und ob es weitergeht oder sie mir ein Zimmer herrichten sollen, ignoriere ich.

Es kränkt mich, dass Knut sich so gar nicht mehr meldet. Selbst Vorwürfe sind besser als nichts. Aus den Augen, aus dem Sinn. Wahrscheinlich ist er froh, seine Ruhe zu haben. Ich will ihn einerseits sprechen, andererseits habe ich wahnsinnig viel Angst vor dem, was er sagen beziehungsweise schreiben könnte. Überlege, ob ich ihm vorschlage, alles so zu lassen, wie es ist. Verheiratet zu bleiben. Soll er halt mit seiner Nina rummachen, und wenn es erledigt ist, ist es erledigt. Alles letztlich eine Frage der Zeit, wie so vieles. Aber habe ich diese Zeit, oder besser gefragt: Will ich mir diese Zeit nehmen? Und was ist der Preis für diese profane Aussitzvariante: Selbstachtung, auf Wiedersehen? Wäre dieser Vorschlag nicht schon die totale Kapitulation? Verzweiflung und Klammern sind selten sexy.

Ich habe gedacht, dass mir die Auszeit auf Mallorca hilft, zu wissen, was ich will. Habe gedacht, dass ich spätestens am Abflugterminal einen aufgeräumten Kopf und einen strukturierten Plan habe. Aber noch immer bin ich weit davon entfernt. Vielleicht ist die Lösung, dass es keine perfekte Lösung gibt, dass man einfach abwarten muss.

Irgendwie habe ich noch immer das Gefühl, Taubenkacke im Haar zu haben.

Zu Hause angekommen, noch mit dem Koffer in der Hand, treffe ich auf Frederike. »Huhu!«, ruft sie mir von der gegenüberliegenden Straßenseite zu, und ich will nur eins: verschwinden. Ich winke kurz und drehe mich dann zur Haustür. Aber Frau Schweigefuchs kann sich anscheinend in ein blitzschnelles Wiesel verwandeln und läuft auf mich zu. Flucht erscheint unmöglich.

»Ulrike, das ist ja nett, dass ich dich treffe. Lass uns einen Kaffee trinken«, sagt sie und beäugt mich ausgiebig. Die Neugier trieft ihr aus allen Poren.

»Du, ich bin echt erschöpft von der Reise, ich muss erst mal auspacken und so«, versuche ich, mich vor dem Kaffee und dem damit verbundenen Verhör zu drücken.

»Na, na«, antwortet sie, »das klingt ja, als wärst du

in Südostasien gewesen. Mallorca ist doch nur zwei Stunden entfernt. Jetzt komm mir nicht noch mit einem Jetlag als Ausrede!« Sie lacht ein bisschen gezwungen über ihren eigenen dämlichen Scherz.

»Es passt jetzt einfach nicht, ich muss erst mal richtig ankommen«, erkläre ich für meine Verhältnisse sehr entschieden und schließe meine Haustür auf. Wie aufdringlich manche Menschen sein können.

»Dann schaue ich morgen mal vorbei«, antwortet sie, und ich kann eine gewisse Enttäuschung aus ihrer Stimme heraushören. »Passt es um 9 Uhr?«, fragt sie mich.

»Das wäre sicher sehr, sehr nett, aber du weißt ja, ich arbeite.«

»Aber doch nicht montags, oder?«, antwortet sie und hat auch noch recht. Diese Frau weiß wirklich alles. Geradezu unheimlich.

»Im Moment ist viel zu tun, da gibt es keine Montage in meinem Leben«, kontere ich. Ich habe keine Lust auf Frederike. So was von keine Lust. Warum sage ich das nicht einfach? Ich traue mich nicht. Frederike ist die Infozentrale des Viertels. Eine tonangebende Frau. Eine, die immer mehr weiß als alle anderen und ihr Wissen oder das, was sie dafür hält, sorgfältig streut. Frederike ist die Bild-Zeitung in Person. Sie liebt Schlagzeilen, Skandale und ist eine Stimmungsmacherin. Es sich mit ihr zu verderben, ist gefährlich. Ihr zu nah zu sein allerdings auch. »Lass uns einfach die Tage mal schauen, mal telefonieren. Wir finden schon eine Gelegenheit. Ich muss jetzt erst mal sehen, was hier so anliegt«, versuche ich mich schon deshalb an einem etwas diplomatischeren Ton.

»Na gut, so machen wir es«, lenkt sie ein. Sie kann sich schließlich nicht gewaltsam Zutritt zu unserem Haus verschaffen. Das würde nicht mal Frederike tun. »Hast du deinen Stefano gar nicht mitgebracht?«, will sie noch wissen, als sie sich zum Gehen wendet.

Siedend heiß fällt mir da die Nachricht ein, die ich ihr geschrieben habe. Erst denken, dann schreiben, motze ich mich selbst in Gedanken an. »Stefano war doch nur ein Spaß!«, antworte ich und finde mich ausgesprochen clever. Was für eine doppeldeutige Aussage.

»Aha«, ist ihre einzige Reaktion, und man sieht förmlich, wie es in ihrem Kopf brodelt. »Dann bis ganz bald!«, verabschiedet sie sich.

Jetzt kann ich sicher sein, eine Poleposition im Klatsch-Ranking einzunehmen. Aber ehrlich gesagt kommt es darauf auch nicht mehr an. Inzwischen wird es sich sowieso rumgesprochen haben, dass Knut mich verlassen hat. Allein unser Auftritt bei Giovanni. So etwas bleibt nicht unbemerkt. Was habe ich also zu verlieren?

Knut hat meine zweiwöchige Abwesenheit genutzt und seinen Lieblingssessel geholt. »Seinen« Eames Chair, einen Designerstuhl. Schwarz mit Beistellhocker. Das Schmuckstück unseres Wohnzimmers. Wahrscheinlich steht er jetzt bei Nina. Ob sie schon ein hübsches Bild davon auf ihrer Instagram-Seite gepostet hat? Wie kann er das tun? Das ist unser Sessel. Aus unserem Haus. Denkt der, das hier sei ein Selbstbedienungsladen und er pickt sich raus, was er mag? Werde ich eines Morgens in einem leer geräumten

Haus aufwachen? Ich glaube, es wird wirklich Zeit, Frau Dr. B. aufzusuchen!

Ich schicke eine Nachricht an Susanne vom Autohaus. »Bin zurück. Wie ist die Lage?«, frage ich nur.

»Bescheiden«, lautet ihre knappe Antwort. »Kommst du übermorgen wieder?«, erkundigt sie sich dann.

»Ja, so ist der Plan«, schreibe ich und finde, das klingt geradezu optimistisch. »Was meinst du mit bescheiden?«, frage ich dann aber doch noch mal nach.

Die Antwort kommt schnell: »Die Stimmung hier. Alle sind irgendwie traurig. Darüber, dass du nicht da bist und wahrscheinlich ja auch nicht mehr kommst.«

Dass alle traurig sind, macht mich ein kleines bisschen froh. Wie schön. Es scheint Menschen zu geben, denen ich fehle. Menschen, die mich vermissen. Der zweite Teil ihrer Nachricht allerdings verwirrt mich. Was meint sie mit: »nicht mehr kommst?« »Wie kommst du denn auf die Idee?«, will ich wissen.

»Knut hat so was gesagt«, erscheint auf meinem Bildschirm.

»Alles Quatsch. Der spinnt. Das träumt er vielleicht. Das hat der gar nicht zu entscheiden!«, reagiere ich prompt und hoffe, dass ich da nicht zu blauäugig bin. Immerhin ist Knut der Chef des Autohauses. Er kann mich feuern, wenn er das will. Wird er so weit gehen? Ich kann es mir nicht vorstellen, denn wenn er mich rausschmeißt, muss er mir ja trotzdem weiterhin was zahlen. Er kann mir ja wohl kaum komplett den Geldhahn zudrehen. So bekommt er für sein Geld immerhin noch eine gewisse Arbeitsleistung. Dafür muss er mich allerdings auch weiterhin täglich sehen. Vielleicht will er das verhindern. Oder es passt seiner Nina nicht.

Ich packe aus, fülle eine Waschmaschine und mache mir einen Kaffee. Beim Anblick der Arbeitsfläche in der Küche sehe ich, dass Knut nicht nur den Sessel, sondern auch unseren Hochleistungsmixer, den Smoothiemaker, mitgenommen hat. Das Ding wird ja nicht von allein weggelaufen sein. Überlege, ob ich mich aufrege. Es stinkt mir, dass er einfach zusammenrafft, was ihm gefällt, aber das Teil an sich wird mir nicht wahnsinnig fehlen. Ein Smoothiemaker ist ein Gerät wie ein Brotbackautomat. Man kauft es, benutzt es geradezu manisch, als könnte man ohne nicht leben, und nach einigen Wochen ist man es leid. Dann blockiert es nur noch jede Menge Stellfläche. So wie die Saftpresse und der andere Krempel, von dem man dachte, dass ein Leben ohne nicht möglich sei.

Ich kann ehrlich gesagt gut ohne Smoothies leben. Ich mag sie, aber nicht das ganze Prozedere, das mit einem schnöden Glas Saft verbunden ist. Dieses Geschnippel und das anschließende Reinigen des Geräts. Das alles für ein Gläschen Saft! Irgendwie habe ich jedes Mal das Gefühl, Aufwand und Ergebnis stehen nicht im optimalen Verhältnis zueinander. Aber ich musste den Smoothiemaker unbedingt haben. Weil alle einen haben. Eigentlich bescheuert. Ist es mit Knut ähnlich? Will ich ihn behalten, weil alle einen haben? Weil man eben einen hat? Einen Mann genau wie einen Smoothiemaker. Wollte Nina jetzt einen Smoothiemaker? Was will sie noch alles aus meinem Leben? Hat sie kein eigenes? Kann sie nicht da suchen, wo sie hingehört? In ihrer Altersklasse und bei den Singles?

Es nimmt langsam, aber sicher paranoide Züge an. Egal, worüber ich nachdenke, egal, womit ich mich beschäftige, alle Wege führen zu Knut. Selbst der verkackte Smoothiemaker. Sollen sie damit glücklich werden!

Lege mich auf die Couch und gönne mir auch ohne Jetlag einen schönen Nachmittagsschlaf. Immerhin – seit ich auf Mallorca war, kann ich schlafen, ohne vorher Unmengen an Wein in mich reinzuschütten. Ein Schritt in die richtige Richtung, lobe ich mich selbst.

Gegen Abend stehen meine Eltern vor der Tür. Im Schlepptau eine kleine Auswahl meiner Geschwister. Mein älterer Bruder und meine kleine Schwester. Die, die mir am nächsten stehen. Mit Nummer drei in unserem Gefolge, Michael, kann ich nicht wirklich viel anfangen. Obwohl unsere Leben sich bisher am meisten geähnelt haben. Micha, wie er innerfamiliär nur genannt wird, hat Frau und zwei Kinder. Ein Reiheneckhaus, eine kahle Stelle am Hinterkopf, die er geschickt zu verdecken versucht, und einen guten Job. Er ist Staatsanwalt und immer auf der Seite des Gesetzes. Er hat schon als Kind gerne gesagt, was richtig und was falsch ist. Leider hat er auch gerne gepetzt. »Manches muss man sagen!«, war seine dürftige Erklärung. Egal ob ich heimlich mal eine geraucht habe oder abends noch länger gelesen habe (welch ein Vergehen), Micha hat es verraten. Micha ist kein Typ, der fünfe gerade sein lassen kann. Insofern ist sein Beruf die perfekte Wahl. Micha ist der Typ Stock-im-Arsch. Immer korrekt. Seine Frau (es hat lange gedauert, bis er endlich eine gefunden hat, die seinen gehobenen Ansprüchen genügt) kümmert sich aufopferungsvoll um Haus und

Kinder. Eine Familie wie aus der Sparkassenwerbung der Sechziger. Zu viel Perfektion ist etwas, was einen schnell ankotzt, vor allem, weil sie wie mit Leuchtsignal auf die eigenen Unzulänglichkeiten deutet. Sie geradezu ausleuchtet bis in die tiefsten Winkel. Vielleicht ist es deshalb gar nicht unbedingt Micha, der nervt, sondern das, was Micha in mir auslöst. Von Micha habe ich, seit mich Knut verlassen hat, wenig gehört. Zwei kurze SMS. »Alles Ok?« und »Melde dich, wenn ich was tun kann«. WhatsApp mag Micha nicht. Datenschutz und so.

Thomas, der ältere meiner Brüder und das Kind nach mir, der Zweitgeborene von uns vier, sieht genau aus wie Micha. Wie die nicht ganz so gestriegelte Ausgabe seines Bruders. Thomas war lange Mamas Sorgenkind. Thomas ist ein weicher und extrem liebevoller Mann mit wenig beruflichem Ehrgeiz. Um nicht zu sagen null. »Damit kommt man nicht weit, mit der Einstellung!«, findet meine Mutter. Auch er hat Jura studiert, allerdings nach dem ersten Staatsexamen, das er nur mit Ach und Krach geschafft hat, das Studium geschmissen. Seither sitzt er in irgendeiner Versicherung und bearbeitet Schadensfälle. Vor allem Kfz-Schäden. Klingt nicht spannend und ist es wohl auch nicht. Er redet selten über seinen Job: »Ich mach das zum Geldverdienen, nicht mehr und nicht weniger. Ich will euch nicht einschläfern.«

»Du bleibst unter deinen Möglichkeiten, du verkaufst dich unter Wert!«, nörgelt meine Mutter gerne. Sie ist enttäuscht von ihrem Thommy und hat sich oft genug bei mir darüber ausgelassen.

»Wenn er zufrieden ist, solltest du es auch sein!«,

antworte ich jedes Mal. »Es ist sein Leben. Er scheint es zu mögen.«

Ich glaube, dass Thomas das zufriedenste von uns Kindern ist. Er lebt in einer Zweizimmerwohnung und fährt einmal im Jahr vierzehn Tage nach Kärnten an den Faaker See. Jahr für Jahr. Abwechslung ist ihm offensichtlich nicht wichtig. »Ich mag es so, wie es ist!«, pflegt er zu sagen, und man könnte das langweilig finden oder aber als Ausdruck von Zufriedenheit werten. Ab und an hat er eine Freundin, aber wirklich ernst scheint es nie zu sein. Jedenfalls hat er noch keine an Weihnachten mit nach Hause gebracht, und das ist bei uns eigentlich das untrügliche Zeichen dafür, dass es sich um was Längerfristiges handelt.

So oder so, ein schlauer Schachzug meiner Eltern, hier mit mentaler Verstärkung anzurücken, trotzdem hätte ich eine kleine Vorankündigung oder auch Vorwarnung nett gefunden. Ich fühle mich überrumpelt. »Wir wollen gerne mit dir reden!«, begrüßt mich mein Vater. Meine kleine Schwester Tini fällt mir direkt um den Hals und weint. Bin ich im falschen Film? Warum weint die denn jetzt? Sollte nicht *ich* weinen?

»Hör auf! Du steckst mich sonst an!«

»Wo ist das Arschloch?«, fragt sie, zieht demonstrativ die Nase hoch und guckt mich an.

»Im Büro, wo sonst!«, antworte ich.

Tini hört auf zu weinen. Immerhin. Sie konnte ihre Tränen schon immer an- und abschalten. Ganz nach Bedarf. Tini ist das typische Nesthäkchen. Charmant und verwöhnt. Man nimmt ihr nichts übel. Sie ist das, was man niedlich nennt. Prinzessinnenstyle. Sie ist optisch genau so, wie ich immer gerne gewesen wäre.

Zart. Aber in dieser zarten Hülle steckt ein zähes Etwas. Tini ist äußerlich zart und innen hart. Ich bin genau das Gegenteil. Robuste Hülle, verletzliches Innenleben. Tini ist nicht verheiratet, hat aber einen Lebensgefährten.

»Schluss, Kinder, Schluss, das ist doch nicht zielführend!«, übernimmt meine Mutter wie gewohnt das Kommando.

Thommy streicht mir nur über den Kopf und flüstert: »Sag mir, wenn ich ihm aufs Maul hauen soll!« Thommy ist ein weicher, lieber Mann, aber er mag es gar nicht, wenn jemand irgendein Rudelmitglied verletzt. Da kann der weiche liebe Mann ziemlich unangenehm werden. Thommy macht seit mehr als zwanzig Jahren Kampfsport, irgendwas Fernöstliches, was auch der Geheimdienst macht und von dem ich mir den Namen nicht merken kann. Nur eins weiß ich mit Sicherheit: Ich wäre nicht gerne sein Gegner. Er kann lautlos töten, so viel ist sicher.

»Danke!«, sage ich nur. »Es kann gut sein, dass ich bei Gelegenheit darauf zurückkomme.«

Meine Mutter übernimmt die Gesprächsführung. »Also, Knut scheint das alles verrückterweise ernst zu meinen. Wir, dein Vater und ich, haben noch mal mit ihm gesprochen. Ihn uns mal zur Brust genommen. Er meint es nicht böse.«

Muss ich mir so einen Mist anhören? Er meint es nicht böse? Das wäre ja wohl noch schöner. Muss ich mich dafür auch noch bedanken? Ihm und seiner Trulla ein paar Blumen schicken?

»Mama, hör auf damit«, unterbricht Thommy meine Mutter, »für Knut und seine Befindlichkeiten interessiert sich hier gerade niemand. Es geht darum, wie es Uli geht!«

Ich bin ihm dankbar dafür. »Mir geht es ganz gut, und ich habe keinen aktuellen Redebedarf. Sollte es so weit sein, melde ich mich. Ich kann doch eh nichts machen außer abwarten«, sage ich und schaue in die Runde.

»Du bist wie ein Kind, das sich hinter dem Vorhang versteckt, und alle können es sehen, weil die Beine unten rausgucken«, bemerkt meine Mutter, und ich fühle mich, obwohl ich den Vergleich selbst schon benutzt habe, provoziert.

»Es gucken nicht nur meine Beine raus Mama, es guckt alles raus. Ich fühle mich zeitweise wie gehäutet. Bloßgelegt. Ausgeweidet. Ich verstecke mich nicht, aber ich weiß einfach nicht, was ich machen soll! Kannst du das nicht sehen? Nicht verstehen? Ist das so schwer?«

»Ausgeweidet, Ulrike, man muss es auch nicht übertreiben. Es ist eine blöde Situation, aber nichts, was man nicht irgendwie händeln kann!«, herrscht sie mich an.

»Ich wäre jetzt gerne für mich!«, verschärfe auch ich meinen Ton. Ich habe keine Lust auf einen Familienrat. Auf einen mentalen Stuhlkreis unter der Leitung meiner gestrengen Mutter. Ich mache das Schweigefuchszeichen.

Meine Mutter schaut irritiert. Thomas ist der Einzige, der meine Befindlichkeit kapiert: »Das war vielleicht wirklich ein bisschen übergriffig von uns allen. Uli, melde dich, wenn du uns oder einen, eine von uns brauchst. Es wirkt jetzt vielleicht nicht so, aber wir wollten nur zeigen, dass wir an deiner Seite stehen. Wir gehen jetzt.«

Ich nicke. Bin ihm dankbar.

»Einfach ist es echt nicht mit dir, Ulrike«, kann sich meine Mutter einen Abschlusskommentar nicht verkneifen.

Ich hätte richtig Lust, sie einfach aus meinem Haus zu schubsen. »Manchmal ist es gut, etwas nicht zu sagen, Mama!«, antworte ich, und mein Vater sagt nur knapp: »Da hat sie recht, unsere Uli.«

Unsere Uli freut mich. Aber eigentlich nur logisch, dass er mir zustimmt. Schließlich fährt er mit dieser Taktik seit Jahrzehnten ziemlich gut.

Meine kleine Schwester fragt, ob sie noch ein bisschen bleiben soll.

»Heute nicht!«, lehne ich ab.

Sie guckt pikiert. »Ich dachte nicht, dass du auch mich meinst.« Sie klingt latent beleidigt.

Was soll's, auf eine mehr kommt es nun auch nicht mehr an. Das mag nicht gerecht sein, aber ich habe zurzeit keine Kapazitäten für andere. Ich schaffe es gerade so, mit meinem Ärger und meinem Kummer zu dealen. Und ehrlich gesagt nicht mal das so richtig. Ich kenne meine Schwester. Spätestens nach drei Minuten würden wir über sie reden. Über ihre angeblichen Malaisen. Dafür habe ich nun wirklich keine Nerven. Meine Schwester ist eine Art menschliche Sonne und gewohnt, dass alle um sie kreisen. Wenn ihr nicht die absolute Aufmerksamkeit aller zuteilwird, ist sie schnell verstimmt. Typisch Nesthäkchen eben. Ich habe das Gefühl, ich kann momentan nichts um mich haben, was Kraft kostet. Und meine kleine Schwester kostet jede Menge Kraft. Und Energie. »Sei mir bitte nicht böse, ich muss erst mal einiges für mich klären. Ich muss mich sortieren. Aufräumen. Dann gerne.«

Sie ist überrascht. Das kann man sehen. Ich bin fast selbst überrascht. Das hat egoistische Züge. Ich bin so eigentlich nicht und weiß auch nicht, ob ich mich so mag, aber ich habe den Eindruck, momentan nicht anders zu können. Wenn ich mich jetzt nicht vollständig auf mich konzentriere, bin ich am Arsch. Das weiß ich. Instinktiv.

Immerhin, ich habe mich ausnahmsweise mal durchgesetzt. Die Familienprozession zieht ab. Ich habe Frederike und einen Großteil meiner Kernfamilie erfolgreich in die Flucht geschlagen und bin nahezu ein bisschen stolz auf mich. Man kann Nein sagen, und man kann sich durchsetzen. Selbst jemand wie ich. Ein schöner Erkenntnisgewinn des Tages.

Trotzdem, als ich die Tür hinter meiner Familie zumache, muss ich mal wieder weinen. Das alles erschöpft mich so gnadenlos.

Abends liege ich auf der Couch und schaue die neue Staffel »Haus des Geldes« auf Netflix. Alles, was mich ablenkt, ist gut. Ich will über meine Situation nicht mehr nachdenken. Will einfach mal wieder unbeschwert sein. Nicht ständig wieder neu eintauchen und absinken in meinem Kummer. Aber es reichen allein Worte und Bilder in der Serie, um meinen Schmerz zu triggern. Jeder Kuss tut mir weh. Dass ich Sex haben kann, haben mir Mallorca und mein kleiner Tinder-Ausflug bewiesen. Aber letztlich ist von dem kurzen, schnellen Egobooster wenig übrig. Hätte Stefan ohne o nicht jede genommen? Muss einer wie er nicht sämtliche Gelegenheiten nutzen? Ein Mann, der in Wirklichkeit Roger (Rosché) heißt!

Ich habe einen verheirateten Mann mit zwei süßen kleinen Kindern und einer nett aussehenden Ehefrau in der Siestapause vernascht. Glückwunsch, Ulrike. Da kannst du aber mordsstolz sein. Ich schäme mich ein bisschen. Karmapunkte habe ich damit sicherlich nicht verdient. Ob sich Nina auch schämt? Macht es mich moralisch erhabener, dass es eine einmalige Angelegenheit war, oder ist es nicht eher umgekehrt? Ich hatte nur Sex, Nina scheint verliebt zu sein. Eigentlich bin ich das Miststück. Oder wir beide. Oder vielleicht sogar keiner. Dinge passieren. Mir ist es irgendwie passiert. Immerhin habe ich keine Affäre mit Stefan ohne o angefangen.

Werde ich mich je wieder verlieben, oder sorgt diese Erfahrung dafür, dass ich ab jetzt immer Angst haben werde? Angst, weil Liebe ja auch immer Gefahr im Handgepäck hat. Die Gefahr, enttäuscht zu werden. Ausgemustert.

Während ich darüber sinniere, geht die Haustür auf. »Ulrike!«, schallt eine Stimme durch den Flur. Knut. Kann der nicht klingeln? Will er auch noch den Toaster oder die Couch rausschleppen? Hat der gedacht, ich sei noch unterwegs? Verdammt, ich sehe garantiert verheult aus. Und verknittert. Wie etwas, was zu lange regungslos auf dem Sofa gelegen hat.

»Ach, da bist du, braun bist du geworden! Geht's gut?«, begrüßt er mich.

»Und du siehst so vitamingeladen aus, ordentlich

Smoothies getrunken?«, reagiere ich mit einer Gegenfrage.

Es dauert ein paar Sekunden, bis er kapiert, worauf ich hinauswill. »Du hast ihn doch eh nicht benutzt. Er stand doch nur rum«, rechtfertigt sich mein Ehemann.

»Verstehe«, antworte ich, »es ist also wie mit meinem Mann. Ich habe ihn nicht benutzt, er stand nur rum, da hat ihn jemand geholt, der ihn mehr nützt.« Okay, der Vergleich hinkt ein ganz bisschen, aber trotzdem gefällt mir mein eigener schaler Witz.

»Ich weiß echt nicht, auf welchem Trip du zur Zeit bist«, ärgert sich Knut, »so jedenfalls habe ich dich noch nie erlebt.«

»Das könnte daran liegen, dass mich mein Ehemann bisher noch nie verlassen hat. Schon verrückt, dass man da so reagiert! Wie sollte ich denn deiner Meinung nach reagieren? Mit Freudenfeuern? Und überhaupt, was willst du? Mir den Schlüssel fürs Haus geben, oder hat die kleine süße Nina eine Liste geschrieben, was sie noch so alles aus meinem Haus haben will? Kleiner erneuter Beutefeldzug?«

»Ulrike, Ulrike. So viel Häme. So viel Bitterkeit. Das steht dir gar nicht. Ich bin nicht hier, um was zu holen, sondern um nach dir zu schauen. Und Nina, Nina hat mir sogar was mitgegeben für dich. Sie will dir helfen.«

Jetzt möchte ich mich spontan übergeben. Schade, dass man nicht auf Knopfdruck kotzen kann. Aber am Ende würde ich es selbst noch wegputzen müssen. Das fehlt mir gerade noch.

Nina will mir helfen. Das Bekloppte: Knut glaubt das anscheinend wirklich. Hält der seine Fickmaus für eine Heilige, die Mutter Teresa der Affärentussis?

»Hier«, sagt er und überreicht mir ein Buch.

Die wagt es tatsächlich, mir etwas zu schenken. »Jetzt lasse ich dich los – wie man nach einer Trennung wieder zu sich selbst findet.« Ein Ratgeber. Die Frau, die mir den Mann ausgespannt hat, schenkt mir einen Trennungsratgeber. Damit ich meinen Mann loslasse. Ihn ihr überlasse. Das ist so grotesk, so krachend unverschämt, dass mir erst mal gar nichts einfällt. »Also, das ist ja wirklich reizend!«, säusele ich ironisch. Ironie hat noch nie zu Knuts Stärken gehört.

»Ja, ich fand's auch eine süße Idee!«, freut er sich doch glatt. »Es wäre schön, wenn wir es schaffen könnten, Freunde zu werden!«, ergänzt er.

Noch ein Satz in die Richtung, und ich kotze tatsächlich. Das ist ja kaum zu glauben. Auf welchem Planeten ist der denn zu Hause?

»Sie ist draußen im Auto und wartet auf mich, soll sie mal eben reinkommen, damit ihr euch kennenlernen könnt?«, fragt er glatt noch.

Könnte Mord eine Lösung sein? Oder ist Knut schlicht wahnsinnig geworden? Anders kann ich mir das hier nicht erklären.

»Was denn, Ulrike, ja oder nein?«

»Fragst du das im Ernst?«, zische ich und glaube, das ist der Moment, wo er merkt, dass er auf dem komplett falschen Dampfer war. Auf dem falschen Ozean. »Gib mir meinen Schlüssel und verschwinde!«, herrsche ich ihn an.

Er schüttelt den Kopf. »Das ist unser Haus, Ulrike, das solltest du nicht vergessen. Ich werde demnächst klingeln, aber den Schlüssel behalte ich selbstverständlich. Und ich hoffe wirklich sehr, dass sich unsere Situation entspannt. Ich habe irgendwie gedacht, das alles geht leichter. Du bist doch sonst nicht so.« Er streicht mir über den Kopf, und ich könnte ausrasten. Ich bin kein kleiner Welpe, der auf den Teppich gepisst hat und den man trotzdem noch mag.

»Geh einfach!«, sage ich so ruhig wie irgendwie möglich.

»Ich will dir doch helfen«, murmelt er und wirkt tatsächlich ein bisschen unsicher und verlegen. »Ich hab dich doch noch gern«, ergänzt er sogar.

Helfen will er mir? Das ist ja fast so, als würde man jemanden die Klippen runterstoßen und dann anbieten, die Wunden erstzuversorgen. Trotzdem: Einen Moment rührt es mich an. Einen kurzen Moment. Er will sein schlechtes Gewissen loswerden. Nicht bei mir, denke ich nur. Such dir jemand anderen.

Er ist noch keine zehn Minuten weg, da fällt mir ein, dass ich ihm das verdammte Buch nicht mitgegeben habe. Wie dreist von dieser Nina. Soll wohl so was wie eine großzügige Geste der Gewinnerin gegenüber der Verliererin sein. Nach dem Motto: Schau mal, ich will dir sogar helfen, wieder aufzustehen. Du musst nicht in dem Dreck, in den ich dich gestoßen habe, liegen bleiben.

Wenn ich das Buch sowieso habe, kann ich auch mal reinschauen, beschließe ich.

»Du bist mehr als die Person, neben der heute Morgen niemand aufgewacht ist. Du bist umwerfend. Du bist leidenschaftlich … Am Ende des Tages ist jeder von uns selbst dafür verantwortlich, was er aus seinem Leben gemacht hat. Sei also die Person, die selbst das Licht zu dir bringt, auch wenn gerade niemand anderes da ist.« Na prima. Ich soll mir selbst Licht bringen. Mache die Stehlampe neben der Couch an und muss lachen.

Gehe online und stöbere in weiteren Trennungsratgebern. Es gibt eine unendliche Flut davon. Klar, dass da ein gigantischer Markt ist. So sind wir Frauen. Wir werden verlassen und suchen die Schuld natürlich bei uns. Hätten wir alles richtig gemacht, wäre der Kerl ja noch da, lautet die weibliche Logik. Wir denken, wir müssen nur eine noch bessere Version von uns selbst sein, dann wird so etwas nicht passieren. Also arbeiten wir an uns. Optimieren, was geht. Und sind überrascht, wenn es dann immer noch nicht reicht. Dann haben wir wahrscheinlich nicht genug an uns gearbeitet und müssen noch eine Schippe drauflegen. Ich weiß, dass ich in all den Jahren nicht durchgehend liebevoll und teilnahmsvoll war. So viel Selbstreflexion habe ich schon. Genug gelobt und bewundert habe ich wahrscheinlich auch nicht. Man macht Fehler, wenn man eine lange Strecke zusammen geht. Man biegt mal falsch ab, aber solange man zurück auf den Weg findet, ist doch alles gut. Ich hätte meine Liebe mehr zeigen müssen. Aber es ist nun auch nicht so, dass er mich damit nur so überschüttet hat. Wir haben uns beide nicht besonders viel Mühe gegeben. Aber die große Frage lautet ja: Kann man das auf der Langstrecke überhaupt? Und kann man etwas einklagen, was man selbst nicht leistet? Sollten wir genau darüber einfach mal sprechen? Verhalte ich mich wirklich kindisch und albern?

Blättere virtuell in allen möglichen Ratgebern. Das Schöne ist ja: Man kann in viele Bücher kostenfrei einfach mal reinlesen. Die Botschaft ist immer ähnlich. Kurz zusammengefasst: Renne ihm nicht hinterher, lebe ein spannendes Leben, texte ihn nicht zu und sei so attraktiv und aktiv wie möglich. Kummer darf nicht gezeigt werden. Dann, aber nur dann, hast du eine kleine Chance, dass er es sich anders überlegt, weil er genau das nicht erwartet. Kann sein, dass das zielführend ist, wenn man eine kurze Beziehung oder Affäre hatte. Frei nach der Devise: Willst du gelten, mach dich selten. Alles, was offensichtlich verfügbar ist, ist eben nicht so interessant. Verknappung des Angebots, lautet das Zauberwort. Ich habe dieses Spiel nie gemocht. Sollte nicht gerade die Liebe frei sein von Taktieren und Strategie? Und kann so etwas nach einer langen Ehe funktionieren? Sieht man sich nach zwanzig Jahren wirklich noch mal anders? Was soll dieses Schauspiel?

Trotzdem: Ich beschließe, aktiver zu werden. Gleich morgen. Werde nach der Arbeit zum Sport gehen und abends einen Plan machen. Verrückterweise beschwingt mich schon der Gedanke, dass ich einen Plan machen werde.

Im Autohaus herrscht eine leicht angespannte Stimmung. Fast so, als seien alle überrascht, dass ich tatsächlich auftauche. Ich habe mir Mühe gegeben mit meinem Aussehen. Die leichte Mallorcabräune hilft.

Jenny vom Empfang umarmt mich zur Begrüßung. »Ich wusste das nicht. Das ist alles so voll gemein!«, flüstert sie in mein Ohr.

»Ja, aber es wird schon werden!«, erwidere ich und löse mich aus ihrer Umarmung. Alle gucken, als hätte ich eine schlimme Krankheit und sie hätten es gerade eben erfahren. Man behandelt mich wie eine angeschlagene Vase.

»Zigarettenpause?«, sagt Susanne, als ich ins Büro komme.

Ich nicke.

»Und, wie ist die Lage?«, will sie wissen, kaum dass wir hinter der Halle stehen.

»An sich mehr oder weniger unverändert. Ich heule nicht mehr alle zehn Minuten, das ist die Hauptveränderung. Ansonsten nichts Neues. Leider«, antworte ich.

»Das ist doch schon mal was«, grinst sie.

Es stimmt. Ich habe einen Schritt gemacht. Groß ist er nicht, aber ich merke eine Veränderung. Vielleicht bin ich leer geweint. Aggressiver als zu Beginn. Kämpferischer. Wütender.

»Willst du ihn immer noch zurück?«, erkundigt sie sich.

Ich zucke mit den Schultern: »Ja und manchmal auch nein. Eher ja. Aber es macht mich kirre, dass es so gar nicht in meiner Hand liegt. Ich bin ohne jede Entscheidungsgewalt. Muss abwarten. Das nervt mich immer mehr. Schon deshalb denke ich manchmal: Dann halt nicht. Ich will keine Bittstellerin sein. Aber wenn er morgen vor meiner Tür stehen würde, mit Blumen und ein bisschen wertvollem Geschmeide, und sich in den Staub werfen würde, seinen Irrtum beteuern und seine Liebe gestehen, dann würde ich sicherlich nicht Nein sagen. Ich würde ihn zurücknehmen. Das ja. Aber ich habe so langsam Zweifel, ob man das tun und dann einfach weitermachen kann, als wäre nichts gewesen. Das hinterlässt doch alles Spuren. Und wenn ich ehrlich bin, er macht nicht den Eindruck, als wolle er zurück. Im Gegenteil, er hat seinen geliebten Eames Chair und meinen Smoothiemaker aus dem Haus geholt. Ich habe fast das Gefühl, eine gefühlige, unberechenbare Altlast zu sein, die man irgendwie angemessen entsorgen muss. Nicht wegen mir, sondern damit er sich okay fühlt.«

Dann erzähle ich ihr von Nina und dem »Geschenk«. Schon, um zu erkunden, ob nur ich das so megaunverschämt finde.

Susanne ist fast empörter, als ich es war. »Du hättest rausgehen sollen und ihr das Ding ins Auto schmeißen. Oder an ihren hübschen kleinen Kopf. Was bildet die sich ein! Das kannst du dir nicht bieten lassen. Da musst du irgendwie drauf reagieren«, regt sich Susanne auf.

Darüber denke ich den ganzen restlichen Vormittag am Schreibtisch nach. Überlege, ob ich ihr einen Prospekt vom Autohaus schicke. Mit einer Karte, auf der steht: »Das von Ihnen gewählte Modell ist leider schon anderweitig reserviert. Bitte orientieren Sie sich neu!«

Susanne findet das zu harmlos. Ganz lustig, aber nicht deutlich genug. »Eilt ja nicht, kannst ja noch mal überlegen!«, befindet sie.

Überlege, ob ich schlicht, frei nach meiner Freundin Geli, schreibe: »Die Ente kackt hinten.« Finde das dann aber doch zu profan.

Ich melde mich bei Frau Dr. B und vereinbare einen Termin für die nächste Woche. Knuts Besuch gestern Abend war relativ deutlich. Er will mich nicht mehr.

Er will es nur irgendwie über die Bühne bringen. Möglichst ohne viel Gezeter. Aber mehr kann man da nicht hineininterpretieren. Da würden auch ein paar Gläser Wein nicht helfen. So realistisch sollte ich sein. Immerhin, das mit dem Alkohol habe ich in den Griff bekommen. Obwohl es oft verlockend erscheint, gegen die Leere und die aufkommende Einsamkeit anzutrinken. Aber ich schaffe es inzwischen, es zu lassen. Zum Glück. Ich habe schon ein Problem, ein zweites brauche ich nicht.

Sehe Knut zum Glück nur ganz kurz. Er hat zu tun, und wir sagen uns nur knapp und ziemlich kühl Hallo. Die kleine Azubi Jenny hingegen taucht ständig bei mir im Büro auf. Will mir Kaffee kochen oder was vom Bäcker holen. Es hat was von Krankenbesuch oder Aufmunterung der alten Tante im Heim. Warte nur darauf, dass sie Blumen bringt oder eine Schachtel Pralinen und mich zur Toilette begleitet.

»Jenny, hör auf damit, ich habe das im Griff!«, sage ich irgendwann, und sie scheint erleichtert zu sein. Natürlich ist das vollkommen übertrieben von mir, ich habe eigentlich nichts im Griff oder war nie weiter davon entfernt, aber ich mag es nicht, von Jenny so betüddelt zu werden. Das zieht mich runter. Dieses offensichtliche Mitleid. Und es ist auch nicht ihre Aufgabe. Ich weiß, dass es lieb gemeint ist, aber es macht mich eher traurig, und in den Zustand schaffe ich es auch allein. Und zwar ziemlich gut. Ich hätte echt gerne Ferien. Ferien von mir und meinem Leben.

Gehe nach dem Arbeiten zum Sport. Endlich mal wieder Yoga. Dass ich mich aufraffen kann, macht mich stolz. Treffe Renate, eine Frau aus meiner Siedlung. »Ach, hi, Ulrike, wir sehen uns ja sicherlich nächste Woche bei der Grillparty bei den Liesens!«, sagt sie, als wir zum Ende der Stunde brav die Matten zusammenrollen. Sie hört sich vollkommen normal an, es scheint so, als wäre die Information über unsere Trennung noch nicht bei ihr angekommen. Erstaunlich, gehört sie doch zum erweiterten Umfeld von Schweigefuchs Frederike.

Die Grillparty bei den Liesens ist das große Sommerfest der Siedlung. Ein jährliches Event kurz vor den Sommerferien. »Die Einladung dieses Jahr ist echt lustig, da haben die zwei sich wirklich was ausgedacht, oder?«, fragt sie mich.

In meinem Kopf rast es. Ich habe keine Einladung bekommen. Jedenfalls habe ich nach meiner Reise die Post durchgeguckt und keine Einladung gesehen. »Du, ich bin erst kurz wieder da, ich war ein paar Tage auf Mallorca, habe noch gar nicht geschaut«, antworte ich so lässig wie möglich und merke, wie in mir ein unguter Gedanke aufsteigt. Haben die mich etwa nicht eingeladen? Ohne Mann auch keine Einladung mehr? Ist es tatsächlich so simpel? Kein Mann, kein Sozialleben.

Zu Hause angekommen, gehe ich den Poststapel noch einmal durch. Und noch einmal. Aber ich habe keine Einladung übersehen. Es ist einfach keine Einladung da. Dann halt nicht, denke ich und bin trotzdem irgendwie vor den Kopf geschlagen. Beschließe, Knut zu fragen, ob er sie eventuell eingesackt hat. Schicke ihm eine Nachricht: »Hast du dir die Einladung der Liesens unter den Nagel gerissen?« Auf Nettigkeiten wie herzlichen Gruß oder irgendwas in der Art verzichte ich. Wozu auch.

Das Ende vom Lied: Sie haben Knut eingeladen (mit Begleitung!) und die Einladung ins Autohaus geschickt. Das ist deutlich und erfordert kein besonderes Interpretationsgeschick. Sie haben sich entschieden. Für Knut und damit gegen mich. Das ist bitter. Nicht weil die Party bei Liesens so toll ist, dass man nicht ohne leben könnte. Aber es ist ein Zeichen dafür, wie die Prioritäten liegen. Wird sich das fortsetzen? Werde ich bald sozial komplett isoliert sein? Wo bleibt die Solidarität, vor allem die unter Frauen? Ich rufe Hanne an, um mich auszujammern.

»Schön ist es nicht, aber doch verständlich«, bemerkt sie ziemlich nüchtern. »Du verkörperst etwas, was diese Frauen unglaublich fürchten. Und du bist jetzt Single und so quasi eine Doppelbedrohung. Einerseits, weil man an dir sieht, wie schnell etwas zu Ende sein kann, wie rasant man allein sein kann, und andererseits, weil du dich jetzt vielleicht an ihren Männern vergreifen könntest.«

Diese Antwort hat so gar nichts Tröstliches, auch wenn Hanne verspricht, mir alles von der Party zu erzählen. Irgendwie hatte ich gehofft, sie würde aus Solidarität oder Loyalität oder aus welchem Grund auch immer auch nicht hingehen. Wird es Knut wagen, dort mit Nina aufzutauchen? Wird sie einfach meine Rolle als Frau an seiner Seite übernehmen? Rasant ausgetauscht durch ein flotteres, neues Modell. Ist es tatsächlich so leicht? Werden die Männer ihn neidisch beäugen und die Frauen ihn hassen? Sie hassen? Wird es sein Ansehen vielleicht sogar erhöhen, weil er es geschafft hat, sich eine so junge, so attraktive Frau zu angeln?

Am liebsten würde ich bei den Liesens anrufen und ihnen sagen, wie niederträchtig ich all das finde. Wie verdammt fies. Ist ihnen klar, was diese Nichteinladung für mich bedeutet? Dass sie ein Zeichen ist? Dass es ein Signal auch für alle anderen sein könnte? Ahnen sie, wie schlecht es mir damit geht? Wie sehr mich das runterzieht? Wie haben sie das entschieden? Mögen sie Knut lieber, oder ist er einfach wichtiger für sie? Zieht eine ausgemusterte Ehefrau den Rest der Ehefrauen mental runter? Stimmt das, was Hanne gesagt hat, dass man das Elend einfach nicht sehen will? Dass allein meine Anwesenheit eine Bedrohung der inneren Sicherheit ist? Eine Demonstration der Fragilität von Beziehungen? Kann man nicht einfach beide Seiten einladen, muss man sich positionieren?

Ich beschließe, nicht bei den Liesens anzurufen (ich will die Ausreden nicht hören, und man muss sich nicht noch selbst demütigen). Stattdessen werde ich versuchen, neue soziale Kontakte zu knüpfen. Wirklich spannend sind die Liesens eh nicht. »Niemand wird bei dir klingeln und sagen ›Hallo, hier bin ich‹«, hat Geli zu mir gesagt. »Geh raus und sprich mit Menschen! Sprich Leute an!«, lautet ihr Vorschlag, »Scheiß auf diese Liesens! Wer dich nicht will, den solltest du ganz schnell aus deinem Bekanntenkreis aussortieren! Frei nach dieser Aufräumtante: Brauch ich das, oder kann das weg? Die Liesens können weg, Ulrike. Lerne neue Leute kennen!«

Das hört sich furchtbar einfach an. Aber was sagt man zu fremden Menschen? Zumal in Zeiten, in denen

Kommunikation sowieso eigentlich ausschließlich per Handy stattfindet. Werde ich nicht wie eine seltsame Alte wirken, wenn ich einfach so auf Menschen zugehe? Das ist heute niemand mehr gewöhnt. Das macht Menschen eher nervös. Und wie startet man eine Konversation: »Hallo, ich würde dich gerne kennenlernen«? Da denkt doch jeder, ich wäre die ärmste Sau überhaupt. Oder komplett bekloppt. Oder beides.

Auf der anderen Seite bin ich mit meiner bisherigen Taktik nicht wirklich weit gekommen. Ich muss aufhören, wie ein Kaninchen regungslos vor der Schlange zu sitzen und zu hoffen, dass sie sich verzieht und mich nicht frisst. Ich muss aktiv werden. Mein Leben in die Hand nehmen. Die Schlange ignorieren und mich auf etwas anderes konzentrieren. Alles Plattitüden, aber letztlich doch richtig. So, wie ich mich im Moment verhalte, wird sich jedenfalls an meiner Trostlosigkeit nichts ändern. Die Abwarten-Strategie hat nicht funktioniert. Das muss ich mir endlich eingestehen.

In den nächsten Wochen passiert einiges. Man könnte sagen, die Lage normalisiert sich. Die Neuigkeit ist inzwischen keine mehr. Frederike, der Schweigefuchs, hatte eine Affäre, das hat Knut und mich von Klatschposition eins verdrängt. Hätte nicht gedacht, dass ich dem Schweigefuchs mal dankbar sein würde. Sie hat sich in den Leiter der Fleischabteilung unseres lokalen Supermarkts verknallt. Renate hat mir beim Yoga davon erzählt. Angeblich würde Frederike argumentieren, dass ihr Mann eigentlich daran schuld sei. Sie esse ja kaum Fleisch. Nur wegen ihres Mannes sei sie täglich an der Fleischtheke gewesen, um seinen Bedarf zu befriedigen. Da wäre sie halt ins Gespräch gekommen. Mit Mike, dem Fleischer.

Wie man von Koteletts oder eingelegtem Grillfleisch ziemlich flott ins heimische Ehebett kommt, entzieht sich einer offensichtlichen Logik, aber die beiden haben es geschafft. Und so wurde dann nicht nur der Fleischbedarf von Frederikes Gatten Horst befriedigt. Aber – sie sind erwischt worden. Von Frederikes Schwiegermutter. Der Schweigefuchs war anscheinend nicht still genug, und als Schwiegermutti Annelore unten im Haus mal eben nach dem Rechten gesehen hat, hat sie Frederikes Stöhnen gehört und gedacht, es ginge ihrer Schwiegertochter nicht gut. Dabei, Ironie des Schicksals, ging es ihr gerade ganz besonders gut. Das hat dann auch Annelore festgestellt und umgehend ihren Sohn angerufen. Der war, keine große Überraschung, nicht besonders amüsiert.

Seither sucht Frederike meine Nähe. So, als könnten wir gemeinsam die Gründungsmitglieder einer kleinen Leprakolonie sein. Die Ausgestoßenen als Club. Aber die Tatsache, dass wir beide, aus sehr unterschiedlichen Gründen, ausgemustert worden sind, langt als Freundschaftsgrundlage nicht wirklich. Davon abgesehen hielt sich ihre Solidarität mit mir in Grenzen. Sie tut mir trotzdem leid. Nicht nur, weil Mike zwar über Koteletts und Rinderfilets wirklich vortrefflich Bescheid weiß, ansonsten aber nicht die hellste Kerze auf der Torte ist. Aber im Gegensatz zu mir ist sie für ihre beschissene Lage selbst verantwortlich, das macht die Sache sicherlich noch schwerer.

»Horst hat mich schon so oft betrogen, das kann ich

fast nicht mehr zählen!«, jammert sie, als ich sie zufällig treffe.

Das mag natürlich sein, nur hat sich Horst nicht erwischen lassen. Der Betrug war kein öffentlicher. Nicht für alle sichtbar. Aber ist ein Betrüger, der nicht erwischt wird, der bessere Mensch? Nein, nur der geschicktere. Betrug bleibt Betrug. Lüge ist Lüge. All das nützt Frederike zurzeit eher wenig. Obwohl Miss Schweigefuchs nicht meine Lieblingsperson ist, habe ich Mitgefühl. Aber es im heimischen Ehebett zu treiben, während der Gatte beim Arbeiten ist, zeugt wirklich nicht gerade von Cleverness.

»Ich hatte Angst, dass mich im Hotel jemand sieht, und dann ist es halt auch teuer. Und Mike hat ja auch eine Freundin, der wollte nicht zu sich nach Hause. Und eigentlich wollte er mir nur frisches Hack vorbeibringen. Ehrlich.«

Frisches Hack vorbeibringen? Seit wann kommt denn der Fleischermeister von der Frischtheke persönlich ins Haus? Ehrlich! Ha, da ging es wohl eher um gründliche Fleischbeschau.

Frederike bereut den »Vorfall«, wie sie ihr Fremdgehen nennt, sehr. Hier im Viertel floriert die Geschichte unter »Hackfleischakt«. Mike, der Fleischer, hat sich in eine andere Filiale versetzen lassen und Frederike seither nicht mehr gesehen. Er reagiert nicht auf ihre Anrufe und Nachrichten. »Er hat sich einfach aus dem Staub gemacht!«, klagt Frederike. Hackfleisch hat halt nur eine sehr begrenzte Haltbarkeit, das ist ihr inzwischen auch klar geworden. Frederike, vorher mitten im Geschehen und auch tonangebend, ist inzwischen ziemlich isoliert und steht schon deshalb häufig einfach nachmittags bei mir vor der Tür. »Du bist die Einzige, die mich versteht, du weißt ja, wie das so ist«, sagt sie ständig.

Wenn es danach ginge, müsste sie sich eher mit Knut treffen. So dreist war allerdings nicht mal er. Immerhin hat er es aushäusig getrieben. Ich gehe jedenfalls davon aus.

»Aber das bei mir war dafür nur eine fast einmalige Angelegenheit, das ist doch was anderes, als über Monate oder Jahre fremdzugehen«, argumentiert Frederike.

Sie hat Hack-Mike nur zweimal getroffen. Hack muss eben schnell aufgebraucht werden. So gesehen hat sie wieder recht. Knut hat mich hintergangen. Geplant hintergangen. Langfristig. Aber Elend oder Leid als Verbindungselement langt halt auch nicht. Schweigefuchs bleibt Schweigefuchs.

Einen Tick sympathischer ist sie mir, das muss ich zugeben. Vielleicht, weil der kleine Sprung in ihrer Makellosigkeit sie menschlicher wirken lässt. Vielleicht, weil ich ihr das so gar nicht zugetraut hätte. Aber ich möchte nicht ihre neue beste Freundin werden. Wir waren vorher keine Freunde, warum sollten wir es jetzt sein?

»Ich hatte zweimal Sex mit einem anderen, macht mich das direkt zu einem anderen Menschen?«, klagt Frederike oft.

Insgeheim hoffe ich es für sie. Sie bereut zutiefst. »War es der Sex wert?«, will ich wissen.

Sie schüttelt den Kopf: »Das Hack war definitiv frisch und durchaus appetitlich, aber am Ende halt doch nur Hack und kein Filet.«

Das hört sich nicht nach Ekstase an. Ich muss an Stefan ohne o denken. Da habe ich anscheinend einen echten Sexglückstreffer gelandet. In Fleischkategorien betrachtet, war er feinstes Koberind.

Knut und ich reden. Ich schaffe es, dabei relativ gelassen zu bleiben. Nicht weil meine Verletzung weg ist, sondern weil sich im Laufe der Wochen ein leichter Schorf darübergelegt hat. Emotionaler Schorf. Eine Art Pflaster. Ich kann die Wunde noch spüren, versuche aber nicht mehr, ständig daran herumzukratzen.

Wir werden uns nicht sofort scheiden lassen. Allerdings aus unterschiedlicher Motivation heraus. Knut hat Angst um sein Geld und sein Haus, und ich finde, wir sollten nichts überstürzen. Vielleicht, weil ich noch immer mit so etwas wie Einsicht rechne. Wir haben beschlossen, gemeinsam mit Anna zu reden, wenn sie zurück aus Kanada ist. Ich kann für das nächste Jahr im Haus bleiben, dann entscheiden wir, ob wir es behalten oder verkaufen und wer darin wohnt.

»Wir lassen es so, bis Anna auszieht«, ist Knuts Vorschlag. Alles unglaublich vernünftig. Und unglaublich traurig. Diese Nüchternheit ist fast schlimmer als die Tränen und die Wut.

Frau Dr. B. unterstützt mich. Ich mag sie und ihre pragmatische Art. »Komödie ist Tragödie plus Zeit«, zitiert sie gerne Woody Allen. Und sie rät mir, mehr unter Leute zu gehen. Neue Kontakte zu knüpfen. Erst Geli und jetzt auch Frau Dr. B. Ich weiß, dass sie wahrscheinlich recht haben, tue mich aber schwer. Fühle mich wie in einer riesigen Lethargie gefangen. Der Schmerz ist sediert, aber die Wunde pocht eben doch noch. Unter dem Schorf. Ich versuche, nur nicht mehr so sehr auf das Pochen zu reagieren. Einfach nicht so hinzufühlen. Mich nicht darauf zu fixieren. Es gelingt mir nur manchmal.

Es dauert einige Wochen, in denen ich mir selbst immer wieder gut zurede und doch abends kläglich auf dem Sofa ende. Allein mit mir und meinem Selbstmitleid.

Dann beschließe ich ein zeitlich begrenztes Experiment. Ich werde täglich jemanden ansprechen oder einen neuen Menschen treffen. Ich werde rausgehen und daten. Und dafür werde ich Tinder reaktivieren. Ich werde mich bei Parship oder Elite Partner oder beidem anmelden. Ich werde es sechs Wochen lang ausprobieren.

Hanne und Geli finden meine Idee toll. »Ich bin fast neidisch, das klingt schon in der Planung nach Abenteuer und Aufregung!«, findet Hanne. Sie bietet an, mir bei der Vorauswahl zu helfen: »So kann ich ein bisschen von dem Kitzel miterleben. Wie auf dem Beifahrersitz. Secondhand-Tindern halt.« Sie hat keinerlei Erfahrung mit der virtuellen Partnersuche und findet die Wisch-und-Weg-App faszinierend.

Wir verbringen einen ganzen Abend mit rechts oder links. Es hat was von: die Guten ins Töpfchen, die Schlechten ins Kröpfchen. Aber ob jemand gut oder schlecht ist, ist sehr spekulativ. Letztlich bleibt fast nur die Optik als Entscheidungskriterium.

»Als wäre das Aussehen alles«, lamentiere ich bei Hanne.

»Aussehen ist immer der Anfang, auch wenn du

abends irgendwo unterwegs bist«, kontert sie und hat damit ja auch irgendwie recht.

Optik ist immer das Erste, was einen anzieht. Guter Charakter, also herrliche Inhaltsstoffe, kann man Menschen nun mal nicht ansehen. Schade, dass es keine erklärenden und kommentierenden Untertitel bei Tinder gibt. »Guter Kerl, bisschen geizig, aber sehr liebevoll. Eifersüchtig, aber Bombe im Bett. Klug, aber besserwisserisch, sabbert beim Küssen, hat aber enormes Standvermögen, redet nur von sich und ist langweilig, aber enorm verlässlich usw., usw.« Könnte man all die Männer im Anschluss an die Dates bewerten, so wie man inzwischen vom Staubsaugerbeutel bis zum Urlaubshotel alles mit Sternen versehen kann, würde das den anderen Frauen die Entscheidung doch erheblich vereinfachen. Aber Geschmäcker sind nun mal verschieden. Und was die eine unausstehlich findet, macht der nächsten gar nichts aus oder gefällt ihr sogar. Insofern sind auch Bewertungen jeder Art mit Vorsicht zu genießen.

»Irgendwas ist immer«, meint Hanne sehr pragmatisch, »das sollte man jenseits der vierzig begriffen haben, man muss eine Kröte schlucken, die Frage ist nur, welche und ob man genau die verdauen kann.«

Am Ende habe ich etwa zwanzig Männer nach rechts gewischt. Ungefähr fünf Prozent des Angebots und die Hälfte davon auch nur, weil Hanne sie gut fand und mich sanft gezwungen hat. Aussortiert habe ich alle mit zu viel nackter Haut. Ein Po, der im Internet öffentlich präsentiert wird, reizt mich nicht. Egal, wie hübsch er ist. Und es sind sehr hübsche dabei! Unglaublich viele Männer machen Selfies vor ihrem spießigen Badezimmerspiegelschrank. Oder ihrer Schrankwand. Man sieht Ausschnitte ihrer lieblos eingerichteten Wohnungen und ist gleich abgetörnt. Man sollte Kurse für die bestmögliche Präsentation im Netz anbieten. Badehosenfotos sind durchaus auf eine Art aussagekräftig, aber ich mag es dennoch subtiler. Will nicht sofort wissen, ob es sich um einen Rechts- oder Linksträger handelt. Will nicht direkt alles sehen. Den Kopf aber schon gerne. Männer, die nur aus Körper bestehen, sind im Zweifelsfall irre hässlich, aber noch eher verheiratet oder fest liiert. Haben Angst, erwischt zu werden. Auch alle, die jemanden für einen Dreier oder »was Lockeres« suchen, werden von mir nach links gewischt. Latexanzüge, Männerfüße in Stilettos, Männer mit Echsen auf der Schulter, es gibt fast nichts, was es nicht gibt. Das ist durchaus unterhaltsam, aber nichts, was mich anzieht. All die kommen mit einem Linkswisch in den virtuellen Abfalleimer von Tinder. Zurück in die Tinder-Umlaufbahn. Ebenso Männer, die nur Sonnenuntergänge, Blumen oder Hundebilder posten. Oder Sinnsprüche mit kitschiger Umrandung. Wer sich nicht zeigt, wird Gründe haben. Zumeist sitzen die daheim auf der Couch und ahnen nicht, was der Liebste so nebenher treibt.

Eine halbe Stunde später geht es los. Mein Handy signalisiert Zustimmung. Ich habe fünfzehn Matches. Also fünfzehn der zwanzig Männer, die ich gewählt habe, finden mich auch irgendwie ansprechend. Jedenfalls hat es für einen Rechtswisch gelangt.

»Wahnsinn«, staunt Hanne, »so eine Quote hat man abends in einem Club eher nicht. Das ist ja schon sehr effizient.«

Ich sehe das etwas weniger euphorisch. Ich glaube, dass die meisten Männer sehr viel mehr Frauen liken als umgekehrt. Sie sind, in der Anfangsphase zumindest, offensiv flexibel. Man könnte es despektierlich auch als wahllos bezeichnen. Jetzt heißt es abwarten. Nach einem Match kann man sich anschreiben. Ohne Match gibt es keine Kontaktmöglichkeit. Mal gucken, wer von den fünfzehn diese erste Hürde der persönlichen Kontaktaufnahme nimmt. Ich ticke in dieser Hinsicht irgendwie altmodisch. Ich erwarte, dass der Mann sich zuerst meldet.

»Was vergibst du dir, wenn du als Erste schreibst?«, will Hanne stirnrunzelnd wissen, und ich weiß es nicht wirklich. Nein, man vergibt sich wahrscheinlich nichts. Und ja, ich halte mich durchaus für emanzipiert. Aber in dieser Hinsicht mag ich die klassische Variante. Und es eilt ja schließlich nicht.

»Das Suchen im Netz entbindet dich nicht von der Aufgabe im Alltag, jeden Tag jemand ansprechen, du erinnerst dich an deinen Plan?«, will Hanne wissen.

Ich zucke zusammen. Nach rechts zu wischen ist kein großes Ding. Wenn nicht zurückgewischt wird, ist es halt so. Es ist kein öffentlicher Korb. Wenn ich mich jedoch tatsächlich überwinde und im Leben jemanden anspreche, dann kann derjenige Nein sagen. Oder Nein danke. Er kann mich ablehnen. Brauche ich momentan nicht eher Zustimmung? Selbstbestätigung? Ist das doch zu gewagt?

Hanne redet auf mich ein: »Es geht um Offenheit, ja, man kann durchaus verletzt werden, wenn man sich aus der Deckung wagt, aber man kann auch etwas Tolles erleben. Wenn du in der Deckung bleibst, wird sich gar nichts tun. Wer Emotionalität will, darf sie nicht fürchten.«

Hat mir Mallorca-Holger, mein Strandfundstück, nicht etwas Ähnliches gesagt? Muss ich meinen Gefühlspanzer ablegen, um vielleicht wieder was zu spüren? »Ich werde es tun. Auch wenn es mir zutiefst widerstrebt«, verspreche ich Hanne, und schon als ich das ausspreche, habe ich Angst. Angst vor meiner Schüchternheit, vor einer vermeintlichen Blamage, vor jedweder Peinlichkeit.

Hanne scheint mein Zaudern zu bemerken: »Du musst dein Schneckenhaus verlassen, du musst raus. Klar kannst du auch einfach mit Freundinnen weggehen oder bei deinen Eltern hocken, aber sieh es als Challenge, Ulrike. So wie damals diese Eisbucket-Challenge, als sich die Leute den Kübel Eiswasser über den Kopf geschüttet haben.«

Ich nicke ergeben. Finde die Vorstellung, mir Eiswasser über den Kopf zu schütten, sehr viel verlockender, als irgendeinen Fremden anzusprechen. Sich Hanne zu widersetzen, erfordert mehr Kraft, als ich momentan habe.

»Ich werde die ersten Male dein Beistand sein. Werde in der Nähe sein. Dich mental unterstützen! Eine Art von Lifedating-Coach«, sagt sie und nimmt mich in den Arm.

Will sie mich unterstützen oder nur überprüfen, ob ich mich tatsächlich traue? Wahrscheinlich von beidem was. »Ich muss jetzt einkaufen, ich mache das dann morgen oder übermorgen! Oder nächste Woche«, sage ich und hoffe, die Angelegenheit damit auf unbestimmte Zeit vertagen zu können.

»Oh nein, meine Liebe«, antwortet Hanne, »so billig kommst du aus der Nummer nicht raus. Ich komme mit, muss eh noch ein paar Sachen einkaufen, und du erledigst das direkt im Supermarkt. Angeblich lernt man dort ja unglaublich leicht Menschen kennen. Es gibt diese Käsethekentheorie. Dass man, wenn man nichts mehr für möglich hält und glaubt, für immer allein zu bleiben, an der Käsetheke auf den Mann des Lebens trifft. Also helfen wir dem Zufall mal auf die Sprünge. Du darfst jedenfalls erst zur Kasse, wenn du mindestens einen Kerl angesprochen hast! Ob an der Käsetheke oder sonst wo. Ich bin deine Mentorin und Überwacherin. Eine Mischung aus Psychotherapeutin und Stasi.«

Sie grinst übers ganze Gesicht, hat sichtlich Freude an ihrer Idee, und ich merke, wie sich Panik in mir breitmacht. Ich weiß, dass ich das nicht kann. Ich bin keine lockere, aufgeschlossene Person. Ich tue so, bin es aber nicht. »Hanne, mir wird schlecht. Das geht nicht. Das bin nicht ich. Das weißt du ganz genau. Ich werde kein Wort über die Lippen bringen«, mache ich einen weiteren Versuch, diese abstruse Unternehmung zu stoppen.

Hanne rüttelt mich an den Schultern: »Los, keine Ausreden mehr, du bist nervös, dir ist nicht schlecht, bevor du komplett kneifst, lass uns gehen, aber zieh dir vorher noch schnell was Hübsches an. Lässig hübsch. Nichts zu Elegantes. Und schmink dich ein bisschen. Auch nicht zu viel. Du hast keine Wahl. Also füge dich besser. Ich werde keine Ruhe geben. Und ja, ich weiß, dass du so was nicht machst, aber genau das ist es, was man dann mal tun muss. Raus aus der Komfortzone, Hase!«

Ich dachte, ich hätte in den letzten Wochen gelernt, häufiger Nein zu sagen, mich besser durchzusetzen, aber gegen Hanne komme ich nicht an. Als wir das Haus verlassen, fühle ich mich, als würde es zum Schafott gehen.

Hanne kichert: »Das wird ein riesiger Spaß!«

Mit Sicherheit. Für alle außer mich.

Unser örtlicher Supermarkt ist groß und recht modern. Was Frederike an der Fleischtheke schafft, kann doch nicht so schwer sein, ich will ja nur jemanden ansprechen und kein menschliches Hack nach Hause holen.

»Ich werde in deiner Nähe sein und dir Zeichen geben!«, versichert mir Hanne.

»Aber wen soll ich ansprechen?«, frage ich ratlos. »Einen der Angestellten oder einen Kunden?«

»Deine Wahl! Er muss ja dir gefallen und nicht mir!«, antwortet meine Challenge-Mentorin.

Ich schleiche durch den Markt. So viel Zeit habe ich hier noch nie verbracht. Hoffe insgeheim, dass Hanne irgendwann keine Lust mehr hat und den Versuch als gescheitert erkennt und abbricht.

»Du weißt, die haben bis 22 Uhr geöffnet, ich habe nix vor heute. Du kennst die Regeln, wenn es dauert, dann dauert es. Aber vorher kommst du hier nicht raus.«

An der Gemüsetheke nehme ich den Ersten ins Visier. Ein sehr großer, sehr schlanker, fast schon dünner Mann mit Jogginghose und Sweatshirt. Er tatscht an den Tomaten rum. Wenn der Frauen so anfasst, na dann prost Mahlzeit. Aber ich will ja auch nicht angefasst werden, jedenfalls nicht hier und jetzt, sondern einfach nur jemanden ansprechen. Ich umschleiche ihn zweimal. Der Dünne tatscht immer noch. Er hat jetzt mit Sicherheit fast jede erhältliche Tomate befummelt. Ist das eine Art Fetisch für ihn? Ist der Tomatenfreak? Irgendwie sehr seltsam.

Im Hintergrund sehe ich Hanne hektisch winken. Sie zeigt mit dem Daumen nach oben. Fehlt noch, dass sie Schilder in die Luft hält. Jetzt nimmt der Schlanke die Tomaten hoch und schnüffelt an einer nach der anderen. Egal, was der ansonsten für Qualitäten hat, das ist nicht mein Mann. Ich könnte niemals mit ihm einkaufen gehen. Das hat was Zwanghaftes, wie der seine Tomaten auswählt. Hätte Angst, dass er das Gleiche mit mir macht. Irgendwie ist es auch unappetitlich. Stelle ihn mir im Bett vor. Lang und dürr, wie er an mir herumschnüffelt und mich betatscht. Gruselig geradezu. Ich entferne mich, und Hanne kommt angezischt.

»Der ist bestimmt da stehen geblieben, weil er dich kennenlernen wollte! Warum hast du es nicht getan? Ihn angesprochen?«, tadelt sie mich.

»Der ist irgendwie merkwürdig! Der kommt nicht infrage. Der hat einen Tomatenfetisch!«, versuche ich mich an einer Erklärung.

»Wer hier seltsam ist, ist die Frage!«, antwortet Hanne streng. »Vielleicht ist es einfach nur ein extrem achtsamer Typ.«

»Ich nehme einen anderen«, stammle ich, »gleich, jetzt gleich, ich will ja auch nicht hier meinen Ruhestand verbringen. So spannend ist ein Supermarkt dann auch nicht. Und du lässt mich ja erst gehen, wenn ich diese Schwachsinnsaufgabe erledigt habe, oder?«

»Genau so ist es, du hast es endlich verstanden, also los!«, sagt sie und lächelt mich ermunternd an.

Der Tomatenmann ist immer noch im Auswahlprozess. Wenn der bei allem so lange braucht! Achtsam! Ha. Gestört.

Hanne winkt mir aus der Kühlthekenecke und deutet ziemlich offensichtlich auf einen Typen, den ich nur von hinten sehen kann. Ein breit gebauter, etwa eins fünfundsiebzig großer Mann mit welligem, längerem braungrauem Haar. Er hat Kopfhörer auf. Will Hanne eine zusätzliche Hürde einbauen? Verschärfung der Spielbedingungen. Ein Fehlschlag mit dem Tomatenmann, und jetzt das.

Als ich näher komme, sehe ich, dass er andächtig das Parmesanangebot studiert. Ich muss das hinter mich bringen und tippe ihm auf die Schulter. Ohne groß zu überlegen. Er dreht sich zu mir um und guckt erstaunt. Langsam zieht er den Kopfhörer von einem Ohr. Immerhin. Mist: Er ist höchstens Anfang dreißig. Seit wann haben die denn schon angegraute Haare? Färben die sich grau, um so eine Art George-Clooney-Look hinzubekommen? Und … was sage ich jetzt bloß?

»Äh, hallo!«, starte ich meine unbeholfene Gesprächsoffensive.

»Is was?«, fragt er zurück, was man selbst unter Drogeneinfluss nicht als charmant bezeichnen kann.

»Nein, also … ich wollte nur«, druckse ich schlimm rum und merke es auch, was die Sache nicht besser macht, »also ich wollte wissen, wie Sie die Artenvielfalt der Parmesankäse beurteilen.« Habe ich diesen Müll gerade gesagt? Die Artenvielfalt des Parmesankäses?

»Machen Sie ’ne Umfrage, oder was?«, fragt er zurück und guckt nicht begeistert.

»Nein, nein, es interessiert mich, weil ich mich … also ich interessiere mich sehr für Parmesankäse«, sage ich und schäme mich direkt für den Schwachsinn, den ich daherplappere. Ich interessiere mich sehr für Parmesankäse. Der Satz hämmert in meinem Kopf.

In seinem anscheinend auch. Er mustert mich von oben bis unten: »Sind Sie betrunken?«, erkundigt er sich jetzt und klingt fast erschrocken.

»Nein, nein, ich musste Sie einfach ansprechen, sonst würde ich hier nicht mehr rauskommen aus diesem Markt. Sie lässt mich sonst nicht mehr raus. Ich bin hier quasi gefangen. Deshalb der Käse mit dem Käse.« Ich merke, dass ich es mit meinen Erklärungen nicht besser mache. Aber jetzt ist es mir auch schon egal. Soll der mich halt für eine besoffene Alte mit abstruser Parmesankäseneigung und Wahnvorstellungen halten. Auch egal.

»Bitte lassen Sie mich in Ruhe und suchen Sie sich professionelle Hilfe, ich bin dafür nicht ausgebildet!«, will er das Gespräch, oder wie auch immer man das nennen kann, beenden.

»Eigentlich wollte ich Sie nur kennenlernen, es war mein erster, zugegebenermaßen etwas unbeholfener Versuch«, erkläre ich das Ganze noch mal. Ich lache ihn an. Warte darauf, dass er in mein Lachen einstimmt. »Ich habe so gar keine Übung mit diesem Ansprechen. Habe das noch nie gemacht.«

»Das merkt man, was ein Käse mit dem Käse, Alter. Boah, geht’s noch.« Ein netter Mann würde so etwas nie sagen und mich stattdessen zum Kaffee einladen und herzhaft lachen. Diese Schmach abmildern. Wir würden diese Geschichte noch unseren Enkelkindern erzählen. Manchmal würde er mich zärtlich *Parmigiana* nennen. Von wegen. Er lacht nicht die Spur.

Ich nehme einen Parmesan aus der Theke, halte ihm den hin und sage dann: »In Wirklichkeit ist das der Beste. Ich kenne mich aus! Nehmen Sie den Tipp als meine Entschuldigung!«

Er reagiert überhaupt nicht mehr, zieht den Kopfhörer wieder auf, mustert mich abschätzig und entfernt sich, ohne Parmesan, in Richtung Kasse. Es hat was von Flucht.

»Parmesanarsch!!«, rufe ich ihm hinterher.

Und dann muss ich auf einmal irrsinnig lachen. Was für eine Nummer! Ich lache wie befreit. Alle gucken, und es ist mir egal. Ich fühle mich, als hätte jemand eine Scheibe zwischen mir und der Welt weggeschoben. Als wären da Glasbausteine zwischen mir und dem Leben gewesen. Glasbausteine, durch die man gucken kann, die aber alles ein wenig verzerren und neblig wirken lassen.

Ich bin noch da. Ich lebe. Ich lache. Hanne rennt auf mich zu und schwingt eine Flasche Champagner. »Den hast du dir so was von verdient! Wie der geguckt hat! Fast panisch. Und du hast es durchgezogen! Das war top!«

Ich erzähle ihr alles, und sie kriegt sich gar nicht mehr ein. »Das wird mein neues Lieblingswort: Parmesankäseartenvielfalt!«

Ich habe durch den Käse viel gelernt, man kann mit Fug und Recht behaupten: Parmesan hat mich weitergebracht. Ich habe begriffen, dass Peinlichkeit vergeht, man nicht im Boden versinkt, und schon Minuten später kann es ein Anlass für unglaubliche Fröhlichkeit sein. Sich zur Idiotin zu machen, hat nach Parmesangate, wie Hanne es inzwischen nennt, viel an Schrecken verloren. Man vergibt sich so schnell nichts. Man schafft Dinge, die man nicht für möglich gehalten hat.

Abends sitze ich, auf eine merkwürdige Art euphorisiert, auf meinem Sofa und widme mich Tinder. Von meinen fünfzehn Matches haben mir fünf inzwischen geschrieben. Ich mache mir, vorsorglich, um nicht den Überblick zu verlieren, eine kleine Liste. Geschrieben haben mir:

Leonhard, 42, aus Hanau
Peter, 49, aus Frankfurt
Hans-Dieter, 50, aus Bruchköbel
Tim, 45, aus Hamburg
Klaus, 55, aus Wiesbaden

Ich arbeite die Nachrichten der Reihe nach ab. Zuerst gemeldet hat sich Klaus, der Älteste von allen. Acht Jahre älter als ich. Würde mich das stören? Nein, ich glaube nicht. Er ist ein extrem gut aussehender Typ. Jedenfalls nach klassischen Maßstäben. Gegeltes graues Haar, ein scharfkantiges Gesicht und eins neunzig groß. Was macht so ein Typ auf Tinder? So wie der aussieht, sollte er auch im realen Leben was finden. Der könnte doch an jeder Hand zehn haben. Aber vielleicht liegt hier mein genereller Denkfehler. Noch immer denke ich, auf Tinder sind nur die Kerle präsent, die einen schnellen Fick suchen oder auf dem freien Markt keine Chance haben. Aber ist es nicht eher so, dass es keinen freien Markt mehr gibt? Dass das Thema Kennenlernen komplett outgesourct ist? Dass man sich mittlerweile eben im Internet begegnet?

Versuche, meine Vorbehalte gegen Tinder an sich zu verdrängen. Es macht keinen Sinn, auf einer Plattform unterwegs zu sein, die man eigentlich aus vollstem Herzen ablehnt. Natürlich hinterfrage ich in lichten Momenten auch meine eigene Motivation. Was suche ich hier? Den Mann fürs Leben? Eine neue große Liebe? Einen Flirt? Oder einfach nur Ablenkung und Erheiterung? Selbstbestätigung? Ich beschließe, dass das zunächst irrelevant ist, jedenfalls solange es mir Spaß macht.

Die erste Nachricht von Klaus zeugt nicht unbedingt von einer ausgeprägten Kreativität. »Hi, wie geht es dir?« Dahinter ein paar niedliche Smileys.

»Gut, und dir?«, reagiere ich und bin damit keinen Deut besser.

»Was suchst du hier?«, ist die zweite, auch nicht besonders originelle Frage von Klaus.

»Einen Golden Retriever!«, schreibe ich und finde mich witzig. Scheine damit allerdings nicht sein Humorzentrum getroffen zu haben. Er sendet eine Latte Smileys mit fragenden Gesichtern. »Scherz!!!!«, erkläre ich.

Er ist laut eigenen Angaben Single, sportlich und, wie er schreibt, beruflich ausgesprochen erfolgreich. Seine Nachrichten haben nichts Leichtes, klingen nach Bewerbungstext. Aber wer weiß, wie lange er sich schon hier tummelt. Er hat eine ausgeprägte Neigung zu Emojis. Erinnert mich an meine Mutter, die, seit sie die Dinger entdeckt hat, auch jede Nachricht damit illustriert. Er suche was Festes, lässt er mich wissen. Auch Kinder hätte er gerne.

Hat der meine Altersangabe nicht gesehen? Oder in Biologie nicht aufgepasst? »Eher kriegt meine Tochter demnächst welche!«, schreibe ich ihm.

Er schickt mir Lachsmileys.

Die Unterhaltung läuft ein wenig zäh. Aber nicht jeder ist gut darin, Nachrichten zu verfassen, entschuldige ich sein leicht hölzernes Texten. »Gibt es das schöne Café im Kurhaus in Wiesbaden noch?«, schreibe ich ihm und hoffe, dass er den ziemlich plumpen Wink kapiert.

»Ja«, ist alles, was er antwortet.

Meine Güte, muss man den zum Jagen tragen? Das gestaltet sich ja ausgesprochen zäh. »Muss jetzt mal los! Bis bald!«, beende ich die Konversation und widme mich dem Nächsten in der Liste.

Gehe altersmäßig von oben nach unten, deshalb ist jetzt Hans-Dieter, 50, aus Bruchköbel dran. Er ist Arzt und hat einen gewissen Witz. Dafür sieht er, jedenfalls auf seinen Tinder-Fotos, eher durchschnittlich aus. Ich glaube, ohne Hannes Zutun hätte er keinen Rechtswisch von mir bekommen. Eigentlich ziemlich ungerecht, denn ich selbst sehe ehrlich gesagt auch eher durchschnittlich aus. Wie wichtig ist mir Aussehen bei einem Mann? Er muss nicht schön sein, aber mir gefallen. Attraktivität ist immer auch relativ. Geli findet ihren Ehemann Norbert attraktiv. Einen Mann, der mit Sicherheit viele Qualitäten hat, aber sein Aussehen ist in meinen Augen eher bescheiden. Das Aussehen muss mich ansprechen und nicht den allgemeinen Kriterien entsprechen. Hans-Dieter wirkt immerhin sympathisch. Er hat wenig Haar, eigentlich nur noch an den Seiten, trägt eine Hornbrille und ist eins achtzig groß.

Männer, die sagen, sie seien eins achtzig, sind immer, und ich betone immer, ohne Ausnahme, höchstens eins achtundsiebzig. Aber Körpergröße ist nicht enorm wichtig für mich. Da bin ich mit Knut nun wirklich nicht verwöhnt. Außerdem langt es mir, wenn ein Mann zumindest gleich groß ist. Ich bin eins siebzig, die Hürde ist also für die meisten Männer leicht zu nehmen.

Hans-Dieter fragt mich, was ich hier auf Tinder mache. Eine Frau wie ich?

Ich bin sofort geschmeichelt. »Ich bin ganz neu hier, ein Frischling sozusagen und noch sehr skeptisch!«, antworte ich.

Er sei auch neu und auch skeptisch. Diese Übereinstimmungen würden ja zeigen, dass wir quasi füreinander bestimmt seien. Hans-Dieter und ich tauschen die Eckdaten aus. Er ist geschieden und hat drei Kinder. »Allein sein macht keinen Spaß!«, schreibt er.

Wir schreiben zwei Stunden lang. Er ist verdammt schnell im Kopf und nie um eine Antwort verlegen. Das Geplänkel macht mir Spaß.

»Ich denke, wir sollten mal was zusammen essen gehen, zu reden haben wir mit Sicherheit genug!«, schlägt er vor.

Essen gehen? Wäre ein kurzes Treffen zum Kaffeetrinken nicht schlauer? Oder zunächst mal ein Telefonat? »Lieber erst mal Kaffee trinken?«, versuche ich, die Euphorie ein wenig zu dämpfen.

»Handbremse raus, Ulrike!« Der Herr Doktor schickt seinen ersten Smiley. Mir ist das irgendwie einen Tick zu flott. »Wollen wir auf WhatsApp wechseln?«, fragt er mich dann. Um auf WhatsApp zu schreiben, muss ich ihm meine Telefonnummer geben. »Handbremse, Ulrike!«, bleibt er hartnäckig.

Bevor ich es mir in meiner Zaghaftigkeit anders überlegen kann und meine Bedenken erneut aufploppen, schicke ich ihm meine Handynummer. Eine halbe Stunde später sind wir zum Essen verabredet.

Hans-Dieter hat eine Beharrlichkeit, der ich mich irgendwann ergebe. Und eigentlich hat er ja auch recht. »Wir suchen doch keine Brieffreundschaft, also lass uns treffen und gucken, wie das läuft!«, ist sein Argument. Wir sind für übermorgen verabredet. In Frankfurt. Um acht. Er fragt, ob ich Unverträglichkeiten irgendeiner Art habe, und verspricht, sich ein hübsches Restaurant als Treffpunkt zu überlegen.

Ich bin gespannt und schon jetzt aufgeregt.

Um mich nicht in die Nervosität reinzusteigern, widme ich mich direkt dem nächsten Mann in meiner Liste. Peter, 49, aus Frankfurt. »Hübsche Fotos, freue mich sehr, dass wir ein Match haben!«, lautet seine Auftaktnachricht. Nicht spektakulär, aber doch freundlich. Peter arbeitet in der Marketingbranche. Er ist sehr groß. Über eins neunzig. Er hat eine Glatze und einen schönen Mund. Sinnlich. Ähnlich wie Stefan ohne o. Also Roger. Auch Peter und ich wechseln nach mehreren Nachrichten zu WhatsApp, und er schickt mir jede Menge Fotos und sogar ein Video. Ein kurzes Video, auf dem er tanzt. Was soll mir das sagen? Ich kann mich bewegen? Ich weiß meinen Körper zu benutzen? Sein Hüftschwung ist gekonnt, keine Frage. Trotzdem finde ich das seltsam.

»Lust auf ein spontanes Treffen?«, verliert auch Peter keine Zeit.

»Warum nicht!«, schreibe ich zurück und finde mich verdammt mutig und aufgeschlossen. In der Häufung verlieren Ereignisse an Bedeutung und auch an Schrecken. Er habe immer Zeit für mich, ich solle auswählen, informiert mich Peter. Er stehe jederzeit zur Verfügung. Ich wähle morgen. Übermorgen ist Hans-Dieter dran. Zwei Dates diese Woche sollten für den Anfang genügen. Bin nachgerade stolz auf mich und meinen Mut.

Dann klingelt das Telefon. Peter. »Ich dachte, zwecks Absprache, wo wir uns treffen, ist es leichter, wenn wir schnell mal telefonieren!«

Ich bin einerseits überrumpelt, andererseits finde ich sein Engagement gut. »Wie wäre es mit der Minki Bar im Bahnhofsviertel in Frankfurt?«, schlägt Peter vor.

Ich bin einverstanden, obwohl ich die Bar nicht kenne. Das Bahnhofsviertel ist das neue Hip-Viertel in Frankfurt. Der Place to be für alle Nachtschwärmer. Die alte Ulrike war vieles, aber Nachtschwärmerin nicht. Überlege, während wir telefonieren, was ich bei diesem Barbesuch anziehe.

Peter erzählt mir erstaunlich freimütig von seinem bisherigen Beziehungsleben. Einmal verheiratet, keine Kinder und immer lange Beziehungen. Mindestens fünf Jahre. »Ich schätze Verbindlichkeit!«, betont er mehrfach. Er hört sich nett an. Und vor allem wirkt er komplett entspannt, etwas, worum ich ihn beneide.

Im Laufe des Telefonats werde selbst ich zunehmend lockerer. Ich habe fast das Gefühl, ihn schon länger zu kennen. Wir sind richtiggehend vertraut. Ich rede gern mit ihm. Er anscheinend auch mit mir, jedenfalls schreibt er mir nach dem Telefonat direkt eine Nachricht.

»War sehr, sehr schön, mit dir zu sprechen!«

»Ging mir auch so«, antworte ich umgehend, und es ist die Wahrheit. Was für ein netter Typ!

Rufe, bevor ich mich an die verbleibenden Matches mache, schnell bei Geli an und bringe sie auf den neuesten Stand. Sie ist beeindruckt: »Mann, du gibst ja echt Gas.« Meine Parmesangeschichte gefällt ihr besonders gut. Was Tinder angeht, rät sie mir zur Vorsicht. »Dir ist ja bekannt, wie schnell man da in der Horizontalen landet!«, ermahnt sie mich.

»Ja, Mutti!«, sage ich brav und muss schmunzeln.

Ich habe nicht vor, die nächsten Tinder-Dates so abzuwickeln wie mein erstes. Das mit Stefan ohne o war eine absolute Ausnahmesituation. Ich war noch sehr viel geknickter und angegriffener, emotional mehr als angeschlagen, und Stefan hat einfach eine unglaubliche Anziehung auf mich ausgeübt. Eine Kombi, die fast automatisch im Bett enden musste. Inzwischen habe ich mich ein wenig gefangen. Das Thema Knut ist noch immer präsent und bestimmt mein Leben und Tun, aber unendliche Traurigkeit und unbändige Wut haben inzwischen einer latenten Ernüchterung Platz gemacht.

Noch immer weine ich ab und an. Aber eben nicht mehr dauernd. Noch immer habe ich manchmal Lust, Knut zusammenzuschreien oder einfach nur zu schlagen. Aber diese Emotionstornados haben sich abgeschwächt. Sind ein stetes starkes Lüftchen geworden. Wahrscheinlich kann man diesen exorbitanten Gefühlslevel dauerhaft nicht ertragen, und der Körper und die Hormone beruhigen sich. Einfach weil es anders nicht geht. Weil man dauerhaft nicht so hochtourig laufen kann. Der Körper scheint eine intuitive Vernunft zu haben.

Nachdem ich ausgiebig mit Geli gesprochen habe, nehme ich mir den nächsten Mann von meiner Liste vor. Tim, 45, aus Hamburg. Wie ein Hamburger bei mir als Vorschlag landen konnte, verwundert mich. Ich bin schlecht in Geografie, aber dass Hamburg mehr als hundert Kilometer entfernt von mir liegt, weiß selbst ich. Ich schicke Bine eine WhatsApp und frage, wie das passieren kann.

Sie antwortet umgehend. »Kieck ma eener an, biste bei Tinder? Biste anjefixt?« Dann erklärt sie mir, dass es vorkommen kann, dass jemand im Land unterwegs ist und dadurch mal kurz in den Entfernungsradar eintaucht. Dienstreise, Zugfahrt etc. Wer unterwegs sein Profil aufmacht, wird automatisch in der Gegend angezeigt. Es sollte Tinder-Kurse geben, schlage ich Bine vor. »Ach, det Ding is selbsterklärend, so wie die Kerle ooch! Halt mir uff dem Lofenden!«

Obwohl ich erste Ermüdungserscheinungen zeige, schreibe ich auch noch dem Hamburger. Der erste der Männer, der jünger als ich ist. Gut, nur zwei erbärmliche Jahre, aber trotzdem. Scheint ihm ja nichts ausgemacht zu haben, immerhin hat er mich nach rechts gewischt. Er sei Zahnarzt, Implantatfachmann, und gestern auf einem Kongress in Frankfurt gewesen. Da habe er abends im Hotel aus Langeweile mal ein wenig gewischt, und ich sei ihm ins Auge gefallen. Jetzt sei er in Kassel auf einem weiteren Termin, und morgen ginge es wieder heim in die schönste Stadt der Welt – Hamburg. Er könne sich nicht vorstellen, je woanders zu leben. Die Perle Deutschlands sei Hamburg, die Stadt mit Geschmack und Stil. Man könnte meinen, er arbeite für den Tourismusverein. Aber ich habe selbst einen Hang zu einem gewissen Lokalpatriotismus. Was ich heute Abend noch vorhabe, will er wissen.

»Bisher nichts, aber der Tag ist ja noch jung, mal sehen!«, zeige ich mich geheimnisvoll. Gerade so, als würde bei mir ein potenzielles Event das nächste jagen. Dabei ist es vorgezeichnet, wie ich meinen Abend verbringen werde. So wie immer. Auf der Couch.

»Wir könnten etwas echt Verrücktes machen«, unterbreitet er mir einen Vorschlag. Verrückt klingt auf alle Fälle nach Abwechslung. »Wir könnten uns auf halber Strecke treffen und nett zusammen essen gehen!«, schreibt Tim.

Kassel ist etwa zweihundert Kilometer von Frankfurt am Main entfernt. Halbe Strecke bedeutet hundert Kilometer fahren. Pro Strecke. In Summe zweihundert Kilometer für eine warme Mahlzeit mit einem Hamburger Mann, den ich noch nie gesehen habe. Das ist natürlich komplett bekloppt.

»Weißt du, was da ungefähr in der Mitte liegt?«, fragt er mich. Ich krame in meinen Heimatkundeerinnerungen. Alsfeld fällt mir ein. Da hat ein Kollege und Freund von Knut ein Autohaus, und wir fahren ein-, zweimal im Jahr hin, um ihn und seine Frau zu besuchen. Sind hingefahren, korrigiere ich mich im Stillen. Alsfeld liegt um die hundert Kilometer von Frankfurt entfernt.

»Wollen wir telefonieren und die verrückte Idee mal besprechen?«, unterbricht Tim meine Gedanken.

Er hat eine schöne Stimme. Tief. Männlich. Eine leichte norddeutsche Färbung. »Wann könntest du in diesem Alsfeld sein?«

Ich werde etwa eine Stunde Fahrzeit brauchen und vorher mindestens noch eine halbe, um mich ausgehtauglich herzurichten. »In ungefähr hundert Minuten!«, antworte ich, »aber vielleicht ist das Ganze auch ein ganz klein bisschen überstürzt.«

»Ulrike, so nah werden wir uns in nächster Zeit nicht mehr sein. Ich habe das Gefühl, das könnte unsere große Chance sein. Wir sollten sie nutzen. Das könnte Schicksal sein! Ein Wink!«

Scheiß auf die Vernunft. Ich war so lange vernünftig. »Gut«, sage ich, »dann will ich dem Schicksal nicht im Weg stehen. Such du ein Restaurant aus und schick mir die Adresse. Wir sehen uns in, sagen wir mal, in hundertzehn Minuten in Alsfeld. Die Zeit läuft ab jetzt.«

Er lacht, und es hört sich sehr sexy an: »Das nenne ich mal eine echt spontane Frau, sehr, sehr cool. Gefällt mir. Adresse schicke ich dir. Kann aber nix Dolles versprechen, erstaunlicherweise gehe ich selten in Alsfeld essen.«

»Bis gleich!«, sage ich und lege auf. Ich fühle mich verwegen. Und cool. Beides Adjektive, die man normalerweise nicht mit mir in Verbindung bringen würde.

Viel Zeit bleibt mir nicht. Ich überlege, was ich anziehe und ob ich mir schnell noch die Beine und den großen Rest rasiere. Entscheide, dass eine Dusche reicht. Unrasierte Beine sollten mich auch davon abhalten, in Alsfeld mehr zu tun, als zu essen. Kleine Sexverhinderungsmaßnahme. Überhaupt an Sex zu denken, mit jemandem, den ich noch nie gesehen habe, ist eigentlich bekloppt. Eigentlich. Aber seit Stefan ohne o halte ich mehr bei mir für möglich als je zuvor. Ich hätte immer behauptet, so etwas würde ich nie machen. Aber ich habe es gemacht. Man kann sich in sich selbst täuschen. In meinem Fall ist das eine gute Nachricht. Es scheint mehr in mir zu stecken, als ich bisher dachte. Nie kann jederzeit sein.

Ich beschließe, mich nicht irrsinnig aufzubretzeln. Jeans, nette seidige Bluse in Rot und flache Schuhe fürs Autofahren. Nehme mir ein paar Pumps mit, falls ich doch gerne ein bisschen größer und ein bisschen sexyer aussehen will. Jetzt könnte ich den Protzgürtel von Knut, das Weihnachtsgeschenk, brauchen. Aber der schmückt ja eine Siebzehnjährige unter ihrer Fleecejacke. Egal. In fünfundzwanzig Minuten bin ich fertig. In dieser Hinsicht halte ich mich für eine unkomplizierte Frau. Ich brauche nicht lange, um mich herzurichten. Wimperntusche, Rouge und ein bisschen Lipgloss sollten genügen. Ich bewundere Frauen, die gekonnt mit Concealer & Co. umgehen. Heutzutage gibt es sogar Frauen, die legen ihr Gesicht ein. Dachte lange, das geht nur bei Gurken oder Paprika. Mit Einlegen sind Schattierungen gemeint, die durch Hell-Dunkel-Effekte Zonen des Gesichts schmaler wirken lassen oder sie stärker hervorheben, hat mir mal eine Freundin erklärt. So habe ich es jedenfalls verstanden. Angeblich kann man da wahnsinnig tolle Effekte erreichen. Ich kann mir nicht vorstellen, dass der Aufwand im Verhältnis zum Gewinn steht. Ich habe es einmal versucht und sah seltsam aus und mein Gesicht leider genauso breit wie sonst auch. Wenn ich mal ganz viel Zeit übrig habe und mich irre langweile, werde ich es vielleicht noch einmal versuchen. Solange es meinen Kühlschrank und Netflix gibt, denke ich, komme ich nicht in diese Situation.

Tinder ist auch gut gegen Langeweile, habe ich inzwischen festgestellt. Bevor ich mich auf den Weg Richtung Alsfeld mache, schicke ich auch dem Letzten auf meiner Tinder-Liste noch eine Nachricht. Leonhard, 42, aus Hanau. Fünf Jahre jünger als ich. Als ich aufs Gymnasium kam, wurde er gerade eingeschult. Damals undenkbar, mit jemandem aus dieser Altersklasse irgendwas zu unternehmen. Aber heute? Sind fünf Jahre viel? Ist allein der Gedanke nicht albern? Welcher Mann würde sich Sorgen machen, dass eine fünf Jahre jüngere Frau zu jung sein könnte? Keiner. Außerdem scheint er ja lesen zu können und hat somit mein Alter gesehen. Er weiß also, worauf er sich einlässt.

Seine Nachricht: »Hallo, schöne Unbekannte, freue mich über unser Match. Was machst du gerne?« Schöne Unbekannte ist ein wenig geschwollen, aber wie schon erwähnt, ich bin empfänglich für jede Art von Lob und Kompliment. Was machst du gerne, ist allerdings eine eher schwierige Frage. Will er was über meine Hobbys wissen?

»Hallo, Leonhard«, antworte ich, »bin in Hektik und verabredet, wollte mich nur kurz melden und sagen, dass ich mich morgen in Ruhe melde.« Dafür werde ich keinen Originalitätspreis überreicht bekommen, aber es ist immerhin höflich, und ich mache den Eindruck einer beschäftigten Frau.

Fünfunddreißig Minuten nach meinem Telefonat mit dem Hamburger sitze ich im Auto. Er hat mir die Adresse eines italienischen Restaurants geschickt. Laut meinem Navi müsste ich pünktlich zur verabredeten Zeit um 21 Uhr da sein. Rauf auf die A 5 und, wie die Hessen gerne sagen, »als geradeaus«. Schon hinter Friedberg beginnen die großen Zweifel. Was, wenn er ein Vollidiot ist? Was, wenn er ein Psychopath ist? Was, wenn er nur einen miesen Witz gemacht hat und sehen wollte, ob eine Frau diesen Aufwand auf sich nimmt? Was, wenn er mit einem Freund irgendwo sitzt und zeitgleich mehrere Frauen in dieses Lokal bestellt, um sich dann über die Naivität der Frauen kaputtzulachen? Ich habe mit einem Mal ein sehr ungutes Gefühl, in das ich mich richtiggehend reinsteigere. Werde ich verarscht? Vorgeführt? Kurz vor Butzbach überlege ich, ob ich umdrehe, als eine WhatsApp aufploppt.

»Auf dem Weg, freue mich sehr auf dich! Tim«, steht da, und auf dem beigefügten Foto sehe ich ein Navi mit Ankunftszeit 20 Uhr 55 in Alsfeld. Das war perfektes Timing. Zehn Kilometer weiter hätte ich mich in die Gegenrichtung bewegt.

Je näher Alsfeld kommt, umso aufgeregter werde ich. Ich kenne Tim nicht. Habe ihn bisher nur auf seinen Tinder-Fotos gesehen. Er hat etwas sehr Entschiedenes im Blick. Ein markantes Gesicht, eine spitze, sehr große Nase, dunkle Augen und einen Dreitagebart. Längeres, grau meliertes Haar. Ich versuche, mich zu beruhigen. Du musst ihn nicht heiraten, es ist ein Abendessen, nicht mehr und nicht weniger. Warum kann ich mich nicht einfach freuen? Freuen darüber, dass ich endlich mal nicht den ganzen Abend auf der Couch liege? Dass ich was erlebe. Im schlimmsten Fall habe ich Sprit verfahren und eine lustige Geschichte für meine Freundinnen.

Ich sollte eine anrufen und sagen, wohin ich unterwegs bin, und vor allem, mit wem. Sicherheitshalber. Die Wahrscheinlichkeit, dass ausgerechnet Tim ein Frauenmörder ist, ist gering, aber wenn ich mir vorstelle, dass meine Tochter so etwas machen würde, wird mir ganz schlecht. Der würde ich einen ordentlichen verbalen Einlauf machen. Mein Ausflug hat alles, was Eltern von Töchtern im Allgemeinen hassen. Abends in unbekannter Gegend einen Mann treffen, den man nicht kennt. Ich rufe Hanne an, schon weil ich Angst habe, dass Geli ausrastet, wenn ich ihr davon erzähle. Auch Hanne findet mich ein wenig leichtsinnig.

»Ich fahre ja nicht zu ihm ins Hotel, wir sind in einem öffentlichen Lokal verabredet!«, rechtfertige ich mich.

»Zum Glück«, befindet Hanne, »alles andere wäre ja Wahnsinn.«

Ich muss versprechen, ihr sowohl bei der Ankunft als auch zwischendrin und auf dem Nachhauseweg eine Nachricht zu schicken.«

»Er wird mich schon nicht auffressen!«, sage ich.

»Es gibt viele Irre da draußen, glaube mir! Also sei vernünftig«, bleibt sie streng.

Dass mich mal jemand zur Vernunft ermahnen muss, ist fast schon witzig. Jahrelang war ich die personifizierte Vernunft. Inzwischen sind es nur noch fünf Kilometer, und ich verlasse die Autobahn. »Hanne, ich muss mich hier auf den Weg konzentrieren, ich melde mich später!«, verabschiede ich mich.

Um 20 Uhr 57 parke ich vor dem Restaurant Sorpresa. Wie passend! Sorpresa heißt Überraschung. Weiß ich von Giovanni, unserem Stammitaliener, der uns gern ein Menü Sorpresa kredenzt hat.

Sofort habe ich wieder Bilder im Kopf, Bilder von Knut und mir. Es gibt viele Situationen, die ich mit Knut verbinde. So wie Ex-Raucher in der Entwöhnungsphase bei jedem Kaffee jammern, weil sie Kaffeetrinken mit Rauchen verknüpfen. In meinem Kopf ist vieles mit Knut assoziiert.

Ob ich Tim erkenne? Ob er mich erkennt? Ich erneuere zum siebenundzwanzigsten Mal seit zu Hause meinen Lipgloss und steige aus.

Ich erkenne ihn sofort. Er sieht aus wie auf seinen Fotos. Er sitzt an einem kleinen Tisch und steht auf, als ich das Restaurant betrete. Er ist kräftiger, als ich dachte. Dick wäre übertrieben, bei Frauen würde man sagen moppelig. Er hat einen Bauch. Der Rest ist schlank. Mich stört das nicht, eher im Gegenteil. Man ist sofort gnädiger mit der eigenen Figur. Er trägt eine beige Hose und ein farblich passendes Jackett mit einer Art Brosche am Revers. Eine Blume, soweit ich das auf den ersten Blick sehen kann. Sieht aus wie von einem Stand mit Filzsachen auf einem Kunstgewerbemarkt. Ein bisschen ungewöhnlich, aber kein K.-o.-Kriterium. Zur Begrüßung nimmt er mich in den Arm. Er ist einen Hauch größer als ich, und ich bin in dem Moment froh, nicht die Schuhe gewechselt zu haben. Habe ich glatt vergessen.

»Ist ja kein Geschäftstermin!«, begründet er seine Umarmung.

Sie ist angenehm. Fest, aber nicht übergriffig. Kein Rückengetatsche. Einfach nur eine freundliche Umarmung.

Wir essen Pasta und reden. Er arbeite mit seiner Ex-Frau zusammen in einer Gemeinschaftspraxis und warte sehnsüchtig auf die Scheidung. Zwei Kinder, beide studieren – große Überraschung – auch Zahnmedizin. Sie wollen die Praxis der Eltern übernehmen. Sie besuchen teure Privatuniversitäten. Was auch sonst. Er liebt schnelle Autos und Uhren. Erklärt mir ausführlich, welche Modelle von Rolex in seinem Besitz sind. Ich kenne mich mit Uhren nicht aus, und sie interessieren mich auch nicht besonders. Das stört ihn nicht die Bohne, im Gegenteil, mein Nichtwissen beflügelt ihn noch mehr. Ich komme mir vor wie bei einer Schulungsveranstaltung des Uhrenherstellers. Habe vor dem Treffen lange überlegt, wie ich meinen Beziehungsstatus erklären soll. Die Frage stellt sich gar nicht. Ich habe kurz erwähnt, dass Knut und ich getrennt seien, Tim hat nicht weiter nachgefragt. Er trinkt inzwischen das dritte Glas Wein, und ich überlege, ob ich eine Bemerkung dazu machen sollte. Er muss, genau wie ich, ja noch mindestens hundert Kilometer fahren.

»Hast du nicht Angst, erwischt zu werden?«, frage ich, als er sich das vierte Glas bestellt.

»Du hast recht«, antwortet er und macht die Bestellung rückgängig.

Dann geht es nahtlos mit dem Uhrenvortrag weiter. Er fliege nächste Woche nach New York und überlege, ob er sich da noch eine hole. Irgendein ganz besonderes Modell mit hohem Wiederverkaufswert. Nach zwei Stunden mit Tim könnte ich als Rolexfachverkäuferin arbeiten. Versuche mehrfach, das Thema zu ändern, aber Tim ist in seinem Element und lässt sich nicht ablenken.

Schicke Hanne von der Toilette aus eine Nachricht. »Nett, aber eher langweilig. Angeber. Statusbesessen. Fahre in einer halben Stunde los und melde mich aus dem Auto! Solltest du je 'ne Frage zu Luxusuhren haben, frag mich!«

Tim und ich schaffen es, bevor ich mich auf den Heimweg begebe, tatsächlich noch, ein wenig über andere Dinge zu reden. Er erzählt mir von seinen Patientinnen. Nahezu alle sind, so sagt er, vernarrt in ihn. Um 23 Uhr 20 gähne ich mehrfach diskret und beschließe, dass es Zeit für den Heimweg ist.

»Schade, dass du schon losmusst, aber ist sicher vernünftig«, kommentiert er meinen Aufbruch.

Tim bezahlt und lehnt mein Angebot, mich zu beteiligen, mit großer Geste ab. »Bei mir zahlen Frauen nicht!«, informiert er mich.

Man bezahlt letztlich immer, schießt es mir durch den Kopf.

45 Euro 80 kostet ihn der Restaurantbesuch. Er legt einen Fünfzigeuroschein hin und sagt: »Stimmt so!«

Nicht ganz zehn Prozent Trinkgeld, aber immerhin. Männer, die keinerlei Trinkgeld geben, hätten bei mir keine Chance. Hat Tim eine? Darüber denke ich auf der Heimfahrt nach.

War es ein schöner Abend? Hatte ich Spaß? Müsste ich dem Abend eine Note geben, wäre es eine Drei minus.

Ich rufe Hanne an, obwohl es schon reichlich spät ist. »Du lebst noch, das ist schön!«, begrüßt sie mich. »Und, jetzt erzähl. Details. Alles. Ich bin extra wach geblieben.«

Ich fasse den Abend für sie zusammen.

»Das war's dann wohl!«, lautet ihr Fazit.

Ich bin unsicher. Es war kein Knallerabend, aber richtig schlimm war es auch nicht. »Ich warte mal ab. Lasse das zunächst mal sacken und entscheide dann! Schlaf gut, und danke fürs Fernaufpassen!«, verabschiede ich mich von meiner Freundin.

Kaum habe ich aufgelegt, klingelt mein Telefon. Hat sie was vergessen? Nein, denn es ist nicht Hanne, sondern Tim. Ich bin überrascht. Er wolle sich für den schönen Abend bedanken. Es habe ihm Spaß gemacht, mit mir zu reden. Und mich anzuschauen. Sofort sehe auch ich den Abend in einem anderen Licht. Wir unterhalten uns per Telefon besser als vorher. Vielleicht verdient er eine zweite Chance? Vielleicht war er nervös und hat deshalb so viel gesprochen und so wenig gefragt? Nervosität kann unterschiedliche Auswirkungen haben.

»Darf ich mich wieder melden?«, fragt er relativ schüchtern nach einer guten halben Stunde.

»Klar, warum nicht«, antworte ich und finde den Gedanken sogar ganz schön.

»Dass du das heute gemacht hast, hat mich beeindruckt, das war echt megacool. Fahr vorsichtig und komm gut nach Hause. Schick mir bitte noch eine kleine Nachricht, wenn du sicher angekommen bist!«, beendet er das Gespräch.

Nach unserem Telefonat sehe ich den Abend in einem komplett anderen Licht und bereue nicht einen Kilometer Fahrt. Ein Zahnarzt aus Hamburg? Ein Zahnarzt mit einer Uhrenmanie? Könnte Tim ein Mann sein, in den ich mich verliebe? Habe ich Schmetterlinge im Bauch? Eher nicht. Aber wer sagt, dass die sofort auftauchen müssen? Ist das nicht ein zu hoher Anspruch?

Neuer Tag, neues Date. Heute steht Peter, 49, aus Frankfurt auf meiner Liste. Meine Datingaktivitäten haben einen guten Nebeneffekt: Sie beschäftigen mich, und ich habe weniger Zeit, über meine Situation nachzudenken. Im Büro versuche ich, Peter zu googeln, um mir einen kleinen Informationsvorsprung rauszuarbeiten. Ohne Nachnamen keine leichte Aufgabe. Trotzdem finde ich ihn. Eines der Bilder auf Tinder verrät ihn. Männer scheinen zur Faulheit zu neigen. Haben sie ein gutes Bild, oder jedenfalls eines, das sie gut finden, benutzen sie es überall. Für den Job und für ihre Social-Media-Aktivitäten.

Peter mit seiner Glatze und dem schönen, leicht getönten Teint ist nicht schwer zu finden. Er heißt Peter Pinz und ist bei einer Beratungsfirma tätig. Kein Partner, kein Geschäftsführer, ein normaler Angestellter. Für mich kein Problem. Ich bin keine Alphamännchenjägerin. Ich zeige ihn Susanne. »Sieht gut aus, aber wie jemand, der das auch ganz genau weiß!« Für ihre

These sprechen die vielen Bilder, die er mir geschickt hat. Peter mag sich. Das ist offensichtlich und an und für sich ja auch erst mal nichts Verwerfliches. Im Gegenteil, ich könnte mir getrost eine Scheibe davon abschneiden.

»Was hast du gesagt, wie alt der ist?«, erkundigt sich Susanne.

»Neunundvierzig.«

»Wenn ich richtig lese, ist er fünfundfünfzig. Steht jedenfalls so auf der Firmenhomepage. Ich glaube kaum, dass er da lügt.«

Interessante Info. Warum macht sich ein Mann bei Tinder jünger? Hätte eher gedacht, dass Frauen das tun. Susanne hat eine klare Meinung zu der Frage: »So kriegt er jüngere Frauen. Eine Fünfunddreißigjährige will keinen fünfundfünfzigjährigen Mann. Aber unter fünfzig würde sie vielleicht noch akzeptieren. Ist er dir zu alt?«

Ich überlege. Acht Jahre Altersunterschied. Bis zu zehn Jahre halte ich für erträglich. Aber dass einer auf seinem Profil so schwindelt, finde ich seltsam und auch blöd. Hätte nicht gedacht, dass Männer sich einen Kopf um ihr Alter machen. »Mal sehen, was er heute Abend sagt«, beschließe ich.

»Frag ihn zwischendrin mal, was er eigentlich für ein Jahrgang ist«, schlägt Susanne vor. »So schnell können Lügner das mit Sicherheit nicht umrechnen.«

Clevere Idee. Werde ich machen.

»Klappt das heute mit uns? 20 Uhr in der Minki Bar?«, will Peter gegen Mittag wissen.

Ich schicke ein knappes »Ja«, versehen mit einem Daumen-hoch-Emoji.

Umgehend kommt eine weitere Nachricht: »Ich freue mich sehr, sehr auf dich, Ulrike.«

»Das ist doch nett«, findet Susanne, »sei nicht zu streng mit der kleinen Altersschwindelei. Amüsier dich einfach!«, gibt sie mir noch mit in den Feierabend.

Meine Laune ist nicht die Allerbeste, als ich das Autohaus verlasse. Ich habe mit Knut gestritten. Er möchte Anna, unserer Tochter, sagen, was los ist. Will sie nicht weiter anlügen. Er plant – wie er es nennt –, reinen Tisch zu machen. Und er möchte über unsere Zukunft reden. Unsere!

»Uns gibt es ja nicht mehr!«, sage ich patzig, und er rollt mit den Augen.

»Du weißt genau, was ich meine, Ulrike, hör doch endlich auf, kindisch zu sein. Lass uns heute Abend reden.« Er scheint überrascht, als ich ihm sage, dass ich keine Zeit habe. »Wo bist du denn?«, hakt er nach.

»Verabredet!«, sage ich knapp.

Er guckt ungläubig, so als wäre allein schon der Gedanke, dass ich ausgehe, völlig abwegig. »Mit wem denn?«, kann er seine Neugier nicht im Zaum halten.

»Das geht dich einen Scheiß an!«, zische ich, und es fühlt sich wunderbar an.

»Du musst mir nichts vorspielen, aber gut. Jeder, wie er mag. Wenn es dir hilft. Dann treffen wir uns eben morgen Abend«, teilt er mir mit seiner Geschäftsführerstimme mit. Er fragt nicht mal, ob mir das passt. Morgen Abend ist aber Herr Doktor dran. Hans-Dieter, der mit der Hornbrille.

»Da kann ich leider auch nicht!«, erkläre ich Knut. »Ich habe einen wichtigen Arzttermin!« Und muss grinsen. Es ist mir vollkommen egal, ob er mir glaubt oder nicht. Soll er doch denken, was er will.

»Was soll der Affenzirkus!«, wird Knut nun wütend. »So löst man doch keine Probleme, das ist doch hochgradig albern. Ich dachte, diese Phase hätten wir hinter uns! Einen Arzttermin. Abends. Das ist doch lächerlich.«

Ich habe keine Lust auf den Ton und gehe.

»Siehste, das meine ich mit albern, Ulrike. Weglaufen wie eine Zehnjährige!«, ruft er mir hinterher.

Ich denke »Fick mich«, weiß, dass das wirklich albern ist, gehe aber trotzdem ohne weitere Reaktion. Ich finde, ich habe jedes Recht auf Albernheiten. Ich weiß, dass wir reden müssen, aber mir eilt es nicht. Der soll froh sein, dass ich ihm nicht jeden Tag die Ohren vollheule. Überhaupt weine ich weniger. Ich habe inzwischen kapiert, dass ich momentan chancenlos bin. Egal, wie viel ich weine, wie sehr ich mich gräme, wie wütend ich auch bin, es ändert sich ja doch nichts. Er hat mich ausgemustert und scheint es nicht zu bereuen.

Eine Bar im Bahnhofsviertel erfordert ein anderes Styling als ein italienisches Restaurant in Alsfeld. Ich ziehe eines meiner wenigen Kleider an, das nicht zu sehr nach Teestunde bei der königlichen Familie aussieht. Keines meiner Autohaus-Empfang-Etuikleider, sondern ein Kleid im Hippiestil. Bunt und flatterig. Dazu eine Lederjacke. Das sollte gehen. Obwohl es inzwischen mein drittes Tinder-Date ist, bin ich schon wieder nervös. Überpünktlich stehe ich schon fünf Minuten vor der vereinbarten Zeit vor der Bar. 20 Uhr 05 erscheint dann auch Peter. Sonderlich eilig wirkt er nicht, wie er da gemütlich angeschlendert kommt. Meine Mutter würde sagen: Der scheint die Ruhe wegzuhaben. Aber fünf Minuten Verspätung sind verzeihlich. Auch er umarmt mich zur Begrüßung. Das scheint Datingstandard zu sein.

»Ich freue mich sehr, sehr, Ulrike!« Dieses sehr, sehr ist offenbar sein Markenzeichen. Wir sind die ersten Gäste in der Bar. »Richtig was los ist hier so ab 23 Uhr!«, erklärt mir Peter. Sein Büro liege ganz in der Nähe, und er würde sehr, sehr gerne hier was trinken gehen. Er ist ein sehr, sehr großer Mann mit guter Figur, kein Bodybuilder, aber durchaus trainiert mit keinerlei Bauchansatz, was für diese Altersgruppe eher selten ist. Er wirkt ausgesprochen männlich, aber seine Stimme ist nicht besonders tief. Ist mir am Telefon gar nicht so aufgefallen. Die Stimme klingt fast piepsig. Entweder er ist ein sehr, sehr entspannter Mann oder er hat jede Menge Datingroutine, denn er wirkt nicht nervös. Schnell zischt er zwei große Bier, während ich mich an einer Weißweinschorle festhalte. Er gehe gerne aus, gucke eigentlich nie Fernsehen und liebe es, Sport zu treiben, bei Tinder sei er erst seit Kurzem. Er habe es nie gewollt, Tinder sei nicht seine Welt, aber ohne feste Freundin sei das Leben nicht so schön, wie es sein könnte. Da bliebe eben, bei all dem schönen Leben, eine Sehnsucht.

Peter weiß, was Frauen gerne hören. Er schaut mir tief in die Augen und berührt mich wie zufällig immer mal wieder am Arm. Es ist mir nicht unangenehm, aber irgendetwas in mir ist alarmiert. Es ist schwer vorstellbar, dass dieser gut aussehende Mann keine Freundin hat.

»Woran liegt es deiner Meinung nach, dass du keine Freundin findest?«, frage ich ihn.

Er seufzt, streicht sich mit seinen schönen Händen über die Glatze und antwortet mit viel Pathos: »Ich bin schon sehr, sehr anspruchsvoll!« Und geschickt. Denn jede Frau ist sofort geschmeichelt, wenn er angeblich sehr, sehr anspruchsvoller Mann sie für ein Date auserkoren hat. Ich kann mich des Gedankens auch nicht erwehren. Peter ist wirklich charmant. Auf eine unaufdringliche Art. Er hat außerdem einen gewissen Witz. Genau wie Tim findet er sich selbst als Gesprächsthema am interessantesten, aber er ist kein ganz so offensichtlicher Angeber.

Peter könnte mir gefallen. Aber er hat etwas an sich, was eine Art von unterschwelligem Alarm auslöst. Da stimmt was nicht, sagt eine leise Stimme in mir. Das ist zu viel des Guten. Zu viel Begeisterung und Bemühen. Er legt sich ins Zeug, als wäre ich die letzte verfügbare Frau auf Erden und als würde ihn eine Jury hinterher für seine Flirtleistungen bewerten. »Hallodri« haben meine Eltern Männer dieses Schlages früher genannt. Nach eineinhalb Stunden ziehen wir weiter in eine andere Bar. Er kennt sich aus. »Richtig cool ist es in der Bar auf dem Parkhaus Börse, wäre das Wetter schöner, könnten wir dahingehen. Na ja, machen wir halt beim nächsten Mal.«

Er will also wieder mit mir ausgehen. Ich fühle mich, als hätte ich einen Testlauf bestanden. Als wäre ich eine Runde weiter oder hätte ein Casting gemeistert. »Mister angeblich anspruchsvoll« beendet unser Date schon gegen 22 Uhr 30. »Ich muss morgen arbeiten, aber wir sehen uns bald wieder, oder?«, sagt er zum

Abschied und umarmt mich ein wenig inniger als bei der Begrüßung. Wenn man angeblich so in Ekstase ist, könnte man doch auch mal auf ein Stündchen Schlaf verzichten? Er hat mich nicht mal gefragt, ob ich noch irgendwohin will. Ich fühle mich charmant abserviert und wie eine Fünfzehnjährige nach Hause geschickt. In mir keimt der Verdacht auf, er könnte noch ein Anschlussdate haben. Bin ich eine misstrauische Frau geworden? Sollte ich nicht beschwingt nach Hause fahren, anstatt zu grübeln?

»Magst du ihn denn?«, fragt mich Geli, die ich noch vom Auto aus anrufe. »Ja und nein«, antworte ich nach kurzem Überlegen. Mir ist seine Begeisterung für mich suspekt. Was nicht nur mit meinem sicherlich ausbaufähigen Selbstbewusstsein zu tun hat. Sie ist nicht angemessen. Wir haben uns ein einziges Mal gesehen.

»Du bist witziger und sehr viel toller, als du denkst!«, findet Geli. Das ist natürlich furchtbar nett, aber trotzdem bleibt ein Hauch Unbehagen. Mein Bauchgefühl sagt mir, dass da was nicht stimmt. »Warte doch einfach ab, das klärt sich von ganz allein! Und steigere dich nicht in irgendwelche Wahnvorstellungen«, rät mir meine Freundin.

Zu Hause angekommen, erreicht mich punktgenau beim Einparken eine Nachricht von Peter. »Sehr, sehr schön war es mit dir, Ulrike. Hoffe, du bist gut zu Hause angekommen!«

Ich bin direkt ein wenig besänftigt. Das hat etwas Fürsorgliches und ist vor allem auch höflich. Könnte natürlich auch nur gutes Benehmen sein. Ich muss aufhören, ständig zu spekulieren, immer alle Eventualitäten abzuwägen, und lernen abzuwarten.

Schicke Peter eine Nachricht zurück: »Danke, gut angekommen. Ich fand den Abend auch schön. Gute Nacht.« Ob ich mich damit schon zu weit aus dem Fenster gelehnt habe? War das zu euphorisch oder nur angemessen freundlich?

Werde morgens wach und habe schon wieder eine Nachricht von Peter. »Guten Morgen, du kleines Landei! Wann sehe ich dich wieder?«

Man kann sagen, er bleibt am Ball. Das müsste jemand, der nur höflich sein möchte, nicht tun. Bin direkt ausgesprochen gut gelaunt, wünsche ihm auch einen guten Morgen und bitte um seinen Terminvorschlag. »Melde mich sehr, sehr bald!«, schreibt er nur. Ich glaube, auf lange Strecke kann einem dieses »sehr, sehr« sehr auf die Nerven gehen.

Wenn das alles ist, Ulrike, ermahne ich mich.

Von meiner Laune profitiert dann auch Knut. »Lass uns in der Mittagspause eine Kleinigkeit essen und reden, abends bin ich zurzeit, wie du ja mitbekommen hast, ziemlich verplant!«, biete ich ihm an. Er willigt ein, und wir gehen mal wieder zu Giovanni, der sich, trotz meines denkwürdigen letzten Auftritts, unglaublich freut, mich zu sehen. Es wird ein gutes Gespräch, vielleicht auch, weil ich den Eindruck habe, es könnte tatsächlich ein Leben ohne Knut möglich sein. Da draußen sind noch mehr, habe ich inzwischen festgestellt, und die letzten Wochen meines Lebens waren sicherlich anstrengend, aber ich habe mich lebendiger gefühlt als in den ganzen letzten Jahren. Das hat etwas ungemein Tröstliches.

Ich überzeuge ihn davon, Anna nicht am Telefon mit der Trennungsnachricht zu konfrontieren. Er ist meinen Argumenten zugänglich. Er teilt mir mit, dass er jetzt doch die Scheidung will. Ich höre heraus, dass nicht er die treibende Kraft ist, sondern seine Nina.

»Bist du dir da ganz sicher?«, hinterfrage ich seinen Wunsch.

Er zögert. »Nein, bin ich nicht. Im Gegenteil. Ich bin zutiefst verunsichert. Aber du weißt, ich habe gerne klare Verhältnisse. Und es ist auch für Nina so ja nicht zumutbar.«

Das sehe ich anders. Sie hat gewusst, auf was sie sich eingelassen hat. Ein bisschen Geduld kann man in ihrem Alter doch noch haben. Aber ich weiß natürlich nicht, was Knut ihr im ersten Rausch so alles versprochen hat. Ich bin wehmütig, aber erstaunlich gefasst. Habe ich Knut schon abgehakt? Nein, aber ich habe begriffen, dass es nicht in meiner Macht steht. Dass seine Entscheidung nichts mit Wohlverhalten meinerseits zu tun hat. Er kennt mich. Kennt meine Möglichkeiten und meine Defizite, so wie ich seine. Wir sind uns vertraut. Drei Kilo mehr oder weniger oder eine neue Frisur werden daran nichts ändern.

»Das geht mir zu schnell mit der Scheidung, ich muss lernen, mit der Situation klarzukommen. Ich möchte keinen Krach, das kostet auch mich zu viel Kraft. Aber ich möchte Zeit haben, das Ende unserer Ehe zu akzeptieren. Ich kann das nicht gut erklären, aber es fühlt sich nicht richtig an, sich sofort scheiden zu lassen. Kannst du das verstehen?«, frage ich ihn.

Er kann. »Du fehlst mir!«, sagt er auf einmal, und es hört sich wahr und ernst gemeint an. »Du mir auch«, antworte ich, und er nimmt, quer über den Tisch, meine Hand in seine. Ist das der Auftakt für das lange ersehnte Happy End, die ungeahnte, aber so erhoffte Wende? Wird er gleich sagen, dass alles doch ein großer Fehler war und es ihm leidtut? »Als gute und vertraute Freundin«, schränkt er seine Aussage ein und lässt meine Hand wieder los. Es fühlt sich an wie ein abrupter radikaler Platzverweis.

»Liebst du diese Nina?«, will ich wissen, und schon, als ich die Frage ausgesprochen habe, fürchte ich die Antwort.

»Ich glaube, ja«, verkündet er nach einem Moment des Nachdenkens. »Ich bin auf alle Fälle sehr, sehr verliebt!«

Bei sehr, sehr muss ich sofort an Peter denken. Wage einen schnellen Blick auf mein Handy und sehe, dass ich zwei neue Nachrichten habe. Immerhin einer, der sich um mich bemüht.

Knut redet weiter: »Ich habe durchaus noch Gefühle für dich, Ulrike, es ist nicht so, dass du mich kaltlässt. Ich habe dich gern. Und ich will keinen Rosenkrieg. Glaubst du, wir kriegen das hin?«

Puh. »Ich hab dich gern« ist nicht viel. Das muss ich verdauen. Aber einen Rosenkrieg will auch ich nicht. Wozu auch? Ich merke, dass meine Wut auf Knut insgesamt nachgelassen hat. Es ist passiert, es war nicht das, was ich wollte, ganz und gar nicht, aber ich muss damit leben. Welche Alternative bleibt mir? Ich will der dauerhaften Verbitterung nicht Tür und Tor öffnen. »Ich habe dich, trotz allem, auch gern!«, sage ich deshalb und bin stolz auf mich. Stolz darauf, so gelassen zu sein.

Knut strahlt. »Meinst du, darauf könnten wir aufbauen?«

Ich nicke.

»Das ist wirklich groß von dir. Sehr souverän. Ich bin beeindruckt. Ich weiß nicht, ob ich das gekonnt hätte. Also im umgekehrten Fall!«, gesteht Knut, und ich freue mich über das Kompliment.

Werden wir in einigen Jahren vielleicht wirklich Freunde sein können? Ist so etwas möglich? Ich bin mir nicht sicher, aber die Zeit wird es zeigen. Noch vor Kurzem hätte ich diese Variante für ausgeschlossen gehalten. Ich merke, ich bin einen Schritt weiter.

Kaum bin ich wieder im Büro, checke ich meine Nachrichten. »Heute, morgen, übermorgen – habe immer Zeit für dich!«, lautet Peters Nachricht. Der scheint mich echt gut zu finden, oder er weiß, was Frauen gerne hören. Tim, der Zahnarzt, fragt, ob wir heute Abend telefonieren wollen, und schickt mir eine Röntgenaufnahme von irgendeinem Gebiss. »Eben schon eine Seniorin glücklich gemacht!«, schreibt er dazu. Und wahrscheinlich eine kleine Rolex dabei verdient. Vertröste Tim auf morgen, denn heute ist Hans-Dieter, der Arzt, dran. Morgen nehme ich mir mal datefrei, telefoniere mit Tim und schlage Peter übermorgen vor. Überlege, ob ich Hans-Dieter direkt absage und lieber mit charming Peter ausgehe. Er gefällt mir. In meiner persönlichen Chartliste liegt er momentan auf der Spitzenposition. Was sicherlich auch daran liegt, dass er sich so dermaßen ins Zeug legt. Auf Platz zwei rangiert Seniorinnenbeglücker und Uhrensachverständiger Tim. Paralleldating und Akquise sind ein nicht zu unterschätzender logistischer Aufwand. Meine Rangliste lässt mich insgeheim selbst lachen. So viele sind es ja noch gar nicht. Ordne den Männern unterschiedliche Töne bei WhatsApp zu. Peter bekommt den Spieluhrton, weil der Umgang mit ihm bisher spielerisch leicht ist, und Tim den Glaston, scharf und ein wenig schrill, weil ich Zahnarzt irgendwie mit fiesen Geräuschen assoziiere.

Bringe Susanne im Büro auf den neuesten Stand. Sie schüttelt nur mit dem Kopf: »Oh mein Gott. Da kann man ja schon jetzt durcheinanderkommen. Aber Ulrike, diesen Hans-Dieter guckst du dir auf jeden Fall an. Vielleicht legt sich deine Euphorie mit dem von gestern auch, wenn du gleich siehst, was ich über ihn rausgefunden habe!« Susanne hat ihre Arbeitszeit und die Abwesenheit des Chefs genutzt, um Peter richtig durchzustalken.

»Ich weiß, dass er älter ist, das hatten wir doch schon. Habe aber vergessen, ihm die Frage nach dem Geburtsjahrgang zu stellen. Es war so ein netter Abend, da habe ich nicht mehr dran gedacht. Und mal ehrlich, ist doch auch total egal, wie alt er ist«, antworte ich meiner Bürofreundin.

Sie dreht ihren Computerbildschirm in meine Richtung und sagt nur: »Guck halt! Es geht nicht ums Alter!«

Auf ihrem Bildschirm ist die Seite einer Datingshow des Privatfernsehens. Und einer der Kandidaten in der Liste ist Peter. Eindeutig. Ich erkenne ihn sofort. Für jemanden, der Fernsehen nach eigenen Angaben hasst, erstaunlich. Seine Teilnahme kann man dummerweise auch nicht als Jugendsünde abtun, denn sie ist erst zwei Monate her. Stört mich das? Ist das verwerflich? Oder nur ziemlich peinlich?

Susanne bemerkt mein Zaudern. »Na ja, ist jedenfalls nicht strafbar. Wenn sonst nichts weiter ist. Warte doch mal ab, ob er dir davon erzählt. Wenn ja, finde ich es verzeihlich. Jeder macht mal irgendeinen Mist. Vielleicht war es einfach nur ein Spaß. Oder es gab eine Menge Geld. Oder beides.«

Denke laut darüber nach, ob ich einen Screenshot mache und ihm den direkt schicke.

Susanne hält mich davon ab: »Jemand, der so gezielt einen Datepartner durchstalkt, ist auch peinlich. Ehrlich gesagt noch peinlicher. Das hat etwas Zwanghaftes. Das solltest du auf keinen Fall zugeben. Ist doch gut, das Wissen im Hinterkopf zu haben. So ein Informationsvorsprung kann nie schaden. Und es ist interessant, was er dir erzählt und ob er es erzählt.«

Das leuchtet mir ein, und ich unterdrücke den akuten Sendeimpuls. »Du hast recht, und danke für die Infos!«, sage ich zu Susanne. Insgeheim bestätigt Susannes Recherche meinen unterschwelligen »Haldodri«-Verdacht. Aber jemanden aufgrund einer falschen Altersangabe und der Teilnahme an einer sehr dusseligen Show zu verbannen, erscheint mir dann doch auch übertrieben. So dramatisch ist das alles nicht, rede ich mir selbst zu. Hat nicht Hanne so treffend gesagt: Irgendwas ist immer! Wenn das alles ist, geht es ja noch.

»Du hast keine Eile, musst doch nicht morgen eine Entscheidung treffen, also schau einfach. Entspann dich.« Wieder hat sie recht.

Heute Hans-Dieter, und morgen sehen wir weiter. Und übermorgen. Ein Schritt nach dem anderen.

Auch Hans-Dieter und ich treffen uns in Frankfurt. Allerdings bei einem schicken und, wie ich gehört habe, ziemlich teuren Italiener. Auch die Wahl des Restaurants ist eine Aussage. Es ist Hans-Dieters Stammlokal, wie er sagt. Ich greife zu meinem aktuellen Standard-Ausgehoutfit: Seidenbluse, Jeans und Pumps. Auf den Fotos sah Hans-Dieter seriös aus, und mit Sicherheit ist er kein Hipster-Typ, der in seiner Freizeit die InStyle liest.

Er sitzt schon da, als ich, wie immer auf die Minute pünktlich, das Restaurant betrete. Hans-Dieter ist, wie erwartet, kein Mann für den ersten Blick. Er trägt ein weißes Hemd, und das Unterhemd zeichnet sich darunter ab. Dazu Jeans und ein blaues Sakko. Sein Haar ist, freundlich formuliert, übersichtlich, er ist mit Sicherheit nicht eins achtzig, wie bei Tinder angegeben, seine Nase ist groß, seine Lippen dafür extrem schmal. Umgekehrt wäre günstiger. Ob man mit diesen Lippen gut küssen kann? Aber das spielt zunächst ja mal keinerlei Rolle.

Er strahlt mich zur Begrüßung an und schüttelt mir lange die Hand. Der Erste, der mich zur Begrüßung nicht umarmt. »Das ist meine Tinder-Date-Premiere, und ich bin ganz schön nervös!«, gesteht er mir, als wir uns setzen. Diese Offenheit gefällt mir.

Wir studieren die Speisekarte so gründlich, dass man denken könnte, wir müssten sie auswendig lernen. Verlegenheit macht sich breit. Er scheint eher schüchtern zu sein. Oder einfach nur Date-ungeübt.

»Nimmst du eine Vorspeise?«, will ich wissen.

Er schüttelt den Kopf, mit einem Entsetzen im Gesicht, als hätte ich gefragt, ob er eine gegrillte Babykatze essen möchte. »Keinesfalls. Der Magen-Darm-Trakt sollte abends nicht mehr so viel zu tun haben. Ich esse normalerweise nicht nach 18 Uhr. Nicht wegen der Figur, sondern um meinen Darm nicht zu stressen.«

Ein schönes Thema für ein Date. Bevor ich einen kleinen Scherz dazu platzieren kann, redet er weiter.

»Ich bin Gastroenterologe. Teilgebiet der inneren Medizin. Magen, Darm, Leber, Galle und Bauchspeicheldrüse. Warst du schon mal bei einer Darmspiegelung?«

Ich zucke zusammen. »Äh, nein, also ich gehe sonst schon zur Vorsorge, aber ich dachte, da müsste man erst ab fünfzig oder fünfundfünfzig hin.«

Jetzt ist Hans-Dieter in seinem Element. »Sind da Erkrankungen in deiner Familie? Fälle von Darmkrebs?«, erkundigt er sich, und ich fühle mich wie bei der Erstanamnese beim Arzt.

Ich verneine wahrheitsgemäß.

»Na ja, trotz allem würde ich gehen. Prophylaktisch.« Es folgt ein Vortrag über die Scheußlichkeiten und die Gefährlichkeit von Darmkrebs mit detailgenauer Schilderung des künstlichen Darmausgangs und seiner Handhabung. Ich habe schlagartig kaum mehr Appetit. »Was wollen wir zwei Hübschen denn jetzt essen?«, kommt er vom Darmausgang dann doch noch zurück auf die Menüwahl, was allerdings auch am Kellner liegen könnte, der uns erwartungsvoll beäugt.

»Ich denke, ich nehme das Rinderfilet mit dem Gratin«, antworte ich. Er zieht demonstrativ die Augenbrauen hoch. »Das ist schwer verdaulich, Ulrike, das solltest du wissen. Ein bisschen Fisch mit Gemüse wäre sicherlich weitaus sinnvoller!« Es folgt ein Wortschwall zu Fleischverzicht an und für sich. In mir regt sich, obwohl er mit Sicherheit recht hat, ein gewisser Widerstand. Ich bin siebenundvierzig Jahre alt und sehr froh, dass ich alleine entscheiden kann, was ich esse. »Ja, das mag sein, Hans-Dieter, aber ich bin ja schon groß und ziemlich alt, und mein Magen-Darm-Trakt und ich kommen an sich prima miteinander klar.«

Er guckt zerknirscht. »Das war übergriffig, ich kann manchmal nicht aus meiner Haut. Entschuldige. Natürlich darfst du essen, was du willst.«

»Du hast es sicher gut gemeint!«, lenke ich ein, denn ich habe wenig Lust, die nächsten eineinhalb Stunden schlecht gelaunt hier zu sitzen, und schneller komme ich, auch ohne Vorspeise, bei diesem Nobelitaliener sicher nicht weg, kalkuliere ich.

»Natürlich habe ich es gut gemeint, ich wollte dich nicht bevormunden. Das Thema liegt mir nur unglaublich am Herzen, und ich kann mich manchmal kaum bremsen. Wie peinlich. Aber es ist das Gebiet, auf dem ich mich am besten auskenne und mich am sichersten fühle. Entschuldige. Wie ungeschickt von mir.«

Diese Offenheit und das Eingeständnis von Unsicherheit hat Größe, finde ich. »Vergeben und vergessen«, lache ich und bestelle Fisch mit Gemüse. Er grinst mich an. »Ich bin lernfähig, jedenfalls manchmal!«, grinse ich zurück.

»Willst du ein Glas Wein?«, erkundigt er sich jetzt.

Ich bin unsicher. Zur Auflockerung wäre ein Glas Wein sicherlich gut, aber ich habe Angst vor dem passenden Alkoholvortrag. »Trinkst du denn einen?«, frage ich deshalb vorsichtshalber, obwohl es mir natürlich egal sein könnte. Egal sein sollte. Ich muss Hans-Dieter ja nicht um jeden Preis gefallen. Trotzdem will ich es. Ich will, dass er mich will, obwohl im Moment nichts darauf hindeutet, dass ich ihn wollen könnte. Absurd. Warum nur muss ich um jeden Preis jedem gefallen?

»Ich nehme gerne ein Glas Wein und hoffe, dass mein Darm das aushält und verzeiht!«, sage ich und bin gespannt auf seine Reaktion.

»Das wird er bestimmt! Scheint ja ein richtiger *tough cooky* zu sein!«, lächelt Hans-Dieter.

Mein erstes Darmkompliment im Leben! Er trinkt auch ein Glas Wein und schafft es, bis zur Verabschiedung nicht mehr über den Magen-Darm-Trakt zu sprechen. Hans-Dieter stellt mir, im Gegensatz zu den vorherigen Dates, jede Menge Fragen. Er will etwas über mich wissen. Und er kann zuhören. Meine Knut-Ehegeschichte, die ich nicht zu sehr ausschmücke und auf die rudimentären Fakten beschränke, schon um nicht zu blöd dazustehen – verlassen zu werden macht nicht besonders sexy –, kommentiert er mit einem: »Wie dumm von ihm, das wird er sicher sehr bald heftig bereuen!«

Die Aussage freut mich. Auch wenn ich weiß, dass Hans-Dieter das sicherlich einfach so dahersagt, um nett zu sein. Wirklich beurteilen kann er es ja gar nicht. Trotzdem hatte es was von einem Kompliment. Erst der *tough-cooky*-Darm und jetzt das. Hans-Dieter bemüht sich. Wir teilen uns zum Nachtisch ein Tiramisu, und ich habe, bis auf den leicht holprigen Magen-Darm-Start, einen wirklich netten Abend. Hans-Dieter kann über sich selbst lachen, und er scheint sich aufrichtig für mich zu interessieren.

»Never judge a book by its cover«, schießt es mir durch den Kopf. Wenn er lacht, sieht er wirklich sympathisch aus. In den ersten dreißig Minuten wäre ich am liebsten aufgesprungen und nach Hause gefahren. Hans-Dieter ist nicht attraktiv, jedenfalls nicht auf den berühmten ersten Blick, aber er hat ein gewinnendes Wesen, das ihn immer attraktiver macht. Er ist der erste Mann, der mich, nachdem er wie selbstverständlich die Rechnung bezahlt hat, zum Auto bringt. Zum Abschied umarmt er mich, und es fühlt sich gut an.

»Du hast eine kostenlose Darmspiegelung mit allem Drum und Dran bei mir gut!«, sagt er noch, als ich ins Auto steige. Selbstironie und Witz. Hans-Dieter hat im Laufe des Abends eine Menge Punkte gesammelt.

Aber er hat nicht gefragt, ob er mich wiedersehen kann. Ich denke, ich würde ihn gerne noch einmal treffen. Nach gewissen Startschwierigkeiten war es schön mit ihm. Starre, nachdem ich zu Hause angekommen bin, alle fünf Minuten auf mein Handy. Ich hatte den Eindruck, dass Hans-Dieter mich gut fand, aber vielleicht war er doch einfach nur wohlerzogen höflich. Muss man sich nach einem Date abends noch melden, um zu sagen, wie begeistert man war? Sowohl Peter als auch Tim haben das getan. Gehört das dazu? Ist das quasi Standard? Sollte ich die Initiative ergreifen und ihm noch mal für die Einladung und den netten Abend danken und dann schauen, wie er reagiert? Ich verkneife es mir.

Immerhin Peter hat geschrieben. »Denke an dich und freue mich sehr, sehr auf morgen Abend!« Dahinter ein kleiner Kusssmiley. Ist das schon ein Wegweiser für morgen? Wird beim zweiten Date geküsst? Würde ich Peter küssen? Oder mich küssen lassen? Ich bleibe noch zwei Stunden wach, aber weiterhin keine Nachricht von Hans-Dieter. Steht die Menge an versendeten Nachrichten im Verhältnis zum Grad der Begeisterung? Wenn dem so ist, dann ist Hans-Dieter nicht entflammt. Aber ich habe ja zum Glück noch Peter und Tim in der Hinterhand. Im Zweifelsfall wird es ihnen ähnlich gehen. Auch sie werden neben mir noch andere Frauen daten. Exklusivität kann man nur erwarten, wenn man sie auch selbst bietet, aber im jetzigen Stadium wäre das geradezu vermessen. Alles auf eine Karte zu setzen, ist einfach verfrüht. Schön wäre es natürlich trotzdem. Wer weiß, ob Hans-Dieters Behauptung, es wäre sein erstes Date, stimmt? Eventuell ist es auch nur eine Masche. Eine ganz besonders geschickte zweifelsohne. Schüchternheit gilt als süß und rührt einen irgendwie.

Am nächsten Morgen noch immer keine Nachricht von Hans-Dieter. Bin kurz davor, beleidigt zu sein. Ich erzähle Susanne im Büro von dem Abend, und auch sie ist überrascht, dass er sich noch nicht gemeldet hat. »Passt gar nicht zu dem, was du über ihn erzählt hast! Aber vielleicht kennt er die Datingspielregeln auch nicht so genau und ist tatsächlich ein Frischling auf dem Balzmarkt. Zeig noch mal die Fotos.«

»Schön ist er nicht gerade, aber er hat was Nettes, liebe wache Augen«, findet sie. Und dann googelt sie ihn. Hans-Dieter ist kein gewöhnlicher niedergelassener Arzt, sondern Professor. »Das ist bescheiden, wenn er das nicht erwähnt hat«, kommentiert sie ihre Netzsuche.

Ich bin ebenfalls beeindruckt. »Er hat mir zum Abschied eine Darmspiegelung geschenkt, sollte ich einfach direkt einen Termin ausmachen?«

Susanne schaut mich entsetzt an: »Du willst dir von einem Typen, mit dem du ausgehst, eine Darmspiegelung machen lassen? Mal ehrlich, gibt es eine Situation, die unsexyer ist?«

Natürlich hat sie damit absolut recht, aber es wäre ein guter Grund und eine perfekte Ausrede, um den Kontakt zu suchen.

»Auf keinen Fall machst du das!«, herrscht mich Susanne an. »Jetzt gehst du heute mal mit Schwindelpeter weg und wartest einfach mal ab. Das Gute an diesem Akkorddating, das du da betreibst, ist doch, dass es auch mal einen Ausfall geben kann. Es sind doch noch genug übrig. Entspann dich einfach! Springt einer ab oder nicht an, rückt ein anderer nach.«

Das hat etwas ausnehmend Beliebiges, aber zum jetzigen Zeitpunkt wäre mehr auch unrealistisch.

Peter schickt im Laufe des Vormittags zwei weitere Nachrichten, und auch Tim, der Seniorengebissbeglücker, meldet sich mit einer freundlichen Sprachnachricht. In all dem Wirrwarr habe ich den Youngster Leonhard aus Hanau ganz vergessen. Ich hatte versprochen, mich zu melden. Als ich Tinder aufmache, sehe ich, dass ich neue Matches und Nachrichten habe. Ich muss langsam anfangen achtzugeben, um nicht den Überblick zu verlieren.

Leonhard, der Zweiundvierzigjährige, schreibt: »Vor Tagen hast du gesagt, du meldest dich morgen. Wann ist denn morgen bei dir? Mein Morgen war vor drei Tagen!«

»Mein Morgen ist genau heute«, antworte ich ihm umgehend, »und zu deiner Frage, nach dem, was ich gerne mache: Freunde treffen, am Strand oder auf dem Sofa liegen, ab und an Sport. Und du so?« Richtig Mühe habe ich mir mit dieser Antwort nicht gegeben, aber vielleicht liegt es daran, dass ich denke, mit meinem Männerportfolio zurzeit ausgelastet zu sein.

Wo ist eigentlich der Smileyfanatiker Klaus, der fünfundfünfzigjährige grau gegelte Beau hin? Verschwunden aus meiner Liste. So wie er aufgetaucht ist, ist er auch wieder abgetaucht. Er scheint mich gelöscht zu haben. Trotz seines sehr guten Aussehens kein allzu großer Verlust. Seine Nachrichten waren belanglos und eher langweilig. Ich denke, schöne Männer mühen sich weniger, weil sie glauben, allein durch ihr Aussehen ausreichend zu punkten. Sie denken, das sei mehr als genug. Jemanden einfach wegzuradieren wird einem bei Tinder leicht gemacht, höflich ist es allerdings nicht. Und es sagt einiges über einen Menschen aus. Aber unsere Konversation per Chat war nicht besonders inspirierend, und unser Humor erschien mir auch nicht kompatibel. Ich spüre nichtsdestotrotz, dass ich ein bisschen gekränkt bin. Es ist schöner, selbst eine Entscheidung zu treffen. Niemand mag es, aussortiert zu werden. Mein Bedarf in dieser Hinsicht ist seit Knuts Entscheidung gedeckt.

Nehme mir fest vor, auf keinen Fall je so zu agieren. Für eine kurze Nachricht sollte es immer reichen, auch wenn das Ergebnis natürlich gleich bleibt. Überlege, warum Klaus mich weggewischt hat. Sofort fallen mir tonnenweise Gründe ein. Nicht hübsch genug, zu fett, zu groß, zu klein, zu unwitzig. Zu irgendwas halt. Zu wissen, man wischt sich eben schnell was Neues ran, ist halt auch verlockend. Tinder gaukelt uns vor, da draußen gäbe es Millionen Optionen. Frischfleisch ohne Ende. No limits. Wozu sich mühen und jemanden gründlich kennenlernen, wenn es nicht direkt schon nach einer Nachricht funkt? Erwarten wir viel zu viel? Ist Tinder nicht nur eine Art von Steigbügel?

Susanne hingegen findet das Verhalten von Klaus nicht weiter schlimm. »Das darf man nicht persönlich nehmen, er kann dich doch gar nicht wirklich beleidigen, er kennt dich ja gar nicht. Das ist doch etwas völlig anderes als ein Korb im wahren Leben. Hier muss man nur klicken und erspart sich damit jede lästige Diskussion und irgendwelche Nachfragen. Ich kann das irgendwie verstehen. Manchmal passt es halt nicht. Da ist es doch besser, nicht noch mehr Zeit zu investieren.«

Ich frage mich trotzdem, was Klaus dazu gebracht hat, mich ohne ein Wort auszuradieren. Da ich ihm nicht mehr schreiben kann, werde ich es wohl nie erfahren.

Was auch immer man über all das Getindere denkt, es hält einen beschäftigt und ist eine perfekte Ablenkungsmaßnahme. Ich muss mich fast zwingen, zwischendurch ein wenig zu arbeiten. Ständig offeriert einem Tinder neue Angebote, es trudeln Nachrichten ein, und man schäkert mal hier und mal da. Angeblich sind mehr als die Hälfte aller Tinder-User liiert und suchen den schnellen Sex oder einfach nur die Bestätigung. Das ist nicht schön, aber auf eine Art sogar verständlich. Ist Bestätigung nicht ein Grundbedürfnis des Menschen? Will nicht jeder begehrt werden? Sich auserwählt fühlen? Sind das nicht genau die Dinge, die in einer langen Beziehung leicht auf der Strecke bleiben? Auch mir geht es sicherlich nicht in erster Linie um die große neue Liebe. Ich weiß gar nicht, ob ich bereit dafür wäre. Sollte man nicht erst in aller Ruhe mit der alten Liebe abschließen? Ein Kapitel beenden, bevor man ein neues aufschlägt? Dass ich das wahrscheinlich tun muss, ist seit dem Mittagessen mit Knut klar.

Die Traurigkeit darüber bleibt. Aber ich merke, sie verändert sich. Es ist wie mit der Urlaubsbräune. Nach und nach schwindet sie. Egal, wie viel man cremt und ölt. Die Haut erneuert sich und schuppt sich. Unaufhörlich. Ein natürlicher Prozess. Durch Solariumbesuche kann man ihn künstlich aufhalten oder durch ein radikales Peeling beschleunigen. Mein Tindern hat was von einem sanften Peeling. Ob die Traurigkeit über das, was geschehen ist, wie die Urlaubsbräune komplett verschwindet, weiß ich nicht. Vielleicht bleibt sie ein Bestandteil meines Lebens. Aber ich möchte nicht, dass sie zum Leitmotiv wird.

Ob Ablenkung tatsächlich hilfreich ist, keine Ahnung. Wahrscheinlich muss man manches Leid auch einfach aushalten. Es spüren, um es zu bezwingen. Egal, was man sollte oder müsste oder was Frauenzeitschriften und Psychofachleute für sinnvoll befinden, mir tut die Beschäftigung gut. Und aushalten muss ich ja trotzdem. Da bleibt mir leider keine Wahl.

Während ich einen Stapel Rechnungen bearbeite, denke ich über meine Zukunft nach. Will ich hier die nächsten Jahre, sogar Jahrzehnte sitzen und die Ablage machen? Will ich das, was mal als Verlegenheitslösung gedacht war, weiterhin machen? Was, wenn Nina hier auftaucht und sich als Chefgattin präsentiert? Werde ich dann entspannt und gelassen hier sitzen können? Nein. Ich bin mir sicher, das kann ich nicht. Ich werde es hoffentlich schaffen zu akzeptieren, dass Knut eine neue Frau an seiner Seite hat, aber ich will das junge Glück nicht ständig vor Augen haben. Man muss sich ja nicht vorsätzlich quälen.

Deshalb muss ich überlegen, was ich tun will. Muss mir nach all den Jahren einen neuen Job suchen. Einen, der mir im besten Fall auch noch Spaß macht. Ich werde das hier sicher vermissen. Nicht weil die Arbeit so aufregend und herausfordernd ist, sondern weil die Atmosphäre hier extrem angenehm ist. Trotz oder vielleicht sogar wegen Knut. Er ist ein guter Chef, das muss ich ihm lassen. Die meisten unserer, oder besser gesagt, seiner Angestellten arbeiten schon lange hier. Weil auch sie sich wohlfühlen, denke ich.

Was das Thema Geld angeht, muss ich mir zunächst mal keine elementaren Sorgen machen. Knut hat mir versichert, dass er sich kümmern wird. Im Moment zahlt er mir wie bisher weiter »Haushaltsgeld«. Er hat es reduziert, weil er ja nicht mehr mit mir lebt, aber er war nicht knauserig. Was das genau in Euro für die

Zukunft heißt, weiß ich noch nicht. So weit sind unsere Absprachen bisher noch nicht gediehen. Und wie lange dieses »Kümmern« gehen wird, hat er auch noch nicht gesagt. »Ich lasse dich nicht hängen, so einer bin ich nicht!«, hat er allerdings mehrfach betont. »Wir brauchen das schriftlich, mit genauen Angaben! Versprechen tun alle viel!«, hat Frau Dr. B. gesagt. Sie werde Forderungen stellen. Realistische Forderungen. Aber ich vertraue Knut, und das, obwohl er mich emotional hintergangen und beschissen hat. Ich hoffe und glaube, dass da, irgendwo in ihm drin, so etwas wie Anstand steckt. Das mag man naiv finden, aber ich will nicht in einem Dauermisstrauenszustand verharren und gefangen sein. Ich möchte meine relative Unbeschwertheit zurück. Möchte auf Menschen zugehen können, ohne von Anfang an eine mentale Bremse in mir zu spüren. Misstrauen und Angst gehören unweigerlich zusammen, in Misstrauen steckt auch immer eine große Portion Angst. Angst, enttäuscht oder betrogen zu werden. Ich möchte nicht, dass Angst mein Leben regiert. Als Lebensinhalt sind Tindern und Daten nicht ausreichend. Aber momentan hält mich die Beschäftigung bei Laune.

Telefoniere abends fast eine Stunde lang mit dem Zahnarzt Tim, der mir heitere Implantatgeschichten erzählt. »Sehen wir uns bald noch mal?«, will er am Ende wissen. Ich bin unsicher. Ich telefoniere gern mit ihm, die Begegnung allerdings fand ich langweilig und extrem rolexlastig. Das Aufregendste an dem Treffen mit Tim war die Spontaneität des Dates. Auch am Telefon spricht er gerne darüber, was er hat und was er noch gerne hätte. Das, wonach er sich sehnt, kann man kaufen. Das, wonach ich mich sehne, leider nicht. Ich will lieben und geliebt werden. Nicht mehr, aber auch nicht weniger. Er schickt mir nach dem Telefonat Bilder von seinen Autos. Ja, Plural. Wozu haben Menschen mehrere Autos? Ist das noch zeitgemäß? Braucht er all diese vermeintlichen Statussymbole, weil er klein ist? Oder sich insgeheim klein fühlt? Ich bin keine Psychologin und hoffe, dass es nicht ganz so einfach ist. Aber da ich in einem Autohaus arbeite und Luxusautos verkaufe, weiß ich, dass es oft genau so einfach ist. Dass sein Geprotze im Zweifel Unsicherheit ist. Oder er – klassische Theorie – einen winzigen Penis hat.

»Geile Karre, oder?«, fragt er, nachdem er mir nebenbei das Bild seines silberfarbenen Porsches geschickt hat. Irgendwie arm. Und wenig erwachsen.

»Ich finde dich trotz deiner Protzschleuder nett!«, sage ich nur. Er geht nicht weiter darauf ein. Ich weiß, was so ein Auto kostet, aber beeindruckt bin ich davon nicht. Dafür habe ich zu viele Menschen kennengelernt, die, ohne mit der Wimper zu zucken, einen Haufen Geld für ein Auto ausgeben. Für eine Marke, die ihnen gleichzeitig Status verschafft. Sie sind bereit, dafür zu zahlen. Ich hoffe, du bist mehr als die Summe deiner Uhren und Autos, will ich am liebsten noch sagen, lasse es aber. Es scheint extrem wichtig für ihn zu sein.

Auch Knut hat ein bisschen was von diesem Angebergen. Auto, Uhr, Haus und Klamotten sind die Indizien dafür, es vermeintlich geschafft zu haben. Aber hinter Knuts »Guck her, ich habe es geschafft«-Fassade ist eben auch noch der alte Knut. Der, mit dem man lachen kann. Der aus kleinen Verhältnissen kommt und das auch nicht vergessen hat. Knut ist, auch wenn er es zurzeit ziemlich gut verbergen kann, ein liebenswürdiger Mensch. Es wäre vieles leichter, wenn ich das nicht denken würde. Wenn er einfach nur ein Arschloch wäre. Ist Tim das auch? Liebenswert? Oder ist er tatsächlich ein Mensch, der sich nur über seinen Besitz definiert? Das werde ich durch unsere Telefonate nicht herausfinden. Dafür muss man sich begegnen. Schon deshalb bejahe ich seine Frage nach einem Wiedersehen.

»Ich bin nach New York ein paar Tage in den Bergen, in meiner Wohnung. Vielleicht hast du Lust, mich da zu besuchen. Ein Wochenende?«, schlägt er vor.

Ich muss schlucken. Ein Wochenende mit Angeber-Tim in seiner Wohnung?

»Muss mal gucken, wie es zeitmäßig so aussieht!«, lautet meine eher verhaltene Reaktion, bevor ich das Telefonat beende.

Während ich mit Tim telefoniert habe, ist eine Nachricht von Hans-Dieter gekommen. Der Herr Professor hat nicht einmal darüber gesprochen, was er für ein Auto fährt. Ich würde auf etwas sehr Dezentes in Dunkelblau tippen. Edel, aber auf keinen Fall mit Spoiler und Chichi. Hans-Dieter hat nicht den Eindruck gemacht, so etwas nötig zu haben. Was nicht bedeutet, dass er frei von Angeberei ist. Man kann auf vielfältige Art und Weise angeben. Das teure Restaurant, in das er häufig geht, sein Stammlokal, war ein Statement. Sein Darmvortrag ein Beleg für sein Fachwissen. Auch damit kann man protzen.

»Liebe Ulrike, ich hoffe inständig, du hast meine peinlichen Darmvorträge schon vergessen oder zumindest die Bilder verdrängt (deshalb habe ich mit meiner Nachricht auch ein wenig gewartet) und hast den Abend ansonsten genossen. Ich jedenfalls war begeistert. Nicht etwa von mir und meinen Auslassungen, sondern von dir. Du bist sehr gut aussehend, eloquent, einfach hinreißend. Zu sehen, mit wie viel Freude du isst, wie ungekünstelt du lachen kannst, hat mir sehr viel Spaß gemacht. Ich würde dich wahnsinnig gerne wiedersehen! Habe ich eine Chance? Alles Liebe, Hans-Dieter«, lautet seine Nachricht.

Ich bin, wie könnte man auch anders reagieren, verzückt. Das hat Stil. Und ist ungemein charmant. Das ist, jedenfalls nachrichtenmäßig, eine andere Liga als der Kusssmiley und Sehr-sehr-Freuer Peter. Peters Mitteilungen haben nichts Individuelles. Sie sind freundlich, aber doch belanglos und austauschbar. Ich warte eine halbe Stunde, bevor ich Hans-Dieter antworte, und feile in der Zwischenzeit an einer möglichst schlagfertigen Antwort. Immerhin hält mich der Mann für eloquent. Dann schreibe ich: »Lieber Hans-Dieter, dachte schon, meine fehlende Darmspiegelung und meine Steak-Bestellung hätten mich für eine Datewiederholung disqualifiziert. Ich habe mich mit dir richtig wohlgefühlt und freue mich sehr, wenn wir uns wiedersehen.« Bevor ich es mir anders überlegen kann, drücke ich auf Senden.

Sofort hat die Nachricht zwei blaue Haken, und man sieht, dass Hans-Dieter antwortet. »Natürlich ist die fehlende Darmspiegelung ein gravierendes Manko, aber das können wir gerne noch vor der nächsten Verabredung aus dem Weg räumen. Gehe aber in Ausnahmefälle auch mit ungespiegelten Frauen aus. In deinem Fall wäre ich beglückt. Samstag, 20 Uhr, in der Villa Kasper? Würde dir das passen?«

Heute ist Dienstag, und sofort steigt eine leichte Enttäuschung in mir auf. Da liegen drei Abende dazwischen. So eilig scheint er es mit mir nicht zu haben. Sollte er bei all seiner angeblichen Begeisterung nicht schon früher Zeit haben? Rufe kurz bei Geli an, um zu hören, ob ich spinne.

Sie bejaht. »Das hat Stil, der Mann muss nichts überstürzen, ich finde den gut. Auch wenn er nicht Bombe aussieht. Und ein Essen in der Villa Kasper ist immer gut. Egal, mit wem. Da lohnt es sich schon für die warme Mahlzeit.«

Ich weiß auch nicht, warum es mir nie schnell genug geht. Aber umgekehrt, wäre ich der Mann und ich wäre so irrsinnig verzückt, dann würde ich nicht drei Tage warten wollen.

»Das ist genau angemessen!«, tadelt sie mich. »Versau dir doch nicht immer alles mit deinen überzogenen Erwartungen. Du warst einmal mit dem Mann essen. Er hat nett geschrieben. Mehr ist da nicht. Aber auch nicht weniger. Steigere dich nicht immer so rein.«

Ich verspreche, es zu versuchen.

»Gerne noch ungespiegelt am Samstag um 20 Uhr in der Villa Kasper!«, schreibe ich Hans-Dieter und kann mir nicht verkneifen, ihm noch eine gute Woche zu wünschen. Falls ihm nicht aufgefallen sein sollte, dass es bis Samstag noch eine Weile hin ist.

Er reagiert umgehend: »Deine Antwort beschert mir schon jetzt einen schönen Abend. Vielleicht sprechen wir noch mal vor Samstag, natürlich nur, wenn du Zeit und Lust hast. Mir würde es Spaß machen!«

»Mir auch!«, antworte ich und freue mich, dass meine Taktik aufgegangen ist.

Im Kopf arrangiere ich meine kleine Männerrangliste neu. Hans-Dieter hat sich rasant nach vorne geschoben, kratzt schon an der Poleposition von Peter und hat Uhren-Tim auf Rang drei verwiesen.

Dieses Daten, Tindern, Sichten und Schreiben kostet Energie und jede Menge Zeit. Ob es das wert ist? Ich könnte mit dem Zeitaufwand eine Fremdsprache lernen oder für einen Ironman trainieren. Dauerhaft werde ich diese Intensität nicht aufrechterhalten können. Muss ich ja hoffentlich auch nicht.

Peter hat als Treffpunkt eine Art Hausboot auf dem Main vorgeschlagen. »Wir sollten es ausnutzen, dass heute so schönes Wetter ist«, begründet er seinen Vorschlag. Wieder kommt er ein paar Minuten zu spät, wieder haben wir einen schönen Abend, wieder redet er hauptsächlich von sich, wieder beendet er ihn um 22 Uhr 30, und wieder schickt er danach eine Nachricht, wie schön es mit mir war und dass er hofft, mich sehr, sehr bald wiederzusehen.

Peter scheint eine klare Strategie zu verfolgen. Und mich würde wirklich mal interessieren, was er nach 23 Uhr so macht. Legt er da womöglich wirklich eine zweite Datingschicht ein? Immerhin hat er mich eingeladen. Ich hatte eines der teuersten Gerichte der Karte, einen Tomatensalat für 5 Euro 40. Peter, das habe ich heute Abend gemerkt, ist ein eher sparsamer Mann. Er habe einen Presseausweis, um umsonst in

Museen oder so zu kommen. Überhaupt kennt er so einige raffinierte Spartricks. Ich weiß nicht, ob ich das clever oder peinlich finden soll.

Er hat keinerlei Anstalten gemacht, mich zu küssen. Hat mich, wie schon beim ersten Date, immer mal wieder wie zufällig am Arm berührt oder an der Hand, aber ansonsten nichts. Mit Schüchternheit hat das bei ihm garantiert nichts zu tun. Hanne, mit der ich darüber spreche, plädiert dafür, auf Zeit zu spielen: »Du wirst irgendwann merken, was er will und ob er was will. Und mal abgesehen von deinen Dates, du weißt, dass wir zwei eine Abmachung haben. Ansprechen im freien echten Leben! Am Wochenende, sagen wir Sonntagnachmittag im Museum? Wie wäre es? Ich wollte mir sowieso die neue Ausstellung in der Schirn angucken. Oder wir gehen in die Eisdiele. Du hast die Wahl!«

Ich mag nicht. Parmesangate im Supermarkt hat mir gelangt. »Nein, echt, ich bin total ausgelastet mit den drei Kandidaten«, rede ich mich raus.

Aber Hanne ist hartleibig. »Kommt nicht infrage, Sonntag, 15 Uhr, in der kleinen Eisdiele in Sachsenhausen. Die, in der immer so viel los ist. Versuchsanordnung zwei steht. Danke fürs Gespräch. Wir treffen uns da.«

Habe das Gefühl, mein Leben ist eine einzige Aneinanderreihung von Dates. Inzwischen muss ich mich konzentrieren, um beim Nachrichtenschreiben und Telefonieren nicht durcheinanderzukommen. Susanne schlägt mir eine Excel-Kerle-Tabelle vor. Geli denkt, ich sollte mich doch lieber auf einen Kontakt konzentrieren, und meine Mutter nervt einfach so.

»Wie ist der Stand der Dinge, Ulrike?«, fragt sie mich nahezu täglich. Nicht: Wie geht es dir Schatz, sondern: Wie ist der Stand der Dinge. Das ist verdammt sachlich und wenig empathisch. Ich bin mir sicher, dass sie auch mit Knut Kontakt hat und daher sehr genau über den aktuellen »Stand der Dinge« Bescheid weiß.

»Es hat sich nichts getan, Mama, Knut hat seine Nina, und ich wurschtel mich so durch. Bin traurig, aber ein wenig gefasster. Fange an zu überlegen, wie mein Leben ohne Knut aussehen könnte.« Willige ein, am Sonntag, nach meiner Eisdielen-Challenge, bei meinen Eltern vorbeizuschauen.

Peter, der unergründliche Charmeur, will ein weiteres Date. Wir haben uns für Freitag verabredet. Er schickt morgens und abends Nachrichten. Ein bisschen wie bei »Und täglich grüßt das Murmeltier«. Immer entweder: »Guten Morgen, denke an dich!« Oder Variante zwei: »Guten Morgen, du fehlst mir!« Dazu ein Kusssmiley. Sonderlich kreativ ist er nicht. Sobald wir das Date verabredet haben, kommt Variante drei ins Spiel: »Ich freue mich sehr, sehr auf dich!« Aber was erwarte ich? Er freut sich, ich fehle ihm, und er denkt an mich. Das ist ja schon mal was.

Hans-Dieter ist sehr viel verhaltener. Aber auch kreativer. »Mache mir schon Gedanken, womit ich dich am Samstag besser unterhalten kann!«, lautet eine seiner Nachrichten. »Bei jeder Darmspiegelung besetzt du meine Gedanken!« Fehlende Attraktivität erhöht anscheinend die Bemühung. Peter sendet oft belanglose Nachrichten, Hans-Dieter gibt sich mit den wenigen auffällig Mühe.

Tim ist inzwischen in New York, schickt ab und an ein Foto, und ich habe lange überlegt, ob ich ihn wirklich mal ein Wochenende in seiner Ferienwohnung besuchen sollte. Eine Stimme in mir sagt, das geht zu schnell, eine andere sagt, danach weißt du immerhin, was Sache ist. Hanne ist für den Trip (was hast du zu verlieren? Vielleicht hast du tollen Sex!), Geli (wenn du mit dem wegfährst, heißt das, ich werde mit dir schlafen!) dagegen. Ich vertage die Entscheidung.

Peter und ich gehen zum Apfelwein. Er weiß wirklich, wie man Dates günstig hält. Aber ich kann es verstehen. Wenn ein Mann häufig datet, geht das irgendwann ins Geld, vor allem, wenn er immer bezahlt. Beim ersten Date gehört es für mich, ja, ich bin eine konservative Spießerin, dazu. Sollte ich dieses Mal bezahlen? Ich werde sehen, wie sich der Abend entwickelt, ihm aber auf jeden Fall wieder anbieten, halbe-halbe zu machen. Das habe ich bisher immer gemacht, der Vorschlag wurde allerdings jedes Mal abgelehnt.

Diesmal ist seine Umarmung zur Begrüßung anders. Es sind nur Nuancen zwischen einer normalen freundschaftlichen Umarmung und dem, was er da macht, aber ich kann den Unterschied spüren. Er streicht mir beim Umarmen über den Rücken. Ganz leicht, aber vielversprechend. Er setzt sich neben mich auf eine der typischen langen Holzbänke und schaut mir mehrfach sehr tief in die Augen. Fast so, als hätte er zahlreiche Flirtratgeber gelesen.

»Ich mag dich sehr, sehr, Ulrike!«, säuselt er. Ich mag ihn auch, bin gerne mit ihm zusammen, finde ihn körperlich verdammt anziehend, aber noch immer mahnt etwas in mir zur Vorsicht. Als wir beim Reden das Thema Schulzeit streifen, frage ich ihn unvermittelt, was er eigentlich für ein Jahrgang ist. Ich merke sein Zögern. Kopfrechnen scheint nicht seine Stärke zu sein. Man sieht, wie es in seinem Hirn rattert. Er hat einen Gesichtsausdruck wie ein Kind, das man gerade beim Lügen erwischt hat.

»Ich bin Jahrgang 64, und ich hoffe, du hattest 'ne Fünf in Mathe!«, antwortet er nach einer Pause.

Ich lasse ihn nicht entkommen: »Ich hatte eine Drei in Mathe, und du bist demnach fünfundfünfzig und nicht neunundvierzig.«

Er nickt und verzieht die Mundwinkel leicht theatralisch nach unten. »Schuldig im Sinne der Anklage«, gesteht er, »ist das schlimm, dass ich ein bisschen geflunkert habe? Sei bitte, bitte nicht so streng mit mir!«

Im Prinzip spielt es für mich keine Rolle, ob er neunundvierzig oder fünfundfünfzig Jahre alt ist. »Wieso hast du gelogen, was dein Alter angeht?«, will ich wissen.

Die Antwort ist einfach, aber ich bin gespannt, wie er sich rauswindet. Die Wahrheit wäre: weil ich jüngere Frauen suche. Er formuliert es ein wenig geschmeidiger: »Die Fünf vorne macht mich älter, als ich bin. Guck mal, du hättest mich wahrscheinlich niemals gematcht, und das wäre doch sehr, sehr schade. Wir würden nicht hier sitzen und es so schön miteinander haben!«

Ich schüttle den Kopf, und als mein Blick dabei nach rechts fällt, sehe ich Knut mit einer auffälligen Blondine. Nina. Seine fucking Nina ist hier. Sie kommen in unsere Richtung.

»Das spielt doch alles keine Rolle! Ein paar Jahre mehr oder weniger«, gurrt Peter und rückt noch ein bisschen näher an mich heran. Er wird mich küssen. Er dreht meinen Kopf zu sich, hebt mein Kinn mit der Hand und beugt sich zu mir. Und dann tut er es. Er küsst mich, und ich lasse mich küssen. Bin allerdings vielleicht nicht ganz so losgelöst und verzaubert, wie man es sein könnte.

»Ulrike, bist du das?«, unterbricht eine Stimme meinen zarten Zungenvorstoß. Wir fahren auseinander.

Peter schaut verärgert. Beide Männer sehen wütend aus.

»Hallo, Knut!«, sage ich nur.

»Sie küssen meine Frau!«, bricht es aus Knut heraus.

Ich bin kurz davor, Nina anzufahren: Und Sie ficken meinen Mann, unterdrücke den Impuls aber.

Peter schaut mich nur reichlich verdutzt an. Hätte er mir bei unseren Verabredungen ab und an auch mal eine Frage gestellt, anstatt nur von sich zu reden, wäre ihm einiges an Überraschung erspart geblieben. Die verdammte Nina steht neben Peter und grinst nur doof. Selbst dabei sieht sie gut aus. Ich hasse sie. Sie trägt ein kurzes Kleidchen mit Cowboystiefeln, und ihre Oberschenkel, das sehe ich mit einem Blick, haben nicht mal Spurenelemente von Cellulite.

»Das ist mein Mann Knut, und das ist Peter!«, übernehme ich die Vorstellung, gerade so, als würden wir an einem wackeligen Stehtisch irgendwo auf einem Empfang stehen.

Knut scheint nicht amüsiert. Er macht keinerlei Anstalten, auf Peter zu reagieren oder seine Nina vorzustellen. »Da müssen wir drüber reden, Ulrike«, entgegnet er nur und dreht sich um. Ohne ein Wort des Abschieds geht er. Seine Nina zieht er hinter sich her. Sie grinst immer noch. Vielleicht kann ihr Gesicht nichts anderes.

Peter ist, gelinde gesagt, ein wenig aus seinem Konzept gebracht. »Was war das denn bitte, und vor allem, wer war die heiße Braut?«

»Nicht wichtig«, antworte ich und küsse ihn. Die heiße Braut! Sprachlich ist bei Peter auch noch Luft nach oben, obwohl er inhaltlich leider recht hat. So ganz bei der Sache scheint er nicht zu sein. Der Kuss ist kurz und nicht intensiv.

»Also, das war strange!«, bemerkt er und guckt sich um. Knut und Nina haben das Lokal verlassen. Was ein Timing! Ich denke nach. War das jetzt gut oder schlecht? War Knut eifersüchtig? Wird ihm das bewusst machen, dass ich kein Restposten bin, sondern eine begehrenswerte Frau? Oder war er nur mit der Situation überfordert?

»Ist das die Neue von deinem Mann?«, fragt Peter.

»Ich gehe mal davon aus, unsere Tochter war es jedenfalls nicht!«, kann ich mir eine kleine Spitze nicht verkneifen.

»Die ist ja der Wahnsinn«, legt Peter noch mal nach. Einen Preis für besondere Feinfühligkeit bekommt er dafür nicht. Manchmal ist es besser, einfach mal die Klappe zu halten. Die Kussstimmung jedenfalls ist hin. »Wie alt ist die denn?«, will Peter jetzt auch noch wissen.

Ich glaube, ich möchte nach Hause. Erst schnappt sich Nina meinen Mann und jetzt noch mein Date. Sind alle Männer letztlich gleich? Sind es wirklich dermaßen einfache Reize, die genügen? Ist es das, was zählt? Fühle mich unglaublich ernüchtert und leer. Und wütend. »Lauf doch hinterher und frag sie selbst«, sage ich und weiß, dass ich eingeschnappt klinge.

Immerhin, er merkt es. »Süße, ist mir doch eigentlich egal.« Er beugt sich zu mir und will mich wieder küssen. Aber ich mag nicht mehr. Diesmal bin ich es, die gegen 22 Uhr das Date beendet. Auch zum Abschied kein Kuss.

Kaum bin ich zu Hause, erreicht mich eine Nachricht von Peter. »Ich habe dich sehr, sehr gerne geküsst. Lass uns den Rest vergessen. Die Vergangenheit ist vergangen, wir leben im Hier und Jetzt!« Ganz schön viel Pathos. Inhaltlich kann man darüber auch streiten. Ja, die Vergangenheit ist vergangen, aber das, was war, bestimmt unser Leben mit. Macht einen Teil von uns aus. Prägt uns. Ich lasse die Nachricht unbeantwortet, auch als Peter noch mal nachlegt und mir eine »sehr, sehr gute Nacht« wünscht.

Ist das kleinlich von mir? Was hätte ich von ihm erwartet? Wie hätte er sich in dieser seltsamen Situation bestmöglich verhalten? Nina zu ignorieren oder wenigstens nicht anzustarren wie ein hypnotisiertes, verzaubertes Zwergkaninchen, wäre ein Schritt gewesen. Versaue ich mir gerade selbst meine Zukunft? Ist es lächerlich, etwas zu kritisieren, was so naheliegt? Diese Frau sieht Bombe aus. Warum darf Peter darauf nicht reagieren? Ist das schlicht eine natürliche Reaktion auf außerordentliches Aussehen? So wie ein schönes Stück Pansen für Hunde? Ein pawlowscher Reflex. Eine absolut normale Verhaltensweise. Wieso bin ich durch so kleine Äußerungen so tief zu verstören?

Muss man da nicht drüberstehen? Einerseits. Andererseits hätte er denken können, was er will, aber ein kluger Mensch hätte diese Gedanken für sich behalten. Hätte geahnt, dass sie bei mir keine Ekstase auslösen. Wünsche ihm dann doch noch eine gute Nacht.

Auch von Knut bekomme ich an diesem Abend noch Nachrichten: »Wer um alles in der Welt war der Kerl?«, »Der ist doch nix für dich, ich bitte dich, Ulrike!«, »Seit wann stehst du auf Glatzköpfe?«

Dass ich nicht antworte, beflügelt offenbar seine Nachrichtenschlagzahl enorm. »Öffentliches Knutschen muss nun wirklich nicht sein in deinem Alter!« und: »Es war mir sehr unangenehm, das mit anzusehen!«

Ha. Er wirkt eifersüchtig. Genugtuung steigt in mir auf. Endlich sieht er mal, wie das ist. Und im Vergleich ist mein kleiner Kuss mit Peter ja eine Lappalie. Am liebsten würde ich schreiben: Mir doch scheißegal. Aber ich schreibe einfach nur: »Das geht dich alles mittlerweile nichts mehr an. Weil du es so wolltest. Gute Nacht!«

Wochenende. Endlich. Kein Autohaus und heute Abend mein zweites Date mit Hans-Dieter. Komme mir ein bisschen verrucht vor. Gestern hatte ich meine Zunge im Hals von Peter, heute Abend Hans-Dieter. Noch qualifiziert es mich nicht zum Luder, aber ich bin auf dem besten Weg dorthin. Ich glaube kaum, dass es mit meinem Darmspezialisten zu irgendwelchen Körperlichkeiten kommt. Aber würde ich ihn küssen, wenn er küssen wollte? Ist es generell fair, mit einem Mann auszugehen, wenn man einen anderen küsst? Wenn Hans-Dieter gestern rumgeknutscht hätte und heute mit mir essen gehen würde und ich wüsste davon, würde ich dann mit ihm essen gehen? Mich mit ihm treffen? Eher nicht. Es würde mich stören. Ich hätte das Gefühl, nicht mehr als eine weitere Option zu sein. Für den Fall, dass sich Date eins als nicht Erfolg versprechend rauskristallisiert. Umgekehrt, bei mir, finde ich es harmlos. Weil das gestern harmlos war. Es war ein Kuss, keine Verlobung. Es war noch nicht mal unglaublich emotional. Es hat sich so ergeben, und ich habe mitgemacht. Peter und ich haben keine Beziehung. Haben nicht darüber gesprochen, ob wir jetzt »zusammen« sind.

Was waren das doch für wunderbar eindeutige Zeiten, als man gefragt wurde: »Willst du mit mir gehen?« Da gab es keine Spekulation. Es herrschte Klarheit. Man war ein Paar. Man ging miteinander. Gehen Peter und ich miteinander? Ich würde die Frage nicht bejahen. Ich weiß nicht, wie man das Stadium nennt, in dem wir sind. Ist das die Vorstufe für eine Form der Verbindung? Das Amuse-Gueule einer großen Liebe? Die Vorspeise dann das Verliebtsein und die Hauptspeise die Ehe? Oder ist das alles viel zu hoch gegriffen? Kann man nicht einfach nur küssen? Ohne dass es irgendwohin führt, und ist es nicht verfrüht, jetzt schon darüber zu reden, was das, was wir da haben und tun, für ein Etikett trägt? Muss man alles direkt einordnen und sortieren? In eine Schublade schieben? Kann man nicht einfach abwarten und schauen, wie sich Dinge entwickeln? Ich bin ansonsten eine geduldige Frau. Aber in dieser Hinsicht fehlt mir die Geduld. Ich mag es, wenn sich Menschen bekennen. Aber ist das nach zwei, drei Treffen nicht zu viel verlangt? All das virtuelle Daten und Suchen führt zu noch mehr Unverbindlichkeit. Kann man ja an mir gut beobachten.

Während ich den klassischen Samstagsputz erledige, klingelt es. Der Schweigefuchs Frederike steht vor der Tür.

»Momentan ist es ungünstig, ich bin am Putzen«, sage ich sofort.

»Du, das stört mich nicht. Putz ruhig weiter. Ich will nur ein bisschen reden. Ich brauche jemanden.«

Es gibt Menschen, die so gar kein Gespür dafür haben, ob es gerade passt. Frederike gehört zu ihnen. Ich könnte ihr deutlich machen, dass ich keinen Nerv auf sie habe, dass ich nicht die Person bin, die sich ihren Kummer anhören will, dass ich nicht ihre Freundin bin, aber beim Anblick ihres traurigen Gesichts schaffe ich es nicht.

»Zweimal Vögeln hat mein Leben zerstört!«, beginnt sie ihre beichtartige Geschichte. »Horst hat mich verlassen, er kann mir nicht verzeihen. Er wohnt jetzt bei seiner Mutter. Und ich fühle mich wie geächtet. Niemand sagt direkt irgendwas, aber alle machen einen großen Bogen um mich. Als hätte ich einen ansteckenden Hautausschlag. Und mein Sohn schaut mich mit dem Arsch nicht mehr an. Alle reden über mich! Aber niemand mit mir!« Sie schnieft.

Es ist erstaunlich, dass der Klatschkreislauf ohne Frederike überhaupt noch funktioniert. Bisher war sie auf diesem Gebiet die treibende Kraft. Der Klatschmotor. Jetzt ist sie das Objekt des Klatsches. Vielleicht eine ganz lehrreiche Erfahrung. Wird sie daraus ihre

Schlüsse ziehen? Ich erspare mir diese leicht moralinsaure Belehrung, sage stattdessen: »Es geht vorbei, wie alles. Und dein Horst wird sich beruhigen. Lass den mal zwei Wochen bei seiner Mutter wohnen, dann kommt er mit fliegenden Fahnen zurück.«

Sie bittet um ein Taschentuch und scheint skeptisch. »Der ist nachtragend. Dass ich ihn mit einem Fleischer betrogen habe, macht ihn fertig. Ich hätte unter Niveau gefickt. So sagt er es. Unter Niveau gefickt.«

Macht das tatsächlich einen Unterschied? Mit wem man betrogen wird? Wäre ein Fremdgehen mit einem Vorstandsvorsitzenden besser? Hätte Horst da gesagt: Gut, exzellente Wahl! Das kann ich natürlich verstehen. Der ist in der Hackordnung über mir. Spielt es für mich eine Rolle, dass Nina Nina ist? Oder bleibt der Tatbestand letztlich doch immer gleich? Erhöht sich die Kränkung, wenn man das Gefühl hat, der Partner betrügt einen mit jemandem, der in der Rangordnung unter einem steht? Wenn es danach ginge, hätte sich Knut wahrscheinlich nach oben gevögelt. Er hat eine Jüngere, die noch dazu deutlich besser aussieht.

»Was mache ich denn jetzt?« Frederike wirkt ziemlich ratlos.

Ich bin mir nicht sicher, ob ich die geeignete Ratgeberin bin, versuche mich aber trotzdem an einer Antwort: »Man kann nicht mehr tun als abwarten. Oder das Gespräch suchen. Und wichtig ist, dass du weißt, was du willst. Willst du deinen Horst zurück? Den Mann, der dich seit Jahren behumst?«

»Ja, ich will ihn zurück. Ich wollte ihn ja nie loswerden. Das mit Mike war ein Versehen, ich bin da so reingerutscht«, stammelt sie.

Ich muss mir ein Lachen verkneifen. Reingerutscht. Im wahrsten Sinn des Wortes. »Machen dir all die kleinen Affären von Horst nichts aus?«, erkundige ich mich.

»Schön ist es nicht, aber er war ja diskret, und ich habe einfach nicht hingeschaut. Und irgendwie dachte ich auch, ich sei selbst schuld. Wir hatten schon lange keinen Sex mehr. Ich denke, Männer brauchen das halt, und mir hat es nicht so viel ausgemacht. Er hat sie ja nicht zum Abendessen mit heimgebracht. Horst und ich sind ansonsten ein gutes Team. Sein bisschen Rumgeficke auswärts hat mir ja nichts weggenommen. Eigentlich sogar im Gegenteil. Ich hatte meine Ruhe, was das angeht, und er war gut gelaunt.« So kann man es auch betrachten. Methode: wegsehen und weitermachen. »Eine Ehe ist doch mehr als der schnöde Sex!«, ergänzt Frederike.

»Aber hattest du nicht schon lange eine oder zwei oder auch mehr Affären gut? Wie kann er nach all seinem Fremdgehen so rigoros bei dir sein? Gibt es nicht gleiches Recht für alle?«, hake ich nach. »Er sagt, er habe mich nie fast öffentlich gedemütigt. Sein Fremdgehen habe Stil. Meins nicht. Und dass ausgerechnet seine Mutter mich mit Mike erwischt hat, einem Mann, bei dem sie sonst ihr berühmtes Schweinelendchen holt, macht die Sache natürlich auch nicht leichter verdaulich für ihn.«

Fremdgehen mit Stil? Gibt es das? Oder ist Fremdgehen per se stillos? Natürlich ist es richtiggehend blöd, es im eigenen Ehebett zu treiben. Das hat was Würdeloses. Aber nur, weil man sich ein teures Hotelzimmer leisten kann, um fremdzuvögeln, ist man ja noch lange nicht auf der moralisch einwandfreien Seite. Ich habe mal einen Typen im Fernsehen gehört, der sich damit gebrüstet hat, sich Escort-Frauen in der Mittagspause ins Büro bestellen zu können. Die ihm dann dort, unter dem gediegenen Mahagonischreibtisch, einen blasen. Sehr teure, sehr hübsche Prostituierte. Mich hat das verdammt wütend gemacht. Was bilden sich diese Kerle ein? Am Ende gibt es keinen Unterschied zwischen der Mahagoni-Nummer und einem Blowjob auf dem Straßenstrich. Alle kaufen sich eine Frau. Bezahlen für Sex. So, wie die einen eine Plastiktüte und die anderen eine Hermès-Tasche tragen. Es bleibt eine Tasche. Und es bleibt Prostitution. Genauso bleibt es auch Betrug. Egal, wo er stattfindet.

»Ich habe ihn angefleht, gebettelt geradezu. Aber er hat mir nur den Schweigefuchs gezeigt.«

Das nennt man dann wohl Ironie des Schicksals.

»Was mache ich denn jetzt?«, will sie wieder wissen.

»Das, was ich mittlerweile seit Monaten mache, warten«, sage ich, »oder sprich mal mit seiner Mutter, erkläre ihr die Situation. Sage ihr, was ihr Bub da seit Jahren treibt.«

Zwei Stunden und zwei Glas Sekt später bin ich den Schweigefuchs los. Ich glaube, dass ihr Horst zurückkommen wird. Er wird die Lage ausnutzen und einiges neu austarieren. Wird sie ihr schlechtes Gewissen reichlich spüren lassen. Genau so würde ich es wahrscheinlich auch machen, wenn ich die Möglichkeit hätte. Wenn. Aber Knut macht keinerlei Anstalten, zu mir zurückzukehren.

Bevor ich mich für mein Date herrichte, telefoniere ich mit unserer Tochter. Ich muss, was Knut und mich angeht, nicht mal lügen. Sie fragt nicht nach uns. Sie ist so voll von Erlebnissen, dass sie sich wahrscheinlich gar nicht vorstellen kann, dass in ihrem spießigen Zuhause irgendetwas von echter Bedeutung vorfallen könnte. Noch immer habe ich ein ungutes Gefühl, sie bei ihrer Rückkehr mit den neuen Gegebenheiten zu konfrontieren. Wäre eine kleine Vorwarnung nicht angebracht? Sie wird in zwei Monaten wieder da sein, und bisher habe ich immer gedacht, vielleicht ist alles wieder beim Alten, bis sie hier ist. Mein Optimismus in dieser Hinsicht ist geschwunden. Knut wird nicht wiederkommen. Und mit jedem Monat, der vergeht, schwindet meine Chance. Ich kann inzwischen über das Thema nachdenken und sogar reden, ohne zu weinen. Das ist ein großer Fortschritt. Heilt die Zeit tatsächlich alle Wunden?

Die Villa Kasper ist ein exklusives Restaurant. Ich war erst einmal mit Knut und ein paar Freunden dort. Nachdem wir bezahlt hatten, haben wir beschlossen, dass wir das nicht häufiger brauchen. Es gibt dort keine Hauptspeise unter fünfunddreißig Euro, und obwohl ich gerne gut esse, finde ich das fast schon unanständig. Das Geld, das wir da an einem Abend ausgegeben haben, steht anderen nicht für eine Woche zur Verfügung. Es ist sehr schmeichelhaft, dass mich Hans-Dieter dorthin einlädt, aber bei dem Gedanken an die Rechnung bekomme ich fast ein schlechtes Gewissen. Googele die Kosten für eine Darmspiegelung. Um die fünfhundert Euro muss man rechnen. Mein Gewissen ist sofort ein wenig beruhigt.

Bin durch meine zwei Gläschen Sekt mit Frederike am Nachmittag angenehm beschwingt, als ich mich Richtung Date aufmache. Fühle mich, nachdem mir sowohl Peter als auch Tim und Leonhard geschrieben haben, begehrt, und habe mir mit meinem Aussehen alle erdenkliche Mühe gegeben. Im Bereich meiner Möglichkeiten sehe ich heute Abend richtig gut aus. Ich würde mir eine glatte Zwei geben. Ich trage ein kleines Schwarzes, ein Etuikleid mit Ärmeln, schmal geschnitten, knapp übers Knie gehend. Kein Ausschnitt, aber doch sexy. Dazu ein paar schwarze Pumps und eine Lederjacke, um das Ganze etwas aufzulockern. Sonst könnte ich in dem Aufzug auch zu einer Beerdigung. Meine Haare sind in Topform, frisch geföhnt liegen sie über der Schulter. Mein Haar ist generell nicht übel, aber eine Wetter-Diva. Schon bei leichtem Nieselregen fängt es an, sich unschön zu krusseln. Das sieht dann aus wie eine missglückte, leicht rausgewachsene Dauerwelle vom Dorffriseur. Checke die Wettervorhersage und bin froh, dass es trocken bleiben soll. Habe einen ziemlichen Aufwand betrieben (ich sage nur vier Rundbürsten!) und wäre sauer, wenn hohe Luftfeuchtigkeit das Ergebnis zerstören würde. Für die Villa Kasper habe ich sogar Lidschatten aufgetragen. Ich mache ein Selfie und schicke es an Geli und Hanne. Beide antworten mit einem Daumen-Hoch-Emoji.

Obwohl ich, wie immer, auf die Minute pünktlich bin, ist Hans-Dieter schon da. Ich mag das. Es hat mit Wertschätzung zu tun. Mit Respekt. Er mustert mich und strahlt. »Fantastisch siehst du aus!«, begrüßt er mich und nimmt mich in den Arm. Meine Mühe hat sich gelohnt. Ich freue mich, dass ich gefalle. In dieser Hinsicht bin ich billig zu haben.

Wir unterhalten uns bestens. Ich esse Fleisch, und er erspart sich jeden Kommentar. Der Mann scheint lernfähig. Er erzählt mir von seiner Ex und den drei Kindern. Alle schon erfolgreich ausgewildert und irgendwo in Europa am Studieren. Er habe ein einigermaßen gutes Verhältnis zu seiner Ex-Frau, die ihn vor fünf Jahren verlassen hat, weil er zu viel gearbeitet hat.

»Sie wollte all den Luxus, großes Auto, großes Haus, teure Klamotten, das ganze Programm, aber ich sollte bitte gleichzeitig um 16 Uhr daheim auf dem Sofa sitzen und zur Animation zur Verfügung stehen. Das ist leider unmöglich. Sie war sehr verwöhnt und sehr gelangweilt. Da hat sie eine Affäre mit dem Karatelehrer unseres Sohnes begonnen. Dem konnte ich dann nicht mal eine reinhauen.« Er grinst. »Ich habe lange gebraucht, um das zu verdauen. Es ist nicht schön, für einen Karatelehrer verlassen zu werden.«

Das Horst-Phänomen scheint Allgemeingültigkeit zu haben. Alphamännchen ziehen den Schwanz ein, wenn andere, noch höhergestellte Alphamännchen sich an ihrem Weibchen vergreifen.

»Inzwischen ist sie zur Besinnung gekommen und hat den Karatefuzzi abgelegt. Aber jetzt will ich sie nicht mehr. Soll sie sehen, wo sie einen Finanzier herbekommt.«

Man spürt deutlich seine Kränkung. Der Karatelehrer sitzt tief. Der schwarze Gürtel hat ihm einiges abgeschnürt.

»Da sitzen wir zwei Sitzengelassenen und haben es doch recht schön!«, sinniert er. Die Bemerkung war sicher lustig gemeint, versetzt mir aber dennoch einen Stich. Immerhin, er scheint seinen Fauxpas zu realisieren. »Sollte ein Witz sein, war wahrscheinlich einen Tick daneben«, rudert er zurück.

Leider ist es kein Witz, sondern bitterer Ernst. Hier sitzen zwei, die aussortiert worden sind. Wir sind die Loser. Übrig geblieben. Ausgemustert.

Verlassen zu werden ist schmerzhaft. Haut das eh schon zaghafte Ego mit Wucht und Karamba in die Tonne. Wenn es anfängt, wieder vorsichtig aus der Tonne zu lugen, will man bitte nicht daran erinnert werden. Aber wir schaffen die Rückkehr zu erfreulicheren Themen. Ich genieße auch diesen Abend.

Als er sich dem Ende nähert und Hans-Dieter nach der Rechnung verlangt, überlege ich, ob ich mich in diesen Mann verlieben könnte. Bisher verspüre ich keine Schmetterlinge im Bauch. Nicht einen einzigen. Momentan hätte der, nach diesem opulenten und extrem wohlschmeckenden Menü, allerdings auch Mühe, noch ein verfügbares Plätzchen zu finden. Ich bin sehr entspannt im Zusammensein mit Hans-Dieter. Wäre ich verknallt, wäre ich sicher nicht so locker. Verknallt sein heißt auch, nervös zu sein, prickelnd angespannt zu sein. Ich habe keinen Drang, Hans-Dieter anzufassen, auch das ein Indiz. Bin ich verschossen, bin ich touchy. Will berühren. Ich mag den Mann. Er ist oft amüsant, klug und großzügig. Er ist das, was meine Mutter eine »gute Partie« nennen würde. Er findet, dass ich fantastisch aussehe. Wäre er der Mann an meiner Seite, hätte ich den bestgespiegeltsten Darm in ganz Hessen. Er ist nicht George Clooney, aber auch nicht Quasimodo.

Was willst du eigentlich, Ulrike? Sind das nicht die entscheidenden Basics, die Must-Haves für eine funktionierende Beziehung? Sollte man mit siebenundvierzigeinhalb nicht anders ticken als mit siebzehn? Könnte Vernunft nicht ein fantastischer Ratgeber sein? Vor allem weil eine hormontriefende Liebesheirat ja gar nichts garantiert. Arrangierte Ehen gehen genauso oft schief oder gut wie Ehen, die aus Liebe geschlossen werden. Überstrapazieren wir die Idee der romantischen Liebe? Kann aus Vernunft und Zuneigung nicht auch Liebe erwachsen? Sollte ich Hans-Dieter direkt zurück ins Datingnirwana stoßen, oder braucht es eben manchmal nicht nur den zweiten, sondern auch noch den dritten, vierten und fünften Blick? Warum die Eile? Gibt es nicht auch zögernde Schmetterlinge, bedächtige Modelle, die Zeit brauchen? Oder rauscht Liebe immer wie ein Intercity ins Herz? Ist etwas steigerungsfähig, was zu Anfang nicht vorhanden ist? Kann aus nichts etwas Großes werden? Braucht es nicht eine solide Grundlage an Hormon, um das, was dann im Alltag kommt, zu überstehen?

»Ulrike, hallo, bist du geistig noch anwesend?«, unterbricht Hans-Dieter meine Gedanken.

Ich entschuldige mich und bedanke mich für die äußerst großzügige Einladung.

Hans-Dieter sagt nur: »Das ist mehr als selbstverständlich. Da bin ich *old school.* Du darfst mir irgendwann mal ein Eis spendieren, aber im Restaurant zahle ich, vor allem, wenn ich einlade und die Lokalität aussuche.«

Er hat keinen schwarzen Gürtel, aber eine schwarze Kreditkarte. Hans-Dieter hat mich den ganzen Abend nicht berührt. Nicht mal eben die Hand auf meine gelegt, kein Armstreicheln, kein gar nichts. Geht es ihm vielleicht ähnlich wie mir? Bin ich für Hans-Dieter auch nur eine passable Vernunftvariante? Hätte er sonst nicht längst mal irgendeinen Annäherungsversuch gestartet? Überstürze ich alles? Hat nicht jeder sein eigenes Tempo? Mal abwarten, wie er sich verabschiedet und ob er nach einem weiteren Date fragt. Könnte mir das mit meinem schmetterlingsfreien Bauch nicht völlig egal sein?

Wieder bringt er mich zu meinem Wagen, und wieder umarmt er mich und küsst mich zusätzlich sanft auf die Wange. So wie man unter Freunden küsst. Keine leidenschaftliche Explosion, aber ein Fortschritt. Komisch, dass ich geküsst werden will, obwohl ich ihn gar nicht unbedingt küssen will. Ich spinne.

»Bekomme ich eine nächste Chance, um zu beweisen, dass ich mehr kann als perfekte Darmspiegelungen?«, flüstert er mir ins Ohr. Das könnte man jetzt flirty nennen.

»Auf jeden Fall!«, antworte ich und versuche, sexy zu klingen.

»Die Vorfreude darauf lässt mich mit Sicherheit kaum schlafen!«, legt er noch mal nach. Der kann ja, wenn er will.

Ich hauche ihm ein Küsschen auf seine Wange und steige ins Auto. Was für ein schönes, vielversprechendes Ende eines weitgehend schönen Abends. Hans-Dieter hat seinen zweiten Platz auf meiner Liste nicht nur souverän verteidigt, sondern ist nur Millimeter von Platz eins entfernt. Ich fahre beschwingt nach Hause.

Die obligatorische »Gute Nacht und bis bald, ich freue mich sehr, sehr auf dich«-Nachricht von Peter ploppt auf, als ich zu Hause ankomme. Inzwischen ist mir das nachgerade unheimlich. Weiß der immer genau, wo ich mich aufhalte? Ist so was heute nicht technisch möglich? Gruselig. Oder er hat ein intuitiv perfektes Timing. Auch gruselig. Oder sein Handy erledigt das automatisch für ihn. Schickt an alle Tinder-Freundinnen abends eine hübsche Gute-Nacht-Meldung. Copy-and-paste und raus damit.

Von Hans-Dieter wieder nichts mehr. Es hat eben nicht jeder Mann dieselbe Taktik und Taktung. Bin aufgekratzt und wach, Flirten macht munter, und schreibe mir noch ein bisschen mit dem jungen Leonhard aus Hanau. Schaue nach meinen neuen Matchs. Fünf weitere haben sich angesammelt. Manche erledigen sich von selbst. Thorsten, 45, aus Steinbach zum Beispiel. Dunkelhaarig und mausgesichtig. Kleine Nase. Sieht nett aus. Eher unscheinbar. Sein erster Satz an mich, die Kontaktaufnahme lautet: »Lust auf geile Fetisch-Partys?« Ich hatte mir vorgenommen, nie jemanden einfach so zu löschen, aber was soll ich darauf antworten? Keine Ahnung was Fetisch-Partys genau sind? Lack und Leder fallen mir spontan ein. Eng und wenig? Jeder mit jedem? Ich bin in einem Alter, in dem man schnell mal zu viel schwitzt, da brauche ich nicht noch eine spack sitzende Latexmontur. Ich will mir gar nicht vorstellen, wie mir da der Schweiß am ganzen Körper runterläuft. Möchte nicht als menschliches Feuchtbiotop unterwegs sein. Muss man sich zu einer solchen Einladung erklären? Oder schreibt man einfach: Nein. Oder nein, danke? Trotz eines latenten

»boah, wie eklig« bin ich neugierig. Lehnt man Dinge nur ab, weil man sie nicht kennt? Bin ich eine klemmige Superspießerin? Ja, in diesem Fall bin ich es. Ich lösche das Mausgesicht.

Auch Jens, 49, Finanzbuchhalter aus Eschborn, fällt durchs Raster. Sein Anschreiben ist noch kürzer als das vom Mausgesicht. »Ficken?«, ist alles, was da steht. Immerhin redet er nicht drum herum. Das ist aber auch das einzig Positive, was man dazu sagen kann.

Sebastian ist eine völlig andere Nummer. 55 Jahre alt, welliges graues Haar, eins dreiundneunzig groß und extrem gut aussehend. So gut aussehend, dass ich sofort skeptisch bin. Wenn ich mit viel Wohlwollen regionalligatauglich bin, ist er eindeutig Erste Bundesliga. Der könnte auch als Model arbeiten. Aber er ist Ölingenieur. Arbeitet auf einer Ölplattform weit draußen in der Nordsee. Ein kurzer Suchlauf im Netz zeigt, dass es diese Ölplattform tatsächlich gibt. Er ist Texaner, verwitwet, hat einen zwanzigjährigen Sohn und möchte nach dem Arbeiten, wenn er *retired,* in Deutschland leben. Land und Menschen hätten es ihm angetan. In welcher Region er sich niederlassen wolle, habe er noch nicht entschieden. Aber wahrscheinlich irgendwo bei Frankfurt. Er lobt meine Fotos: *Adorable,* nennt er mich. *Georgeous* und *breathtaking*.

Mein Schulenglisch ist eingerostet, und ich schlage sicherheitshalber noch mal nach. Bezaubernd, hinreißend und atemberaubend. Das hört man, keine Frage, natürlich ausgesprochen gerne, aber es macht mich doch auch stutzig. Hübsch sind meine Fotos, nett und liebenswürdig würde ich auch noch durchgehen lassen, ohne groß zu zweifeln. Aber atemberaubend? Die

Amis übertreiben gerne, das ist bei denen normal, rede ich mir selbst gut zu, dennoch bleibe ich skeptisch. Das ist einen Tick zu viel.

Wir schreiben ein bisschen hin und her. Für eine bescheidene Konversation reicht mein Englisch. Witzig und schlagfertig sein schaffe ich nicht. Es scheint ihn nicht zu stören. Er schmeißt mit Schmeichel-Adjektiven nur so um sich. Ein Drittel davon muss ich googeln. Empathisch, liebenswert, warmherzig, herausragend, brillant, magisch und vieles mehr. Ich sehe mich in einem ganz neuen Licht, und obwohl es natürlich platteste Schleimerei ist, bin ich sehr empfänglich dafür. Gegen 2 Uhr morgens bereite ich dem Lob-Tornado, der über mich hinweggetobt ist, ein Ende und wünsche eine gute Nacht. *»May god be with you. Sweet dreams for a sugarsweet Lady! Cant wait to talk to you again«*, antwortet Sebastian, und ich bin verwirrt. Ticken die Amerikaner einfach anders, oder ist der schlicht verrückt?

Als ich am nächsten Morgen aufwache, hat mir der Ölmann schon eine Nachricht geschickt. Ein »Gute Morgen« und seine Mobilnummer. Er will unseren wonderful Talk auf WhatsApp weiterführen. Warum eigentlich nicht? Ich bin nicht prominent, was soll er mit der Nummer schon groß machen? Inzwischen haben so viele fremde Männer meine Telefonnummer, da kommt es auf einen mehr nicht an. Schicke ihm eine kurze Nachricht, und danach ist mein Handy im Ausnahmezustand.

Bild für Bild kommt aus der Nordsee. Sebastian beim Joggen, Sebastian mit Hund, Sebastian im Anzug auf einem Empfang, Sebastian in Triathlonmontur,

Sebastian mit Kind im Arm und als Letztes Sebastian bei der Arbeit. »*Thats me, five minutes ago at work!*«, schreibt er darunter. Er macht, egal in welcher Situation, wirklich was her. Doch da ist was auf dem letzten Bild, was mich stutzig macht. Neben Sebastian sitzt ein Marineoffizier. Nicht, dass ich eine Militärexpertin bin, aber der Mann trägt Uniform und hat jede Menge Streifen auf der Schulter. Das wird ja kein Faschingskostüm sein. Und im Hintergrund des Fotos sieht man am Horizont Land. Bei meinem gestrigen Googeln der Ölplattform habe ich gelesen, dass sie zwanzig Kilometer weit draußen in der Nordsee liegt. Ich bin keine Expertin, aber zwanzig Kilometer weit kann wahrscheinlich nicht mal ein Adler gucken. Das sieht eher nach zweihundert Metern aus. Wenn überhaupt. Das ist ein Schiff und keine Ölplattform, dämmert es mir.

Eben war es nur Skepsis, jetzt ist es Misstrauen. Ich google seine Fotos, er hat mir ja reichlich geschickt. Praktisch, dass man jetzt auch nach Fotos suchen kann. Meine Recherche ergibt innerhalb weniger Minuten, dass es sich um den US-Botschafter in Neuseeland handelt. Der Mann auf den Fotos ist der aktuelle US-Botschafter Neuseelands. Sebastian ist, das wird mir jetzt nach und nach klar, ein Romance Scammer. Einer dieser Kerle, die sich als jemand anderes ausgeben, Fotos von gut aussehenden Männern nutzen, um alten liebeshungrigen Frauen das Geld aus der Tasche zu ziehen. Diese Männer arbeiten vorzugsweise als Ärzte im Ausland oder als Entwicklungshelfer für eine NGO oder eben auf einer Ölplattform. Auf jeden Fall sehr weit weg und nahezu unerreichbar. So können sie Treffen mit einer guten Begründung ablehnen. Wenn das Opfer – jemand wie ich – richtig eingeseift ist, bittet der Romance Scammer um Geld. Natürlich nicht einfach so, sondern weil die Mutter, das Kind oder wer auch immer eine Operation braucht oder er ein Ticket kaufen muss und seine Kreditkarte aus widrigen Gründen gesperrt wurde. Der Scammer behauptet, absolut solvent zu sein, nur gerade im Moment gibt es da aus Zufällen, für die er selbstverständlich gar nichts kann, ein Problem. Manche schicken sogar fingierte Kontoauszüge.

Ich habe über diese Kerle mal einen Bericht im Fernsehen gesehen. Romance Scammer sind abgebrühte Typen, die nie um eine Ausrede verlegen sind. Und sie haben Geduld. Nie verlangt der Romance Scammer frühzeitig Geld, er wartet, bis der naive Goldfisch ordentlich verknallt am Haken hängt. Ich bin stinkwütend. Da sitzt irgendein Kerl in Nigeria oder sonst wo auf der weiten Welt und lacht sich mit seinen Freunden kaputt über die leichtgläubigen Frauen, die sich vor lauter quälender Einsamkeit auf so etwas einlassen. Drecksack. Was für eine miese Masche. Man sollte auf sein Bauchgefühl hören. *Adorable!* Ich hätte es wirklich wissen müssen. Immerhin habe ich es schnell bemerkt. Was nun?

Ich schreibe Sebastian, dass ich enorm beeindruckt bin, dass er es schafft, seine harte und zeitaufwendige Arbeit auf der Ölplattform mit seinem Job als US-Botschafter Neuseelands in Einklang zu bringen. »Chapeau!«, tippe ich.

Es dauert nicht mal eine Minute, bis er reagiert. Er löscht mich bei Tinder. Mist, ich hätte nicht so überstürzt reagieren sollen, sondern ihn bei Tinder anschwärzen und melden müssen. Zu spät. Sein Profil ist für mich verschwunden. Ich brauche jetzt erst mal einen Kaffee und checke dabei meine sonstigen Nachrichten. Ich habe die halbe Nacht mit einem Fakekerl irgendwo auf der Welt korrespondiert. Puh.

Peter hat sein obligatorisches »Guten Morgen, denke an dich« geschickt. Man sollte ihm mal ein Wörterbuch schenken, damit er ein wenig Vielfalt in sein Vokabular bringt. Oder ist das zu streng gedacht, sollte ich froh sein, dass jemand immerhin regelmäßig schreibt? Nett ist es allemal. Aufmerksam auch. Von Hans-Dieter mal wieder nichts.

Es graut mir vor meiner Eisdielenansprech-Challenge. Diesmal habe ich immerhin Zeit, mir schon vorab etwas zu überlegen. Parmesankäsevielfalt! Das soll mir nicht wieder passieren. Ich werde souverän auftreten. Was erwartet Hanne? Dass ich in der Schlange vor der Bude einen anspreche? Oder mich an einen Tisch vor dem Eiscafé zu jemandem setze? Für die Schlangenvariante gibt es nicht arg viele Möglichkeiten. »Welche Sorte würden Sie empfehlen?« ist profan, aber ein möglicher Einstieg. Am Tisch muss ich sehen, wie die Lage ist. Liest der Mann, kann ich nach dem Buch fragen. Wäre allerdings ein Glückstreffer. Es liest ja kaum mehr jemand, und Männer schon gar nicht. Oder ich frage ihn, wie man von hier nach sonst wo kommt oder ob er Tipps für Aktivitäten in der Stadt hat. Dann habe ich eine zündende Idee.

Ich nehme mir einen kleinen Zettel und schreibe: Hallo, bitte seien Sie nett und helfen Sie mir. Nein, ich bin nicht entführt worden und muss befreit werden. Ich bin nicht in Gefahr. Sie müssen nicht die Polizei rufen. Ich habe kein ADHS. Ich bin nicht wahnsinnig und auch keine Stalkerin. Das hier ist eine Challenge, die sich meine bekloppte Freundin ausgedacht hast. Spielen Sie bitte mit, reden Sie mit mir, dann sind Sie mich am schnellsten wieder los. Geben Sie mir fünf Minuten Ihrer Lebenszeit und lassen Sie diesen Zettel schnell unauffällig verschwinden, damit ich nicht beim Mogeln ertappt werde! Danke!

Ich weiß natürlich, dass diese Variante Beschiss ist, aber ich habe keine Lust, noch mal eine Reaktion wie im Supermarkt zu erleben. Ein Parmesangate langt!

Mein Plan geht auf. Hanne und ich treffen uns an der Lieblingseisdiele der Frankfurter, in Sachsenhausen, das Wetter spielt mit, es ist ein ausnehmend sonniger Tag. Bringe Hanne erst mal auf den allerneusten Hans-Dieter-Peter-Tim-&-Co.-Stand. Endlich kommen wir dazu, über die Party bei den Liesens zu reden. Von sich aus hat sie bisher nichts gesagt. Mich bei meinen Fragen immer vertröstet und etwas gesagt wie: »Wir reden ein andermal in Ruhe darüber.« Heute haben wir Ruhe. »Erst die Aufgabe, dann die Partyauflösung! Erst die Pflicht, dann das Vergnügen. Wenn du es hinter dich gebracht hast, reden wir bei einem Spaghettieis darüber«, bestimmt Hanne den weiteren Verlauf.

Die Plätze auf der Terrasse sind fast alle besetzt. »Da!« Hanne deutet auf einen Mann, der alleine an einem Tisch sitzt und einen enorm großen Eisbecher vor sich stehen hat. Es ist, jedenfalls aus der Entfernung betrachtet, ein völlig normaler, durchschnittlicher Mann. Er hat einen Hund dabei, einen großen, grauen, sehr gepflegten Hund, und ist etwa mein Alter.

»Warum der?«, frage ich Hanne.

»Weil er interessant aussieht. Davon mal abgesehen: Es könnte jeder sein. Der oder auch ein anderer. Das Schicksal hat etwas Beliebiges. Also, auf geht's. Ich setze mich dahinten zu der Familie mit dem Kinderwagen.« Sie entfernt sich von mir.

Es kostet mich Überwindung, an den Tisch zu gehen. Je eher ich es mache, desto eher habe ich es hinter mir. Ich trete an den Tisch und frage, ob ich mich setzen kann.

»Klar, warum nicht«, sagt der Hundemann, streicht dem grauen Riesenhund über den Kopf und nickt mir freundlich zu. Mit dem habe ich leichteres Spiel als mit dem Parmesantypen.

»Sieht lecker aus, Ihr Eisbecher, was ist das?«, erkundige ich mich. Kein sonderlich aufregender Gesprächsauftakt, aber letztlich vollkommen wurscht. Immerhin, er legt sein Handy aus der Hand. Es geht ja nur darum, überhaupt ins Gespräch zu kommen, so viel habe ich inzwischen kapiert.

»Amarena-Kirsch-Sahne! Nennt sich Geschmacksvulkan. Bisschen hochtrabend, aber ziemlich gut«, antwortet er freundlich.

»Wahrscheinlich um die fünftausend Kalorien«, behaupte ich kühn, wissend, dass ein Eisbecher zwar unendlich viele, aber niemals fünftausend Kalorien hat.

»Die esse ich einfach mit!«, grinst er mich an. Schon greift er wieder nach seinem Mobiltelefon. Ich hole so dezent wie möglich den Zettel aus meiner Tasche, als auch mein Handy piept. Tinder zeigt, dass ich ein neues Match habe. Das muss warten. Werfe einen schnellen Blick und sehe einen Typen mit verspiegelter Pilotensonnenbrille. Das hat Zeit. Jetzt muss ich erst meinen Flirtauftrag durchziehen.

»Hallo«, störe ich den Amarena-Kirsch-Mann ein weiteres Mal.

»Ja?«, sagt er und guckt auf.

Ich kann kurz auf seinen Bildschirm schielen und bemerke, dass auch er tindert. Ich schiebe ihm den Zettel über den Tisch. »Achtung, meine Aufsichtsperson, die Leiterin der Versuchsanordnung darf das nicht merken!«, sage ich noch.

Er liest, sieht mich an und lacht. »Was für eine Art Versuch soll das denn sein?«, will er wissen. Er hat ein sympathisches Gesicht, das mir irgendwie bekannt vorkommt. Wahrscheinlich war er mal im Autohaus. Sehr dunkle Augen, markante, buschige Augenbrauen und makellose Zähne. Ob das Originale sind? »Ulrike, 47?«, sagt er da plötzlich und fängt laut an zu lachen.

»Kennen wir uns?«, frage ich zurück und bin verwirrt. Woher weiß der mein Alter? Steht mir das schon auf der Stirn geschrieben? Wirke ich nicht wenigstens zwei, drei Jahre jünger? »Ich bin es, dein Tinder-Match – eben gerade. Guido, 43, aus Frankfurt. Warte, ich zieh meine Sonnenbrille mal auf!« Da fällt auch bei mir der Groschen. Schlagartig wird mir klar, woher ich ihn »kenne«. Ist halt schon ewig her, dass ich ihn mit einem beherzten Wisch nach rechts sortiert habe. Obwohl er diese leicht affige verspiegelte Sonnenbrille auf allen Fotos getragen hat.

»Oh mein Gott. Guido, ja, jetzt dämmert es mir.«

»Super, ein Date, ohne sich zu verabreden«, freut er sich, »praktischer geht es ja kaum!«

Ich bin froh, dass er nicht schielt, dachte damals, das

sei womöglich der Grund für all die Fotos mit Brille. »Was willst du trinken? Oder darf es auch ein Amarenabecher sein?«

Ich entscheide mich für ein Spaghettieis, mein all time favourite. Ich bin, nicht nur was Eis angeht, relativ konservativ. Ich winke Hanne aufgeregt zu. Sie kommt zögerlich zu uns an den Tisch. »Du, das hat sich hier entwickelt, also ich glaube, du musst nicht auf mich warten!«, erkläre ich rasch.

»Bingo!«, antwortet sie, und Guido streckt ihr die Hand hin: »Ich bin Guido, schön, dich kennenzulernen.«

Hanne erwidert: »Ich bin Hanne«, starrt auf Guido, und Guido starrt sie an. Sie können kaum den Blick voneinander lassen. Was ist das? Sind die beiden von einer fernen Macht eingefroren worden? Schockgefrostet? Schockverliebt? Ist das die immer wieder viel zitierte Liebe auf den ersten Blick?

»Gut«, sammelt sich meine Freundin und ist zurück in der Realität, »also gut, dann fahre ich mal, und wir reden ein andermal.« Sie hat einen knallroten Kopf und wirkt verlegen.

»Willst du dich nicht einfach zu uns setzen, Hanne?«, fragt Guido, und bei seinem Blick überlege ich spontan, ob *ich* stattdessen besser nach Hause fahren sollte.

Hanne schaut mich an, fragend, und ich nicke: »Klar, setz dich zu uns!«

Das war's für mich und Guido, so viel ist deutlich. Die nächste Stunde bin ich Dekomaterial. Ich sitze einfach nur dabei. Wie eine Gouvernante. Ab und an beziehen die beiden mich ins Gespräch ein, aber mehr aus Höflichkeit. Das sind die berühmten Funken, denke ich. Mich wundert es, dass über ihren Köpfen kein Feuerwerk explodiert und zeitgleich eine süßliche Musik ertönt. Guidos Eisbecher schmilzt, und Hannes Cappuccino wird kalt.

Nach einer guten Stunde sage ich, dass ich jetzt mal losmuss. Immerhin warten meine Eltern auf mich. Außerdem werde ich hier nicht gebraucht. Das ist offensichtlich.

»Ja, geh ruhig, ich fahre dann auch gleich, also demnächst irgendwann!«, stammelt Hanne, und ihr Gesicht sagt etwas ganz anderes. Sie sieht aus, als wolle sie niemals in diesem Leben freiwillig wieder von diesem Tisch aufstehen.

Guido strahlt. »Ich bleibe auch noch ein wenig, war schön, dich kennenzulernen, Ulrike!«, verabschiedet er mich prompt. Es kann ihm fast nicht schnell genug gehen.

»Ich muss nur noch rasch zahlen«, sage ich, aber er winkt ab. »Lass mal, das erledige ich!«

»Wir sprechen dann später, Hanne«, verlasse ich die Turteltauben. Sie reagiert gar nicht mehr. So habe ich meine Freundin noch nie gesehen.

Hanne und ihr Mann Hans sind lange zusammen. Sehr lange. Ich dachte, sie seien glücklich. Zufrieden allemal. Aber das da eben in ihrem Gesicht, das ist neu. Da war ein Leuchten, das ich nicht kenne. Sehr seltsam. Hanne ist keine klassische Schönheit. Hübsch, aber nicht auffällig. Kein Nina-Typ, der sofort alle Blicke fesselt, wenn er irgendwo auftaucht. Hanne trägt ihre Haare schulterlang, zumeist offen, sie sind dunkelbraun und stark gelockt. Immer ein bisschen ungebändigt. Wild. Große braune Rehaugen und Gazellenbeine runden das Ganze ab. Hanne ist ein Typ, kein Weibchentyp, eher lässig und sehr natürlich. Aber was hat sie da vor? Was wird das? Flirtend habe ich Hanne noch nie erlebt, und das hier in der letzten Stunde war geradezu ein Flirtseminar. Lockenwerfen, durch die Haare fahren, über die Lippen lecken, alles, was es an Körpersignalen gibt, hat meine Freundin aufgefahren. Das war ganz großes Balzkino. Ich werde sie später anrufen und fragen, was da in ihrem Kopf vorging, wenn da überhaupt Kopf beteiligt war.

»Ach, dass du mal den Weg zu uns findest! Es geschehen noch Zeichen und Wunder!«, begrüßt mich meine Mutter direkt mit einem versteckten Vorwurf, und ich hätte große Lust, auf dem Absatz kehrtzumachen.

»Jetzt lass sie doch erst mal reinkommen«, mischt sich mein Vater ein.

Meine Mutter hat Käsekuchen gemacht. Ihren Imponierkuchen. Immerhin. Ich bin ihr einen gewissen Aufwand wert. Trotz Spaghettieis und zwei Milchshakes während der Dekophase passt noch ein Stück rein.

»Abgenommen hast du eher nicht«, beginnt meine Mutter die Konversation. Zweite verbale Ohrfeige in weniger als drei Minuten. Das muss man erst mal hinkriegen. Dummerweise hat sie recht. Durch den Kummer hatte ich drei, vier Kilos verloren, durch meine Dates ist alles wieder drauf. Reichliches Daten hat reichlich Kalorien im Gepäck. Vor allem Dates mit Hans-Dieter haben es in sich. Ein kleiner Vorteil von Peters Sparsamkeit. Fett wird man von einem Tomatensalat für 5 Euro 40 nicht.

»Mama, ich bin so dünn oder dick wie immer«, versuche ich, gelassen zu reagieren.

»Ob du dir diese Nachlässigkeit momentan erlauben kannst, Ulrike, ich weiß nicht so recht.« Dritte blöde Bemerkung.

»Wie geht es dir denn so?«, wird sie von meinem Vater unterbrochen.

»Tja«, sage ich, »irgendwie besser. Ich fange an, es als gegeben zu sehen. Als etwas Unabänderliches. Wie hast du früher immer gesagt: Man soll Reisende nicht aufhalten. So sehe ich es inzwischen auch.«

Mein Vater seufzt, und man hört die Erleichterung heraus. Meine Mutter schüttelt entsetzt mit dem Kopf: »Ganz falscher Rückschluss, Ulrike. Reisende, das hast du treffend gesagt, Reisende verreisen, man hält sie durch nichts auf, sich auf die Reise zu begeben. Reisende sind erst mal weg, zum Teil auch länger, es kann auch mal eine Weltreise sein, aber sie kehren irgendwann nach Hause zurück. Haben ihre Erfahrungen gemacht, anderes gesehen, und dann langt es, und sie kommen heim. Darauf solltest du hinarbeiten. Man fährt natürlich lieber nach Hause, wenn es dort besonders hübsch ist.« Sie lacht ein wenig über ihre eigene schräge Metapher.

»Es gibt auch Menschen die auswandern und dortbleiben, weil es ihnen in der Fremde besser gefällt«, fahre ich meiner Mutter in die Parade.

Meine Mutter lächelt. »Ja, das gibt es. Aber es ist selten. Gerade in der Fremde merken die Menschen, was sie an ihrem Zuhause haben. Was ich damit sagen will, Ulrike, warte ab. Verhalte dich lieb. Der kommt wieder. Ich kenne Knut.«

»Das mag sein, Mama«, antworte ich, »aber es ist ein bisschen wie mit dem Bus. Wenn er da ist, muss man einsteigen. Sonst ist er weg. Dann hat man ihn verpasst.«

»Spielt keine Rolle«, kontert meine Mutter, »solange die Haltestelle steht.«

Ich hätte es ahnen müssen. Meine Mutter hat immer das letzte Wort. Ich erkläre meinen Eltern, dass ich nicht weiß, ob ich für eine Wiedervereinigung zu haben wäre. Es ist zu viel passiert. Ich bin dabei, die Bushaltestelle sukzessive abzubauen.

Meine Mutter hält mich für theatralisch: »So etwas kann vorkommen. Man darf es nicht dramatisieren. So ist das Leben. Ein Auf und Ab. Man muss vergessen und verzeihen können. Anders funktioniert eine lange Ehe nicht.« Welch ein Pragmatismus.

»Du hast gut reden«, entgegne ich.

»Na ja«, seufzt meine Mutter, »ich weiß durchaus sehr genau, wovon ich spreche.«

Ich zucke zusammen. Schaue auf meinen Vater, der merklich rot anläuft. »Gibt es da was, was ich nicht weiß?«, frage ich nach.

»Kinder müssen nicht alles wissen, manche Dinge macht man am besten mit sich selbst aus!«, sagt meine Mutter nur.

»Christine, muss das sein!«, stöhnt mein Vater. »Du solltest bei dem Thema einfach nur still sein, Werner, ganz, ganz still!«, herrscht ihn meine Mutter an.

Ich bohre nach, aber die zwei sagen nichts.

»Geht nur uns etwas an«, brummelt mein Papa.

Ich bin erstaunt, ich hätte nie gedacht, dass mein Vater mal auf »Abwegen« war. Aber vielleicht, weil man

Eltern immer hauptsächlich als Eltern wahrnimmt und nicht als Individuen oder gar als Paar. Sie sind Eltern, andere Funktionen gesteht man ihnen als Kind nicht zu. »Lasst uns mal über was anderes reden. Ich brauche einfach noch mehr Zeit. Zeit, nachzudenken. Mich zu erholen. Neu zu definieren.«

Mein Vater wirkt froh über den Themenwechsel. »Ich bin dabei, die Garage auszumisten«, erzählt er.

»Ach, Werner, wen interessiert denn das!«, stoppt ihn meine Mutter. Immer schon fährt sie ihm so oder ähnlich über den Mund. Jahrelanges Bevormunden kann nicht spurlos an einem Menschen vorbeigehen.

»Mich interessiert die Garage, Papa!«, unterstütze ich meinen Vater.

»Komm, Ulrike, ich zeig dir mal, was ich da mache, und vor allem, was ich so gefunden habe!« Mein Vater steht auf und bedeutet mir, mitzukommen. »Sie meint es nicht so, sie kann nicht anders«, erklärt er mir, als wir allein sind. Er verteidigt meine Mutter mit Vehemenz, obwohl sie ihn immer wieder behandelt wie ein unmündiges Kind. »Sie ist eine dominante Frau und weiß alles besser, aber tief drinnen ist sie lieb und meint es wirklich gut. Sie kann es nur nicht so sagen«, legt er nach.

»Ich weiß, Papa, aber es ist manchmal schwer auszuhalten!« Er nickt.

»Wem sagst du das?«, stellt er leicht konsterniert fest.

Ich höre mir noch die neuesten Geschichten über meine Geschwister an, und kaum habe ich das Haus meiner Eltern verlassen, rufe ich Hanne an. Auf dem Festnetz zu Hause. Sie ist eine der letzten Menschen mit Festnetzanschluss und benutzt ihn auch. Diesmal allerdings geht Hans, ihr Mann, dran.

»Hi, Hans, Ulrike hier, darf ich mal mit Hanne sprechen?«, frage ich ihn.

»Würde ich auch gerne«, lacht er, »aber sie ist nicht da. Dachte, sie sei mit dir unterwegs. Aber vielleicht habe ich auch mal wieder nicht richtig zugehört.«

Oh, verdammter Mist. Was habe ich da bloß gemacht? »Ja, waren wir, aber sie wollte noch was besorgen. Und ich habe vergessen, sie was zu fragen«, versuche ich, eine möglichst plausible Ausrede zu erfinden.

Hans ist kein misstrauischer Mann. Zum Glück. »Ja dann, wenn sie aufkreuzt, sage ich ihr, dass du angerufen hast. Schönen Sonntag noch!«, verabschiedet er sich freundlich. Arglos.

Ich probiere es sofort auf Hannes Handy. Es läuft die Mailbox. »Ruf mich an, habe bei dir zu Hause auf dem Festnetz angerufen. Entschuldige. Habe behauptet, wir waren zusammen und du wärst noch woanders hin, um was zu besorgen. Melde dich. Was war das da heute denn? Mit diesem Guido? Also ehrlich, Hanne, so habe ich dich noch nie erlebt. Ruf mich unbedingt an! Ich sterbe vor Neugier«, hinterlasse ich als Nachricht.

Unangenehm, aber das konnte ich ja nun wirklich nicht ahnen. Wo steckt die bloß? Ist sie mit Guido durchgebrannt? Sind die zwei eben mal die berüchtigten Zigaretten holen gegangen?

Zwei Stunden später meldet sie sich: »Ich bin zu Hause, habe noch Sushi gekauft, hatten wir ja drüber gesprochen. Hat gedauert, weil viele Läden zuhatten. Hans lässt dich grüßen, er steht hier bei mir.«

Ich kapiere sofort. »Lass uns morgen in Ruhe reden!«, sage ich und wünsche einen schönen Abend.

Einen schönen Nachmittag hatte sie ja mit Sicherheit.

Peter will wissen, wann wir uns sehen, er habe sehr, sehr viel Sehnsucht, und Tim schickt weiter Angeberfotos aus New York. Zigarren, Uhren, monströse Cocktails und irgendwelche Skylinebars. Also alles wie immer. Bis auf Hans-Dieter. Er hat mir ein Koloskopie-Foto geschickt. Denke jedenfalls, dass es sich um die Innenaufnahme eines Darms handelt. Dürfen Ärzte das? Unterliegen diese Aufnahmen nicht der Schweigepflicht? Egal – der Darm ist ja nicht personalisiert.

»Wann kann ich dich mal wieder mit Darmgeschichten langweilen?«, fragt er. Er hat wirklich Witz. Ich höre in mich rein. Nicht der leiseste Flügelschlag eines Schmetterlings.

»Jederzeit, mach mir einen Vorschlag«, schreibe ich zurück.

Auch Leonhard, mein Youngster, meldet sich. »Gehen wir mal was trinken?«, erkundigt er sich.

Warum nicht, denke ich. Ich habe noch Kapazitäten frei. Angucken kann man sich alles und jeden. Mache mit allen Termine. Peter will noch mal aufs Hausboot mit figurfreundlichem Tomatensalat für 5 Euro 40, Hans-Dieter sagt, ich solle mir ein Restaurant aussuchen, und Leonhard, der Neue, will einfach nur mal einen Kaffee trinken gehen.

»Mittagspause oder früher Abend?« Am Ende habe ich drei Dates, Montag, Mittwoch und Freitag, und noch steht die Entscheidung aus, ob ich Tim in seinem Feriendomizil in den Bergen besuche. Im Moment scheue ich den Aufwand und glaube, er lohnt sich nicht.

Telefoniere mal wieder ausgiebig mit meiner Tochter, der es zu meiner großen Freude wirklich gut geht.

»Gib mir doch noch mal den Papa!«, sagt sie, als wir zum Ende kommen.

»Der ist unterwegs!«, rede ich mich nach einem kurzen Schreck heraus.

Sie bemerkt die Pause nicht. »Gut, dann sag ihm schöne Grüße, und er könnte sich ruhig auch mal melden. Man könnte fast denken, er hat mich vergessen.«

Diese Nina scheint viel Aufmerksamkeit zu brauchen, dass er sich nicht mal bei seiner Tochter meldet. Werde ihn mal sanft daran erinnern, dass er ein Kind hat, das nicht Nina heißt.

»Der Papa ist gestresst, ich richte es ihm aus, und er lässt dich auch herzlich grüßen!«, informiere ich unsere Tochter und fühle mich dabei unglaublich großherzig. Das wäre meine Chance gewesen, ihn anzuschwärzen, aber ich habe der Versuchung widerstanden. Was bin ich für eine gute Mutter.

Die Dates bestimmen meine Woche, und ich habe das Gefühl, dass ausgiebiges Getindere eine Lebensaufgabe sein kann. Zeitfüllend, aber wo bleibt der Sinn? Das alles hat ab und an einen faden Nachgeschmack. Ich bespaße zeitgleich mehrere Männer, und es ist eigentlich, wenn ich ehrlich mit mir bin, nur eine Form der Beschäftigungstherapie.

Sehe Knut im Büro und erzähle ihm von dem Telefonat mit unserer Tochter. Er scheint bestürzt. »Ich kann sie schwer anrufen, ich fühle mich dann wie ein Oberlügner. Du weißt, Ulrike, ich kann nicht lügen.«

Das sagt der Mann, der mich mindestens ein Jahr lang nicht nur belogen, sondern auch betrogen hat. »Meine Güte, lass die Ausreden. Du lügst rund um die Uhr. Du bist Verkäufer! Mach dich nicht noch lächerlicher!«, schnauze ich ihn an.

Er zuckt zusammen. Eine Antwort warte ich nicht mehr ab und lasse ihn mit seinem schuldbewussten Gesicht stehen.

Meine Anwältin Frau B. kümmert sich um meine finanziellen Belange. »Noch hat er ein, wenn auch kleines, schlechtes Gewissen. Das werden wir ganz schamlos ausnutzen. Im Moment ist er bereit zu zahlen, um mit dieser Nina zu leben.«

Ich lasse ihr absolut freie Hand. Sie wird wissen, was drin ist und was nicht.

Knut und ich reden miteinander, und bis auf winzig kleine Ausrutscher schaffe ich es, relativ sachlich zu bleiben. Was bleibt mir auch übrig? Dass Anschreien und Beleidigtsein nicht hilfreich sind, habe ich inzwischen verstanden. Manchmal kann ich die Wehmut spüren, die uns umgibt. Wie ein feiner Sprühnebel liegt sie über uns.

»Bei mir ist auch nicht alles einfach!«, hat er neulich mal beiläufig gesagt und mich lange angeschaut.

Fast hätte ich aus Reflex gesagt, dass ich hoffe, dass es besser wird. Fast. So weit bin ich noch nicht. Das wäre wirklich verkehrte Welt. Zum Herzausschütten sollte er jemand anderen benutzen. Dieses Maß an Selbstlosigkeit bringe ich nicht auf.

Montagmittag, an meinem freien Tag, treffe ich Little Leonhard auf einen Kaffee in Frankfurt. Er kommt aus Hanau und hat seinen Hund mitgebracht. Ein wunderschöner flauschiger Retriever namens Coco. Mit einem solchen Hund an der Seite kann man einiges kompensieren. Obwohl es gar nicht viel zu kompensieren gibt. Leonhard ist über eins achtzig groß, hat ein tolles offenes Lachen und längere Haare. Ich glaube, es könnte für einen kleinen Pferdeschwanz reichen.

Er liebe es, ins Fitnessstudio zu gehen, erzählt er mir. Man sieht es. Er hat ein breites Kreuz, und das T-Shirt spannt über seiner Brust. Auf seinem eindrucksvollen Oberarm prangt ein fettes Tattoo. Ich glaube, man nennt es Tribal. Ich bin kein großer Fan von Tattoos, ermahne mich aber, es nicht sofort als Ausschlusskriterium zu sehen. Bin in dieser Hinsicht geprägt von meinen Eltern, die jahrelang mantramäßig wiederholt haben, dass Tattoos was für Knastbrüder sind und für sonst niemanden. Das hat sich zwischenzeitlich ja geändert. Trotzdem: Hätte ich das Tattoo bei Tinder gesehen, hätte ich ihn mit Sicherheit nicht nach rechts gewischt.

»Was suchst du bei Tinder?«, fragt er mich schnell.

»Alles und nichts!«, antworte ich. Das sagt gar nichts, ist aber doch die Wahrheit.

»Ich will Spaß haben«, erklärt er mir, »jede Menge Spaß, keine Beziehung. Das strengt nur an und macht Problem. Brauche ich nicht. Hatte ich.«

Probleme, Plural, will ich korrigieren, aber Oberlehrerinnenverhalten ist nicht besonders attraktiv. Ich unterdrücke den Impuls. Insgesamt eine klare Ansage. Gegen Spaßhaben ist nichts zu sagen, aber ich denke, mir genügt es nicht. Spaß mit Option auf mehr wäre vorstellbar, aber ohne Perspektive? Nur der reine Spaß?

»Lust auf Spaß?«, fragt er mich ziemlich direkt.

Was heißt das jetzt. Husch, husch ins Körbchen? Zieh dich aus, kleine Maus, mach dich nackig? Ich zögere und schaue ihn mir noch mal gründlich an. Er hat einen heißen Körper, keine Frage. Und einen entzückenden Hund, der mir von Beginn an ununterbrochen die Waden abschleckt. Leonhards Gesicht ist ansprechend, hat aber, ohne jetzt gemein sein zu wollen, etwas Gewöhnliches. Ich kann gar nicht genau sagen, woran ich das festmache. Alles ist breit. Da ist nichts Feines. Grammatikalisch gibt es kleine und größere Aussetzer, aber er hat sich ja nicht als Deutschlehrer beworben.

»Muss ich das jetzt und hier entscheiden, das mit dem Spaßhaben?«

»Ja, warum nicht? Das sieht man doch, ob man sich was vorstellen kann oder eher nicht. Ich könnte mir durchaus vorstellen, mit dir Spaß zu haben. Du hast was Milfiges.«

Habe ich das jetzt richtig verstanden? Was *Milfiges*? Milf heißt *Mother i'd like to fuck*. Was denkt der Kerl sich? Wir sind fünf Jahre auseinander. Gut, man sieht die Jahre, aber als seine Mutter gehe ich noch lange nicht durch. Sollte das vielleicht sogar ein verqueres Kompliment sein?

»Bist du jetzt sauer?«, erkundigt er sich und grinst mich an.

»Äh, ja«, stelle ich nur knapp fest.

»Boah, sei nicht so empfindlich. Ist doch was Cooles. Und ich hatte noch nie 'ne Ältere. Finde ich irgendwie scharf. Meine letzte Freundin war siebenundzwanzig.«

Jetzt bin ich mir absolut sicher, dass Leonhard und ich keinerlei Spaß miteinander haben werden. Ich trete nicht in Konkurrenz mit einer Siebenundzwanzigjährigen! Wenn das die Letzte war, die er nackt gesehen hat, dann verzichte ich dankend. Das sind ungleiche Voraussetzungen, ein Wettbewerb, bei dem man von vornherein verloren hat. Außer es wäre Liebe im Spiel. Liebe macht den Blick auf den anderen gnädiger. Liebe ist eine Art von Weichzeichner.

Aber nur weil der zweiundvierzigjährige Fitnessfreak mal was mit einer »Alten« haben will, stehe ich nicht zur Verfügung.

»Alte Frau und junger Mann sind die perfekte Kombi, habe ich von einem Freund gehört«, probiert es Leonhard mit einer neuen Taktik, »wir können immer, und die älteren Frauen wollen immer.« Wieder grinst er, und jetzt keimt in mir das Bedürfnis auf, ihm eine zu knallen. Alte Frau? Junger Mann? In welcher Welt lebt der Kerl? Gut, er kommt aus Hanau, aber für die Aussage langt das nicht als Entschuldigung.

»Geht's noch? Du bist zweiundvierzig, und ich siebenundvierzig, das sind gerade mal fünf Jahre Unterschied. Um als Toyboy zu fungieren, musst du dir eine Fünfundsechzigjährige suchen!«, blaffe ich ihn an.

Er grinst noch immer, und es hat was Dümmliches. »Ich will nicht gemein sein, aber schau uns an. Ich bin in Topform«, kontert er, ohne auch nur einen Hauch beleidigt zu sein.

Was soll mir dieser Satz sagen? Du bist alt und noch dazu fett! Ich glaube, ich habe genug von Leonhard. »Das Beste an dir ist dein Hund!«, knurre ich und stehe auf.

»Ist gar nicht meiner, ist ein Datepush-Hund. Leihe ich mir, um die Weiber weichzukochen! Alle fliegen auf den Köter.« Er grinst noch immer. Hat der keine anderen Gesichtsausdrücke auf Lager, oder ist er dermaßen abgebrüht? Findet er das lustig? Macht es ihm Spaß, ein anderes Ego innerhalb von einer halben Stunde in den Boden zu stampfen? Wie hohl ist dieser Mann?

»Mir reicht's, ich gehe!«, entscheide ich, und mir ist klar, das hätte ich längst tun müssen.

»Ich hätte es versucht, auch wenn du obenrum lauter ›hier‹ hättest schreien müssen.« Noch immer dieses Grinsen. Wo sind die Torten, wenn man eine werfen möchte? Hat der gerade prollig verschwurbelt gesagt, ich hätte ihm zu wenig Busen?

»Fick dich selbst, anders wird es nichts werden bei dir!«, sage ich so ruhig wie möglich und stapfe davon. Demütigung leicht gemacht in dreißig Minuten.

»Hey, du hast nicht bezahlt! Und ich dachte, die Alten seien dankbar!«, ruft er mir hinterher.

»Das ist dein Lehrgeld!«, brülle ich und bin weg.

Auf die Erfahrung hätte ich gut verzichten können. Die dankbaren Alten! Was bilden sich Männer ein? Dass wir froh sind, wenn sich irgendeiner erbarmt? Verzückt für jeden, der dieses welkende Fleisch betatscht?

Zum Glück war der Typ nicht mein allererstes Date. Ich hätte nie wieder einen Versuch gestartet. Hätte mich direkt aus dem Datingbusiness verabschiedet.

Was für ein Superarschloch. Dass man meine kleinen Brüste so deutlich sieht, grämt mich dennoch. Ich hatte einen super Push-up an. Für neunundfünfzig Euro kann man doch erwarten, dass er zumindest einen Idioten wie Leonhard täuscht.

Milf! Der wusste noch nicht mal, dass ich ein Kind habe. Also sehe ich muttihaft aus! Das ist, wenn man drüber nachdenkt, erstaunlicherweise kein Kompliment. Am meisten ärgere ich mich, dass ich mich ärgere. Wie kann ich einem Kerl wie Breitkreuz-Leonhard die Möglichkeit geben, mich zu kränken? Was interessiert mich die Meinung dieser menschlichen Amöbe? Dem muss ich nun wirklich nicht gefallen. Der sollte erst mal Deutschnachhilfestunden nehmen. Aber ums Sprechen geht es ihm wahrscheinlich sowieso weniger. Abhaken und weg damit.

Verbringe einen Abend zu Hause und lade spontan Hanne ein. Sie schuldet mir die Guidogeschichte, und der Partybericht der Liesens steht auch noch aus.

Sie bringt uns was vom Chinesen mit und legt direkt los: »Okay. Okay. Ich weiß nicht, was das gestern in der Eisdiele war. Aber es war magisch. So blöd das klingen mag. Magisch ist genau das passende Wort. Dieser Mann hat was ausgelöst in mir. Etwas, was ich so nicht kenne. Hätte er mich gefragt, ob ich mit ihm nach Timbuktu gehe, auf der Stelle, ich hätte Ja gesagt.« Sie rollt mit den Augen. »Ich weiß, wie bescheuert sich das anhört. Und es ist auch so gar nicht meine Art.«

»Und was ist nach dem Eissalon passiert?«, kann ich meine Neugier nicht zügeln.

»Gar nichts, wir haben nur dagesessen, bis die zugemacht haben. Ich habe sechs Cappuccino getrunken. Sechs!«

»Was hat dieser Guido, was dich so anspricht?«

Hanne zögert. »Ich kann es dir nicht genau sagen. Sein Aussehen. Seine Stimme. Sein Wesen. Seine Art, mich anzuschauen. Alles. Alles spricht mich an. Er ist wie die Erfüllung all meiner Sehnsüchte. Ich hätte ihn gerne an Ort und Stelle vernascht. Nein, das ist das falsche Wort. Viel zu klein. Zu profan. Geliebt. Das ist es. Diesen Mann könnte ich lieben.«

»Und jetzt?«

»Keine Ahnung«, entgegnet Hanne, »absolut keine Ahnung.«

»Du kennst Guido nicht, steigere dich nicht in irgendwas rein«, warne ich meine Freundin.

»Ich weiß doch selbst«, sinniert sie. »Aber ich muss ihn wiedersehen. Und er mich. Aber wenn ich das tue und es genauso ist wie gestern, kann ich für nichts garantieren.«

»Dann sieh ihn nicht wieder, vergiss es oder nimm es als das, was es war. Eine zauberhafte unglaubliche Begegnung der besonderen Art.«

»Ja, das wäre vernünftig, Ulrike. Sehr vernünftig. Aber es geht nicht. Mein Herz kann das nicht. Es ist Schicksal. Da bin ich sicher. Dieses Aufeinandertreffen sollte sein. Er hat mir die halbe Nacht geschrieben. Mir Lieder geschickt. Sprachnachrichten. Er weiß, dass ich verheiratet bin, aber er sagt, wir schaffen das. Wir müssen es tun. Wir seien füreinander bestimmt. Es geht ihm genau wie mir.«

»Weiß er von deinem Erbe, deinem Geld?«, erkundige ich mich.

»Was soll denn die Frage, bin ich nur attraktiv wegen meines Geldes, kannst du dir nicht vorstellen, dass jemand sich *einfach so* rasend in mich verliebt?«, fährt sie mich an.

Ich rudere sofort zurück, merke, wie doof meine Frage war. Unsensibel und ein bisschen geschmacklos. »Entschuldige, Hanne, nein, natürlich nicht. Aber du weißt, ich bin eine extrem vorsichtige Frau. Ich wäge immer alles genau ab und neige zum Misstrauen. Verzeih mir! Aber es gibt ja noch immer die klassischen Heiratsschwindler.«

»Ja, ist gut. Vergeben und vergessen. Ich frage mich das ja auch bei manchen Bekanntschaften. Aber Guido hat keine Ahnung, dass ich mich ›lohne‹. Wir haben nicht über Geld gesprochen. Nur über das, was uns durch den Kopf geht. Was wir empfinden. Er hat gesagt, er hätte das nie für möglich gehalten. Gedacht, das gäbe es nur in Kitschfilmen. Er hat es einen Gefühlstsunami genannt.«

»Du riskierst es, dein gesamtes Leben auf den Kopf zu stellen? Nach nur einem Treffen?«, frage ich Hanne.

»Ich habe keine Wahl. Wenn ich das nicht mache, werde ich es für immer bereuen. Ich werde es Hans sagen. Morgen. Oder auf jeden Fall, bevor ich Guido wiedersehe. Er ist ein anständiger Mann, und ich will ihn nicht hintergehen. Das ist nicht meine Art. Nicht mein Stil. Das hat Hans nicht verdient.«

Ich zucke zusammen. Bin einerseits beeindruckt von einer solch radikalen Ehrlichkeit, andererseits empfinde ich es als überstürzt. »Warte doch ein wenig ab!«, rate ich ihr. »Sieh, wie es sich entwickelt. Ob es sich entwickelt.«

»Nein. Das bringt nichts. Das wird an der Sache nichts ändern«, sagt Hanne mit fester Stimme und wirkt entschlossen.

Ich bin unsicher, ob diese Art von Ehrlichkeit der Sache dient. Oder ob sie einen nur selbst erleichtern soll. Ist es nicht unfair, ihre Befindlichkeit, ihre Unsicherheit, ihr Zaudern auf Hans überzustülpen? Wäre es nicht klüger, zunächst eine Entscheidung zu treffen? Hat Knut nicht genau das mit mir gemacht? Mich vor vollendete Tatsachen gestellt? Wäre es nicht besser gewesen, er hätte mir früher, sehr viel früher gesagt, was los ist? Dann hätte ich eine Chance gehabt, aktiv zu werden. So war das Kind nicht nur in den sprichwörtlichen Brunnen gefallen, sondern längst darin abgetaucht. Verschwunden.

Hanne redet weiter: »Entschuldige, aber ich muss jetzt los. Hans denkt, ich sei hier. Ich habe Guido versprochen, zu versuchen, noch eine Stunde für ihn herauszuschlagen. Bitte verrate mich nicht. Ich werde gegen Mitternacht zu Hause sein.«

Ich bin nicht gerne Alibi, aber natürlich verspreche ich, dichtzuhalten. Ich habe ein gutes Verhältnis zu Hans, aber meine Freundin ist Hanne. Trotzdem mag ich nicht die Stütze einer Lüge sein. Was, wenn er anruft? Oder wenn jemand Hanne sieht?

»Ich weiß doch!«, sagt sie, »aber sei nicht immer so eine verdammte Bedenkenträgerin.«

Hans ist kein misstrauischer Mensch. Sie umarmt mich kurz und geht.

Wieder keine Liesens-Party-Geschichte. Habe fast das Gefühl, Hanne will mir nicht davon erzählen.

Eine halbe Stunde später ruft Frederike an. Sie hat

inzwischen Infos von der Liesens-Party. Knuts Tusse, wie sie Nina nennt, und Hanne sollen sich total nett unterhalten haben, petzt sie mir. Die standen angeblich fast eine Stunde zu viert zusammen. Knut, die Neue, Hanne und Hans.

Als ich das höre, zieht sich etwas in mir zusammen. Hanne ist meine Freundin. Meine Freundin, der ich gerade als Alibi diene. Der Gedanke, dass Hanne in aller Seelenruhe mit Nina plaudert, schmerzt. Hallo sagen, sich zivilisiert verhalten ist das eine, aber gemütlich beisammenstehen und fast eine Stunde reden? Unter Paaren. Muss das sein? Wann wollte sie mir das sagen? Hat sie gedacht, sie kann es mir verschweigen?

Die andere Frage ist die, warum erzählt mir Frederike das? Sie weiß garantiert, dass mich diese Information verletzt. In der äußerlich geläuterten Frederike steckt noch immer viel von der alten Schweigefuchs-Frederike. Die alles ist, aber nicht verschwiegen. Man kann wahrscheinlich nie ganz aus seiner Haut. Klatsch und Tratsch gehören eben zu ihrem Lebenselixier. Da ändern auch ein Hack-Mike und das folgende Desaster wenig. Glaubt sie vielleicht, das wäre ein Weg, Hanne im Freundinnenranking auszubooten? Ich werde die Thematik nicht mit Frederike besprechen. Die Genugtuung gönne ich ihr nicht.

»Und sonst war nix los?«, frage ich ganz heiter, so als würde mich das überhaupt nicht weiter interessieren.

»Helma, die du vielleicht noch kennst, die von dem Steuerberater, mit den Hennahaaren, war sturzgranatenvoll und hat auf den Superrasen von den Liesens gekotzt. Sie hat nicht nur den Rasen, sondern auch noch ihre eigenen Louboutins, diese teuren Dinger mit den roten Sohlen, erwischt. Vor aller Augen. Und die Frikadellen waren zu trocken. Das waren die Hauptereignisse, soweit ich gehört habe.«

Ich will nichts mehr hören. Helma und ihre Schuhe, die ungefähr so viel kosten wie die Miete einer Einzimmerwohnung, sind mir scheißegal. Ich will Hanne anrufen und sie anschreien. Will fragen, ob Nina jetzt ihre neue tolle beste Freundin ist. Ja, ich bin eifersüchtig. Und wütend. Aber ich rufe nicht an. Sie hat jetzt mit Sicherheit anderes zu tun.

Stattdessen ziehe ich mir ein paar Folgen einer dänischen Serie rein, um mich abzulenken. Ich bin nicht nur auf Hanne sauer, sondern auch auf Knut. Er weiß um die Bedeutung von Hanne für mich. Hätte er sich da ein fröhliches Vierer-Geplänkel nicht sparen können? Muss er sich an den wenigen echten Freunden vergreifen, die mir bleiben?

Rufe Geli an, um ihre Meinung zu hören. Sie sieht die Sache nicht ganz so streng wie ich. »Wer weiß, wie die Umstände waren, manchmal ist das kaum zu verhindern. Vielleicht wollte sie die Situation auch nur für dich auschecken.« Vielleicht.

Mittwoch ist Peter-Tag. »Freue mich sehr, sehr auf heute Abend«, garniert mit drei Kusssmileys, lautet seine Morgennachricht. Wir gehen wieder aufs Hausboot und treffen uns schon um 18 Uhr. Tomatensalat, ich komme.

Im Büro kämpfe ich den gesamten Vormittag mit mir. Überlege, ob ich Knut wegen der Party und seinem

Hanne-Abwerbeversuch zur Rede stelle. Lasse es. Erwähne ich es, ist klar, dass es mich gekränkt hat. Die Blöße will ich mir nicht geben.

In einem Monat kommt unsere Tochter Anna wieder. Wir müssen darüber reden, was wir dann tun, wie wir uns verhalten. Spreche Knut in einem ruhigen Moment darauf an.

»Sie wird uns vorhalten, dass wir sie die letzten Monate belogen haben«, sagt er, »wir werden sie unglücklich machen.«

Das fällt ihm aber früh ein. »Handeln hat Konsequenzen«, antworte ich nur, »so was kommt von so was.«

Knut räuspert sich: »Na ja, ich habe nachgedacht. Vielleicht sollten wir nichts überstürzen. Nicht nur wegen Anna. Ich wollte eh mit dir darüber reden. Vielleicht komme ich noch mal heim, und wir schauen mal.«

Ich bin fassungslos. Ist das die große Kehrtwende? Der Moment, den ich seit Monaten mehr als erhofft habe? Ist das der Sieg der wartenden verlassenen Ehefrau? Müsste jetzt eine Fanfare erklingen? Der Himmel rosarot leuchten? »Machst du schlechte Witze, oder hat Nina dich rausgeschmissen?«

Knut läuft rot an und knackt mit den Fingern. Ein untrügliches Knut-Zeichen für Nervosität. »Das hat nicht wirklich was zu bedeuten, aber Nina geht das ein bisschen schnell, also, sie braucht noch Zeit und so.«

Und so? Was soll denn und so bedeuten? Kommt der jetzt zurückgekrochen, weil ihn seine Nina nicht mehr will? Denkt Knut, ich würde jetzt Hurra schreien? Obwohl ich genau das lange hören wollte, mich nach nichts anderem gesehnt habe, weiß ich auf einmal nicht mehr, ob seine Ansage tatsächlich ein Grund für ein Hurra ist. Gerade habe ich mich ein bisschen gefangen. Habe begonnen, mir ein neues Leben aufzubauen. Gehen wir jetzt zurück auf Los? Geht das alles dann in ein paar Wochen wieder von vorne los? Muss ich aushalten und ausbaden, was eine Nina entscheidet? Bin ich eine willenlose Manövriermasse in diesem Spiel? »Ich weiß nicht, ob ich das möchte«, sage ich nach einer kleinen Pause.

»Was soll das denn heißen?« Knut scheint fassungslos.

»Dass ich nicht weiß, was ich will. Ich weiß nicht, ob ich das möchte. Es ist Zeit vergangen«, versuche ich mich an einer Erklärung, die ich ihm eigentlich nicht schuldig bin.

»Ehrlich, Ulrike, die Frage war auch eher rhetorisch. Es ist unser Haus. Wenn ich dort wohnen möchte, möchte ich dort wohnen.«

Man hört, dass er beleidigt ist. Hat er ernsthaft gedacht, ich würde direkt in Ekstase verfallen und vor Glück jauchzen? Überlege, ob ich nur aus Prinzip so zögerlich bin. Höre in mich rein. Wo bleibt die Freude über das, was Knut gesagt hat? Dieser Sieg fühlt sich schal an. Er hat nichts mit mir zu tun. Knut kommt, oder will kommen, weil ihn Nina nicht will. Nicht, weil er mich will.

»Ich bringe heute Abend meine Sachen und schlafe dann im Zimmer von Anna, jedenfalls vorerst, und dann sehen wir weiter«, entscheidet Knut.

»Ich bin heute nicht da. Und ich finde die Idee nicht gut. Aber das scheint ja mal wieder keine Rolle zu spielen! Gemacht wird, was du entscheidest. Das war immer so, und du denkst, das geht immer so weiter«, bemerke ich trocken und so gelassen wie möglich.

»Ulrike, was soll das? Wir sind noch immer ein Ehepaar. Und noch einmal, das ist auch mein Zuhause. Also werde ich heute Abend kommen. Und ich bin nicht gewillt, das zu diskutieren. Ehrlich gesagt dachte ich, dass du dich freust. Aber so kann man sich täuschen«, entgegnet er. Was bildet der Mann sich ein?

»Was das Sichtäuschen angeht, Knut, bin ich hier die Fachfrau! Da solltest du den Ball sehr flach halten.«

»Vorwürfe und immer Vorwürfe, was soll das bringen? Nachtragend sein ist kein guter Charakterzug, Ulrike.« Fingerknacken untermalt seine Sätze.

»Tu, was du nicht lassen kannst und was ich nicht verhindern kann!«, beende ich das Gespräch.

Ich kann ihm nicht untersagen zurückzukommen.

Manche Dinge ändern sich nie. Peter kommt zu spät. Inzwischen habe ich den Eindruck, dass es eine Masche ist. Er braucht den großen Auftritt. Will, dass man auf ihn wartet und dann froh und erleichtert ist, dass er doch noch auftaucht. Zur Begrüßung schiebt er mir die Zunge in den Hals. Ich bin überrascht. Unser letzter Abschied war nicht toll. Aber dieser Kuss ist es. Knutschen mit Peter macht Spaß. Menschen küssen sehr unterschiedlich, Peter kann es. Genug Zunge, aber kein Extremgeschlabber. Und keine sprichwörtliche Waschmaschine.

Mein erster Freund war ein Waschmaschinenküsser. Er hatte superschöne volle Lippen, aber das allein reicht beim Küssen nicht aus. Ich sage nur: Modell hyperaktive Zunge. Sehr zaghaft taugt allerdings auch nichts. Und die Küsser müssen zusammenpassen. Die Kussart muss kompatibel sein. Bei Peter und mir ist sie es. Wer gut küsst, ist auch gut im Bett, finden viele. Ich denke, es ist ein Indiz, aber nicht mehr.

Sex? Peter und ich hatten jetzt einige Dates. Wir küssen uns. Der nächste logische Schritt wäre Sex. Will ich Sex mit Peter? Einerseits, andererseits. Ja und nein. Sein Körper ist verlockend. Er hat schöne Haut. Weich sieht sie aus. Die Mischung aus Muskulatur und dieser samtigen, leicht gebräunten Haut ist sexy. Verdammt sexy. Sein Körper schreit: Fass mich an. Aber der Rest? Das Gesamtpaket lässt mich noch immer zweifeln. Auch heute Abend. Peter erzählt und erzählt. Er redet gern, aber er hört nicht gerne zu. Ich, als Person, als Mensch, scheine ihn nicht zu interessieren. Wie anders ist da Hans-Dieter. Aber die Haut und der Körper? Warum steckt nicht Hans-Dieter in diesem Körper? Aber wäre Hans-Dieter so, wie er ist, wenn er diesen Körper hätte? Würde er da nicht sofort ganz anders ticken?

Wie schön wäre es, aus allen möglichen Bauteilen den bestmöglichen Kerl zu basteln. Da das nicht funktioniert, muss man überlegen, worauf man den Fokus legt. Hülle oder Innenleben? »Was meinst du, Ulrike?«, fragt mich da Peter. Ich habe nicht zugehört. Keine Ahnung, worüber er gerade geredet hat. Ich habe abgeschaltet. Wenn man schon beim Daten abschaltet, wie soll das dann werden, wenn man zusammen ist? Könnte Peter der Mann an meiner Seite sein? Kann ich mir das vorstellen?

»Ich würde gerne beim nächsten Mal für dich kochen!«, wiederholt Peter seine Frage und wirkt genervt.

»Ah ja, na ja, warum nicht!«, antworte ich.

»Ich dachte, du freust dich?«, reagiert er leicht beleidigt.

»Klar, klar«, beeile ich mich, zu versichern, »was gibt es denn? Tomatensalat?« Ich lache ihn an. Er versteht den Witz nicht, fasst es als Kritik auf.

»Niemand zwingt dich, immer Tomatensalat zu essen, hier gibt es auch prima Wiener Würstchen!«

»Und Laugenbrezeln, sogar mit Butter«, ergänze ich lächelnd und hoffe, dass jetzt der Groschen fällt.

Noch immer schaut er eingeschnappt, und ich ziehe ihn zu mir heran und küsse ihn. Das scheint hilfreich. Wieder guckt er dauernd auf die Uhr, und gegen 21 Uhr beginnt er zu gähnen und den Aufbruch einzuläuten. »Ich bin müde und muss morgen früh raus und nach Hamburg, bist du mir böse, wenn wir aufbrechen?«

Ich hatte angenommen, dass wir den Abend zusammen verbringen, aber auch mir schadet es nicht, mal zeitig schlafen zu gehen. Obwohl ich gut darauf verzichten kann, Knuts temporären Wiedereinzug mitzuerleben.

»Freitag bei mir, oder Samstag?«, will er beim Abschied wissen und mustert mich mit einem Blick, den man durchaus lüstern nennen könnte. Freitag ist Hans-Dieter-Tag, Samstag ginge.

»Samstag gerne«, flüstere ich ihm ins Ohr, und mir wird ein wenig bange. Beine und den ganzen Rest rasieren, Unterwäsche raussuchen, die ausziehtauglich ist, und Kondome besorgen. So ein Abend erfordert

Vorbereitung. Ich glaube, kein Mann ahnt, wie viel. Ich bin allein durch den Gedanken daran gestresst.

Ich erreiche mein Zuhause, und mein Handy zeigt eine Nachricht von Peter. Er ist, jedenfalls in dieser Hinsicht, ein überaus verlässlicher Mann. »Das war ein sehr, sehr schöner Abend mit dir.« Heute mit einer ganzen Reihe Kusssmileys. Wahrscheinlich legt er pro Date einen drauf. Sehr, sehr beginnt mir sehr, sehr auf die Nerven zu gehen. Aber, ermahne ich mich, irgendetwas ist halt immer. Der eine knackt mit den Fingern, der andere liebt ein kleines Wort ein bisschen zu sehr.

Bevor ich ihm antworten kann, ploppt die nächste Nachricht von Peter auf. »Ich freue mich sehr, sehr auf dich. Bis gleich. Bin in drei Minuten da!« Kusssmiley. Ich brauche einen Moment, um zu begreifen. Das kann nicht für mich bestimmt sein. Diese Nachricht ist für eine andere Frau. Selber Wortlaut wie bei mir immer. Der traut sich was! Und ist dabei auch noch blöd. Wie im Reflex wähle ich seine Nummer, bevor er merkt, dass er an die Falsche getextet hat.

»Hallo, Süße«, begrüßt er mich. Enorm, wie entspannt der sein kann, obwohl er ja in höchstens zwei Minuten bei der Anschlussverabredung sein muss.

»Ich freue mich sehr, sehr, dass du gleich noch eine schöne Verabredung hast. Ich wünsche dir einen sehr, sehr schönen Abend. Und ein sehr, sehr schönes weiteres Leben!«, sage ich und beende das Telefonat. Ich könnte ausrasten. Sehr, sehr ausrasten. Wie abgebrüht ist der denn?

Aber habe ich ein Recht darauf, stocksauer zu sein?

Ich, die auch schön parallel datet? Noch vor einer Stunde hat er mir die Zunge in den Hals gesteckt, und jetzt macht er das wahrscheinlich mit der nächsten. Ich hingegen habe ja nur ihn geküsst. Bisher zumindest. Okay, ich weiß natürlich theoretisch nicht, ob er auch nur mich geküsst hat und seine anderen Dates seine weiblichen Hans-Dieters sind. Apropos. Die Poleposition ist jetzt frei für Hans-Dieter. Man muss pragmatisch bleiben. Schade um die schöne Haut. Die sehr, sehr schöne Haut. Aber zwei Dates an einem Abend, das geht ein bisschen weit. Bin gespannt, ob er sich noch mal meldet. Will ich, dass er sich noch mal meldet? Ich bin unentschlossen. Würde ich dann Gnade walten lassen? Ich glaube nicht.

Knut ist tatsächlich wieder da. Ein sehr merkwürdiges Gefühl. Einen kurzen Moment fühlt es sich an, als hätte ich die letzten Monate nur geträumt.

»Ich werde, wie schon gesagt, zunächst in Annas Zimmer schlafen, also bis sie wiederkommt, natürlich nur. Vielleicht sind bis dahin diese unnötig verhärteten Fronten geklärt. Jetzt guck nicht so, ich dachte, du freust dich, dass ich wieder da bin. Ich bin schließlich dein Mann.«

Schön, dass er sich daran erinnert. Anscheinend hatte er in dieser Hinsicht die letzten Monate eine Art Blackout. »Warum bist du hier?«, will ich aber doch wissen. Ist es die späte Einsicht oder hat ihn seine kleine Nina rausgeschmissen?

»Na ja«, beginnt er zögerlich, »das war ja alles sehr überstürzt und so.« Und so?

»Was und so?«, bohre ich nach.

»Also, Nina findet, wir sollten ein bisschen Tempo rausnehmen«, versucht er sich an einer Erklärung.

»Geht's auch genauer, Knut?«, lasse ich nicht locker. So billig kommt der mir nicht davon.

»Ach, Ulrike, sie ist halt jung. Und sie wollte mit mir leben, aber jetzt ist es ihr ein bisschen, sagen wir mal, eng.«

Ich schlucke. »Sie hat dich rausgeworfen, und jetzt bist du wieder hier, als wäre nichts gewesen, und erwartest, dass alles wieder so ist wie vorher?«

Er wirkt kleinlaut. »Na ja, ich meine, es ist ja noch nicht klar. Sie muss eben mal nachdenken.«

Mit anderen Worten: Ich bin nicht aus freien Stücken hier, und sobald Klein-Nina ihren Denkprozess wohlwollend beendet hat, bin ich womöglich ganz schnell wieder weg. Will ich einen Mann, der mich als Verlegenheitslösung betrachtet? Als die Frau, mit der man sich begnügt, weil die andere gerade mal eine Auszeit nimmt?

»Das hier ist kein Hotel, Knut!«, werde ich ein bisschen streng. Höre im Kopf die Stimme meiner Mutter: Das ist deine Chance, Ulrike, nütze sie. Vielleicht wäre es eine Chance, wenn auch eine minimale, aber die Frage ist, ob ich sie noch will.

»Ich weiß, dass das hier kein Hotel ist, es ist mein Zuhause. Auch mein Zuhause. Ich muss nicht fragen, ob ich in meinem eigenen Haus schlafen darf!«, verschärft sich nun auch Knuts Ton.

»Wir reden morgen, es ist spät!«, beschließe ich diese Unterhaltung.

»Annas Bett ist gar nicht bezogen!«, ruft er wenige Minuten später. Manches ändert sich nie.

Ich bin kurz davor, reflexartig Bettwäsche zu holen, bis ich mich besinne. Dienstleistung ist nicht mehr inklusive. »Bezieh es dir selbst, das ist nicht mehr meine Baustelle!«, antworte ich und schließe die Tür zu meinem Schlafzimmer, um von irgendwelchen Erwiderungen nichts mehr mitzubekommen.

Aber Knut kommt einfach hoch, klopft und fragt: »Kann ich bei dir schlafen?«

Ich bin fassungslos: »Spinnst du jetzt total?«

»Jetzt hab dich doch nicht so, einfach nur schlafen«, bleibt er beharrlich. Die Chuzpe muss man erst mal haben.

»Hau ab!«, werde ich nun deutlicher.

»Das finde ich echt zickig!«, beschwert er sich, hat aber begriffen und verschwindet. Es ist nicht meine Nähe, nach der er sich sehnt, er ist schlicht zu faul, das Bett zu beziehen.

Wieder höre ich die Stimme meiner Mutter: Ulrike, das ist die Möglichkeit. Ihr habt Sex, und dann ist diese Nina raus aus dem Spiel. Ach, Mutter, denke ich nur, und bevor ich schlafe, schaue ich noch mal, ob sich Peter gerührt hat. Nichts. Gut, im Zweifel ist er noch auf seinem Anschlussdate und hat da genug zu tun. Insgeheim ärgere ich mich. Man sollte die Finger von Männern lassen und sich ohne sie ein hübsches Leben machen.

»Hast du nichts mehr von meinem Müsli?«, schallt es mir am nächsten Morgen aus der Küche entgegen.

»Guten Morgen und nein«, sage ich nur.

»Was soll ich denn dann essen?«, fragt er mich.

»Ist mir egal!«, lächle ich ihn an. »Nicht mehr meine Zuständigkeit!«, ergänze ich noch.

»Wie lange willst du denn so nachtragend sein?«, nölt er.

Ist das sein Ernst? Nach einer Nacht soll ich einfach wieder umschalten und so tun, als wäre nichts gewesen? Denkt er, mit einem »Hallo, hier bin ich wieder« ist alles getan und erledigt? Mit mir nicht.

Den ganzen Tag lang nichts von Peter. Ich hätte es nicht gedacht, aber ich vermisse die nichtssagenden Kusssmiley-Nachrichten.

Dafür meldet sich Tim und will wissen, wie es mit dem Wochenende aussieht. »Kommst du mich besuchen?« Tim hatte ich gar nicht mehr auf dem Schirm. Was nun? Ich habe am Wochenende nichts vor, mein Date mit Hans-Dieter ist morgen Abend, und danach bin ich frei. Aber einfach so mal Richtung Österreich fahren? Zu einem Mann, den ich genau einmal gesehen habe? Wäre das nicht der pure Wahnsinn? Ja, das wäre es. Aber auch spannend, vor allem, wenn man sich das Alternativ-Wochenendprogramm vor Augen führt. Zu Hause sein, Fernsehen schauen und eventuell mit Knut rumdiskutieren. »Ich schaue mal, was ein Zugticket kostet und ob es eine gute Bahnverbindung gibt!«, schreibe ich Tim und komme mir vor wie die verrückteste und wagemutigste Frau in ganz Hessen. Muss über mich selbst lachen. Was soll schon passieren? Es könnte sein, dass es zu Sex kommt. Wäre das verwerflich oder schlecht oder vielleicht amüsanter als Fernsehen?

Entspanne den Abend auf der Couch und bin überrascht, dass Knut nicht da ist. Ist er schon wieder zurück zu fucking Nina? War das hier nur ein One-Night-Stand der keuschen Art?

Gegen 23 Uhr steht er dann doch im Wohnzimmer. Er sieht nicht besonders zufrieden aus.

»Und? Wolken über dem Paradies?«, begrüße ich ihn so fröhlich wie möglich.

»Machst du dich lustig über mich?« Er hört sich eingeschnappt an.

»Du siehst halt nicht aus, als hättest du einen tollen Abend gehabt!«, lege ich nach.

»Lass mich in Ruhe!«, sagt er und geht. Mit einer Flasche Wein kommt er zurück: »Willst du auch ein Glas?«

Ich schüttle den Kopf. Einfach wieder auf *business as usual* umschalten schaffe ich nicht. Und ich will es auch nicht. Ich bin nicht die Frau, bei der er sich jetzt ausheulen kann. Ich bin die Frau, die er nicht mehr wollte. Die er aussortiert hat. Ausgemustert. Ich bin keine Stand-by-Frau, jederzeit wieder verfügbar. Ich will nicht die zweite Wahl sein.

Er setzt sich mit seinem Wein neben mich aufs Sofa und sagt: »Wir haben es doch eigentlich ganz schön hier!«

Man könnte sagen: Besser späte Erkenntnis als gar keine Erkenntnis. Aber ist mir eigentlich »ganz schön« genug? Ich will, dass ein Mann es fantastisch mit mir findet.

»Was ist mit Nina?«, frage ich. »Hat sie sich von dir getrennt? Ist es aus?«

»Nein, also, nein. So genau kann ich das gar nicht sagen. Es war ein bisschen schwierig mit dem Zusammenwohnen. Sie hat da irgendwie andere Vorstellungen«, stammelt er.

»Und jetzt willst du hier gemütlich bei Vollpension warten, ob sich deine kleine Nina doch noch besinnt, oder was?« Ich merke, wie Wut in mir aufsteigt. Sollen jetzt zwei erwachsene Menschen abhängig sein von der Entscheidung einer Superblondine? »Rede nicht so um den heißen Brei herum, sag einfach, was los ist«, ermahne ich meinen Noch-Ehemann.

»Verdammt, Ulrike, ich wüsste selbst gerne, was los ist!«, motzt er zurück. Er macht einen unglücklichen Eindruck. Ich bin kurz davor, Mitleid zu haben, untersage es mir aber. Wo war sein Mitleid, als er mich ausgemustert hat?

»Klär das. Wir können hier nicht auf lange Strecke zusammenleben, als wäre nichts passiert«, beschließe ich das Gespräch und stehe auf. Für eine Wohngemeinschaft mit Knut bin ich nicht bereit. Wenn er hier leben will, muss er sich deutlicher positionieren. Und selbst dann weiß ich nicht, ob ich das kann. Möglicherweise hat er recht, wenn er findet, ich sei nachtragend. Aber hier abzuwarten, bis Nina entschieden hat, und dann freudestrahlend zu übernehmen, was sie ablehnt, dagegen sträubt sich alles in mir. Auch wenn es im Ergebnis das wäre, was ich mir so lange gewünscht habe.

»Wollen wir morgen Abend was essen gehen, zu Giovanni oder so?«, schlägt Knut vor.

»Nein, ich bin verabredet und dann auch das Wochenende weg«, lehne ich den Vorschlag ab.

»Wo bist du denn?«, fragt er erstaunt, fast so, als wäre allein der Gedanke, dass ich etwas vorhaben könnte, vollkommen abwegig.

»Das, Knut, geht dich nun wirklich gar nichts mehr an!«, bekunde ich und gehe ins Bett.

Ich schreibe Tim. »Habe spontan beschlossen, dich tatsächlich zu besuchen. Wo muss ich hinkommen? Gilt die Einladung überhaupt noch?«

Allein der Gedanke, dass sich Knut das Hirn zermartern wird, macht die kleine Reise attraktiv.

Immer noch nichts von Peter. Hat der sich aus lauter Scham verkrochen oder mich einfach von seiner Liste abgehakt? Dieses Nicht-mehr-Melden nagt ein wenig an meinem Selbstbewusstsein. Hätte zumindest erwartet, dass er sich verbal in den Staub wirft. Waren all die Küsse frei von Emotion? Einfach Standardprogramm?

Hans-Dieter immerhin schreibt. Gut so, schließlich haben wir noch keinen Treffpunkt ausgemacht. »Schöne Frau, wohin magst du morgen Abend gehen, such dir aus, was immer du willst!«

Hm, was will ich? Hans-Dieter und ich waren bisher ja immer schick und exklusiv essen. Ich mag gutes Essen, sehr sogar. Aber immer vornehm ist langweilig und ein bisschen steif. »Kannst du auch rustikal? Zum Beispiel: Apfelweinlokal?«, schlage ich vor.

»Ich bin universell einsetzbar! Und ich liebe Grüne Soße«, antwortet er postwendend. »Soll ich dich abholen?«, fügt er noch hinzu.

An sich eine bestechende Idee, dann könnte ich ein paar Apfelweine mehr trinken, aber jetzt, wo Knut wieder hier aufgeschlagen ist, ist mir das zu heikel. Ich habe keine Lust, dass Knut Hans-Dieter trifft. Wenn er mich abholt, fährt er mich auch wieder heim. Das könnte bedeuten, dass er darauf spekuliert, dass ich ihn noch auf einen »Kaffee« hereinbitte. Dass er vorhat, einen nächsten Schritt zu tun. Aber mit Knut im

Haus? Ein Grund dafür, das Angebot abzulehnen, ein weiterer, dass ich dann aufräumen müsste. Und mein Bett neu beziehen, für alle Fälle. Außerdem will ich ja am nächsten Morgen Richtung Alpen aufbrechen.

»Danke, ich fahre selbst, aber sehr lieb von dir!«, antworte ich also.

20 Uhr Kanonesteppel in Sachsenhausen. Ich bin fast erstaunt, denn ich freue mich ehrlich darauf.

»Wow, du bist die spontanste Frau, die ich kenne. Fahre einfach bis Kitzbühel, da hole ich dich dann ab. Meine Wohnung liegt ein bisschen außerhalb. Schreib mir, wann du ankommst, und ich stehe mit einer Rose quer im Mund am Bahnhof!«

Tim mit Rose im Mund. Sollte wahrscheinlich ein kleiner Gag sein. Na ja. Humor kann halt nicht jeder. War das schlau, im Überschwang diesen Besuch anzukündigen? Schlau sicherlich nicht, aber egal. Buche mir ein Ticket. Sechs Stunden Zugfahrt für einen Mann und zu einem Mann, den ich bisher genau einmal gesehen habe. Du hast eine gute Menschenkenntnis, Ulrike, versuche ich, mich zu beruhigen. Der wird dich nicht auffressen und dir nichts tun, was du nicht auch willst, also reg dich ab.

Kann ich mir vorstellen, Tim zu küssen? Einen Zahnarzt? Ist das nicht ein bisschen so wie bei der jährlichen Routineuntersuchung? Wenn der einem mit der Zunge durch den Mund fährt, spürt er dann, ob A5 oder B6, oder wie die Zähne so heißen, eine Füllung brauchen oder kariös sind? Ob er ein Gästezimmer hat oder wie selbstverständlich davon ausgeht, dass ich zu ihm ins Bett schlüpfe? Brauche ich einen Schlafanzug?

Eine Nacht, Ulrike, nur eine Nacht, ein Sofa wird er ja sicher haben, beruhige ich mich selbst. Denke kurz darüber nach, das Ticket direkt wieder zu stornieren. Das ist eine komplette Schnapsidee.

Kannst du morgen auch noch machen, sage ich mir. Zur Not täusche ich einen akuten schlimmen Infekt vor. Und zur allergrößten Not lasse ich das Ticket verfallen.

Hanne. Was zum Teufel ist eigentlich mit Hanne? Über all die Männergeschichten habe ich glatt kurz meine Freundin vergessen. Vielleicht auch, weil mich die Schweigefuchs-Petzerei über Hannes und Ninas munteren Plausch auf der Party der Liesens aufgeregt hat. Aber jetzt muss mein Groll warten. Hanne hat zurzeit sicher andere Probleme. Schicke ihr eine Nachricht. »Melde dich mal. Bring mich mal auf den neusten Stand!« Die Nachricht hat nur einen Haken. Gesendet, aber nicht angekommen. Hat sie ihr Handy aus? Ist sie längst mit dem mysteriösen Guido ausgebüxt, oder sitzt sie brav zu Hause mit Hans auf dem Sofa? Ich werde es heute Abend nicht mehr klären können.

Es klopft an meine Tür: »Kannst du mir mit dem Spannbettlaken helfen, das ist irgendwie störrisch«, fragt Knut.

»Es ist ein Spannbettlaken, nicht Newtons Gravitationstheorie!«, fauche ich durch die Tür, »und bleib, wo du bist, das hier ist für dich Sperrgebiet!«

Ich freue mich auf Hans-Dieter und den heutigen Abend mit ihm. Den Tag verbringe ich damit, für meinen kleinen Wochenendausflug zu packen. Knuts

Neugier ist geweckt. Als er sieht, was ich für Unterwäsche in den Koffer lege (meine gute dunkelblaue mit sehr viel Spitze), verzieht er das Gesicht. »Wozu denn das?« Er will unbedingt wissen, wo ich hinfahre und mit wem ich heute Abend ausgehe.

»Wellness mit deinen Freundinnen? Yogaseminar?«

»Das hier ist kein Quiz, ich habe dir die Frage schon beantwortet. Es geht dich nichts an. Rein gar nichts mehr an.« Ich muss zugeben, das macht mir Spaß. Wüsste ich es nicht besser, könnte man meinen, er sei eifersüchtig. »Keine kleine Nina heute?«, stecke ich meinen Finger in die Wunde. Ich weiß, dass das fies ist und unnötig, aber ich kann nicht anders.

»Doch, klar, später sehen wir uns!«, antwortet er und schaut mich herausfordernd an.

»Klär dann gleich die Situation, damit wir das hier, dieses Pseudozusammenleben, auch klären können! Das kann nicht mehr als eine kurzzeitige Übergangslösung sein«, gebe ich ihm mit auf den Weg. Es fühlt sich verdammt gut an, endlich mal nicht mehr in der Rolle der Abwartenden zu stecken. Ich weiß, dass das auf eine Art kleinkariert ist. Es hat was von Rache. Aber ist Rache per se sträflich oder nicht absolut legitim? Braucht all das, was sich jetzt über Monate in mir aufgestaut hat, nicht ein Ventil?

Entscheide mich gegen einen Schlafanzug und nehme stattdessen das einzige negligéartige, ziemlich kurze Seidenteilchen mit, das ich besitze. Kann mich beim Packen mal wieder nicht entscheiden. Dabei werde ich ja nicht mehr als einen Tag bei Tim verbringen. Einen Tag und eine Nacht. Die Nacht macht mir mehr Gedanken als der Tag. Bereue meinen Entschluss. Was habe ich mir nur dabei gedacht? Habe ich überhaupt was gedacht? Stopfe alles Erdenkliche – vom Wanderoutfit bis zum kleinen Kleidchen für abends – in meinen Rollkoffer.

Bin vor dem Treffen mit Hans-Dieter nervöser als bei den letzten Malen. Ich habe das Gefühl, heute entscheidet sich was. Irgendwann muss ja mal was passieren. Wird es heute zum Kuss kommen? Sollte ich im Zweifelsfall die Initiative übernehmen? Was spricht dagegen, dass eine Frau mit dem Küssen anfängt? Ich könnte mir einen Korb einfangen. Ein Risiko, mit dem Männer beim Daten und Flirten auch immerzu rechnen müssen. Also warum nicht?

Irgendetwas in mir sträubt sich gegen den Gedanken. Ich will geküsst werden. Aber liegt da nicht ein Riesenproblem von uns Frauen? Dass wir immerzu in der abwartenden, passiven Rolle stecken? Dass wir dadurch keine Entscheidungen selbst treffen, nicht agieren, sondern nur reagieren? Im schlimmsten Fall lehnt er ab. Dann weiß ich Bescheid. Aber warum sollte er nun schon zum dritten Mal mit mir ausgehen? Es kann ja kaum um Patientenakquise gehen. Ich bin ja nicht mal privat versichert. Sucht er Freunde? Gesellschaft? Warum sollte man dafür zu Tinder gehen? Ist es nicht sehr lobenswert, dass er mich zunächst mal kennenlernen will und nicht schon direkt beim ersten Date guckt, was noch so geht? Oder ist er ein Typ, dem all das Körperliche nicht besonders wichtig ist? Entgegen dem Mythos des Mannes, der immer will und immer kann. Daran glaube ich schon lange nicht mehr. Zu viele Frauen in meinem Umfeld haben sich darüber beschwert, dass zu Hause so gar nichts mehr läuft. Viele Männer sind müde. Erschöpft vom Alltag.

Vielleicht wäre er froh, wenn ich mich aus der Deckung wage? Vielleicht kämpft er mit genau denselben Unsicherheiten? Vielleicht, vielleicht, vielleicht. Wie viel Spekulation in all dem steckt. Auf jeden Fall wird der Abend nicht bei mir zu Hause enden. Ich habe keine Lust, mit Hans-Dieter auf Knut zu stoßen. Wäre Hans-Dieter Peter, sähe die Sache ein wenig anders aus. Peter, mit seiner Größe und seinem Aussehen, würde Knut einschüchtern. Hans-Dieter eher nicht. Ich schäme mich für meine Oberflächlichkeit. Geht es mir noch immer darum, Knut zu beeindrucken? Ihm zu zeigen, dass ich ganz andere Kaliber an Land ziehen kann? Ist das nicht armselig? Ja. Ich mag Hans-Dieter. Das sollte reichen.

Erkenntnis des Abends: Hans-Dieter kann auch lässig. Er trägt Jeans. Und ein schlichtes weißes T-Shirt. Zum Glück kein Unterhemd. So kann ich seine Figur das erste Mal wirklich gut sehen. Er ist nicht gewachsen in den letzten Tagen, aber man kann mit Fug und Recht sagen, dass er gut gebaut ist. Kaum Bauch, schmale Hüften und ein ziemlich breites Kreuz. Ohne Anzug wirkt er jünger. Und gleich auch entspannter.

Wir haben es wieder wirklich schön zusammen. Lachen, reden und essen. Aber noch immer macht dieser Mann keine Anstalten, mich irgendwie mal zu berühren. Braucht er mehr Alkohol? Ist er einfach nur extrem schüchtern, was auf eine Art sehr süß wäre, oder weiß er nicht, wie er es anstellen soll? Dieser Mann hat drei Kinder und war ja auch schon mehrfach liiert, er müsste ja zumindest eine vage Idee haben, wie das mit der Annäherung so funktioniert. Ich schiebe immer mal wieder meine Hand über den Tisch. In die Nähe seiner Hand. Liefere eine Form von Berührungssteigbügel. Versuche, ihm durch tiefe Blicke zu signalisieren, dass ich es schön fände, wenn er seine auf meine legen würde. Selbst nach drei Apfelwein keine Regung. Wenn das in dem Tempo weitergeht, kann ich hoffen, eines fernen Tages in der Seniorenwohnanlage vielleicht den ersten Kuss zu bekommen. Frühestens. Ich finde den Gedanken, es langsam angehen zu lassen, durchaus schön, aber dieses Verhalten verunsichert mich. Bin ich nicht reizvoll? Sucht er einfach nur eine nette Ausgehpartnerin? Bin ich in der Kumpel-Schublade gelandet?

»Was geht dir da gerade durch deinen hübschen Kopf?«, will Hans-Dieter wissen. Wie viel Offenheit verträgt ein Date? Ist es nicht viel zu früh, irgendwelche Dinge einzufordern oder diesem zarten Pflänzchen schon einen Namen aufzudrücken? »Ich sehe doch, dass da was in deinem Kopf rumort«, gibt er keine Ruhe.

»Ich überlege gerade, wo das hier hinführt«, bleibe ich dicht an der Wahrheit, ohne mich zu weit aus dem Fenster zu lehnen.

»Im besten Fall sitzen wir in dreißig Jahren alt und klapperig hier, halten Händchen und erinnern uns voller Glück an diesen Abend«, antwortet Hans-Dieter und lächelt mich an.

Jetzt, denke ich, *jetzt* ist der Moment, wo du mal mit Händchenhalten anfangen könntest. »Vielleicht sollten wir dann mal damit anfangen!«, rutscht es mir heraus, und als ich es ausgesprochen habe, bereue ich es direkt. Männer sind Jäger, sie wollen erobern, das weiß man als Leserin diverser Frauenzeitschriften, weiß Gott.

»Mit dem Klapperigsein?«, fragt er verdutzt. Meine Güte, den muss man ja echt zum Jagen tragen.

»Ach, schon gut«, sage ich nur, »war nicht wichtig.«

Ich fange aber an, ein bisschen ärgerlich zu werden. Ernste Absichten (seine Altersvision signalisiert ja solche) sind eine feine Sache. Aber das hier ist ein echt zähes Unterfangen. Hat er vielleicht einfach kein Interesse an Körperlichkeit? Es gibt ja unterschiedliche Bedürfnislagen. Ist er eventuell asexuell? Käme er dann für mich infrage? Wäre ich bereit, das »bisschen Sex«, wie meine Mutter es mal genannt hat, zu lassen?

Nein. Ich kann akzeptieren, dass sich im Laufe einer Beziehung die Prioritäten verschieben. Aber mit null zu starten empfinde ich doch als sehr trostlos.

Man muss Dinge visualisieren, sie sich wirklich wünschen, dann werden sie auch passieren, hat mal eine Kollegin im Autohaus gesagt. Ich schaue Hans-Dieter an und versuche es mit dieser Strategie. Ich schicke ihm meine Gedanken. Also, ich versuche es. Vielleicht funktioniert es nur, wenn man auch daran glaubt. Küssen, Küssen, Küssen. Will ich geküsst werden, weil ich in Hans-Dieter verknallt bin, oder will ich geküsst werden, weil es irgendwie dazugehört? Weil ich eine Frau sein will, die man küssen will? Geht es mir nur darum, dass er es zumindest versucht? Nein. Ich mag ihn. Will ihn anfassen. Anfühlen. Ihn riechen. Immerhin gehören diese körperlichen Dinge ja zum Gesamtpaket. Wenn er heute keine Anstalten macht, mich zu küssen, werde ich mich voranwagen. Wenn es dann nichts ist, weiß ich immerhin Bescheid.

»Was macht dein Mann?«, unterbricht Hans-Dieter meine Gedanken.

Ich zögere, bevor ich antworte: »Er bemüht sich, weiß nicht wirklich, was er will, aber zum Glück weiß ich es.«

»Und, was willst du?«, fragt er und legt seine Hand auf meine. Ich würde am liebsten »Endlich!« schreien. Es fühlt sich gut an. Peter würde sagen, sehr, sehr gut.

»Ich will ihn nicht zurück!«, spreche ich aus, was ich bisher noch nie ausgesprochen habe. Als ich es sage, merke ich, dass es stimmt. Da ist kein Fragezeichen mehr in meinem Kopf. Ich will Knut nicht zurück. Knut ist erledigt. Das Thema ist durch. Da sind Wehmut und Trauer, die mich sicherlich noch länger begleiten werden, aber keine Begierde mehr. Kein Verlangen.

Hans-Dieter streichelt über meine Hand. Ich habe das Gefühl, dass sich all meine Härchen aufstellen. Es ist nur die Hand, aber alles an meinem Körper reagiert. Fast so, als würde da was von seiner Hand in meine fließen.

»Schön zu hören!«, sagt Hans-Dieter nur.

Und ja – wir küssen uns. Am Auto. Und ja – er kann es.

»Ich wollte, dass du weißt, was du willst, und vor allem, was du nicht mehr willst«, erklärt er mir sein bisheriges Zögern, »ich hätte dich am liebsten sofort geküsst, schon am ersten Abend, aber manchmal muss man eben warten.«

Wir knutschen wie Sechzehnjährige. Ich bin kurz davor, ihm seine Klamotten mitten auf der Straße vom

Leib zu reißen, schiebe meine Hand unter sein T-Shirt. Will Haut spüren.

»Dieses Wochenende oder nächste Woche, Abendessen bei mir?«, fragt er beim Abschied.

Ich nicke.

Ach, ist das schön.

Ich fahre mehr als beschwingt nach Hause. Strahle nur so vor mich hin. Knut sitzt missmutig auf der Couch.

»Wo kommst du denn her?«, will er wissen. »Ich hatte eine Verabredung!«, sage ich nur, und Knut mustert mich.

»Dein Kinn ist ziemlich rot!«, bemerkt er.

Ich habe ein sensibles Kinn. Wahrscheinlich das sensibelste Körperteil an mir. Wenn ich wild knutsche, sieht man das an meinem Kinn. Eine Tatsache, um die natürlich auch Knut weiß.

»Nicht nur mein Kinn geht dich nichts mehr an!«, sage ich ruhig und wünsche ihm eine gute Nacht. Es ist komisch, aber ich habe keinerlei Wut in mir.

»Was soll das eigentlich heißen?«, ruft er mir hinterher.

»Lass uns morgen reden! Ich bin müde!«, antworte ich, und das bin ich tatsächlich. Glücklich müde. Beschwingt. Innerlich glühend. Da ist doch noch Raum für Glück, und das ist ein wunderschönes Gefühl.

»Fährst du nicht morgen weg übers Wochenende?«, erkundigt sich Knut.

Oh je. Meinen kleinen Wochenendtrip habe ich ja komplett vergessen. Was soll ich da noch? Ist ja eh eine bescheuerte Idee. Kann ich heute noch für morgen absagen oder sollte ich einfach fahren, ein bisschen Bergluft schnuppern und abwarten, ob Hans-Dieter in meinem Kopf verbleibt?

Ich fahre nach Kitzbühel. Schon weil ich zu wohlerzogen bin, um mit irgendeiner fadenscheinigen Ausrede abzusagen. Richtig euphorisch bin ich allerdings nicht.

Nach sechsstündiger Zugfahrt (ja, ich bin bekloppt) komme ich endlich in Kitzbühel an. Tim wartet schon am Gleis. Er trägt eine verspiegelte Sonnenbrille mit blauen Gläsern und eine dreiviertellange Lederhose. Er sieht bescheuert aus. Albern. Der Mann kommt aus Hamburg und steht hier in Lederhose. Er ist kleiner, als ich ihn in Erinnerung habe. Hat eine ziemliche Wampe. Die ist mir bei unserem ersten Treffen gar nicht so sehr aufgefallen. Ich bin kurz davor, direkt wieder zurückzufahren. Sehe Tim an und denke sehnsüchtig an Hans-Dieter.

»Wie schön, dass du da bist!«, begrüßt mich der kleine Zahnarzt, ohne seine schlimme Sonnenbrille abzunehmen.

Was habe ich mir bei diesem Ausflug nur gedacht? Fühle mich schlecht, nicht nur, weil mir Hans-Dieter heute Morgen schon eine wirklich unglaublich süße Nachricht geschickt hat: »Wenn man meinen Bauchraum spiegeln würde, würde man auf jede Menge Schmetterlinge stoßen!«, hat er geschrieben.

Wir fahren zur Wohnung von Tim. Schöne Lage, fantastische Aussicht auf die Berge, schlimme Einrichtung. Alles wie aus einem Möbeldiscounterladen. Unpersönlich und ziemlich spießig. Er besitzt mehr eingestaubte Trockenblumensträuße als Bücher. Ich bin keine Megaintellektuelle, aber das verstört mich dann doch. Mit Stolz präsentiert er mir hingegen seine Uhrensammlung. Auf seinem Esstisch liegt eine Louis-Vuitton-Tasche, die man aufrollen kann. Sieht aus wie ein Kulturbeutel. In dem Teil sind seine Rolex-Uhren verstaut. Das Wort Fremdschämen blinkt in meinem Hirn auf. Was sagt man, wenn einem ein erwachsener Kerl seine Uhren vorführt?

Als Nächstes zeigt er mir mit Besitzerstolz Fotos seiner Ex-Freundin, einer etwa dreißigjährigen Ukrainerin mit sehr großen Brüsten und sehr viel Schmuck. Ich bin ein bisschen verstört. Sie und ich sind jedenfalls optisch grundverschieden. Ist Tim sehr flexibel, was Frauen angeht, oder nur geläutert?

Danach fahren wir (natürlich in einem seiner Porsches) auf eine Alm. »Können wir nicht hinwandern?«, frage ich naiv. Mir ist der Flossenporsche peinlich. Mir ist der ganze Mann peinlich. Ich bin mir selbst peinlich. Es ist mir peinlich, mit Tim gesehen zu werden. Das große Ganze ist eine einzige Peinlichkeit.

Im Almrestaurant bin ich ernüchtert. Wie schön die Umgebung und wie grässlich die Leute. Ich glaube, ich bin die einzige Frau mit Originallippen hier und ohne Designerhandtasche. Die meisten tragen High Heels und sind aufgebrezelt, als ginge es zu einem Cocktailempfang. Ich bin in meiner Jeans, meinem T-Shirt und Turnschuhen ohne Designerlogo wie im falschen Film. Dieses Gefühl verlässt mich auch den restlichen Tag nicht. Tim trinkt schon auf der Hütte eine Flasche Wein, später auf der Terrasse seiner Wohnung Champagner und noch zwei Gin Tonics. Sein Nachbar leistet uns Gesellschaft. Ich bin froh darüber. Habe keinerlei Sehnsucht, mit Tim alleine Zeit zu verbringen.

Er anscheinend auch nicht. Abends führt er mich zum Essen aus.

Eigentlich will ich nur nach Hause, und hätte ich ein Auto, wäre ich mit Sicherheit längst weg. Nach dem Abendessen geht es in eine »angesagte« Bar. Hier treffen wir einen Freund von ihm, der mir zuraunt, dass Tim eigentlich ein wirklich netter Kerl sei. Eigentlich. Vor allem aber ist er ein Megaangeber. Mit großer Geste ordert er eine Flasche Gin (man kennt mich hier!). Und innerhalb von zwei Stunden haben sein Freund und er die Flasche geleert. Der Vorteil: Tim ist granatenvoll, als wir, auf meinen Wunsch hin mit dem Taxi, wieder in seiner Wohnung sind. Der Mann kann ordentlich was wegtrinken. Das Gute an der Menge Alkohol: Die Libido ist im Koma. Er macht keinerlei Anstalten, mir an die Wäsche zu gehen. Das wäre auch schwierig, denn ich schlafe in Jogginghose und Sweatshirt. In seinem Bett. Er schnarcht grauenvoll. Kein Wunder bei dem, was er so in sich reinschüttet. Er liegt neben mir in schlabberiger Unterhose, und sein Penis schaut an der Seite ein Stückchen raus. Er ist klein. Ich wusste es.

In den frühen Morgenstunden verziehe ich mich auf sein Sofa. Zum Frühstück hat er außer Kaffee nichts im Haus. Nicht mal einen winzigen Schluck Milch.

Gegen 10 Uhr sitze ich im Zug Richtung Heimat. Ich schicke ihm, kaum dass die Bahn losgefahren ist, eine Nachricht. Es passt nicht, wir sind zu unterschiedlich, der berühmte Funke fehlt usw. Ich bleibe nett, bemühe mich, ihn nicht zu verletzen. Kurze Zeit später kommt die Antwort: Er sieht es genauso. Ich wäre nicht sein Typ. Wir würden nicht zusammenpassen. Außerdem hätte ich ihm auch zu wenig Busen. Erst Leonhard, jetzt auch Tim. Vielen Dank, die Herren. Er wünscht mir ein schönes Leben.

Ich bereue meine Nettigkeit und noch viel mehr die zweihundertzwanzig Euro, die ich für das Zugticket ausgegeben habe. Verbuche es unter Lehrgeld. Trotzdem bin ich überrascht von mir selbst. Zum einen, wie sehr ich mich in Tim getäuscht habe, zum anderen, was ich für Dinge tue. Ich fahre für ein Wochenende zu einem Mann, den ich so gut wie nicht kenne. Das hätte die alte Uli niemals gemacht.

Schreibe Hans-Dieter eine Nachricht. »Hätte spontan heute Abend Zeit! Zu kurzfristig?«

Es dauert keine zwei Minuten, und er reagiert: »Ich wirke nicht spontan, bin es aber. Sehr gerne heute Abend. Magst du zu mir kommen? Ich koche was Kleines für uns.«

»Bin noch im Zug, auf der Heimreise von einem total verkorksten Wochenende, bin gegen 19 Uhr in Ffm. Kann also nicht so früh«, antworte ich ihm.

»Ich könnte dich abholen. Schick mir deine Ankunftszeit, und ich bin da. Dann verschwenden wir keine Zeit.«

Schaue an mir runter und überlege. Kann ich ohne Vorlaufzeit, ohne Aufbereitungsmöglichkeit zu Hans-Dieter? Warum eigentlich nicht? Werde versuchen, mich im Zug bestmöglich herzurichten. Außerdem habe ich wirklich keinerlei Lust, zu Hause auf Knut zu stoßen. »Das wäre toll, aber ich bin quasi im Rohzustand!«, sende ich eine kleine Warnung hinterher.

»Egal. Je früher, je besser!«, lautet seine Reaktion.

Schade, dass es im Zug keine Duschmöglichkeit gibt. Aber ich schnappe meinen Kulturbeutel und wasche mich bestmöglich in der Zugtoilette. In jeder Hinsicht eine gewisse Herausforderung.

Wie immer ist Hans-Dieter pünktlich und steht am Gleis. Seine Schüchternheit scheint er zu Hause gelassen zu haben. Schon als ich ihn sehe, merke ich es. In meinem Bauch. Da ist was. Sind das die Schmetterlinge? Ich bin aufgeregt. Angespannt. Er läuft auf mich zu. Nimmt mich in den Arm und küsst mich leidenschaftlich.

»Ich bin so nervös wegen unseres Treffens, dass ich die Tomatensoße habe anbrennen lassen. Wir müssen uns Sushi oder Pizza oder was auch immer holen. Die Soße kann man echt nicht mehr essen.«

»Ich treffe dich nicht, um mich mal satt zu essen!«, sage ich nur.

Er legt mit einer unglaublichen Selbstverständlichkeit den Arm um mich. Es gefällt mir. Mehr noch: Ich finde es einfach nur fantastisch. Es fühlt sich richtig an. Und richtig gut.

Wir verzichten darauf, Essen einzukaufen. Ich habe Appetit, aber es ist nicht Nahrung, auf die ich Lust habe. Es ist Hans-Dieter.

Wir fahren zu ihm nach Hause. Er hat ein schönes, nicht protziges, geschmackvoll eingerichtetes Haus.

Wir schaffen es gerade noch, die Haustür hinter uns zuzuziehen, und dann haben wir Sex. Nach dem zweiten Mal denke ich nur: Wer zum Teufel ist Stefan ohne o? Das hier ist mindestens so gut. Es ist Sex mit Emotion. Nicht einfach nur Sex. So muss es sein.

Auch Hans-Dieter scheint sehr zufrieden. »Ich mag

dich, ich fasse dich gern an – einfach das ganze Programm. Magst du bei mir übernachten?«

Ich mag. Gegen 3 Uhr nachts werde ich wach und schaue auf Hans-Dieter. In meinem Körper regt sich sofort wieder was. Aber eben nicht nur dort. Ich bin euphorisch. Glücklich geradezu. Das ist es, dieses Gefühl, das ich so lange vermisst habe.

Kein Knut in meinem Kopf. Keine Wut. Keine Trauer.

Wir werden mit Anna reden müssen. Knut soll zu seiner Nina oder sonstwo hin. Wir haben viel zu klären. Egal. Das alles ist zu schaffen. Ein Teil meines Lebens ist vorbei. Jetzt kommt ein neuer Teil. Ich werde diesem Mann eine Chance geben. Uns eine Chance geben. Ich muss an Holger denken, meine Bekanntschaft vom Es-Trenc-Strand. Hat er nicht diese Badeschuh-Metapher bemüht?

Ich habe mich verändert im letzten halben Jahr. Zwangsläufig. Gezwungenermaßen. Ich habe die Badeschuhe ausgezogen. Die mentalen Badeschuhe. Sie sind weg. Nicht nur weggestellt, sondern ausgemustert. Ich will etwas spüren. Das Leben halt. Auch wenn es mich verletzen könnte. Ich freue mich darauf.

Danksagung

Danke an Conny, was wäre ich ohne Dich. Beim Arbeiten und im Leben.

Danke an Michaela, es ist wunderbar, unkompliziert und schön mit Dir zu arbeiten.

Danke an Julia für Deine Liebe.

Danke an meine Kinder. Weil ihr so seid wie ihr seid. Fantastisch eben.

Danke an meine Freundinnen, die mich mit herrlichen Männergeschichten versorgt haben.

Danke an all die Dates, die ich hatte. Es gab jede Menge erhellende und ernüchternde Momente.